Nathalie und David kommen aus einem heilen Elternhaus und haben mittlerweile schon eigene Kinder. Die beiden hatten schon immer eine innige Geschwisterbeziehung. Allerdings sind sie gar nicht wirklich Bruder und Schwester. Dass sie beide adoptiert wurden, als sie klein waren, war bisher aber noch nie ein Thema. Doch plötzlich spürt Nathalie ein tiefes Bedürfnis, ihre leiblichen Eltern aufzusuchen und verlangt von David, dass er sich der gleichen Aufgabe stellt. Auf diesem Weg machen beide eine einschneidende Erfahrung: Dass die Antworten auf die großen Fragen wer wir sind und wo wir herkommen, manchmal schwieriger sind als die Fragen.

Joanna Trollope ist eine der erfolgreichsten Autorinnen Großbritanniens – ihre Romane stehen dort regelmäßig an der Spitze der Bestsellerlisten. Sie hat zwei Töchter und zwei Stiefsöhne und ist mittlerweile auch Großmutter geworden. Joanna Trollope lebt in London. Bei bloomsbury taschenbuch bisher erschienen: *Zweiter Frühling* (2007), *Die Zwillingsschwestern* (2009), *Immer freitagabends* (2010) und *Eine ganz normale Affäre* (2010). Bei Bloomsbury Berlin erschien 2011 ihr neuer Roman *Schwiegertöchter*.

Joanna Trollope

Bruder & Schwester

Roman

Aus dem Englischen von Angelika Kaps

bloomsbury taschenbuch

Februar 2012
Die Originalausgabe erschien 2004 unter dem Titel
Brother & Sister
bei Bloomsbury Publishing Plc, London

Umschlaggestaltung: Rothfos & Gabler, Hamburg,
unter Verwendung einer Fotografie
von © Susan Fox/Trevillion Images
Druck und Bindung: Clays Ltd, St Ives plc
Printed in Great Britain
ISBN 978-3-8333-0813-0

www.bloomsbury-verlag.de

B L O O M S B U R Y

LONDON • BERLIN • NEW YORK • SYDNEY

Kapitel eins

Von seinem Platz aus konnte Steve das Studio der ganzen Länge nach überblicken. Er konnte es auch der Breite nach überblicken, von einer rohen Backsteinmauer bis zur anderen, und dann hoch, ganz hoch hinauf bis in den Dachraum, wo die Balken aus dem siebzehnten Jahrhundert – noch immer den Eindruck der knorrigen Äste und Stämme vermittelnd, die sie einst gewesen waren – ein unregelmäßiges und pragmatisches Muster bildeten. Er hatte die Beleuchtung so angebracht, dass an dunklen Tagen oder abends der Blick, wie in Kathedralen und Domen, nach oben gezogen wurde. Es war wohltuend, nach oben zu schauen, wohltuend und ermutigend. Er hatte in den vergangenen acht Jahren seit der Fertigstellung des Studios viele Stunden damit zugebracht, zu diesem Gewirr von Balken hinaufzuschauen und über die Bäume nachzudenken, die sie früher gewesen waren, über den Himmel, der sich noch immer über ihnen jenseits des Daches wölbte. Er mochte die Grenzenlosigkeit dieser Gedanken, ebenso wie er diese namenlose, undefinierbare Zeit am Ende eines jeden Arbeitstages mochte, wenn alle anderen nach Hause gegangen waren, ihn allein gelassen hatten und er seinen Geist nach den aufreibenden Stunden sachte auf den Grund eines stillen Teiches nicht wirklichen Denkens hinabsinken ließ.

Dass Steve immer als Letzter ging, war schon zur Dauerbelustigung geworden. Ebenso das marineblaue Firmenschild über dem Erdgeschossfenster: »Steven Ross und Partner – Designer«.

»Und wer sollen diese Partner sein?«, fragte Titus. Titus arbeitete seit drei Jahren für Steve. Er war siebenundzwanzig Jahre alt, klein, stämmig und robust, und er besaß jene ausgefeilten Umgangsformen, wie sie mitunter einer altmodischen englischen Erziehung entspringen. »Denn ich bin es *anscheinend* nicht.«

»Es ist ein Name«, sagte Steve und tat, als würde er in Unterlagen lesen. »Es ist nur ein Name. Für den Eintrag im Handelsregister.«

»Nicht mein Name«, sagte Justine. Sie kam direkt von der Kunstakademie und rollte ihre Zigaretten selbst. Sie blinzelte Titus zu.

»Eines Tages vielleicht doch«, sagte Steve. »Wenn ich denke, dass Sie es wert sind.«

Das gefiel ihr. Sie wollte keine oberflächlichen Schmeicheleien, sondern eine Aufgabe von Steve, sie wollte ihm beweisen, dass sie, obwohl sie noch an den Fingernägeln kaute, Elan und Zielstrebigkeit besaß. Beim Vorstellungsgespräch hatte er nur schweigend ihre Mappe durchgesehen und dann gesagt: »Gut.« Es war ihr siebtes Vorstellungsgespräch gewesen, und bisher hatten alle immer nur geseufzt und gesagt, sie hätten eigentlich doch keine Stelle frei. Von diesem »Gut« zehrte sie noch wochenlang.

Steve reckte sich langsam und genüsslich auf seinem Stuhl – schwedisch und ergonomisch – und betrachtete sein kleines, befriedigendes Reich. Er blickte auf die Original-Ulmenholzdielen – ungeheuer breit: welchen Umfang mochten wohl die Bäume gehabt haben? –, die rechteckigen Schreibtische von Titus und Justine und den nüchternen, beinahe sterilen Bereich, wo Meera sich der Buchführung und Verwaltung mit herzerfrischender Ordentlichkeit annahm. Steve gab sich große Mühe, es mit der Ordnungsliebe nicht zu übertreiben, nicht permanent deswegen herumzunörgeln. Er bemühte sich eifrig, daran zu denken, dass die Präzision, die Balsam für seine Seele zu sein schien, maßvoll und angemessen bei der Arbeit Anwendung fand, sich aber nicht – die Betonung lag auf »nicht« – auf den Rest des Lebens ausdehnen sollte.

Es war Nathalie, die ihm das bewusst gemacht hatte. Vor Jahren, noch bevor er dieses baufällige Stadt-Cottage mit seinem ganzen herausfordernden Potenzial als Arbeitsstätte entdeckte, hatte er sie zu überreden versucht, mit ihm zusammenzuziehen.

Sie hatte ihn zweifelnd angesehen.

»Die Sache ist die«, hatte sie gesagt, »du bist ziemlich – na ja, ziemlich achtsam.«

Das hatte ihn verletzt.

»Du meinst pingelig«, hatte er gesagt, »du meinst anal.«

Sie seufzte. Sie fuhr mit dem Zeigefinger unter ihren Augen entlang, als glaubte sie, ihre Wimperntusche sei verschmiert.

»Na ja …«

»Meine Aufmerksamkeit gilt nicht irgendwelchen Dingen«, betonte Steve, »sie gilt den Menschen. Ich schenke den *Menschen* meine Aufmerksamkeit.«

Nathalie schloss die Augen. Steve neigte sich zu ihr.

Und unklugerweise sagte er: »Von allen Menschen, die ich kenne, hast du meine Aufmerksamkeit am nötigsten. Du brauchst meine Aufmerksamkeit.«

Nathalie schaute ihn eindringlich an.

»Das«, sagte sie scharf, »klingt für mich nicht nach Aufmerksamkeit. Das klingt nach *Kontrolle*.«

Er hatte Zügel angelegt bekommen. Er konnte sich noch gut an das Gefühl erinnern, als die selbstgerechte Verteidigung wie Luft aus ihm entwich und er im Nu klein wurde. Er hatte an seine Mutter denken müssen, die in seiner Kindheit und Jugend bei kleinen Entscheidungen, die sie ohne Probleme hätte alleine treffen können, immer und immer wieder gesagt hatte: »Ich glaube nicht, dass das deinem Vater gefallen würde.«

»Entschuldige«, hatte Steve zu Nathalie gesagt. Er war zutiefst beschämt. »Entschuldige.«

Im Studio an der Wand neben Steves Schreibtisch hing in einem Acrylquader ein Foto von Nathalie. Sie trug ein Jeanshemd und hielt lachend mit beiden Händen ihre langen, dunklen, locker auf dem Kopf aufgetürmten Haare fest. Daneben hing noch ein Acrylquader mit einem Foto von Polly. Polly war fünf Jahre alt. Sie hatte Steves sanft gewelltes Haar und Nathalies schwarz gesäumte Augen. Auf dem Foto schaute sie mit direktem Blick ernst und entschlossen unter der Krempe eines geblümten Sonnenhutes hervor. Sie war gerade eingeschult worden, angemeldet als Polly Ross-Dexter, weil Nathalie ihren Mädchennamen nicht aufgeben und Steve die Schule nicht auf den Gedanken bringen wollte, er sei nicht Pollys Vater. Es hatte eine Auseinandersetzung darüber gegeben, wessen Name an erster Stelle stehen sollte, und Nathalie hatte am Ende nur aus Gründen des Wohlklangs nachgegeben. Das war kein Sieg, resümierte Steve, über den er sich besonders gefreut hatte.

Er ließ den Blick nach oben wandern, von dem Beweis für Meeras Organisationstalent zu der scheinbar planlosen Konstruktion der Zimmerleute des siebzehnten Jahrhunderts. Er hatte oft versucht, hinter die Statik der Konstruktion dort oben zu kommen, hinter die Gründe für die Anordnung der Balken, ob sie das Ergebnis sorgfältiger Berechnungen oder eher aus dem Moment heraus entstanden war, eher so wie: versuchen wir mal dies, versuchen wir mal das. Es war alles in allem kein herrschaftliches Cottage gewesen, vielleicht das Haus eines der hugenottischen Weber, die, in Frankreich verfolgt, nach England geflohen waren und ihr handwerkliches Geschick für die Seidenweberei auf die Wollweberei übertrugen, durch die Westerham seinerzeit wohlhabend geworden war, bevor die Mineralquellen entdeckt wurden und es durch den Zuzug von sozial Bessergestellten aufgewertet wurde. Als Steve auf das Cottage stieß – er war siebenundzwanzig und voller Ideen –, stand es vor sich hin rottend zwischen seinen eleganteren Nachbarn aus dem frühen neunzehnten Jahrhundert und wurde als Lagerraum für Restaurierungsobjekte genutzt, war voll gestellt mit alten Türen und Kaminteilen und Fußbodenbrettern. Seine eigene Restaurierung hatte ihn einen Bankkredit gekostet, unter dessen Rückzahlung er noch immer litt. Als er ihn aufnahm, hatte er zu Nathalie sagen wollen: »Das ist wohl kaum achtsam, oder?«, aber er hatte sich nicht recht getraut, er wollte ihr nicht die Gelegenheit geben – die sie sehr wohl ergriffen hätte – zu sagen: »Und wessen Interesse dient diese großartige Unachtsamkeit?«

Natürlich seinem eigenen Interesse. Er konnte die Vorteile groß herausstreichen, die es ihnen beiden und den Kindern, die sie vielleicht einmal bekämen, bringen würde, aber tief in seinem Herzen wusste er, dass es anders war. *Er* lebte schließlich in der Haut des Jungen, der in einem Hinterzimmer des Royal Oak Pub in der Oxford Road aufgewachsen war, dessen Vater über seinen Wunsch, auf die Kunstakademie zu gehen, so erzürnt gewesen war, dass sie zwei Jahre nicht miteinander geredet hatten. Seine Mutter war beschwichtigend zwischen ihnen hin und her geschlichen, hatte ihm Essenspakete in sein möbliertes Zimmer gebracht, das er mit Hilfe der Akademie gefunden hatte, und war immer vor Lokalöffnung zurück gewesen.

Eigentlich hatte er Fotograf werden wollen – das war sein Herzenswunsch gewesen. Er hatte sich ausgemalt, wie er zurück ins Royal Oak kommen und seinem Vater ein überregionales Magazin oder eine Sonntagszeitung auf den Bartresen knallen und ihm unter die Nase halten würde, mit einer Doppelseite wunderschöner Schwarzweißfotos, aufgenommen von niemand anderem als Steve Ross. Aber etwas hatte diesen Plan vereitelt, etwas war geschehen während des ersten Studienjahrs, als alle anderen davon herumsponnen, Installationen aus Spiegelkacheln zu machen und Wandbilder mit Reisigbesen zu malen. Er hatte einen einzigen Morgen in dem Design-Atelier verbracht und irgendwie gewusst, dass er zu Hause angekommen war. Er hatte es sofort und vollends geliebt; er hatte erkannt, dass es im Wesentlichen um das Zusammenspiel von Präzision und Kreativität ging, er hatte die außerordentliche psychologische Wirkung erfasst, die schon in winzigen Veränderungen, im Bestimmen von Proportionen lag. Es war sauber, klar, intelligent, und es war sein Ding. Als er am Morgen seines neunzehnten Geburtstages zur Kunstakademie radelte, versprach er sich, dass er mal Designer mit einem eigenen Studio werden wollte – werden würde. Er würde es sich selbst beweisen. Er würde es seinem Vater beweisen.

Er rutschte jetzt von seinem Stuhl und griff nach dem Papierkorb. Das war jeden Tag seine letzte Aufgabe und eine weitere Quelle der Belustigung für Titus und Justine, dieses Einsammeln der Papierkörbe, um deren Inhalt in den Schredder, »Steves Schredder«, zu stecken.

»Kann Kim das nicht erledigen?«, fragte Titus, während er bequem an Steves Schreibtisch lehnte.

Kim kam an drei Abenden in der Woche um neun Uhr zum Putzen.

»Nein«, sagte Steve.

»Vertraulich?«

»Hmm«, sagte Steve.

»Oder«, meinte Titus und verschränkte die Arme, »könnte es sein, da Kim am Inhalt Ihrer Papierkörbe wahrscheinlich genauso brennend interessiert ist wie am Ausdruck des Hang-Seng-Indexes, könnte es da sein, dass man ihr den Schredder nicht wirklich anvertrauen kann?«

»Verschwinden Sie«, sagte Steve.

Er steckte den Inhalt seines Papierkorbs in die Maschine. Es würde garantiert nur Papier sein. Ebenso bei Meera. Titus' und Justines Körbe bargen auch Bananenschalen und Kaugummipapiere und alte Pflaster. Gelegentlich ließ Titus auch die Verpackung eines Kondoms darin, um zu sehen, ob Steve es merkte. Titus' Sexleben schien nach allem, was man mitbekam, eine muntere Angelegenheit zu sein, und er teilte es vorwiegend mit Mädchen, die beträchtlich größer waren als er. Manchmal fragte sich Steve, ob Justine sich ihnen wohl gerne anschließen würde.

Er stellte den Papierkorb wieder zurück unter seinen Schreibtisch und richtete sich auf. Das Foto von Polly hing direkt vor ihm, ihr Mach-mir-nichts-vor-Blick war genau auf seiner Augenhöhe. Sie schien recht glücklich zu sein in der Schule, nichts machte ihr Probleme; tatsächlich machte ihr die Schule vielleicht zu wenig Probleme, denn ihre Klassenlehrerin, so berichtete Nathalie, hatte freundlich angemerkt, dass Polly Konzentrationsschwierigkeiten zu haben schien und dass sie ihr Gehör untersuchen lassen sollten.

Steve fasste sich unwillkürlich ans Ohr. Er hatte keine Hörprobleme, nie gehabt.

Unten im Eingangsbereich schlug die Haustür laut zu.

»Ich bin's nur!«, rief Titus.

Steve ging zur Treppe, die vom Studio hinunterführte.

»Was vergessen?«

»Ich hab jemanden dabei!«, rief Titus.

Schritte durchquerten den Eingangsbereich und kamen die Treppe herauf.

Eine Frauenstimme sagte: »Ist ziemlich *cool* hier.«

»Das wird Steve gefallen«, sagte Titus. »Stimmt's nicht, Steve? Es gefällt Ihnen, dass Sasha dieses Haus cool findet.«

Titus erschien im Studio, rosawangig von der Kälte draußen. Er trug einen riesigen Schal, den er wie ein Student hoch um Hals und Ohren gewickelt hatte.

»Tut mir Leid, dass ich zurückkomme«, sagte Titus grinsend. »Ich weiß, Sie haben uns gern endgültig draußen, wenn wir einmal draußen sind.«

Eine Frau tauchte hinter Titus an der Treppe auf. Sie war unvermeidlich viel größer als er und älter, möglicherweise Mitte dreißig, mit dichten, gebleichten und kurz geschorenen Haaren. Sie streckte Steve die Hand hin.

»Ich bin Sasha.«

»Hallo«, sagte Steve.

Titus steckte die Hände in die Taschen.

»Wir haben ein kleines Anliegen«, sagte er. »Wir hatten eine spontane Eingebung …«

»Ich hatte«, sagte Sasha lächelnd zu Steve. »Es war meine spontane Eingebung.«

»Haben Sie fünf Minuten Zeit für uns?«, fragte Titus.

Steve sagte: »Ich wollte gerade nach Hause, um Polly vorzulesen.«

»Polly?«

»Meine Tochter«, sagte Steve. Er zeigte kurz auf das Foto. »Sie ist fünf.«

Sasha spähte hinüber.

»Allerliebst. Fünf. Dreht sich also alles um Barbie und Angelina Ballerina.«

Steve lächelte sie an.

»Alles, was rosa ist.«

»Ich liebe Rosa«, sagte Titus markig. Er wickelte den Schal ab und warf ihn über die Ecke von Justines Schreibtisch. »Erklär's ihm, Sasha.«

Sie zögerte.

»Es ist ein bisschen unverfroren …«

»Titus *ist* unverfroren«, sagte Steve.

»Nur dass es in dem Fall nicht Titus ist, ich bin es.«

»Tja, dann …«

»Ich arbeite an einem Projekt«, sagte Sasha. »Ich mache einen Kurs, einen Beratungskurs, und ich schreibe eine wissenschaftliche Arbeit über Identität, persönliche Identität, woher wir kommen, wie wir uns definieren. Solche Sachen.«

Steve dachte kurz ans Royal Oak. Er blickte auf Sashas Hände. Sie waren lang und geschmeidig, und an beiden Daumen trug sie einen schlichten Silberring.

»Die Sache ist …«, fuhr Sasha fort und hielt dann inne. Sie sah zu Titus.

»Dein Projekt«, sagte er leichthin.

»Titus hat mir von Ihrer Frau erzählt.«

»Partnerin«, sagte Steve.

Sasha blickte kurz zu Pollys Bild.

»Entschuldigung …«

»Was ist mit Nathalie?«

»Dass sie adoptiert ist«, sagte Sasha.

Steve sah zu Titus.

»Das habe ich Ihnen erzählt?«

»Ja.«

»Möchte wissen, warum«, sagte Steve. »Das tue ich normalerweise nicht. Ich denke nicht darüber nach.«

»Ach nein?«, fragte Sasha.

Er sah sie an. Sie war attraktiv, irgendwie knochig und kühn mit diesem gebleichten, seehundfellartigen Haar. Er lächelte freundlich.

»Nein«, sagte er liebenswürdig, »das brauche ich nicht. Sie braucht es auch nicht. Es ist kein Thema.«

»Aber ...«

»Tut mir Leid«, sagte Steve, »aber Nathalie ist nicht traumatisiert. Sie hat immer gesagt, sie sei froh, adoptiert zu sein, sie habe sich aussuchen können, wer sie sein wollte.«

»So habe ich mich nie gefühlt«, sagte Titus. Er steckte die Hände in die Taschen. »Ich weiß genau, wo ich herkomme, und so gut wie *nichts* davon hätte ich mir freiwillig ausgesucht.«

Sasha beugte sich vor.

»Ich hatte wirklich nicht vor, mich in etwas hineinzudrängen ...«

»Das tun Sie nicht.«

»Es ist allerdings ziemlich faszinierend«, sagte Sasha, »dass es ihr nichts ausmacht.«

»Sie hat mich immer damit aufgezogen«, sagte Steve, »was sie die Kämpfe mit meiner Bio-Familie nannte. Sie hatte so etwas nicht. Kämpfe, meine ich.«

Sasha schaute wieder auf Pollys Bild.

»Wir sollten Sie nicht länger aufhalten.«

»Nein.«

»Aber – aber meinen Sie, sie würde mit mir reden?«

»Was?«, sagte Steve. »Ob Nathalie mit Ihnen über Adoption reden würde?«

Sasha gestikulierte mit ihren großen Händen. Die Ringe ließen ihre Daumen merkwürdig gestutzt aussehen.

»Es wäre überaus interessant. Es wäre ein solcher Kontrast, verstehen Sie, eine so völlig andere Reaktion als die landläufigen Erfahrungen, so eine erfrischende *Abweichung* …«

»Von was?«

»Von dem, was allgemein als tiefer Einschnitt der Urwunde anerkannt ist.«

»Der *was*?«

»Bringen Sie sie nicht auf Touren«, meinte Titus.

Sasha sagte deutlich, als würde sie zitieren: »Das verlassene Baby lebt ein Leben lang in jedem Adoptivkind.«

Steve lächelte.

»Nicht in Nathalie.«

»Überaus faszinierend«, sagte Sasha erneut. Sie überlegte einen Moment, und dann sagte sie: »Glauben Sie, sie würde mal mit mir reden?«

Steve entfernte sich ein Stück in Richtung der Schalttafel an der Wand, die die Lichtanlage steuerte.

»Ich kann sie fragen.«

»Das würden Sie tun?«

»Sicher«, sagte Steve. »Ich meine, sie mag es für eine private Angelegenheit halten, aber ich weiß, dass sie es nicht für ein Geheimnis hält. Ich kann es versuchen.« Er legte eine Hand auf die Schalter und wandte den Kopf, um Sasha über die Schulter hinweg anzusehen. »Soll ich Sie als Titus' Freundin beschreiben?«

»Wenn Sie wollen«, sagte Titus. Er nahm seinen Schal und wickelte ihn sich um den Hals.

Sasha blickte auf ihn hinunter.

»Wenn *ich* will«, sagte sie.

»Los geht's«, sagte Steve. »Ich mache den Laden zu.«

Titus ging an ihm vorbei und mit einstudiert lässigem Tempo die Treppe hinunter. Sasha zögerte, bevor sie ihm folgte. Sie war beinahe so groß wie Steve, beinahe eins achtzig.

»Danke«, sagte sie.

Er drückte auf die Schalter, und das Studio versank still in Dunkelheit.

»Kann nichts versprechen.«

»Nein, aber vielen Dank für den Versuch.«

Er warf ihr einen kurzen Blick zu und deutete ihr an, vor ihm die Treppe hinunterzugehen.

»Ich werde Titus Bescheid sagen«, meinte er.

Steve radelte nach Hause. Er hatte sein Leben lang Fahrräder besessen, angefangen mit einem Kinderfahrrad, als er vier war – das Geschenk eines gutmütigen Gastes seines Vaters –, um damit im Garten des Royal Oak herumzufahren, bis zu diesem Achtundzwanzig-Gänge-Mountainbike, das er – ohne Sattel – in einem Container hinter dem Kino gefunden hatte. Hinten war ein Sitz für Polly befestigt, die, wenn sie mitfuhr, einen hellblauen Fahrradhelm mit Figuren aus Pu der Bär drauf trug. Sie fuhren mit dem Rad zum Schwimmen und zum Einkaufen all der Schrauben und Haken, die für das Anbringen aller möglichen Dinge an den Wochenenden gebraucht wurden, und zum Tee im Royal Oak mit Pollys Großeltern. Manchmal fragte sich Steve, ob Polly sich an diese Ausflüge erinnern würde, wenn sie mal älter war, an den beruhigenden Anblick des Rückens ihres Vaters, an den absurden Anblick seines Sturzhelms. Nathalie sagte ihm, dass Pollys Haltung hinten auf dem Sitz ebenso würdevoll und teilnahmslos war wie die eines Paschas in einer Sänfte.

Die Straße, in der sie wohnten, befand sich, wie auch das Studio, am Rande einer von Westerhams besseren Gegenden. Eine Straße mit glatten Hausfassaden, aus dem ortsüblichen blassen Kalkstein gebaut, und mit kurzen Treppen, die direkt vom Bürgersteig zu den Eingangstüren führten. Steve und Nathalie hatten ihre Wohnung fünf Monate vor Pollys Geburt gefunden, eine lang gestreckte Parterrewohnung mit einem Ausgang zu einem kleinen Garten mit einem Pflaumenbaum und einem Schuppen.

»Männer mögen Schuppen, oder?«, sagte Nathalie. Sie hatte die Wohnung dringender haben wollen als Steve, wegen des Gartens und weil sie schwanger war. »Ich dachte, ein Schuppen würde dich rumkriegen.«

Steve hatte etwas anderes im Kopf gehabt. Er hatte sich eine Wohnung im ersten Stock vorgestellt mit hohen Fenstern und Gesimsen mit Schmuckelementen, eine Wohnung so anders wie nur irgend möglich als die dunklen, beengten Räume des Royal Oak.

»Ich könnte eine Wäscheleine aufspannen«, sagte Nathalie, die eine Hand auf ihrem Bauch und die andere am Pflaumenbaum. »Das Baby könnte hier draußen schlafen.«

»Ja«, sagte Steve.

»Sie hat eine gute Küche«, meinte Nathalie. »Und einen separaten Eingang.«

Steve sah sie an. Er dachte an das Studio und an seine Ziele; dann überlegte er, was ihm das beides ohne Nathalie noch bedeuten würde.

»Können wir einen Kompromiss schließen? Können wir sagen, fünf Jahre hier, und dann überlegen wir noch mal?«

Die fünf Jahre waren jetzt vergangen. Polly war fünf

Jahre und einen Monat alt, und ihre winzigen Kleider waren tatsächlich an einer zwischen Zaun und Pflaumenbaum gespannten Leine getrocknet. Nathalie hatte die Wohnung sehr – na ja, hübsch war das Wort, das Steve benutzen würde, charmant, gemütlich eingerichtet. All die ansprechenden, harmlosen Fähigkeiten, die sie an der Kunstakademie an den Tag gelegt hatte – sie hatte sich am Ende auf Textilien spezialisiert –, wurden offenkundig in dem Zuhause, das sie für Steve und Polly geschaffen hatte. Es war ein Zuhause, ohne Zweifel. Wenn man ein Zuhause als den Schauplatz seines gesamten häuslichen Lebens definierte, inklusive allem dazu erforderlichen emotionalen und praktischen Zubehör, war es das, was Nathalie geschaffen hatte.

Als er die Straße entlangradelte, konnte er das safranfarbene Rechteck seines erleuchteten Vorderfensters sehen, des Fensters seiner Wohnküche, wo Polly ihr Abendbrot am Kiefernholztisch gegessen und ihm wahrscheinlich ein Bild gemalt hatte, von sich selbst, sehr groß, und ihren Eltern, um einiges kleiner, und dann, in Purpur oder Rosa – ihren Lieblingsfarben – den Hund, den sie sich sehnlichst wünschte. Sie hatte Hunde immer gemocht, sogar nachdem sie einmal im Alter von zwei Jahren von einem Schäferhund angesprungen und ein paar Stufen die Treppe hinuntergestoßen worden war.

»Sehr merkwürdig«, sagte Nathalie. »Ich mag keine Hunde.«

Er stieg vom Rad und schob es in den feuchten überdachten Durchgang zwischen ihrem und dem Nachbarhaus. Er hatte mal Pläne gehabt für diesen Durchgang, Visionen von Pastellfarbe und Gitterwerk, doch diese Pläne hatten sich aufgelöst wie so viele andere, aufgelöst im Studio, im Familienleben, im unbarmherzigen Fortlauf der Stunden und

Tage und Wochen. Er dachte manchmal an all die Zeit, die er als Kind gehabt hatte, all diese gewaltigen Zeitflächen, die damals still und träge um ihn herumlagen, so viele, dass er manchmal nicht wusste, womit er sie ausfüllen sollte. Wohingegen jetzt … Nun ja, jetzt schien die Zeit ihn einfach vorwärts zu schieben wie jemand, der ungeduldig unentwegt einen Fußball vor sich her dribbelt.

Er betrat den dunklen Garten. Ein an der Außenwand befestigtes Licht schien hinunter auf Pollys Barbie-Fahrrad, das umgekippt auf dem Pflaster lag, und auf eine ordentliche Reihe Blumentöpfe unter Folie, in denen Nathalie versuchte, Aurikeln zu ziehen. Er steckte den Schlüssel ins Schloss und ging ins Schlafzimmer, das nur vom Licht aus dem Flur dahinter erhellt wurde.

»Wieder da!«, rief er.

Schritte polterten. Polly kam den Flur entlanggefegt und blieb dann wie immer einige Schritte vor ihm stehen.

»Ich hab schon fast geschlafen«, sagte sie.

»Du klingst nicht sehr verschlafen …«

»Ich wollte gerade das Licht ausmachen. Gerade eben.«

Er bückte sich und gab ihr einen Kuss. Sie roch nach Shampoo und Marmite.

»Hast du aber nicht«, sagte er. »Und jetzt bin ich hier.«

Sie drehte sich um und marschierte den Flur zurück. Ihr Schlafanzug war zu groß für sie und ließ sie wie einen Miniaturrapper aussehen. Nathalie erschien in der Tür von Pollys Zimmer.

»Er ist da«, sagte Polly resigniert.

»Tut mir Leid«, sagte Steve, »ich wurde durch eine Art Projekt von Titus aufgehalten.«

Nathalie mochte Titus. Er kam gelegentlich zum Abendessen und zeichnete Hunde für Polly.

»Ist schon gut.«

Steve neigte sich zu Nathalie und küsste sie auf die Wange.

»Ich will Miffy«, sagte Polly.

»*Muss* es unbedingt Miffy sein?«

»Ja«, sagte Polly.

Nathalie ging an Steve vorbei Richtung Küche.

Im Gehen sagte sie: »Wir waren beim Ohrenarzt.«

»Was?«, fragte Steve. Er blickte ihr irritiert hinterher. Das war so eine Angewohnheit von ihr, ihm den Rücken zuzuwenden, wenn sie etwas sagte, das er hören sollte.

Er folgte ihr.

»Was?«

Nathalie drehte sich nicht um.

»Wir waren beim Ohrenarzt. Polly und ich. Du wusstest darüber doch Bescheid.«

»Ach ja?«

»Ja«, sagte Nathalie. »Du hast es gewusst. Wir haben darüber gesprochen.«

»Nein, haben wir nicht.«

»Eigentlich«, sagte Nathalie, »hast du Recht. Nein, haben wir nicht. Ich habe geredet, und du hast nicht zugehört.«

Steve atmete tief ein und prüfte, wo Polly war. Dann sagte er betont freundlich: »Und was hat er gesagt?«

»Es ist irgendeine Missbildung. Eine Art Blockierung. Irgendwas verstopft das Mittelohr.«

Steve sagte etwas lauter: »In Pollys Ohren gibt es eine Missbildung?«

»Er wollte auch meine untersuchen. Er wollte sehen, ob es bei mir in einem Ohr etwas Ähnliches gibt. Er meinte, es sei irgendwas Erbliches, eine Eigenart wie ein krummer Finger oder die Art des Haarwuchses.«

»Und hat er was gefunden?«

Nathalie schüttelte den Kopf.

»Nein.«

Polly kam in die Küche, in der Hand ihr Miffy-Buch.

»Miffy!«, sagte sie im Befehlston zu ihrem Vater.

Steve schaute hinunter.

»Wirst du nicht ein bisschen zu alt für Miffy, mein Spatz?« Er ging zur anderen Tischseite, damit er Nathalies Gesicht sehen konnte. Sie schaute auf den Tisch hinunter, ihre Haare waren nach vorne gefallen.

»Nat. Ist das etwas Ernstes?«

»Er meinte, es sei ein ziemlich einfacher Eingriff. Es muss eigentlich nur ein bisschen Knorpel entfernt werden. Aber viel Nachsorge, weil Ohren so kompliziert sind.«

»Wird es wehtun?«

Nathalie nickte. Er beugte sich vor und fasste über den Tisch hinweg nach ihrem Arm.

Er sagte beruhigend: »Die machen das schon. Sie sorgen dafür, dass es ihr nicht wehtut. Sie verstehen sich heute bestens auf Schmerzkontrolle.«

»Miffy!«, rief Polly.

»Zwei Minuten, Liebes«, sagte Steve. »Nat?«

»Das ist es nicht«, sagte Nathalie. Sie verschränkte die Arme, als wäre ihr kalt. »Es ist eine einfache Operation und alles. Das weiß ich.«

»Was dann? Geht es um ihr Hörvermögen? Ist ihr Hörvermögen beeinträchtigt?«

»Das ist es *jetzt*«, sagte Nathalie.

»Ja. Ja, ich weiß. Aber wird die Operation es verbessern? Na sicher, das ist doch der Sinn der Sache, die Blockierung ist das Problem …«

»Ich fühle mich schon den ganzen Nachmittag ganz krank«, sagte Nathalie.

Steve wartete. Polly kam und stellte sich neben ihn und hielt ihr Buch hoch.

»Nur eine Sekunde, Poll …«

»Keine Sekunde«, sagte Polly. »*Jetzt gleich*.«

Steve bückte sich und hob sie hoch. Sie hielt ihm das Buch mit beiden Händen dicht vors Gesicht.

»Miffy.«

»Ja. Miffy. Das sehe ich.«

»Ich habe mich noch nie so gefühlt«, sagte Nathalie. »Ich habe noch nie so gedacht. Ich meine, das ist eine kleine Blockierung in Pollys Ohr, es ist nicht eine dieser großen, beängstigenden Sachen, mit denen viele Eltern konfrontiert werden, es ist nur eine kleine Sache, eine rein mechanische Angelegenheit. Aber – aber, also, in dem Sprechzimmer heute habe ich mich einfach entsetzlich gefühlt, so verloren. Ich habe gedacht – ich habe gedacht, was gibt es noch alles, was ich nicht weiß?«

Sachte schob Steve das Buch mit einer Hand runter, sodass er über den Tisch sehen konnte.

»Wie bitte?«

Nathalie hob den Kopf.

»Was weiß ich noch alles nicht über Pollys Herkunft?«

Steve schaute Polly an. Er schenkte ihr ein strahlendes Lächeln.

»Natürlich wissen wir, woher Polly kommt. Etwa nicht, Polly? Du kommst von Mami und Daddy.«

Polly schlug auf ihr Buch.

Sie sagte warnend: »Ich könnte böse werden.«

»Es geht um vorher«, sagte Nathalie. »Über das hinaus. Ich hatte plötzlich das Gefühl, in einem Nichts zu schweben. Einem leeren Raum.«

Steve veränderte den Griff um seine Tochter.

»So hast du noch nie geredet.«

»So habe ich mich noch nie *gefühlt.*«

»Du willst doch nicht sagen«, meinte Steve, »dass wir auf ein kleines Problem in Pollys Ohr stoßen, ein Problem, das anscheinend leicht behoben werden kann, und du mit einem Mal dein ganzes Selbstvertrauen verlierst?«

Nathalie blickte ihn an.

»Wieso nicht?«

»Weil – na ja, weil es nicht vernünftig ist.«

»Es geht hier nicht um Vernunft.«

Sie drehte sich zur Seite. Murmelte etwas.

»Was?«

»Ich sagte, es geht hier nicht um Vernunft. Es geht um Gefühle. Und Gefühle – na ja, Gefühle haben *Erinnerungen.*«

Steve schluckte. Er sah zu Polly. Ihr Blick haftete unversöhnlich auf seinem Gesicht und machte ihm klar, dass sie ihn durchaus zwingen würde, ihr aus einem Buch vorzulesen, von dem sie beide wussten, dass es für Dreijährige gedacht war. Steve lächelte Polly an. Er fragte sich, noch während er den Mund verzog, ob es beschämend einschmeichelnd war.

»Pass auf«, sagte Steve. Er blickte Nathalie an. »Polly und ich gehen jetzt und lesen Miffy, und du rufst deine Mum an.«

»Daran hatte ich auch schon gedacht …«

»Dann mach das.«

»Aber ich glaube, ich würde lieber David anrufen.«

»Wozu soll das gut sein«, sagte Steve mit einer Stimme, die sein Bemühen um Kontrolle Lügen strafte, »deinen Bruder anzurufen?«

»Weil er es verstehen wird.«

»Runter«, sagte Polly. »Lass mich los.«

Steve ließ sie runter und blieb, die Arme noch locker um sie gelegt, neben ihr in der Hocke.

»Aber Nat, er ist nicht dein richtiger Bruder, ich meine, er hat weder deine noch Pollys Ohren. Er ist nur der Bruder, mit dem du aufgewachsen bist …«

Nathalie machte ein paar Schritte von ihm weg. Steve wandte sich Polly zu.

»Welches Ohr, Polly?«

Sie fasste sich an das eine. Und dann an das andere und zuckte mit den Schultern.

»Miffy«, sagte sie mit Babystimme. »Jetzt, jetzt, *jetzt.*«

»Ja!«

»Zwei Geschichten«, sagte Polly, den Sieg ahnend.

»Ist gut.«

»Zwei Geschichten, und das Zugpfeifen-Lied.«

»Ist gut.«

Steve stand auf. Polly packte fest seine Hand. Er sah zu Nathalie hinüber.

»Willst du wirklich David anrufen?«

»Ja.«

Steve nahm sich zusammen.

»Grüß ihn von mir«, sagte er.

Kapitel zwei

Nathalie war vier gewesen, als David dazukam. Sie hatte ein Baby erwartet, kein stummes Kleinkind, einen Jungen mit großem Kopf und großen, weichen Händen, mit denen er nach allem grapschen wollte, was ihr gehörte. Die Art und Weise, wie alle mit David umgingen, schien ein besonderes Mitgefühl und eine Sorge mit einzuschließen, sodass seine Sprachlosigkeit toleriert, wenn nicht sogar bewundert wurde, ebenso wie die Tatsache, dass er in einem Augenblick rücksichtslos entschlossen und im nächsten vollkommen in sich gekehrt war.

»Sei nicht böse mit ihm, Nathalie«, sagten Lynne und Ralph stets. »Er ist doch noch klein. Er kann nichts dafür.«

Insgeheim dachte Nathalie, dass allerdings *sie* etwas dafür konnten, hatten sie doch David überhaupt erst mit nach Hause gebracht. Das Leben war prima gewesen ohne David, David wurde nicht gebraucht. David in das Haus in der Ashmore Road mit aufzunehmen, schien ein besonders überflüssiger Akt der Willkür zu sein. Ein Baby wäre in Ordnung gewesen, ein Baby im Ställchen oder im Kinderwagen; ein Baby hätte nicht das Leben, das sich Nathalie, Ralph und Lynne zusammen aufgebaut hatten, umkrempeln oder beherrschen wollen. Nathalie spürte selbst mit ihren vier Jahren, dass sie sich mit einem Baby hätte arrangieren können.

Sie verschloss ihre Zimmertür vor David. Sie legte ihre

Spielzeuge an Orte, die David, obwohl er klettern lernte, nicht erreichen konnte. Sie aß, ohne ihn anzusehen, und wenn er sich bei den Mahlzeiten schlecht benahm, was er oft tat, indem er seinen Teller auf den Boden schleuderte und Essen ausspuckte und an sich runterlaufen ließ, richtete sie ihre Aufmerksamkeit auf etwas völlig anderes und starrte es an, bis ihr die Augen tränten. Wenn David Lynne zum Weinen brachte, fing Nathalie auch an zu heulen, um Lynne zu zeigen, dass sie allen Grund zum Weinen hatte. Sie wehrte sich, wenn Ralph versuchte, sie für den Kindergarten anzuziehen, und wenn er protestierte, sah sie ihn unschuldig an und wurde stumm wie David.

Sie wusste, dass sie ihn hasste. Sie wusste außerdem, dass es nicht nur nicht erlaubt, sondern absolut verboten war zu sagen, dass sie ihn hasste. Niemand hatte ihr das je ausdrücklich dargelegt, aber irgendetwas in dem beinahe ehrfürchtigen Mitleid, das David umgab, ließ sie erkennen, dass es einige Bereiche menschlichen Verhaltens gab, die dermaßen mit Empörung eingezäunt waren, dass jegliches Eindringen in sie eine persönliche Strafe zur Folge hätte, für die man den Rest seines Lebens büßen müsste. Sie ahnte, wenn sie so weit gehen würde zu *sagen*, dass sie David hasste, könnte sie nie mehr umkehren. Sie könnte sagen, sie hasste seinen großen Kopf und seine Sabberei und seine dreckigen Windeln und seine Beharrlichkeit, aber sie dürfte nicht sagen, dass sie *ihn* hasste. Und es wurde noch schlimmer, viel schlimmer durch die Tatsache, dass er sie liebte. Von dem Augenblick seiner Ankunft an liebte er sie. Wenn er sich in sich selbst zurückzog und wie ein formloser Pudding apathisch dasaß, konnte ihn nur Nathalie wieder zurück ins Leben holen. Nicht, dass sie das wollte – von ihr aus hätte er für alle Ewigkeit wie ein Pudding bleiben können –, aber *er* wollte unbedingt so auf *sie* reagieren. Sobald sie in seine Nähe kam, begannen seine Augen zu leuchten und seine Hände streckten sich nach ihr aus. Sie hasste seine Hände. Sie waren immer klebrig.

Er hatte Jahre gebraucht, um sie für sich zu gewinnen. Lynne erzählte Freunden, es habe ihr das Herz gebrochen zu sehen, wie David um Nathalies Aufmerksamkeit kämpfte, ganz zu schweigen von seinem Kampf um ihre Anerkennung. Natürlich konnte man von einem kleinen Mädchen keine Einsicht in den Umstand erwarten, dass David zweimal seiner Eltern beraubt worden war – das erste Mal, als seine leibliche Mutter ihn zur Adoption freigegeben hatte, das zweite Mal, als seine Adoptiveltern durch ein Busunglück während eines Urlaubs in Frankreich ums Leben gekommen waren –, aber es war, als hätte Nathalie ihr Herz David gegenüber verhärtet, ohne überhaupt darüber nachzudenken, ohne ihn auch nur eines Blickes gewürdigt zu haben.

»Dabei liebt er sie«, sagte Lynne immer, und ihre Augen wurden feucht bei dem Gedanken an Davids unerwidertes, kindliches Gefühl. »Man kann es in seinem kleinen Gesicht sehen. Er liebt sie.«

Schon damals hegte Nathalie einen Argwohn gegen das Wort »Liebe«. Lynne benutzte es sehr oft. Lynne sagte, dass sie Nathalie liebte, und auch Ralph sagte es, und sie liebten sie ganz besonders, weil sie sie *ausgewählt* hatten, ihr kleines Mädchen zu sein. Ausgewählt zu sein, sagte Lynne, mache einen zu etwas ganz Besonderem. Aber Nathalie war gegen das Besonderssein ebenso argwöhnisch wie gegen das Wort »Liebe«. Immer wenn sie in ihrem Schlafanzug (blassgelb, mit Häschen bedruckt) auf Lynnes Knien saß und diese über Liebe und Besonderssein redete, hatte sie das Gefühl, Lynne wollte etwas zurückbekommen. Nathalie sollte den ganzen Kram zusammenraffen und noch ein bisschen was dazutun und es ihr zurückgeben, wie ein Geschenk, ein Geschenk, das Lynne auf irgendwie obskure Weise dazu bringen würde, sich besser zu fühlen. Und sie brauchte immer etwas, um sich besser zu fühlen. Etwas in ihrem schmalen, freundlichen, sorgenvollen Gesicht machte Nathalie klar, dass Lynne die ganze Zeit eine Art Schmerz mit sich herumtrug und glaubte, sie in ihrem gelben Schlafanzug könnte diesen Schmerz lindern und sie trösten.

Aber das konnte Nathalie nicht. Sie mochte Lynne. Sie mochte Ralph. Sie mochte ihr Leben in dem Haus in der Ashmore Road und ihr Zimmer und das meiste Essen, das ihr vorgesetzt wurde, und sie ging gerne zur Schule. Aber darüber hinaus konnte sie nichts tun. Sie konnte sich nicht Ralph und Lynne an den Hals werfen in dem Wunsch, ganz in ihnen aufzugehen, teils weil sie nicht den nötigen Drang dazu verspürte, teils weil sie Lynne nicht zu geben vermochte, was diese anscheinend wollte, denn vielleicht wollte Lynne dann mehr und mehr und mehr, bis Nathalie völlig von ihr aufgesogen wäre wie Teppichflusen von einem Staubsauger.

»Ich habe immer von einem kleinen Mädchen wie dir geträumt«, sagte Lynne. »Und dass ich dich mir aussuchen könnte!«

Es war am Ende David, der sie rettete. Er fing an, jegliches Essen zu verweigern, wenn sie ihn nicht fütterte, und sie weigerte sich, ihn zu füttern, wenn er sabberte. Sie warf ihm einen warnenden Blick zu, einen Löffel voll pürierter Karotten auf dem Weg zu seinem Mund.

»Nicht sabbern«, sagte sie.

Er starrte sie an und sabberte. Sie setzte den Löffel ab. Er gab sich schreckliche Mühe, wischte sich den Mund mit den Händen ab und beschmierte das Kinn. Sie führte den Löffel wieder zu seinem Mund und schob ihn ohne Kommentar hinein. Lynne geriet in Verzückung, wenn sie das sah. Die Kinder nahmen keine Notiz von ihr.

»Das ist so hinreißend«, sagte sie zu Ralph. »Er würde alles für sie tun.«

Außer um etwas bitten, dachte Nathalie. Als sie sechs und David drei war, dämmerte es ihr auf unklare Weise, dass er sie niemals um etwas bat. Er mochte wohl vage von ihr verlangen, dass sie ihn fütterte, oder darauf bestehen, neben ihr zu sitzen oder sich in ihr Blickfeld zu setzen, aber es war für sie vollkommen klar, dass er nichts als Gegenleistung von ihr wollte, er wollte nichts weiter als zu seiner eigenen Zufriedenheit in ihrer Nähe sein. Und weil er nicht sprach – konnte er nicht?, fragte sich Lynne besorgt, oder, was noch besorgniserregender wäre, wollte er nicht? –, äußerte er weder Bedürfnis noch Wunsch nach Gegenleistung. Er wollte nur, dass Nathalie da war. Wie sie mochte er ausgewählt sein, aber er selbst hatte keine Wahl gehabt. Wie ihr war ihm etwas gegeben worden, für das von ihm Dankbarkeit erwartet wurde, war ihm nach dem Zufallsprinzip ein Lotteriegewinn überreicht und mitgeteilt worden, er könne sich darüber sehr glücklich schätzen. Aber anders als sie hatte er beschlossen, dass er sich angesichts dieser Lawine von Nichtausgewähltem eine Sache aussuchen würde, die er mochte, eine Sache, die keine Forderung nach Erwiderung oder Dankbarkeit beinhaltete. Und diese Sache war Nathalie.

Und dann wurde er hübsch. Zu Lynnes erstauntem Entzücken wurde aus diesem behäbigen, unproportionierten, beinahe kahlköpfigen Kleinkind ein hübscher kleiner Junge, einer von jenen kleinen Jungen, dessen Aussehen irgendwie sogar durch die Gleichgültigkeit von Bankangestellten und Supermarktkassiererinnen drang. David mitzunehmen wurde immer mehr zu einer Angelegenheit maßlosen Stolzes statt defensiver Ausreden, beinahe eine Art Konkurrenz zwischen Lynne und Ralph. Ralph nahm David selbst in seinen Schachklub mit, wo er auf den Knien des klubbesten Spielers saß, einem Senioren-Meister, der ein anerkanntes Buch über die strategischen Herausforderungen des Endspiels geschrieben hatte, und wo er dann einen König und eine Dame halten durfte. Ralph kam vor Stolz platzend nach Hause. Er stellte David auf den Boden, als wäre er eine seltene Skulptur.

»Er würde mit seinem Charme die Glasur von einem Doughnut schmelzen«, sagte Ralph.

Davids Charme lag in seiner Schönheit und Passivität. Die Beschränktheit, die er als Baby augenscheinlich gezeigt hatte, konnte nun, korrekter, als Gehorsamkeit gedeutet werden. Man konnte ihn stundenlang allein mit den selben zwei Autos auf dem Teppich spielen lassen, dessen Streifen praktische Straßen abgaben; man konnte ihn sogar getrost auf das Schaukelpferd setzen, das Ralph ihm gebaut hatte, auf dem er mit einer Versunkenheit schaukelte und schaukelte und schaukelte, die für Lynne einfach nur lieb war. Es schien besonders lieb verglichen mit Nathalie. Je älter Nathalie wurde, desto öfter musste sie sich aufspielen, wie Lynnes amerikanische Freundin Sadie es nannte. Sie wurde provozierend und empfindlich und unberechenbar, manchmal klammernd, manchmal abweisend gegenüber Lynnes angebotenen Umarmungen. Sie schloss enge Freundschaften in der Schule und zerstörte sie dann grundlos wieder und schluchzte heftig über ihr Zerbrechen.

»Mir gefällt das nicht«, sagte Lynne. »Mit gefällt das Kind nicht, das aus ihr wird.«

Ralph reparierte ein Spielzeug, das David untypischerweise kaputtgemacht hatte.

Ohne aufzublicken, sagte er bedächtig: »Was dir nicht gefällt, meine Liebe, ist der Schmerz, mit dem du leben musst und der nicht gelindert werden kann.«

Lynne erstarrte. Sie schaute auf Ralphs gebeugten Kopf, auf seine geschickten Hände zwischen den gelben Plastikstücken. Dann ging sie zurück ins Haus und stellte sich an die Waschmaschine, die Fäuste unters Kinn gepresst, und machte einer Wut Luft, die in ihrer kurzen Intensität fast mörderisch war. Wie konnte er nur? Wie konnte er es *wagen*? Wie konnte er es wagen, sie an ihre beständige Enttäuschung – *ihre* – zu erinnern über seine Zeugungsunfähigkeit?

Später am Abend schrie sie Nathalie an. Es war wegen etwas absolut Harmlosem wie ungeputzte Zähne oder ungebürstete Haare, und sie war über sich selbst entsetzt. Sie wartete mitten in ihrer Verzweiflung, dass auch Nathalie entsetzt wäre, dass sie weinen und zittern und Trost suchen würde. Aber nichts dergleichen geschah. Stattdessen sah Nathalie sie mit einem Ausdruck an, der zwischen Triumph und Erleichterung wechselte, und dann drehte sie sich um und trottete in Davids Zimmer und kletterte zu ihm ins Bett. Lynne sah, wie sich David erstaunt und erfreut zu ihr umsah, und dann hatte sie das Gefühl, sie bräuchte nicht länger nach ihnen zu sehen, sie sollte sie dort Seite an Seite zusammen schlafen lassen und nichts sagen.

»Wenigstens«, sagte sie später zu Ralph, erschöpft von der Gemütsbewegung, von dem Gefühl, jeden, eingeschlossen sich selbst, im Stich gelassen zu haben, »wenigstens haben die beiden einander.«

Das sagte Lynne noch immer. Es brachte Nathalie auf, wenn sie es sagte, weil es Nathalie noch immer so schien, als erwarte Lynne dafür eine Bestätigung oder sogar Dank, und obwohl Nathalie Lynne liebte, obwohl sie anerkannte, wie viel Unterstützung sie durch Lynne bekommen, wie sehr Lynne immer auf ihrer Seite gestanden hatte, konnte sie sich noch immer nicht mit dem Gedanken anfreunden, dass Lynne meinte, sie schulde ihr etwas.

Dieses Problem mit Pollys Ohr war genau so ein Fall. Polly war Lynnes Enkelin, und Lynne würde sich wünschen, würde es erwarten, in jede Sorge, die sie betraf, ob eine kleine oder große, mit einbezogen zu werden. Es wäre ein Zeichen der Nähe zwischen Nathalie und Lynne – ein Zeichen dafür, dass es *keinen Unterschied* gab zwischen ihrer und der Beziehung zwischen einer leiblichen Mutter und Tochter –, wenn Nathalie sich Lynne in allen mütterlichen Belangen anvertraute, in allem, was diese Verbindung betraf, die Nathalie so natürlich, so ursprünglich mit Polly aufgebaut hatte.

Aber David hatte Nathalie insgeheim etwas anderes gelehrt. Indem sie ihm dabei zusah, wie er vom Kind zum Jungen und zum Jugendlichen heranwuchs, hatte sie beobachtet, dass er Dingen unauffällig auswich; er stürmte nicht mitten hindurch und zerbrach dabei Porzellan. Er gab Nathalie zu verstehen, dass er bereit wäre, sowohl den Tadel mit einzustecken als auch beim Zusammenkehren zu helfen, sollte sie Porzellan zerschlagen müssen, dass sie das aber gar nicht tun müsste, um zu bekommen, was sie wollte. Weich gebettet durch seine anspruchslose Treue, gab sie mit den Jahren etwas von der Anmaßung ihrer Macht über ihn auf und ging dazu über, trachtete geradezu danach, die unausgesprochene Zufriedenheit in seiner Gegenwart zu suchen, die er anscheinend immer in ihrer gefunden hatte. Als sie jetzt an der Küchenwand lehnte, im Begriff, Davids Nummer zu wählen, überfiel sie plötzlich die Erinnerung daran, wie sie auf dem Treppenabsatz vor der verschlossenen Badezimmertür in der Ashmore Road gehockt hatte. David war im Bad und sang. Er war etwa fünfzehn und von der Idee besessen, Bluessänger zu werden. Er redete von »Bayous« und »Catfish« und »no satisfaction«, und er sparte für eine elektrische Gitarre. Als sie dort auf dem lehmgrauen Teppich kauerte, hörte sie ihn »This Train« singen, und sie wusste, er würde so in der Badewanne liegen, dass nur noch Nase und Mund raussahen, und sich zum Sterben bereitmachen.

Die Erinnerung daran brachte sie zum Lächeln, die Erinnerung daran, wie er Songs mit Titeln wie »Ain't No Way Out« geschrieben hatte, die Erinnerung daran, wie er gewesen war, bevor er Marnie kennen lernte und Unternehmer und Vater dreier Kinder wurde. Sie lächelte noch immer, als sie den Hörer abnahm und seine Nummer wählte.

»Du klingst glücklich«, sagte Marnie.

»Ach«, sagte Nathalie, »ich musste nur über etwas lachen, als ich den Hörer abnahm …«

»Polly?«, fragte Marnie. In Marnies solidem, praktischem, ruhigem Leben lag der Quell von Freude und guter Laune zumeist in Kindern.

»Nein«, sagte Nathalie. Sie fing an, ihr Haar hinten am Kopf hochzuzwirbeln, wie sie es immer tat, wenn sie angespannt war. »Nein, eigentlich nicht. Über David, ich musste an eine Geschichte mit David denken, als wir klein waren. Ist er da?«

»Na ja, nein«, sagte Marnie.

»Soll ich raten?«

»Mittwochabend, Nat ...«

»Schachklub. Na klar. Hätte ich wissen müssen. Was ist das nur mit Männern und Schach?«

»Nur einige Männer –«

»Mein Vater«, unterbrach Nathalie, »Dave –«

»Er möchte, dass Daniel spielt«, sagte Marnie. »Aber der will nicht.«

»Warum nicht?«

»Er sagt, es interessiere ihn nicht.«

»Kann ja sein.«

»Genau, was ich sage. Mit zehn weiß er, was ihn interessiert. Und seine Weigerung hat natürlich in Ellen den Wunsch geweckt, Schach zu spielen, was David ihr auch beigebracht hat, aber man kann sehen, dass er nicht mit dem Herzen dabei ist. Sie ist kein Junge.«

Nathalie stellte sich Marnie vor, wie sie in der Diele stand und sich im Spiegel betrachtete, der beim Telefon hing. Sie würde sich mit dieser unbeschwerten Akzeptanz betrachten, mit der sie die meisten Dinge betrachtete, und zu ihrem dicken, prächtigen, blonden Zopf greifen, den sie über ihre kräftige Schulter gelegt trug. Manchmal stellte sich Nathalie vor, wie der Zopf aussehen würde, wenn Marnie älter war, zu einem festen Knoten geschlungen wie auf einer Illustration von Heidi. Als David Marnie kennen lernte – die tüchtige Leiterin eines kleinen privaten Kindergartens –, hatte sie ihre Haare mitunter offen getragen, ein schwerer, weizenfarbener Vorhang, gekräuselt vom vielen Flechten.

»Kann ich dir irgendwie helfen?«, fragte Marnie.

»Ähm«, sagte Nathalie. Sie hielt inne, und dann sagte sie unwahrheitsgemäß: »Es hat was mit Mum zu tun.«

Marnie sagte nichts. In ihren Augen konnten sich Nathalie und David glücklich schätzen, Lynne zu haben, glücklich, eine Mutter zu haben, die nah genug wohnte und begeistert genug war, um eine ausgezeichnete Großmutter abzugeben. Marnies eigene Mutter lebte in Winnipeg, wo Marnie aufgewachsen war, und lehrte an der Universität Gesellschaftsrecht. Jeden Sommer – mit oder ohne David – nahm Marnie ihre drei Kinder und flog mit ihnen für einen Monat nach Winnipeg. Jeden Sommer kamen die Kinder zurück und sagten laut, dass sie viel, *viel* lieber in Kanada leben würden. Ihre Großmutter machte mit ihnen Campingreisen zu ihrer Hütte am nahe gelegenen See, und jede Mahlzeit fand im Freien statt.

»Jeder kann das einen Monat lang machen«, sagte Marnie dann zu Lynne. »Aber es ist der Alltag, der zählt. Es ist der Alltag, der für *mich* den Ausschlag gibt.«

»Wir alle wollen anderer Leute Mütter«, sagte Nathalie.

»Oh, ich will durchaus meine«, sagte Marnie. »Ich will sie nur nicht so weit weg in Winnipeg haben.«

Nathalie ließ das Haar fallen. Sie mochte Marnie, liebte sie dafür, dass sie David so ein bodenständiges, ausgeglichenes Leben gab, aber oft stieß sie sich an einer Art Selbstgefälligkeit, an etwas, was sich unmerklich von Akzeptanz zu Überheblichkeit wandelte und dabei ein Urteil zu implizieren schien.

»Es war nichts Besonderes«, sagte Nathalie. »Ich hatte nur das Bedürfnis, ein bisschen zu jammern.«

»Wieso jammerst du nicht bei mir? Ich habe Zeit. Ich mache den Kindern heute das Abendessen später. Ellen hat Probe.«

»Weil«, sagte Nathalie, jäh gereizt von der Vorstellung konkurrierender häuslicher Geschäftigkeit und Ordnung, die Marnies letzte Kommentare heraufbeschworen hatten,

»weil du mir ein schlechtes Gewissen machst, wenn ich überhaupt über sie jammere.«

»Sie ist eine gute Frau«, sagte Marnie. »Eine gute Mutter.«

»Da hast du's!«, rief Nathalie. »Hör dich nur an! Jeder normale Mensch hätte gesagt: ›Nein, mache ich das wirklich? Mein Gott, wie schrecklich, das war wirklich nicht meine Absicht, weißt du, was mich an *meiner* Mutter verrückt macht?‹«

Marnie sagte ruhig: »Ich denke nicht so.«

»Nein. Allerdings nicht.«

»Ich sage David, dass du angerufen hast. Soll er dich noch heute Abend zurückrufen?«

»Nein«, sagte Nathalie unglücklich. »Der Moment ist verpasst. Das Feuer ist aus.«

»Ich freue mich, dass ich helfen konnte ...«

»Es war ein *echtes* Feuer, Marnie. Es hatte eine *ernste* Ursache.«

»Bestimmt wird dich David morgen von der Arbeit anrufen.«

Nathalie machte die Augen zu.

»Grüß die Kinder von mir.«

»Aber sicher«, sagte Marnie gelassen, gefasst und gut kanadisch.

»Tschüss.«

Nathalie legte den Hörer zurück auf die Gabel an der Wand und lehnte sich daneben. Aus Pollys Zimmer konnte sie Steve hören, der die elegant-humorvollen Zeilen von Beatrix Potter vorlas. Er hatte offenbar in Sachen Miffy triumphiert, aber schließlich würde Polly ihm jederzeit einen Triumph zugestehen, sobald sie erst einmal ihren Willen bei ihm durchgesetzt hatte. Sie bevorzugte eigentlich auch Beatrix Potter und liebte es, wenn die Tiere ihre Kleidung auszogen, sobald sie dazu zurückkehrten, sich wie Tiere zu verhalten, sie liebte die Sprache. Sie las jetzt zusammen mit Steve, die Stimme ein wenig grell, um zu verhindern, dass er auch nur eine einzige Silbe ausließ.

»›So eine *Schande*‹«, schrie Polly. »›So eine *Schande*‹, sagte Mrs Tabitha Zucketabs.«

Nathalie sank auf den nächsten Küchenstuhl. Gegenüber auf der matt schimmernden Tischplatte lagen Krümel und klebten Milch- oder Joghurtkleckse, Reste von Pollys Abendessen. Sie streckte den Arm aus und drückte den Zeigefinger auf ein paar Krümel.

Das ist wirklich, dachte sie, *wirklich*. Das ist *hier*. Und Polly auch. Und Steve. Sie sind genauso wirklich wie gestern, wie sie morgen sein werden. Nichts hat sich verändert. Nichts wird sich verändern.

Das Telefon läutete. Nathalie drehte sich auf dem Stuhl herum und griff hinter sich, um den Hörer von der Wand zu nehmen.

»Störe ich euch beim Abendessen?«, fragte Lynne.

Sie sagte immer etwas in dieser Art: »Ich mache es ganz kurz.« Oder: »Passt es jetzt gerade?«

»Ich habe noch nicht angefangen«, sagte Nathalie. »Ehrlich gesagt, habe ich noch nicht mal darüber nachgedacht.«

Lynne lachte. Das bewunderte sie an Nathalie, diese Unbekümmertheit der modernen Frauen, die keine Skrupel quälen, wenn sie ihren Männern keine regelmäßigen Mahlzeiten vorsetzen. Ralph war weiß Gott anspruchslos, aber Lynne empfand es als ihre Pflicht, als ein Bedürfnis, morgens um sieben und abends um sieben den Tisch zu decken und darauf diese – nun ja, sie waren eigentlich so etwas wie Gaben – Gaben der Zuneigung und Pflichttreue zu setzen.

Und des Entgegenkommens. Sosehr sie es auch versuchen mochte, für Lynne war eine Beziehung ohne Zugeständnisse nicht denkbar.

»Ich rufe an, um mich nach Polly zu erkundigen«, sagte Lynne. »Ich habe an euch gedacht. Den ganzen Nachmittag.«

Nathalie sah auf die Uhr. Der Termin beim HNO-Arzt war um Viertel nach drei gewesen. Jetzt war es zehn vor acht. Sie lehnte den Kopf gegen die Wand.

»Er war wirklich nett …«

»Ach ja?«

»Er hat selbst Kinder. Das macht was aus, findest du nicht?«

»O *ja*«, sagte Lynne mit Inbrunst.

Nathalie wusste, dass sie auf mehr wartete.

Sie sagte: »Er war sehr freundlich zu Polly. Sehr gründlich.«

Sie hielt inne. Lynne wartete.

Nathalie sagte: »Er hat sie eine Ewigkeit untersucht. Beide Ohren. Er hat ihr gesagt, sie soll die Hand heben, wenn er ihr wehtut, und sie hat gesagt: ›Kann ich nicht schreien?‹«

»Dieser Frechdachs«, sagte Lynne.

»Er hat gesagt: ›Nein, dann bringst du mein Instrument zum Ruckeln.‹ Das fand sie unheimlich komisch. Sie liebt Wörter wie ruckeln.«

»Nathalie«, sagte Lynne vorsichtig. »Was hat er zu dem Problem gesagt?«

»Welchem Problem?«

Lynne sog den Atem ein, ein winziges, fast unhörbares Keuchen. Das hatte sie schon immer getan, wenn ihre Geduld auf die Probe gestellt wurde, ein kurzes, kleines Luftholen, als wäre das ein physisches Hemmnis für aufsteigenden Zorn. Nathalie hatte als Teenager damit ihr Spiel getrieben und sie einfach so lange provoziert, bis Lynne den Nervenkrieg verloren gab und den verräterischen Atemzug tat.

»Das Problem mit Pollys Gehör, Liebes. Der Grund, weshalb sie in der Schule Schwierigkeiten hat ...«

»Sie hat keine Schwierigkeiten ...«

»Dann eben der Grund dafür, dass sie sich anscheinend nicht sehr gut konzentrieren kann.«

Nathalie sagte leichthin: »Ist nur was Winziges.«

»*Tatsächlich?*« Lynnes Stimme hob sich vor Erleichterung.

»Ach ja. Eine Winzigkeit.«

»Was für eine Winzigkeit?«

»Ein kleines Stück überflüssiger Knorpel, der das Ohr blockiert. Wie ein kleiner Sporn.«

»Kann – kann er ihn entfernen?«

»O ja«, sagte Nathalie beinahe gleichgültig.

»Aber das ist wunderbar. Was für eine Erleichterung. Hat er gesagt, woher sie das haben könnte?«

»Was haben?«

»Dieses kleine, überflüssige Stück Knorpel. Ich meine, könnte es vererbt sein? Hat er dich auch untersucht?«

Nathalie blickte zur Decke.

»Nein. Wieso sollte er?«

Lynne sagte müde: »Nicht wichtig.«

»Mum, er hat Polly untersucht und festgestellt, dass sie eine winzig kleine Missbildung hat, die er entfernen wird.«

»Ja.«

»Keine große Angelegenheit.«

»Nein. Wird er es bald machen?«

»Innerhalb der nächsten drei Monate.«

»Ich bin so froh, Liebes. Wirklich ...«

»Ich auch.«

»Ich habe mir Sorgen gemacht«, sagte Lynne. »Ich habe an euch gedacht.« Sie ließ eine weitere kurze Pause folgen und sagte dann: »Soll ich am Wochenende babysitten?«

Und Polly schrie in ihrem Zimmer: »›... die den Frieden und die Würde der TEEGESELLSCHAFT empfindlich störten!‹«

»Ich weiß noch nicht, was wir vorhaben«, sagte Nathalie. »Aber vielen Dank. Ich sage dir Bescheid.«

»Gib Polly einen Kuss von mir ...«

»Mache ich. Mum, danke für den Anruf.«

»Ich bin froh, dass alles in Ordnung ist.«

»Ja.«

»Gute Nacht, Liebes«, sagte Lynne.

Nathalie knallte den Hörer auf die Gabel. Dann ging sie hinüber zum Kühlschrank und holte eine Plastikdose mit frischer Pasta, eine halbe Zwiebel auf einem Teller und Hackfleisch in einem weißen Beutel heraus und warf alles auf den Tisch. Dann ging sie auf die Suche nach ihrer Handtasche, fand sie und kramte darin nach ihrem Handy.

»Mami kommt«, sagte Steve im Flur, »aber nicht, wenn du das Bett verlässt.«

Polly jammerte irgendwas.

»Du *hast* was zu trinken. *Und* das blaue Kaninchen. Und Barbie hat ihre beiden Schuhe an, sie sind *nicht* verschwunden.«

Nathalie drückte die Tasten, um eine SMS zu senden. »Ruf mich an«, schrieb sie, »möglichst bald.« Davids Nummer erschien auf dem winzigen Display. Steve tauchte in der Tür auf.

»Willst du ihr Gute Nacht sagen?«

»Natürlich.«

»Das Telefon hat geklingelt …«

»Es war Mum. Wollte wegen heute Nachmittag Bescheid wissen.«

»Und?«

»Ich hab ihr gesagt, dass es eine harmlose Sache und ein harmloser Eingriff sei.«

Steve sah auf sein Handy.

»Wahr oder gelogen?«

»Wörtlich genommen, wahr.«

»Mami, komm *her* …«

»Nat, ich dachte, du hättest gesagt …«

»*Sofort!*«, schrie Polly.

Nathalie schlüpfte an Steve vorbei in den Flur. Er war dunkel, so wie Pollys Zimmer, abgesehen von der Nachtlampe in Form eines kleinen leuchtenden Teddybären in der Steckdose neben ihrem Bett.

»Daddy hat nur eine ganz winzige Geschichte gelesen …«

»Nein, hat er nicht. Ich habe ihn gehört. Er hat dir den ganzen Tom Kitten vorgelesen.«

»Ich wollte eigentlich Mrs Tiggywinkle hören«, sagte Polly. »Ich wollte das so sehr.«

»Morgen«, sagte Nathalie. Sie beugte sich über Polly und atmete ihren Duft ein.

»Kriege ich einen Verband?«, fragte Polly.

»Wann?«

»Wenn der Ruckelmann mein Ohr macht. Kriege ich einen Verband? Wird er um meinen ganzen Kopf rumgehen, sodass ich durch einen Strohhalm atmen muss?«

»Nein, Liebling. Es wird nur ein kleiner Schnitt innen drin sein. Du wirst ihn nicht einmal sehen können.«

»Ich *will* ihn aber sehen.«

»Polly«, sagte Nathalie, »jetzt ist Zeit zu schlafen. Morgen früh kannst du wie ein Wasserfall reden, aber nicht jetzt.«

»Blablabla«, machte Polly und drehte sich auf die Seite, weg von Nathalie. »Blablabla.«

»Dir auch«, sagte Nathalie. Sie küsste Polly auf die Wange. »Schlaf gut.«

»Nur«, sagte Polly, »wenn ich nicht *ruckel.*«

In der Küche schnitt Steve eine Zwiebel klein. Er schnitt wie ein Meisterkoch mit einem großen Messer und schnellen, präzisen, geübten Bewegungen. Neben ihm stand ein Glas Wein und ein anderes auf dem Tisch, der von den Krümeln gesäubert war.

»Titus hat eine neue Freundin«, sagte Steve.

»Oh?«

»Ziemlich hinreißend auf merkwürdige Weise. Eine Art Jamie-Lee-Curtis-Typ. Ungefähr dreißig Zentimeter größer als er, wie gewöhnlich.«

»Es wäre schwierig, dreißig Zentimeter *kleiner* zu sein.«

»Er hat keine Probleme, sie zu kriegen, oder?«

Nathalie öffnete einen Schrank neben Steves Knien und holte eine Bratpfanne heraus.

»Er ist sehr attraktiv. Als Mensch, meine ich. Lustig und sympathisch.«

»Du magst jeden«, sagte Steve und nahm ihr die Pfanne ab, »der nett zu Polly ist.«

»Natürlich. Und wenn sie auch noch nett zu mir sind, bete ich sie an.«

»Wie mich.«

Steve schüttete Olivenöl in die Pfanne und stellte sie auf eine Herdplatte.

»Titus wollte, dass ich dich etwas frage. Oder zumindest wollte er das im Auftrag von Sasha.«

»Ist Sasha seine neue Freundin?«

»Ja.«

Nathalie nahm den Beutel mit dem Hackfleisch und riss ihn auf.

»Sie macht irgendeine Art Beratungskurs. Sie arbeitet an einem Projekt über Identität, wie wir uns identifizieren, ob oder ob wir nicht wissen müssen, wo unsere biologischen Wurzeln sind.« Er nahm das Brett hoch, auf dem er die Zwiebel gehackt hatte, und kippte sie in die Pfanne. »Sie – na ja, sie wollte wissen, ob sie vielleicht mit dir reden könnte.«

Nathalie trug den aufgerissenen Beutel rüber zum Herd. »Wieso?«

»Weil Titus ihr erzählt hat, dass du adoptiert bist, und ich gesagt habe, dass dir das nie Probleme gemacht hat.«

Nathalie ließ das Hackfleisch auf die Zwiebel fallen.

»Woher weiß Titus, dass ich adoptiert worden bin?«

»Ich muss es ihm wohl mal erzählt haben.«

»Wie vielen Leuten hast du das *noch* erzählt?«

»Niemandem. Keinem. Ich kann mich eigentlich auch nicht erinnern, es Titus erzählt zu haben, aber er sagte, das hätte ich ...«

»Ist es *wichtig*«, fragte Nathalie, »dass ich adoptiert bin? Macht das irgendeinen *Unterschied*?«

Steve fing an, das Hackfleisch mit einem hölzernen Topfschaber zu zerpflücken.

»Nicht für mich, Nat. Und ich dachte, für dich auch nicht.«

Sie sagte mit Nachdruck: »Bestimmt nicht für mich.«

»Dann ist es *das*, was den Unterschied ausmacht. Anscheinend. Dass du dich nicht ausgegrenzt fühlst. Deshalb möchte Sasha mit dir reden.«

Nathalie ging zum Tisch zurück und griff nach ihrem Weinglas.

»Na ja, von mir aus.«

Steve drehte sich um.

»Von dir aus?«

»Ja. Wieso nicht?«

»Ich dachte – na ja, ich dachte, nach dem, was du eben gesagt hast, wie verloren du dich fühlst, wie es dich aus dem Konzept bringt, wenn du nicht alles weißt, was Polly geerbt haben könnte, dass – na ja. Dass du mit niemandem darüber reden möchtest. Ich hatte das Gefühl, ich müsste dich fragen, weil ich es Titus versprochen habe, aber ich hätte nicht gedacht, dass du ja sagst.«

Nathalie sagte ruhig: »Tue ich aber.«

»Hast du mit Dave gesprochen?«

»Nein. Schachabend. Hatte ich vergessen.«

»Aber ...«

»Ist jetzt egal«, sagte Nathalie. »Tut mir Leid wegen vorhin. Aber wenn es um Polly geht ...«

»Wem sagst du das.«

»Ich weiß. Tut mir Leid.«

»Dann kann ich Titus also sagen, dass dich diese Sasha zumindest anrufen kann?«

»Natürlich«, sagte Nathalie.

Sie hob ihr Haar hoch und fing an, es hinterm Kopf hochzuzwirbeln.

»Es macht mir nichts aus, ihr zu erzählen, wie ich mich fühle.«

Steve beobachtete sie mit dem Schaber in der Hand. Hinter ihm zischten und brutzelten das Fleisch und die Zwiebeln.

»Und – wie ist das?«

»Das Adoptiertsein?«, sagte Nathalie. »Adoptiertsein erlaubt einem, sich auszusuchen, was für ein Mensch man sein möchte. Ich kann die Karten meiner Vergangenheit mischen, wie ich will.« Sie lächelte ihn an. »Du kannst das nicht. Und sie auch nicht.«

Kapitel drei

Als David Dexter achtzehn war, sagte er seinen Eltern, Lynne und Ralph, dass er den Studienplatz für Wirtschaftslehre, den er ergattert hatte, nicht annehmen werde. Er werde stattdessen, sagte er mit jener ausdruckslosen Stimme, die er gelernt hatte zu benutzen, wenn er ihnen etwas erzählte, das womöglich eine heftigere Reaktion auslöste, als ihm angenehm war, die Hochschule für Landwirtschaft in den West Midlands besuchen, um Gartenbau zu studieren. Er habe vor, vielleicht Landschaftsgärtner oder etwas in der Art zu werden. Er sei noch nicht sicher. Er wisse nur, dass er nicht nach Leicester gehen und Wirtschaft studieren wolle.

Ralph dachte an die vielen Wochenenden, die er damit verbracht hatte, David zu beschwatzen, ihm im Garten zu helfen.

»Aber du *magst* Gärten doch überhaupt nicht, David.«

»Vielleicht«, sagte Lynne rasch, wie immer ängstlich darauf bedacht, dass keine der von den Kindern bekundeten Leidenschaften, mochten sie auch noch so schwer zu verstehen sein, ohne Unterstützung blieb, »mag er nur *diesen* Garten nicht.«

David sagte: »Ich möchte etwas *Lebendiges* studieren. Das ist alles.«

Ralph, der ein eigenes kleines Ingenieurbüro besessen hatte, bis er von einem Konkurrenten aufgekauft wurde, klimperte mit dem Kleingeld in der Hosentasche.

»Ich glaube, du würdest auch etwas sehr Lebendiges in der Wirtschaft entdecken ...«

»Etwas unmittelbar Lebendiges«, sagte David. »Zyklisch. Organisch. Etwas, was ich anfassen kann.«

Sie ließen ihn gehen. Sie mussten es akzeptieren, genauso, das hatte Ralph hervorgehoben, wie sein eigener Vater – den er verabscheut hatte – es einsehen musste, dass Ralph ihm nicht in die Steuerberatung folgen würde. Ralphs Vater hatte seinem Groll dadurch Ausdruck verliehen, dass er den Großteil seines dürftigen Nachlasses Ralphs Schwester vermacht hatte, ein Entschluss, argwöhnte Ralph, der seiner Rachgier zweifellos Befriedigung verschafft hatte. Und so ging David mit jedermanns zur Schau getragenem herzlichem Segen fort, um Gartenbaukunst zu studieren, erlangte einen ordentlichen Abschluss und machte sich daran, mit Rasenmähen und Heckenschneiden einen kleinen Betrieb aufzubauen, der inzwischen zu einer gut gehenden Firma für Gartenservice gediehen war, mit drei Fahrzeugen mit seinem Namen auf den Türen und zehn Mitarbeitern.

Es war noch in seinen Anfangszeiten gewesen, als er die lang gestreckten, unangenehm duftenden Ligusterhecken vor einer Reihe stattlicher viktorianischer Einzelhäuser schnitt, von denen eines einen Kindergarten im Untergeschoss beherbergte, und er Marnie begegnete. Er hatte ihre Stimme gehört – amerikanischer Akzent, dachte er –, mit der sie auf eine Weise Ordnung in die Schar ihrer kleinen schnatternden Schützlinge brachte, die er sofort anziehend fand. Sie hatte freundlich und interessiert und liebevoll geklungen, aber auch, als wüsste sie, was diese Kinder zu tun hatten und dass sie es sehr bald tun würden, ohne Widerrede. David hatte eine Art Spiel gespielt. Er hatte sich mit seiner elektrischen Heckenschere dahin vorgearbeitet, wo ihm weiterhin die Sicht auf die Besitzerin dieser reizenden Stimme verwehrt blieb, und sich vorgestellt, wie sie wohl aussah: Sie war wahrscheinlich Mitte oder Ende zwanzig, ziemlich groß und dünn, hatte vielleicht Nathalies Haut- und Haarfarbe, blassen Teint und ziemlich dunkles Haar, und diese klaren, leuchtenden Augen, die ihren Besitzern so einen besonders intensiven Blick verleihen.

Als er sich schließlich lautstark so weit um die Hecke herumgeschnitten hatte, dass er die Rückfenster des Kindergartens sehen konnte, stellte er fasziniert und aufgeregt zugleich fest, dass er nur in einem Punkt Recht gehabt hatte. Marnie war groß, beinahe so groß wie er, größer, wenn sie etwas anderes trug als die speziellen blauen Segeltuchsandalen, die sie gerade anhatte. Aber sie war jung, nicht älter als vielleicht zwei- oder dreiundzwanzig, und kräftig gebaut mit der ausgeprägten geschmeidigen Anmut eines Mädchens, das mit Sport groß geworden war. Und sie war blond, sehr blond, skandinavisch blond, das Haar weich aus dem Gesicht nach hinten genommen, wo es ihr in einem dicken Zopf am Rücken herunterhing. Den Zopf hielt kein Haarband zusammen, sondern nur ein einfaches Haushaltsgummi, wie man es benutzt, um Post zu bündeln.

Nachdem er sie drei Tage beobachtet hatte, wie sie zum Kindergarten kam und wieder ging – zu Fuß und mit Rucksack statt mit Handtasche –, lauerte David ihr auf. Er hatte seine Arbeitskleidung an und seine Hände und Unterarme waren grün verschmutzt von den Hecken, denn seine Gedanken waren so von dem Eindruck in Anspruch genommen, den Marnie auf ihn machte, dass er keinen Gedanken daran verschwendet hatte, welchen Eindruck er vielleicht auf sie machen würde.

»Ich sah hoch«, sagte Marnie später zu Nathalie, »und da stand dieser wunderbare Mann.«

Er fragte sie, ob sie mit ihm etwas trinken gehen würde. Er sagte ihr, dass es ihre Stimme gewesen sei, die seine Aufmerksamkeit erregt habe, und ihr Umgang mit den Kindern. Er sagte, er habe sich noch nie mit einer Amerikanerin verabredet.

»Kanadierin«, sagte Marnie. »Winnipeg. Hören Sie auf mein R.«

Sie tranken Apfelwein auf einer Bank mit abblätternder Farbe vor einem Pub am Kanalufer. Marnie sagte, sie habe in Kanada eine Ausbildung als Vorschullehrerin gemacht und sei nach England gekommen, weil sie von Winnipeg fortmusste und das Gefühl gehabt habe, Toronto sei nicht weit genug weg. Sie hatte beinahe sofort einen Job in einem Kindergarten in West London bekommen, wo sie eine der Mütter so beeindruckte – »Sie ist sehr gut zu mir gewesen, aber eigentlich wollte sie mein ganzes Leben bestimmen und es auch für mich leben« –, dass man ihr dabei half, sich selbstständig zu machen, und innerhalb von zwei Jahren hatte sie ihren eigenen Kindergarten in der Heimatstadt ihrer Wohltäterin aufgebaut. Sie war vierundzwanzig Jahre alt.

»Ich auch«, sagte David. »Spielen Sie Tennis?«

»Klar«, sagte sie.

Sie spielte außerdem Golf und schwamm und fuhr Ski und nahm Kletterunterricht an der Kletterwand im örtlichen Sportzentrum. Sie schien nicht diese mysteriösen Vielschichtigkeiten und Manövriertaktiken der Mädchen zu besitzen, mit denen David bisher zu tun gehabt hatte. Er hatte nicht das Gefühl, wie so oft zuvor, sofort den geraden Kurs der Autobahn verlassen und einem Mädchen, das plötzlich ausweichend und rätselhaft geworden war, in die schattigen Labyrinthe zu beiden Seiten folgen zu müssen. Und dennoch war das hier ein Rätsel für ihn. Er wurde unwiderstehlich von diesem ungewöhnlichen Mädchen angezogen, das beinahe exotisch wirkte in seiner gelassenen Andersartigkeit gegenüber den englischen Mädchen, die er bisher kennen gelernt hatte – und sie glich Nathalie nicht im Entferntesten. David hatte immer angenommen, sogar gehofft, dass, wenn er das Mädchen fände, mit dem er sein Leben verbringen wollte, es wie Nathalie sein würde, dass er nicht das Gefühl hätte, einen erneuten Verlust erleiden zu müssen. Es war schließlich der Verlust, vor dem er immer Angst gehabt hatte, der Verlust, mit dem er schmerzlich gerungen hatte, als Nathalie auf der Kunstakademie Steve Ross kennen gelernt und angefangen hatte, sich von David abzuwenden, ebenso zwangsläufig wie eine Sonnenblume ihre Blüte dem Sonnenlicht zuwendet. Danach hatte er sich immer vorgestellt, dass sein Trost in Gestalt eines Mädchens daherkommen würde, das genauso wäre wie Nathalie. Aber Marnie war wie überhaupt keine der Frauen, der David bis dahin begegnet war, bis hin zu dem Punkt, dass sie ihn nach acht Monaten Freundschaft mit ihren warmen braunen Augen ansah und ohne Umschweife vorschlug zu heiraten.

Er war erstaunt, erstaunt und erleichtert.

Er beugte sich über den Imbiss aus Käse und Brot, den sie sich in einem Pub außerhalb von Westerham teilten, und sagte entschlossen: »Natürlich.«

Marnie lächelte.

»Wenn es das Richtige ist, greif zu.«

Es war alles so einfach. Er konnte es kaum glauben. Lynne und Ralph waren entzückt, und Nathalie war so verblüfft über das Ausbleiben jeglicher Kampfansage durch Marnie, dass sie nur in ihre Begeisterung mit einstimmen konnte. Marnie nahm ihn mit nach Winnipeg und stellte ihn ihrer Familie vor, unkomplizierte Akademiker-Eltern und eine Hand voll umgänglicher, unbeschwerter Brüder, und David hatte eine unheimliche Anwandlung, dass all dies irgendwie von einer unsichtbaren Hand gelenkt worden war und dass der Weg, der in seinem frühen Leben so tückisch und steinig gewesen war, nun für ihn meisterhaft geebnet wurde, als eine Art beinahe überirdischer Kompensation. Er sah sich in seiner neuen kanadischen Familie um und betrachtete seine englische, und es schien ihm plötzlich, als seien all die beunruhigenden inneren Kämpfe nicht so sehr gewonnen worden als einfach weggeschmolzen, ohne dass auch nur ein Schlag ausgeführt worden wäre. Er sagte Marnie, dass er sie liebte, mit einer Stimme, aus der selbst sie, die ohnehin schon durch ihn betört war, heraushörte, welche Dankbarkeit in ihr mitschwang. Es war zutiefst, wunderbar aufregend.

Sie wurden in England getraut (Marnies Entscheidung), wanderten in den Flitterwochen durch die Pyrenäen von Frankreich nach Spanien (Marnies Entscheidung) und richteten sich nach der Rückkehr in einer kleinen Wohnung zehn Minuten zu Fuß von Marnies Kindergarten ein. Ellen wurde achtzehn Monate nach ihrer Hochzeit geboren – und nach ihrer kanadischen Großmutter benannt –, und Daniel zwei Jahre danach. Der Gartenservice expandierte, ebenso der Kindergarten, der in neue Räume mit genug Platz für fünfzig Kinder wechselte, und sie zogen in ein allein stehendes Haus mit einem lang gestreckten Garten – lang genug, um einen Kricket- oder Tennisball zu schlagen –, der sich bis zum Rand des Westerham-Golfplatzes zog. An Wochenenden sammelte Daniel verlorene Golfbälle aus den Büschen entlang der Fairways und hinter den Grüns ein und verkaufte sie wieder an die Mitglieder für fünf oder zehn Pennys, je nachdem, womit er dachte durchzukommen. Vom Rasen des langen Gartens aus beobachtete Ellen dieses kaufmännische Miniunternehmen mit Verachtung: Ihr eigenes Ziel war es, berühmt zu werden, ob jedoch als Schauspielerin oder Tennisspielerin, hatte sie noch nicht entschieden.

Nach beinahe vierzehn Jahren Ehe wurde Marnie erneut schwanger. Das Ergebnis – Petey – brachte sie dazu, ihre sämtlichen Instinkte aufs Häusliche auszurichten, und zum wohltuenden Bedauern von Westerhams Eltern gab sie den Kindergarten auf, um sich ganz der Mutterschaft und dem häuslichen Leben zuzuwenden. Schließlich, sagte sie zu David, habe sie bisher nie die Chance gehabt, sich einem davon ganztägig zu widmen, und darum wolle sie sie jetzt ergreifen, solange Petey noch klein war.

»Natürlich«, sagte David. Er hatte in den fünfzehn Jahren, die sie zusammen waren, sehr oft »natürlich« gesagt und es in den meisten Fällen auch so gemeint. Aber dieser Wandel in Marnies Leben war merkwürdig beunruhigend, und sein »natürlich« hatte dieses Mal nicht den gewohnten überzeugten Klang.

Während er jetzt auf seinem Computer die Mehrwertsteuerbeträge auf seinen Rechnungen anstarrte – er zog es noch immer vor, diese vierteljährlichen Voranmeldungen selber zu machen –, fragte er sich, was ihn an Marnies Wunsch, den Beruf aufzugeben, so beunruhigte. Es war nicht das Geld, denn zum einen verdiente er genug, damit sie gut, wenn auch nicht luxuriös, leben konnten, zum anderen war es bei dem Kindergarten nie um den Profit gegangen. Es ging mehr darum, dachte er, während er sinnlos auf- und abscrollte, wie ihr Leben aussehen würde, wenn sich Marnies gesamte, gewaltige Energie auf einen einzigen Bereich statt auf zwei konzentrierte.

Man konnte Marnie nicht direkt als herrisch bezeichnen. Sie dominierte oder drängte oder insistierte nicht einfach ohne guten Grund. Aber sie hatte eine sehr klare, bestimmte Vorstellung davon, wie Menschen sich verhalten sollten, sowohl als Einzelperson wie auch, noch wichtiger, untereinander. Marnie betrachtete Menschen im Sinne von Gemeinschaft; sie sprach in Begriffen wie Gruppen und Teams und Familien. Das hatte im Kindergarten wunderbar funktioniert, wo solche Prinzipien ebenso praktisch wie gesund waren. Aber auf das Familienleben bezogen, schien es nicht so selbstverständlich zu funktionieren. Als die Kinder kamen, machte Marnie David unmissverständlich klar, dass er nun keine Priorität mehr darstellte, weder für sich selbst noch für sie, sondern vielmehr ein führendes Teammitglied in dieser neuen Gruppe, und diese neue Gruppe hatte Vorrang vor allem anderen. Vor *allem*. Familie, das wurde deutlich, war Marnies Religion.

Ein Teil von David liebte es, bewunderte es, glaubte, dass es mithalf, die tief im Inneren sitzenden großen, klaffenden Wunden zu heilen, die durch das Wegreißen seiner eigenen leiblichen Familie entstanden waren. Wenn er seine schlafenden Kinder betrachtete, dann spürte er eine Intensität von Zusammengehörigkeit, die noch auf andere Instinkte als Vaterliebe zurückgehen musste. Aber trotz dieser urinnigsten Empfindung physischer Verbundenheit streunte ein Teil von ihm noch immer herum, ein Teil von ihm, der noch immer in das lebenslange Ringen verstrickt war – er nahm an, dass jeder Mensch auf ähnliche Weise darin verstrickt war –, zu entdecken, wer er wirklich war und wie er mit dieser Person leben sollte. Diesem Ringen, das zumeist in weniger bewussten Regionen seines Geistes stattfand, wurde in keiner Weise durch seine unbestrittene Liebe zu Marnie oder seinen Kindern abgeholfen. Nur zwei Dinge erleichterten es, zwei Dinge, von denen er wusste, dass sie in Marnies Augen zwar nicht gerade unloyal der Familie gegenüber waren, aber zumindest auch nicht zu ihrem Wohlergehen beitrugen. Sie würde ihn nie davon abhalten, ihnen nachzugehen, aber sie teilte ihm stumm mit, dass die Zeit und Energie, die er diesen beiden Interessen widmete, Zeit und Energie waren, die seiner Familie zugestanden hätten und von denen diese sehr wohl profitiert hätte. Diese beiden waren das Schachspiel und die Treffen mit seiner Schwester Nathalie.

Ralph hatte David das Schachspielen beigebracht, als er sieben war, und sogar mit sieben Jahren hatte David gespürt, dass es dabei um eine Art Wettstreit ging, der ihn faszinierte. Ralph war ein guter, zuverlässiger Spieler, Mitglied in einem Ortsklub, und er hatte zu Lynne gesagt, dass er David verschiedene Fertigkeiten und Spiele beibringen wolle, Dinge, die sie vielleicht gemeinsam machen könnten, wenn Reden einfach zu schwierig war. Lynne fand das eine wundervolle Idee. Ihre Augen leuchteten. Sie leuchteten Ralph in Dankbarkeit an, und sie war froh über diese Dankbarkeit, da sie dem permanenten Gefühl, von Ralph in Sachen Babys im Stich gelassen worden zu sein, eine gewisse Schärfe nahm.

Ralph besaß ein Schachbrett aus Speckstein, das Lynne ihm geschenkt hatte, und einen Satz grob geschnitzter Holzfiguren, die seinem Großvater gehört hatten. Er setzte David vor eine Seite des Bretts auf einen Stuhl.

»So«, sagte er. »Bevor ich dir erkläre, worum es im Einzelnen geht, möchte ich dir zwei Dinge sagen. Das Erste ist, weil alle Züge beim Schach von dir abhängen, wirst du bald deine eigenen Grenzen herausfinden. Das Zweite ist – du könntest mich schlagen.«

Davids Kopf fuhr hoch. Seine Augen strahlten.

»Dich *schlagen*?«

»Das einzige Ziel beim Schach ist, den König matt zu setzen. Du könntest sämtliche anderen Figuren auf dem Brett aus dem Spiel schlagen und trotzdem verlieren. Aber wenn du den König matt setzt, gewinnst du. Deshalb kann ein Junge einen Mann besiegen.«

Es wurde ziemlich bald klar, dass David gut, sogar sehr gut würde, besser, als Ralph erwartet hatte. Als er zwölf war, sagte Ralph mit gespielter Tapferkeit Sachen wie: »Nun, ich habe immer gesagt, das Spiel ist größer als die Spieler«, und er hörte auf, mit ihm zu spielen. David merkte es, ließ sich aber nicht davon beirren, so besessen war er inzwischen von dieser faszinierenden Tätigkeit, bei der Gedanken Taten zu ersetzen schienen, bei der er einen Zug machen konnte, ohne sich wirklich zu exponieren, bei der er seine emotionale und intellektuelle Abwehr in Sicherheit wusste.

»Warum spielst du Schach?«, fragte Nathalie, die es sich nicht von ihm beibringen lassen wollte. »Wieso spielst du es immer und immer wieder?«

Er riss einen Umschlag in immer noch kleinere Fetzen.

»Weil ich es kontrollieren kann.«

»Nein, das kannst du nicht. Du gewinnst nicht immer. Wenn du verlierst, hast du die Kontrolle verloren.«

»Aber ich kann wieder spielen«, sagte David. »Es gibt immer wieder ein neues Spiel. Jedes Mal, wenn ich verliere, freue ich mich darauf, das nächste Spiel zu gewinnen. Es hält meine Hoffnung wach.« Er drückte die Umschlagfetzen fest in seiner Faust zusammen. »Und ich kann nicht verloren gehen.«

»*Was?*«

»Es gibt immer ein Endspiel. Es gibt immer ein Ergebnis. Wenn man Schach spielt, kann man nicht verloren gehen.«

»Ja«, sagte Nathalie.

»Verstehst du?«

»Ja«, sagte Nathalie wieder.

»Ich muss nicht kapitulieren …«

»Okay, okay«, sagte Nathalie, »ich verstehe. Ich hab's *kapiert*. Aber ich will trotzdem nicht spielen.«

David gründete einen Schachklub in der Schule und einen weiteren am Gartenbau-College. Als er Marnie kennen lernte, wollte er ihr Schach beibringen, aber sie war sich seiner sicher genug, um es nicht lernen zu müssen. Jedenfalls kam ihr Schach unbedeutend vor; es war herrlich fremd, ein Spiel, das seinen Ursprung in den antiken, untergegangenen Hochkulturen hatte. Wenn David es spielte, fand sie das exzentrisch, aber auch kultiviert, und irgendwie vornehm. Nur als sie im Laufe der Zeit sah, dass es ihn ständig dahin zurückzog, wie zu einer Opiumpfeife, erkannte sie allmählich mit Unbehagen, dass dieses Spiel für David mehr darstellte als nur ein Spiel und dass unter der trügerisch zivilisierten schwarzweißen Oberfläche irgendeine atavistische Art von Problembewältigung verborgen lag. Aber andererseits, sagte sie sich, ist es nicht absolut verrückt, so argwöhnisch – oder sogar eifersüchtig – gegen ein Spiel zu sein? Angenommen, er würde das ganze Wochenende über Golf spielen oder ihr ganzes Geld für Boote oder Oldtimer ausgeben oder durch die Weltgeschichte fliegen, um eine Footballmannschaft anzufeuern? Schach, sagte sie sich, war kein Feind; konnte es nicht sein. Schach war wie das Lösen von Kreuzworträtseln, eine herausfordernde, intellektuelle Übung von großer Schönheit und mit langer

Geschichte. Schach war nicht launenhaft oder anspruchsvoll oder emotional oder verletzlich. Schach war nicht wie Nathalie.

Marnie mochte Nathalie. Dessen war sie sich ganz sicher. Von ihrer ersten Begegnung an hatte Nathalie Marnie nur Zuneigung und Zustimmung entgegengebracht, und selbst wenn diese Zuneigung und Zustimmung ein Zeichen für Nathalies außerordentliches Vertrauen in die eigene Bedeutung für Davids Leben war, glaubte Marnie dennoch fest, dass sie an sich betrachtet aufrichtig waren. Oder nicht? Schließlich gab es alles Mögliche in Davids und Nathalies Vergangenheit, was das enge Band zwischen ihnen rechtfertigte und erklärte – reiner Zufall, sagte Nathalie zu ihr, denn sie hätten sich ebenso gut von Anfang an gegenseitig verabscheuen können –, aber man konnte die Tatsache, dass sie *keine* Blutsverwandten waren, nicht gänzlich übersehen, wenn man in so enger Weise mit ihnen verbunden war wie Marnie.

Marnie war ein Mensch für Freunde, aber nicht unbedingt für Freundinnen. Sie versuchte auf ihre gewohnte, zurückhaltend selbstbewusste Art, aus Nathalie einen Freund zu machen, eine Beziehung herzustellen, die sich ganz von der unterschied, die sie beide jeweils mit David hatten. Aber Nathalie entzog sich ihr. Sie war eine angenehme Schwägerin, eine hervorragende Tante, sie war nicht gierig, was Zeit oder Aufmerksamkeit anging, aber sie konnte noch immer, völlig unabhängig von seiner Stimmung, etwas in David entfachen, was ihn ganz sachte Marnies Zugriff entzog, und wenn sie ihn nicht mehr erreichen konnte, fühlte sie sich auf eine Weise unhörbar und unsichtbar, wie ihr das im ganzen Leben noch niemand vermittelt hatte. Und in diesen Augenblicken hatte sie das Gefühl, weit weg von Kanada zu sein.

Als sie jetzt neben dem Telefon in der Diele stand und Petey oben in seinem Ställchen eingeschlafen war – es war wirklich Zeit, ihn ins Bett zu bringen – und das geputzte Gemüse in der Küche darauf wartete, fürs Abendessen gekocht zu werden, dachte Marnie angestrengt über Nathalie nach. Nathalie hatte nicht angerufen, um sich bei David über Lynne zu beschweren. Das war vollkommen klar. Nathalie hatte wegen etwas ganz anderem angerufen, etwas, was sie Marnie nicht erzählen wollte, etwas, was mit dem Ort zu tun hatte, wo sie und David sich nach dem Schiffbruch in ihrem frühen Leben aneinander geklammert hatten. Marnie betrachtete sich, ihre ebenmäßigen Gesichtszüge und Zähne, die kompetente Bügelarbeit ihres gestreiften Baumwollhemdes. Ein kleiner, aber unverkennbarer Zorn stieg in ihr auf. Man könnte doch meinen, sagte sie zu sich, dass ich genug getan habe, oder? Man könnte doch meinen, einem Mann die ersten drei Blutsverwandten seines Lebens zu schenken wäre das Höchste, was eine Frau tun *konnte*?

Nathalie fuhr im Regen aus Westerham hinaus. Irgendetwas Öliges und Klebriges war auf der Windschutzscheibe, und ein ärgerlicher langer Schmierstreifen bildete sich mit jedem Schwung der Wischblätter immer wieder neu. Sie saß nach vorn übers Steuer gebeugt, reckte den Kopf hierhin und dorthin, um an dem Schmierstreifen vorbeizusehen, und verschwendete zu viel Energie auf die Überlegung, ob sie anhalten und in den Regen aussteigen und die Scheibe mit einer Seite aus der Lokalzeitung von vergangener Woche sauber machen sollte, die auf dem Boden vorm Beifahrersitz lag, oder ob sie trocken und bedenklich genervt bleiben sollte. Sie entschloss sich für Letzteres und fuhr grummelnd weiter.

David hatte angerufen und sie gebeten, sich mit ihm auf

seiner Arbeitsstelle zehn Kilometer außerhalb von Westerham zu treffen. Es war der stattliche Garten eines eindrucksvollen Hauses in pseudo-mittelalterlichem Stil, dessen neue Besitzer David gebeten hatten, einen Entwurf für die Neugestaltung des Gartens zu machen und ihn auch anzulegen. David hatte sich darüber gefreut. Es war der beste kreative Auftrag, den er bisher bekommen hatte, und er machte ihm Spaß. Er wollte, dass Nathalie den Garten in seinem schlimmsten Zustand sah, ganz zu Anfang, noch bevor er anfing, Form und Ordnung hineinzubringen; er könnte ihn ihr zeigen, während sie ihm sagte, was immer sie auf dem Herzen hatte.

In der Zufahrt zum Haus standen eine Mercedeslimousine, ein großer Vierradantrieb und zwei dunkelgrüne Pickups mit dem cremefarbenen Schriftzug »David Dexter – Gartenanlagen« auf den Türen. Nathalie hielt neben einem davon an, langte zum Rücksitz, um den Minnie-Mouse-Schirm mit den zwei großen schwarzen Ohren oben drauf zu holen, den Lynne Polly geschenkt hatte, und stieg hinaus in den Regen. Es nieselte jetzt nur noch. Nathalie blinzelte zum Himmel hoch und spannte den Schirm auf. Dann ging sie ums Haus herum in den dahinter gelegenen Garten, wo sie David laut seiner Auskunft finden würde.

Das ganze Gelände schien ein einziges Matschmeer mit vereinzelten Inseln aus aufgehäuften Baumaterialien zu sein. Ein kleiner Bagger tuckerte geschäftig auf und ab, und in einer Ecke wartete eine traurige Ansammlung spilleriger Bäume, wie zum gegenseitigen Trost dicht aneinander gedrängt, die Wurzelballen mit Sackleinwand umpackt. Inmitten dieser entmutigenden Szene stand David mit einem Plan in einer Plastikhülle. Nathalie rief nach ihm.

»Dave!«

Er drehte sich um und winkte. Dann rief er etwas dem Jungen auf dem Bagger zu und kam durch den Matsch auf sie zugestapft.

»Tut mir echt Leid«, sagte Nathalie und zeigte auf die Ödnis, »aber ich habe nicht die leiseste Idee, was aus dem hier mal werden soll …«

David beugte sich zu ihr und küsste sie auf die Wange. Dann richtete er sich auf und schwenkte den rechten Arm.

»Lang gestreckte Terrasse dort, erhöhte Grasterrasse an dieser ganzen Seite, geschwungene Steintreppen, Rasen, Gehölz, Bereich für Swimmingpool, architektonischer Garten, Backsteinwege.«

»Wenn du es sagst«, meinte Nathalie.

David warf einen Blick auf ihren Schirm.

»Die Ohren gefallen mir.«

»Er gehört Polly«, sagte Nathalie überflüssigerweise.

»Da drüben gibt es eine Art Pavillon«, sagte David. »So was wie ein Sommerhaus. Da könnten wir für ein paar Minuten reingehen. Geht es dir gut?«

Er fasste Nathalie unter.

Sie sagte: »Ich rufe dich für gewöhnlich nicht an, wenn es mir gut geht, oder?«

Er steckte seinen Gartenplan in die Tasche und fing an, sie um den Matsch herumzuführen.

»Ich bilde mir gerne ein, ich würde es spüren, wenn es dir nicht gut geht …«

Nathalie dachte kurz, wie erdrückend sie eine solche Bemerkung gefunden hätte, wenn sie von Steve gekommen wäre.

Sie sagte: »Das hast du. Wenn nicht, hättest du nicht zurückgerufen. Du hättest mir eine SMS ›Was ist los?‹ geschickt.«

»Ja«, sagte er. »Was ist los?«

Nathalie sagte nichts. Sie konzentrierte sich darauf, ihre Füße vorsichtig aufzusetzen, um sich von der Überlegung abzulenken, wie sie ihr Anliegen wohl am besten vorbringen könnte. Sie ließ sich von David eine kurze Treppe mit bröckelnden Steinstufen zu einer kleinen Rasenplattform hinaufführen, auf der ein grünliches Holzgebäude in der Form einer Pagode stand. Sie betrachtete es.

»Bleibt das stehen?«

»Auf keinen Fall. Nachgemacht, prätentiös und ein Stilbruch.«

»Aber trocken …«

»Trocken ist es«, stimmte David zu und stieß eine halb verglaste Tür auf.

Sie trat ein. Der Innenraum war unwirtlich und in schlechtem Zustand, und er enthielt nichts außer einem zerbrochenen Plastikstuhl und einem Haufen hereingewehten Laubs.

»Charmant …«

»Ich werde es durch Stein ersetzen. Rund, wie ein kleiner Taubenschlag.«

»Dave«, sagte Nathalie unvermittelt, »du weißt, woran wir uns immer gehalten haben …«

»Woran?«

»Nicht zurückzublicken, nicht zu sagen: ›Ach, wäre doch nur …‹, nicht zu wünschen, dass wir etwas hätten, was wir eben nicht hatten …«

Er machte die Tür hinter sich zu und blickte in den sanften Regen hinaus.

»Ja?«

Nathalie musterte seinen Rücken.

»Na ja, es ist etwas passiert.«

Es entstand eine kurze Pause, und dann sagte er: »Erzähl.«

Sie musterte wieder seinen Rücken. Er trug eine Wachstuchjacke über einem Overall. Die Wachsschicht war an mehreren Stellen dünn geworden, und wo die Feuchtigkeit durch die untergelegte Baumwolle gesickert war, waren dunkle Flecken.

»Ich möchte, dass du mir bei etwas hilfst«, sagte Nathalie.

Er drehte sich um.

Er sagte lächelnd: »Nat, du brauchst nur zu fragen ...«

»Aber das wird dir nicht gefallen.«

»Ach nein?«

»Nein. Weil ich gewissermaßen die Regeln gebrochen habe.«

»Welche Regeln?«

»Den Pakt, den wir haben. Etwas daraus zu machen, dass wir adoptiert sind, es als einen Vorteil, nicht als Nachteil zu betrachten.«

»Ja ...«

Er wartete. Nathalie merkte, dass sie sich noch immer den Minnie-Mouse-Schirm über den Kopf hielt, obwohl sie längst im Trockenen war. Sie legte ihn vorsichtig auf den Boden, wobei sie die Ohren knitterte.

»Dave ...«

»Ja.«

»Ich möchte meine Mutter finden.«

David schnappte kurz und scharf nach Luft. Er streckte seine Hände nach ihr aus und zog sie abrupt wieder zurück und stopfte sie in die Jackentaschen.

»Das – das kannst du nicht machen.«

»Wieso nicht?«

»Du wühlst alles auf. Alle Beteiligten. Mama, Steve, Polly, dich selbst. Mich. Das hat doch keinen Sinn.«

»Ich muss«, sagte Nathalie.

Er blickte sie an. Sein Ausdruck wirkte gequält.

»Aber wieso? Du hast nie …«

Sie hob eine Hand, damit er schwieg.

»Nein, bisher nie. Ich habe das bisher nie gewollt. Oder zumindest habe ich nicht zugelassen, dass ich es wollte. Ich habe mir gesagt, ich wollte nicht so ein Adoptivkind sein, das diesen ewigen Kummer mit sich herumschleppt und die Leute dazu bringt, ständig Rücksicht zu nehmen. Aber plötzlich …« Sie lehnte sich vor und blickte ernst in sein Gesicht hinauf. »Plötzlich muss ich es. Ich muss es für Polly tun, aber auch für mich. Ich muss aufhören, dieser Mensch aus eigener Kreation zu sein, und herausfinden, was wirklich passiert ist. Ich darf mich nicht länger so ausgegrenzt fühlen.«

Er sagte hoffnungslos: »Du hast doch mich …«

»Du bist auch ausgegrenzt.«

»Bitte, Nathalie …«

Sie schüttelte den Kopf.

»Tut mir Leid, ich kann nicht anders. Es hat mit Pollys Ohr angefangen, und dann hatte ich dieses Gespräch mit Titus' Freundin, und ich habe *mir* auf einmal zugehört, wie ich diesen ganzen Quatsch von mir gegeben habe, von wegen ein Lotterieschein zu sein, der von niemand außer mir selbst ausgefüllt wurde, nur dass ich mehr Nummern habe als die meisten, und plötzlich dachte ich, ich kann diesen Mist nicht mehr ertragen, ich kann die Lügen nicht mehr ertragen, wie sehr mir meine Lebensgeschichte gefällt, die bei mir anfängt, ich kann die Heuchelei nicht mehr ertragen, ich kann es nicht mehr ertragen, nicht zuzugeben, dass ich mich der Geschichte stellen muss, wie immer sie aussehen mag, wer immer *sie* sein mag – und es irgendwie gutmachen.«

Er sagte beinahe im Flüsterton: »Es *war* gut. Es *ist* gut.«

Sie ging zu ihm und packte die nassen Falten seiner Jacke.

»Aber jetzt nicht mehr, Dave. Etwas hat sich verändert oder ist losgelöst oder freigesetzt worden. Ich wollte mich für die Adoption immer revanchieren, weißt du noch? Als wir solche Schwierigkeiten hatten, Polly zu zeugen, weißt du noch, wie ich davon gesprochen habe, selbst jemanden zu adoptieren, weil ich solches Glück gehabt habe? Tja, ich glaube das jetzt nicht mehr. Ich frage mich, ob ich es in meinem Innersten jemals geglaubt habe. Ich will wie die Menschen sein, die wissen, woher sie kommen. Ich will der Wahrheit ins Gesicht sehen, auch wenn sie mir nicht gefällt.« Sie schüttelte seine Jacke. »Ich will meine *Mutter* finden.«

»Du hast eine Mutter.«

»Sei still.«

»Du wirst ihr das Herz brechen.«

»Möglicherweise. Und Dads. Und vielleicht mein eigenes. Ich werde nicht anfangen, ohne es ihr zu sagen.«

David erschauderte.

»Ich nehme an, ich soll dir dabei helfen, es ihr zu sagen?«

»Ja.«

Er schloss die Augen.

»Darauf muss ich mich erst einstellen. Lass mich nachdenken.«

»Da ist noch etwas.«

Er machte die Augen wieder auf. Sie hielt noch immer seine Jacke fest, und ihr Gesicht war ganz dicht vor dem seinen.

»Nur zu.«

»Ich will, dass du es auch tust.«

Er starrte sie an.

»Ich …«

»Ich möchte, dass du auch nach deiner Mutter suchst. Ich möchte, dass wir es gemeinsam machen.«

Er wich einen heftigen Schritt zurück und riss ihr dabei die Jacke aus den Händen.

»Nein«, sagte er. »Tut mir Leid.«

»Dave, bitte, siehst du nicht …«

Er hielt sich die Ohren zu.

»Nein, Nathalie. Nicht das. Ich will nicht, ich brauche das nicht, ich kann nicht mal daran *denken*.«

Sie stand schweigend da und beobachtete ihn. Er nahm die Hände von den Ohren.

Er sagte: »Tut mir Leid, Nat. Nein. Jetzt und für alle Zeiten, *nein*.«

»Dave …«

Sein Gesicht hatte plötzlich einen völlig desolaten Ausdruck, als hätte er erfahren, dass eins seiner Kinder verletzt sei.

»Sie hat mich weggegeben!«, schrie er. »Sie hat mich verdammt noch mal *weggegeben*!«

Nathalie kam näher und legte ihm eine Hand an die Wange. Er legte seine darüber. Er zitterte.

»Verlang das nicht von mir.«

»Nein. Tut mir Leid.«

»Ich helfe dir«, sagte David, »wenn du das willst, wenn du das wirklich willst, aber verlange nicht, dass ich mitmache.«

Nathalie sagte sanft: »Du hast keine echte Kontrolle, wenn du nur passiv bist …«

»Es geht hier nicht um Kontrolle.«

»Nein? Versuche ich nicht, sie zu bekommen?«

»Hör auf, Nat, hör auf, mich zu bedrängen.«

»Entschuldige.«

Er löste seine Hand von ihrer und legte die Arme um sie. »Ich muss es Marnie erzählen.«

»Natürlich. Erzählst du ihr nicht fast alles?«

»Fast.« Er ließ seine Arme fallen und sagte, den Blick abgewandt: »Ich habe ihr nie von den Schnitten erzählt.«

»Das ist Jahre her. Du warst damals fünfzehn, sechzehn …«

»Niemand außer dir weiß von den Schnitten. Sie glaubt, die Narben kämen von einer Hautallergie.«

Nathalie sah zu ihm hinauf. Sie erinnerte sich, wie sie draußen vor der Badezimmertür Wache gestanden hatte, während David dort seine heimlichen, minutiös organisierten und schrecklichen Sitzungen mit Rasierklingen, Papiertüchern, Desinfektionscreme und Pflaster abhielt, und wie erleichtert er anschließend ausgesehen hatte, als hätte er einen Urlaub fern von sich selbst gemacht.

Sie sagte tröstend: »Das ist vorbei, diese Selbstverletzungen. Ich werde nie jemandem davon erzählen.«

»Nein …«

»Wieso – wieso hast du es erwähnt?«

»Weil, als du mir eben erzählt hast, was du vorhast, habe ich mich plötzlich genauso gefühlt wie damals, wenn ich das Bedürfnis hatte, mich zu schneiden, ich hatte plötzlich das Gefühl, dass alles ins Schleudern und außer Kontrolle gerät, dass mir alles entgleitet, dass du mir entgleitest …«

»Ich werde dir niemals entgleiten«, sagte Nathalie.

Er schenkte ihr ein unsicheres Lächeln.

»Verlange nur nicht, mehr zu tun, als ich – verkraften kann.«

»Vergiss es.«

»Ich werde dir helfen.«

»Dave«, sagte Nathalie, »bitte, mach dir keine Sorgen. Ich hätte dich nicht fragen sollen. Ich bin eine egoistische Kuh.«

Er schenkte ihr ein weiteres zweifelndes Lächeln, dann trat er zurück und machte die Tür des Sommerhauses auf und sog tief die feuchte Luft ein.

»Nein. Du bist mutig.«

Sie streckte die Hand aus und fasste nach seinem Ärmel.

»Kann ich nicht mutig für uns beide sein?«

Er sah sie nicht an. Stattdessen nahm er seinen plastikumhüllten Plan aus der Tasche und trat hinaus in den Regen.

»Nein«, sagte er über die Schulter. »*Nein.*«

Kapitel vier

Der Coffeeshop war mit schicken, vom Festland importierten Metalltischen und -stühlen eingerichtet, und hinten standen zwei schwarze Ledersofas neben einem Fenster, das auf einen kleinen, mit Platten ausgelegten Garten hinausblickte, den jemand unter optimistischer Missachtung des Klimas zum Draußensitzen ersonnen hatte. Auf einem der Sofas saß Sasha zurückgelehnt, einen Arm über die Rückenlehne gelegt und die Beine übereinander geschlagen. Sie trug eine schwarze Hose und eine kleine cremefarbene, kurz geschnittene Jacke und diese Sorte schwerer schwarzer Schnürstiefel, die Steve mit Halbstarken und Rockern aus längst vergangenen Zeiten verband. Er entdeckte außerdem – bei ihrer ersten Begegnung hatte er es nicht bemerkt –, dass sie einen winzigen steinbesetzten Knopf in der Nase trug, der aufblitzte, wenn sie den Kopf drehte, ein Glitzern in Blaugrün wie ein Eisvogel.

Er setzte sich ihr gegenüber auf das zweite Sofa, beugte sich vor, die Ellbogen auf die Knie gestützt. Er hatte zwei Milchkaffee geholt – für sie mit einer Extraportion Espresso –, die nun in dicken weißen Bechern zwischen ihnen standen. Als Sasha angerufen hatte, um ihm herzlich für die Übermittlung ihrer Bitte an Nathalie zu danken, wollte er in einem ersten Impuls sagen: »Kein Problem, freut mich, dass es geklappt hat«, und dann auflegen. Aber dann hatte sich etwas dazwischengedrängt, etwas Unbehagliches an der Art und Weise, wie Nathalie sich derzeit verhielt, an der Atmosphäre deutlicher, aber undefinierbarer Gereiztheit, die in der Wohnung herrschte, und die – da sie ihr nicht ausweichen konnten – auch Polly und Steve gereizt reagieren ließ.

Anstatt also aufzulegen, hörte er sich Sasha fragen, ob sie sich mit ihm auf einen Kaffee treffen wolle, und war dann zu seiner Verwirrung erfreut, als sie kein bisschen überrascht klang und freudig zusagte.

»Eine Art Berichterstattung«, meinte sie.

Er hatte ein nervöses kleines Lachen ausgestoßen.

»Alles ganz offen ...«

»O ja«, sagte Sasha. Es gelang ihr, beruhigend und gleichzeitig schockiert darüber zu klingen, dass Untreue gegen Nathalie überhaupt im Bereich des Denkbaren lag. Und nun saß sie hier, beinahe hingerekelt auf dem schwarzen Sofa, und erzählte ihm mit absoluter Unbefangenheit all die Dinge, die er, das war ihm klar geworden, zu seiner Beruhigung wissen musste.

»Sie war erfrischend aufrichtig zu mir«, sagte Sasha. »Ich meine, sie sagte: ›Hören Sie, absolut kein Psychogequatsche, klar?‹«

»Sie hasst das ...«

»Natürlich. Das kann eine ziemlich aufdringliche Tour sein. Außerdem war ich ja da, um Fragen zu stellen, nicht um etwas zu erzählen, dank Ihnen.«

Steves Blick wanderte von ihrem Gesicht zu ihren Stiefeln. Sie hatten scharlachrot eingefasste Ösen und scharlachrote Schnürbänder. Sie waren unverschämt unweiblich und daher – Steve schluckte.

Er sagte: »Schon gut. Sie hätte nicht zugesagt, wenn sie sich nicht mit Ihnen hätte treffen wollen.«

»Sie hat mir von der Theorie ihres Vaters berichtet. Sehr interessant. Er habe ihr und ihrem Bruder immer gesagt, dass Adoptiveltern sich für die persönliche Entwicklung ihrer Kinder nicht so verantwortlich fühlten wie leibliche Eltern und deshalb nicht so unter Schuldgefühlen litten, die nur zu Feindseligkeiten untereinander führen würden. Ich weiß nicht, wie das bei Ihnen ist, Steve, aber in meiner Familie gibt es jede Menge Groll, und wir sind alle viel zu sehr ineinander verstrickt. Nathalie sagte, ihre Eltern hätten ihr immer Freiraum gegeben.«

Steve dachte an Lynne, an ihre permanenten, unausgesprochenen Bedürfnisse und Wünsche, an das ängstliche, stumme Flehen nach erfüllter Hoffnung. Er griff nach seinem Kaffeebecher.

»Natürlich haben wir darüber gesprochen, als wir uns kennen lernten. Wir haben damals sehr viel darüber gesprochen. Aber es war kein wirkliches Problem für sie, und wenn es für sie keins war, wollte ich keins draus machen.«

»Das muss man wirklich nicht«, sagte Sasha, »sie hat sich absolut klar ausgedrückt. Sie sagte, sie sei dankbar, frei von dieser ganzen genetischen Klaustrophobie zu sein. Sie sagte, sie wisse alles, was sie über sich selbst wissen müsse, aus ihrer Geburtsurkunde, aber dass sie viel lieber die Freiheit gehabt habe, sich selbst und ihren eigenen Weg zu gestalten, als den Pfad vorgegeben zu finden, was dann der Fall gewesen wäre, wenn sie mehr erfahren hätte. Sie sagte, sie habe nie Zweifel daran gehabt, geliebt worden zu sein.«

Steve nahm einen Schluck Kaffee. Dann lächelte er in sich hinein.

»O nein.«

»Mir fallen so viele Freunde ein«, sagte Sasha, »die das nicht mal von ihren *leiblichen* Eltern sagen könnten.«

Steve dachte an seinen Vater. Er überlegte, ihn zu erwähnen, entschied sich aber widerstrebend dagegen.

Stattdessen sagte er: »Ich möchte wissen, warum den Leuten das Thema Adoption noch immer so viel Unbehagen bereitet?«

»Oh, das liegt an der schwindenden Anzahl«, sagte Sasha. »Es kommt nicht mehr so häufig vor. Künstliche Befruchtung, legale Abtreibung, uneheliche Kinder sind keine Schande mehr. Eine Studie, die ich gelesen habe, besagt, dass es nur noch ein Viertel der Adoptionen von vor dreißig Jahren gibt.« Sie stellte die Beine wieder nebeneinander und lehnte sich vor, um nach ihrem Kaffee zu greifen. »Die gesellschaftliche Einstellung hat sich geändert. Ich meine, zur Zeit von Nathalies Geburt hatte man gegen zwei gesellschaftliche Missgeschicke anzukämpfen – ihre leibliche Mutter war unverheiratet und fruchtbar, und ihre Adoptivmutter war verheiratet und unfruchtbar. Das ist alles Gott sei Dank vorbei.«

»Ist es das?«

»O ja«, sagte Sasha überzeugt. Sie lächelte ihn über den Rand ihres Bechers an, und ihr Nasenknopf loderte jäh mit einem winzigen türkisblauen Feuer auf. »In der heutigen Gesellschaft sprechen wir doch über *alles*, oder nicht? Ich meine, können Sie sich vorstellen, dass unsere Mütter, Nathalies und meine, sich so miteinander unterhalten hätten, wie Nathalie und ich das getan haben?«

»Nein ...«

»Sie ist eine phantastische Frau«, sagte Sasha. »Sie haben Glück. Eine phantastische Frau ohne Komplexe.«

Steve sagte gewunden: »Ich hatte nur das Gefühl, dass ich vielleicht nicht genug getan habe, nicht mitfühlend genug war. Dass diese ganze Adoptionsgeschichte vielleicht doch ein Problem für sie gewesen ist und ich ihr nicht geholfen habe, weil ich davon ausgegangen bin …« Er hielt inne, und dann sagte er verlegen: »Ich bin dankbar.«

Sashas Augen weiteten sich.

»Wem?«

»Na ja, Ihnen. Sie haben – Sie haben mich beruhigt.«

»Gut«, sagte Sasha. Sie lächelte wieder. »Denken Sie nur an die Auswahlprozeduren, die Nathalies Eltern durchmachen mussten, um sie zu bekommen. Ziemlich streng. Sie mussten sie sich wirklich sehr gewünscht haben.«

Steve schaute in seinen Kaffee. Er nickte.

Sasha sagte: »Können Sie sich vorstellen, sich etwas so sehr zu wünschen?«

Er zuckte mit den Schultern.

»Berufliche Dinge vielleicht. Ich habe mir natürlich eine Tochter gewünscht, aber wie sehr, habe ich erst gemerkt, als sie tatsächlich auf der Welt war.«

»Natürlich«, sagte Sasha. Sie lehnte sich ins Sofa zurück, breitete beide Arme aus und legte sie auf die Rückenlehne. »Es ist oft sehr schwer, sich bildlich vorzustellen, was man sich wünscht, oder?«

Steve grinste sie an.

»Hatten Sie sich Titus bildlich vorgestellt?«

Sasha lachte. Sie warf den Kopf zurück, sodass Steve ungestört einen Blick auf ihren Hals werfen konnte, der geschmeidig aus dem Kragen ihrer Jacke ragte.

Dann sagte sie: »Man könnte sich Titus nicht bildlich vorstellen, oder? Ich meine, man könnte sich ihn nicht direkt ausdenken.«

»Er ist ein kluger Bursche.«

»O ja«, sagte sie, »und ungeheuer amüsant. Wir haben uns beim Yoga kennen gelernt.«

»Titus macht Yoga?«

»Natürlich nicht. Er war mit einem Freund gekommen, in der alleinigen Absicht, sich über uns alle lustig zu machen.«

»Tantra und Titus ...«

»Er ist nur zu einer Stunde gekommen. Hoffnungslos natürlich, aber absolut komisch.«

»Das werde ich mir merken«, sagte Steve. »Das könnte sich als nützlich erweisen.« Er legte die Hände auf die Knie. »Es tut mir wirklich Leid, aber ich sollte ins Büro zurück.«

Sie lächelte ihn an, ohne sich zu rühren.

»Natürlich ...«

Er stand auf.

»Haben Sie vielen Dank für dieses Treffen. Und – und was Sie gesagt haben ...«

Sie lächelte noch immer.

»Aber gerne, Steve. Jederzeit. Danke für den Kaffee. Ich bleibe noch und trinke meinen aus.«

Er entfernte sich, die Hand zu einem angedeuteten Winken erhoben.

»Tschüss, Sasha.«

Sie wartete, bis er einige Schritte gegangen war, dann rief sie ihm hinterher: »Bis bald, Steve«, und lachte, als er weiterging.

Im Büro tippte Meera mit aufgesetzten Kopfhörern Steves Diktat ein, Justine war am Telefon und Titus schnippte mit einem Gummiband Papierkügelchen in seinen Papierkorb.

Steve sagte im Vorbeigehen zu ihm: »Dafür bezahle ich Sie nicht.«

»Ich denke nach«, sagte Titus. »Ich kann nur nachdenken, wenn ich dabei etwas anderes tue.« Er glitt von seinem

Stuhl und folgte Steve über die alten, polierten Dielen. »Haben Sie sich amüsiert?«

Steve blieb stehen, drehte sich um und starrte ihn an.

»Was ist los mit Ihnen?«

Titus grinste.

»Sie erzählt mir alles.«

»Sehr unklug.«

»Eigentlich wollte ich mich dafür bedanken, dass Sie Nathalie gefragt haben – dass Sie diese Sache arrangiert haben. Es war sehr wichtig für Sasha.«

»Ja, gut«, sagte Steve. Er schob sich halb auf seinen Stuhl und beugte sich vor, um die Maus seines Computers zu bewegen. Er sagte, ohne Titus anzusehen: »Nettes Mädchen.«

»Ja«, sagte Titus. Er steckte seine Hände in die Taschen und gähnte. »Ich könnte mich allerdings in den Hintern beißen.«

»Wieso? Ist sie schwanger?«

»Nein«, sagte Titus mürrisch. »Es ist nur so, dass ich sie wirklich mag.«

»Und?«

»Das ist nicht meine *Art*«, sagte Titus. »Es sind normalerweise *die Mädchen*, die *mich* wirklich mögen. Erinnern Sie sich noch an Vannie?«

»O ja«, sagte Steve.

Vannie hatte diese Art von Körper und diese schiere physische Präsenz, die man einfach nicht übersehen konnte, aber trotzdem hatte sie, als Titus sie sang- und klanglos abservierte, tagelang zusammengekauert und schniefend unten im Eingang gesessen und – schrecklich, mit anzusehen – ihn angefleht, sie wieder zurückzunehmen. Steve warf Titus einen Seitenblick zu.

»Warum machen Sie sich Sorgen. Ich bin sicher, sie mag Sie auch.«

»Aber tut sie es *wirklich*?«

»Titus«, sagte Steve, »ich muss ein Meeting vorbereiten, und Sie müssen noch das Gower-Logo fertig machen.«

»Ist fast fertig.«

»Gehen Sie jetzt«, sagte Steve. »Erzählen Sie Justine von Ihren Gefühlen.«

»Das interessiert sie nicht«, sagte Titus. »Sie hält mich für einen blöden Oberklassen-Heini mit der emotionalen Reife eines Siebenjährigen.«

Steve sah ihn nicht an.

»Und?«

»Ich mag ja ein blöder Heini sein«, sagte Titus, »aber ich finde, Verliebtsein ist *Scheiße*. Soll man sich dabei nicht angeblich wie im siebten Himmel fühlen?«

Steve sagte resigniert: »Ich habe sie im Caffe Roma zurückgelassen, wo sie noch einen gigantischen Milchkaffee austrinken wollte. Gehen Sie und suchen Sie sie.«

»Danke«, sagte Titus.

»Und dann bleiben Sie, bis das Logo fertig ist.«

»Abgemacht.«

»Ich halte Sie nicht gerade für einen blöden Heini«, sagte Steve, »aber Sie *sind* eine verdammte Nervensäge.«

»Ich weiß«, sagte Titus fröhlich. Er warf Steve eine Kusshand zu.

Steve beobachtete ihn, wie er mit kurzen Schlitterschritten über den Boden rutschte und durch die Bürotür verschwand. Justine legte das Telefon auf und blickte zu Steve rüber.

»Liebe«, sagte Steve mit ironischem Pathos.

Justine schnitt eine Grimasse. Er schaute an der Wand

neben sich hoch zur lachenden Nathalie in ihrem blauen Hemd, zu Polly, die einfach nur unter ihrem Hut hervorblickte. Er dachte an Sasha, wie sie sich vorhin auf dem Sofa gerekelt und ihm alles erzählt hatte, was er wissen musste, obwohl es albern von ihm war, sich deswegen zu beunruhigen, aber er brauchte dennoch Gewissheit. Er lächelte zu den Fotos hinauf, und im selben Moment erfasste ihn ein leicht überlegenes Mitgefühl für Titus und seine Angst. Er würde nach Hause radeln, sagte er sich, am Blumenstand in der Union Street vorbeifahren und Nathalie einen Strauß als Ausdruck seiner Liebe kaufen. Iris, wenn sie welche hatten.

»Es war nicht nötig«, sagte Marnie ruhig, »so mit ihm zu reden.«

Sie stand hinter David in dem kleinen Raum, der von der Diele abging und ihm als Büro diente. Seit sie zu Hause war, herrschte in dem Büro beträchtlich mehr Ordnung durch das Einführen – zweifellos eine Verbesserung, aber auch eine leichte Rüge – von Aktenordnern und einem Terminkalender, der jetzt an der Wand über seinem Schreibtisch hing.

David schaute weiterhin auf den Computerbildschirm.

»Ich habe ihm das mit den Golfbällen immer wieder gesagt. Ich habe ihm gesagt, er kann so viel putten, wie er Lust hat, aber er darf keine *Abschläge* im Garten üben.«

»Es geht nicht darum, was du gesagt hast«, meinte Marnie in demselben ausgeglichenen, vernünftigen Ton, »es geht darum, *wie* du es gesagt hast.«

»Marnie«, sagte David, »könntest du dich wohl darauf beschränken, die Kinder zu erziehen, und davon ablassen, das auf mich auszudehnen?«

Darauf folgte Schweigen. David konnte hinter seinem

Rücken spüren, wie Marnie mit dieser Bemerkung rang. In der ersten Zeit ihres Zusammenseins hätte sie einfach gelacht, hätte etwas – sehr zielgenau – nach ihm geworfen. Aber mit den Jahren war sie weniger gelassen gegenüber allem, was auf Kritik hinauslief, gegenüber allem, was Fehler oder Mängel ihrer offenkundigen, drastischen unparteiischen Art andeutete, mit der sie das Familienleben und David zu meistern versuchte. Manchmal rief sich David im Geiste das Bild des athletisch gebauten Mädchens in seinen blauen Segeltuchsandalen zurück, wie es flott in den Kindergarten marschierte, mit dem ganzen ruhigen Selbstvertrauen von jemandem, der genau über sein Leben Bescheid weiß und wie man es in den Griff kriegt. Dieses Bild konnte mitunter, wenn er sich aus irgendeinem Grund müde oder niedergeschlagen fühlte, eine heftige Nostalgie in ihm wachrufen.

Er holte Luft und sagte weiter mit Blick auf den Bildschirm: »Entschuldige.«

»Ist schon gut«, sagte Marnie. Dann fragte sie mit weicherer Stimme: »Was ist los?«

Er zuckte mit den Schultern.

»Ach, Arbeit …«

»Aber sie läuft gut …«

»Ja.«

Marnie stellte sich neben ihn. Sie streckte eine Hand nach seiner Computermaus aus, beinahe so, als hätte sie vor, das Gerät auszuschalten, und zog sie wieder zurück.

»Möchtest du reden?«

David seufzte.

»Komm in die Küche«, sagte Marnie. »Ich mache Kaffee.«

Marnie machte immer Kaffee. In der Küche ihrer Großmutter – ihrer skandinavischen Großmutter, die Marnie ihre zarte, helle Gesichtsfarbe vererbt hatte – war die Kaffeekanne ein wichtiger Fetisch gewesen und hatte den ganzen Tag hinten auf dem Herd gestanden, sein Inhalt stark, bitter und vertraut.

»Ich möchte eigentlich keinen Kaffee …«

»Aber du willst reden.«

»Ich will nicht …«

»David«, sagte Marnie, »wann wollen wir je die Dinge tun, die getan werden müssen?«

Er stand langsam auf.

»Ich mache mir Kaffee«, sagte Marnie. »Es ist nicht wichtig, ob du auch welchen trinkst oder nicht. Es ist nur wichtig, dass du redest.«

Sie ging aus dem Büro und durch die Diele zur Küche. David blickte aus dem Bürofenster auf die Hainbuchenhecke, die er gepflanzt hatte und die nicht richtig gedieh, schloss die Augen, zählte bis zehn, machte sie wieder auf und ging ihr hinterher.

Sie stand in der Küche und füllte mit einem Messlöffel Kaffee in eine rote Emaillekanne. David stand im Türrahmen und betrachtete sie. Sie trug saubere Jeans und einen marineblauen Pullover mit Polokragen, und ihr Zopf war über eine Schulter nach vorne gezogen und am Ende mit einer Spange zusammengehalten, die mit einer Reihe Marienkäfer dekoriert war. Die Spange war ein Geschenk von Ellen. Ellen wusste, dass es hoffnungslos war, ihrer Mutter etwas auch nur annähernd Mondänes zu schenken. Marienkäfer waren allerdings annehmbar unauffällig und prunklos.

»Es tut mir Leid«, sagte David.

Marnie blickte auf. Sie lächelte.

»Ich wollte dich nicht bevormunden…«

Er kam ganz herein und zog einen Stuhl unterm Tisch hervor. Er sah Marnie zu, wie sie kochendes Wasser in ihre Emaillekanne schüttete.

»Und ich wollte Daniel nicht anschreien.«

»Meinst du nicht«, sagte Marnie in ihrer Kindergärtnerinnenstimme, während sie einen langstieligen Löffel in den Kaffee tauchte und ihn umrührte, »dass wir diese Sachen, die wir eigentlich nicht tun wollen, aus einem anderen Grund tun? Zum Beispiel, weil wir verängstigt oder verstört sind?«

»Na ja, sicher«, sagte David gereizt. »Seit wann ist das etwas Neues?«

»Muss nicht neu sein, um wahr zu sein. Willst du bestimmt keinen Kaffee?«

Er lehnte sich auf dem Stuhl zurück und seufzte.

»Okay, okay. Ich nehme auch einen.«

Marnie nahm zwei Becher von einer Hakenreihe über dem Tresen.

»Ich werde dir helfen«, sagte sie. »Ich sage dir, mein Instinkt verrät mir, dass deine derzeitige Stimmung mit Nathalie zu tun hat.«

David stöhnte. Marnie legte einen Filter über einen Becher und goss ein.

»Sie hat vorgestern Abend hier angerufen. Sie hat gesagt, sie wolle mit dir sprechen. Sie wolle etwas wegen eurer Mutter mit dir besprechen. Aber ich hatte irgendwie das Gefühl, das war nicht der wirkliche Grund ihres Anrufs. Verständlich, dass sie mir den wahren Grund nicht verraten wollte, aber du kannst darauf wetten, dass es nicht eure Mutter war.«

»Nein«, sagte David.

Marnie drehte sich um und stellte die Kaffeebecher auf den Tisch. Dann setzte sie sich David gegenüber und schob ihm einen Becher hin.

»Also nehme ich an, sie hat dich angerufen und es dir gesagt, was auch immer, und es beschäftigt dich.«

David sah mit starrem Blick an Marnie vorbei durch das Fenster hinter ihr, wo er sehen konnte, wie Daniel ziellose, ungeduldige Schwünge mit einem Golfschläger übte, und sagte: »Ich habe ihr gesagt, dass ich es dir erzählen werde ...«

»Sicher«, sagte Marnie.

»Es ist kein Geheimnis, es ist noch nicht mal besonders persönlich, zumindest wird es das nicht lange bleiben, kann es nicht ...« Er brach ab.

Marnie wartete. Sie legte die Hände um ihren Kaffeebecher und wartete, den Blick auf die Tischplatte gerichtet.

»Sie möchte ihre Mutter finden.«

Marnie riss den Kopf hoch.

»*Heiliger* Strohsack.«

Mit matter Stimme, als würde er sich ergeben, wiederholte er: »Sie möchte nach ihrer Mutter suchen.«

Marnie ließ ihren Becher los und legte die Hände flach auf den Tisch.

»Was hat sie denn darauf gebracht?«

»Ich weiß es nicht genau. Sie hat mir Gründe genannt, aber sie kamen mir ziemlich fadenscheinig vor. Ich – ich wüsste gern, ob das schon lange in ihr brodelt, ich wüsste gern ...« Er brach ab und richtete den Blick vom Fenster weg auf Marnie. »Ich möchte eine Menge Dinge wissen.«

Marnie schüttelte den Kopf.

»Sie wirkte immer so sicher, dass sie das nicht brauchte ...«

»Ich weiß.«

»Vielleicht«, sagte Marnie, »waren das, was sie sagte, und das, was sie dachte, zwei verschiedene Dinge.«

David schüttelte leicht den Kopf.

»Nicht«, sagte er leise.

Marnie lehnte sich vor.

»Will sie, dass du da mitmachst?«

Er nickte.

»Wie?«

»Ich soll ihr helfen, es Mum zu sagen.«

Marnie sagte: »Es wird eure Mutter umbringen.«

»Das weiß sie.«

»Das *weiß* sie?«

»Sie hat einfach dieses ganz dringende Bedürfnis. Ein verzweifeltes geradezu. Ich habe sie an all die Menschen erinnert, denen sie wehtun wird, und sie sagte, das wüsste sie, und vielleicht sei sie eine egoistische Kuh, aber sie könne sich nicht länger etwas vormachen.«

»Sich etwas vormachen?«

»Sich vormachen, es sei ihr egal, dass sie nicht so ist wie die Menschen, die wissen, wer ihre Eltern sind.«

Marnie lehnte sich über den Tisch und kratzte mit dem Fingernagel etwas von der Platte.

Sie sagte, fast nüchtern: »Das nennt man den Gummibandeffekt.«

David schaute sie an.

»Was?«

»Was Nathalie macht. Was mit Nathalie passiert ist.« Marnie hob den Kopf. Sie sagte sehr präzise: »Das Wiederauftauchen eines ungelösten Kummers aus der Kindheit im Erwachsenenleben nennt man den Gummibandeffekt.«

»Woher um alles in der Welt weißt du das?«

»Ich hab's nachgesehen.«

»Nachgesehen?«

»Im Internet«, sagte Marnie. »Es steht viel im Internet über Adoption.«

»Was machst du im Internet?«, fragte David wütend.

»Ich hab nur geguckt …«

»Du meinst, herumgeschnüffelt …«

»Ich schnüffele nicht herum«, sagte Marnie. »Ich habe darüber so viel geredet, wie du wolltest. *Falls* du mal darüber reden wolltest.«

David schob den Stuhl zurück.

»Reden löst nicht alles.«

»Nein. Aber es *erklärt* vielleicht manches.«

»Zum Beispiel?«

»Zum Beispiel, wieso dich Nathalies Entschluss so umgehauen hat.«

»Wegen Mum«, sagte David. »Und Dad. Und Steve und Polly.«

»Und deinetwegen?«

Er stand auf. Er nickte.

»David«, sagte Marnie, »könntest du auch mal das Positive sehen? Könntest du mal darüber nachdenken, wie du aufgewachsen bist, wie dein jetziges Leben und deine Familiensituation aussehen? Könntest du mal ungeachtet der Umstände und Tragödien deines früheren Lebens die Tatsache berücksichtigen, dass ich mich entschieden habe, in England zu bleiben und dich zu heiraten und deine Kinder zu bekommen? Ich habe mich dafür *entschieden*.«

Er sah zu ihr hinunter. Er schwieg einen Moment, und dann beugte er sich zu ihr hinüber und sagte scharf: »Du hast dich für mich erst entschieden, nachdem ich von *ihr* zurückgewiesen worden war.«

Marnie erwiderte den Blick.

»Ihr?«

»Ja«, sagte David. *»Ihr.«*

»Nicht – nicht Nathalie?«

»Nein.«

Marnie schluckte. »Du meinst, deine leibliche Mutter.«

»Ja«, sagte David mit Nachdruck.

Marnie wandte ihr Gesicht ab. Sie hob die Hand und griff nach dem Ende ihres Zopfes.

»Wir scheinen – hier wirklich tief in etwas drinzustecken ...«

David sagte nichts.

Marnie sagte: »Nathalie hat – alte Wunden aufgerissen, auch wenn das nicht ihre Absicht gewesen ist ...«

»Sie hat mich gebeten, sie zu begleiten.«

»Begleiten wohin?«

»Auf dieser Reise. Auf der Suche – der Suche nach unseren Müttern.«

Marnie ließ ihren Zopf los und richtete sich abrupt auf.

»Sie hat dich gebeten, dass du auch nach deiner Mutter suchst?«

»Ja.«

»Sonst noch etwas, was ich wissen müsste?«

»Nein!«, schrie David. Er schloss die Augen und hob das Gesicht zur Decke.

»Und wirst du?«

»Nein!«, schrie David wieder.

Marnie wartete einen Moment und sagte dann: »Wieso nicht?«

»Weil ich es nicht *will*! Ich brauche es nicht! Ich will nichts mit ihr zu tun haben, *niemals*.«

»Sieh mich an«, sagte Marnie.

Langsam neigte David den Kopf, bis sein Blick auf Marnie ruhte. Sie saß kerzengerade da, die Hände flach auf dem Tisch. Ihre Finger waren unberingt. Sie hatte nie Ringe getragen, nicht mal einen Ehering. »Wieso?«, hatte sie gesagt. »Wieso macht uns ein Ring mehr verheiratet?«

»Was«, sagte er jetzt.

»Hör zu …«

»Pass auf«, unterbrach er sie, »verschone mich mit irgendwelchem halbgaren Gewäsch aus dem Internet …«

Sie ignorierte ihn.

»Nathalie beschließt aus Gründen, die wir nicht kennen oder vielleicht nicht verstehen, dass sie ihre Mutter finden möchte. Sie erzählt es dir. Bis dahin hatte sie nie einen Grund für einen solchen Wunsch durchblicken lassen, also ist es ein Schock für dich. Aber es ist mehr als das. Es bringt irgendwas in dir aus dem Gleichgewicht, es wühlt etwas aus der Vergangenheit auf, das du begraben geglaubt hattest, vielleicht begraben mit Nathalies Hilfe. Ich habe den Eindruck, es gibt nur eine Lösung.« Sie hielt inne und legte die Hände ineinander, als wollte sie sie davon abhalten zu gestikulieren und damit die Situation noch emotionaler zu machen, als sie es ohnehin schon war.

Dann sagte sie: »Du musst zustimmen.«

»Ich *habe* zugestimmt«, sagte David. »Ich habe ihr gesagt, dass ich ihr mit Mum helfen werde.«

»Nein.«

Sie sah ihn unverwandt an, und er wurde von einer Erinnerung befallen, einer Erinnerung an diese Kinder im Kindergarten, die genau das tun würden, was Marnie ihnen sagte, denn sie wusste genau, was am Ende das Beste für sie war.

»Nein«, sagte er wieder. Seine Stimme klang wie aus weiter Ferne und dünn.

»Nathalie hat Recht«, sagte Marnie. »Wenn sie auf die Suche nach ihrer Mutter geht, musst du deine auch suchen…«

»Marnie…«

»Du musst«, sagte sie. »Oder du wirst nie wieder Frieden finden. Jetzt nicht mehr.«

Kapitel fünf

Das Wohnzimmer oberhalb vom Royal Oak war von Evelyn Ross so eingerichtet worden, dass es sich deutlich von den Gasträumen unten absetzte. Das Royal Oak – abgesehen von dem unwahrscheinlich grünen Baum auf dem Kneipenschild – war anscheinend schon immer in Schwarz und Dunkelrot gestrichen gewesen, mit goldenen Buchstaben, und nichts würde Ray Ross von der Überzeugung abbringen, dass dies eine historische Tradition und es seine Pflicht war, diese zu bewahren. Vor vielen Jahren, als er gerade die Lizenz bekommen hatte, hatte Evelyn darum gebettelt, wenigstens das Schwarz durch Creme zu ersetzen, oder auch innen, für Fensterrahmen und Türen, eine Farbe zu wählen, die nicht ganz so stark an Bier erinnerte wie das abgeblätterte Gelbbraun, in dem sie immer gestrichen waren, und sie war auf absoluten Widerstand gestoßen. Der Pub werde alle zehn Jahre neu gestrichen, sagte Ray, und zwar immer in denselben alten Farben, und falls sie ihre künstlerischen Ambitionen austoben wolle, könne sie das an Stellen tun, wo es die Würde seines Geschäftes nicht beeinträchtigen würde.

»Das ist kein verdammtes Café«, hatte er gesagt. »Du kannst deinen ganzen Unsinn oben machen, Evie. Mach ihn, wo ihn die Gäste nicht sehen können.«

Und so hatte sie ihr Wohnzimmer in Flieder und die Holzteile in Weiß gestrichen und es mit einem aufgepolsterten cremefarbenen Ledersofa aus dem Räumungsverkauf eines Möbelgeschäfts bestückt. Das Geschäft hatte auch den Satz Beistelltische mit Messingbeinen und die Lampen aus Onyximitat mit plissierten Schirmen beigesteuert. Ray saß nie auf dem Sofa: Er sagte, darauf könne man es nicht aushalten. Er benutzte stattdessen einen Sessel, ein Erbstück von Evies Vater, den sie mit einem Schonbezug aus dick gewebtem Dekorationsstoff bedeckt hatte, weil Rays gesamte Kleidung nach Bier und Gebratenem roch.

»Du solltest dankbar sein«, sagte er sehr oft, »dass ich kein verdammter Fischhändler bin.«

Das Wohnzimmer war ein kleiner Zufluchtsort für Evie. Bei den seltenen Gelegenheiten, wenn sie nicht in der Küche oder hinter der Bar gebraucht wurde, machte sie es sich – mühsam – auf dem Ledersofa bequem und sah sich alte Filme im Fernsehen an, in dem wohligen Bewusstsein, mal nicht Teil des Lärms und des Betriebs und der Gerüche des Pubs unter ihr zu sein. Manchmal, bei einer langweiligen Stelle in einem Film, überlegte sie, wie das Leben wohl in zwei Jahren aussehen mochte, wenn Ray sich zur Ruhe setzte und sie den Bungalow in Ferndown kaufen würden, von dem sie immer gesprochen hatten, und wenn Ray keine offizielle Beschäftigung mehr hätte. Sie hatte keine Ahnung, wohin sie sich dann zurückziehen könnte, um der erdrückenden, fordernden Vereinnahmung durch seine Gegenwart zu entfliehen. Ihre Tochter, Verena, Steves ältere Schwester, die auf der Isle of Man lebte und nur einmal im Jahr nach Westerham kam, sagte, sie solle sich eine Arbeit suchen, wenn Ray sich zur Ruhe setzte.

»Nur ein kleiner Job, Mum. Nur etwas, damit du ein bisschen rauskommst. Dad wird dich sonst in den Wahnsinn treiben.«

Evie glaubte nicht, dass es Ray gefiele, wenn sie einen Job annähme, und sei es nur ein kleiner. Er wäre gekränkt, beleidigt. Für ihn im Royal Oak zu arbeiten war eine Sache – immerhin war das Royal Oak für Ray, dessen Vater ebenfalls schon Wirt gewesen war, so etwas wie eine Berufung –, aber aus dem Haus gehen, um sich an einem fremden Ort Geld zu verdienen, war eine ganz andere Sache. Das würde als Untreue aufgefasst werden. Sie könnte womöglich einer unentgeltlichen Beschäftigung in einem Krankenhaus, einer Bibliothek oder einem Seniorenheim nachgehen, aber eine bezahlte Arbeit hielt sie für unmöglich. Das war alles schön und gut für Verena, die mit einem Mann einer völlig anderen Generation als Rays verheiratet war, einem Mann, der von seiner Frau beinahe *erwartete*, dass sie ihr eigenes Leben führte, so wie es auch richtig war für Evies Schwiegertochter, Nathalie. Steve war immer so gut zu Nathalie gewesen. Steve betrachtete Nathalie so selbstverständlich als eigenständigen Menschen, wie Ray das nie tun würde, das wusste Evie, weil das in seinen Augen unmännlich war. Evie hatte nie zu Steve – oder überhaupt zu einer menschlichen Seele – gesagt: »Ich wünschte, dein Vater wäre mehr wie du«, aber manchmal, wenn sie auf ihrem Ledersofa saß und die Füße auf die dazu passende Polsterbank hochgelegt hatte, wünschte sie es sich so sehnlich, dass ihr fast die Tränen kamen.

Sie liebte es, wenn Steve Polly mitbrachte. Polly war für beide, für sie wie für Ray, ein Quell der Freude und Faszination – sie war der einzige Mensch auf der Welt, für den Ray jederzeit alles stehen und liegen lassen würde – und die Empfängerin unendlicher Geschenke. Evie wusste, dass Steve die Sachen nicht mochte, die sie für Polly kaufte, aber Polly liebte sie. Polly und ihrer Großmutter war ein reger

Heißhunger auf das exzessiv Feminine gemein, auf Flitter und Blumen und Little-Kitty-Handtaschen. Evie bewahrte die Sachen, die sie für Polly gekauft hatte, in einer samtgepolsterten Truhe – es war eigentlich ein Toilettentischhocker – hinter dem cremefarbenen Sofa auf. Polly nannte es ihre Schatztruhe. Ihr war auch vollkommen bewusst, dass die meisten Dinge in der Schatztruhe auf eine Weise zum Royal Oak gehörten, die nicht auf Steves und Nathalies Wohnung übertragen werden konnte, wodurch sie eine kleine Verschwörung mit ihrer Großmutter darstellten, die Evie genoss. Nur bei ein paar Stücken, wie dem Barbie-Fahrrad, ihrem Geschenk zum vierten Geburtstag, kämpfte sie so unerbittlich darum, sie nach Hause mitnehmen zu dürfen, dass Steve meinte, es wäre ebenso herzlos wie auch extrem kleinkariert, es ihr nicht zu erlauben. An manchen Nachmittagen vor der abendlichen Öffnungszeit öffnete Evie die Schatztruhe und betrachtete verzückt den ganzen Flitterkram darin und stellte sich Pollys Gesicht vor – oft tiefernst, wenn sie bewegt war –, wie sie neue Anschaffungen entdeckte, den glitzernden Nagellack für die Zehen, die Schmetterlingstattoos zum Aufkleben, die Haarspangen mit den strassbesetzten Schleifen drauf. Obwohl sie sich immer sehr freute, Steve zu sehen, war es eine herbe Enttäuschung für Evie, wenn er allein ins Royal Oak kam. Der Anblick des Fahrrads mit Pollys Kindersitz hinten drauf, das draußen angekettet stand, versetzte sie in denselben Gefühlsüberschwang, wie es vor mehr als fünfundvierzig Jahren der Anblick von Ray Ross' Motorrad getan hatte.

»Polly ist hier gewesen«, erzählte sie dann, wenn sie mit Verena auf der Isle of Man telefonierte, und Verena seufzte. Verena hatte zwei Jungen, für die ihre Großmutter nicht mehr aufbrachte als eine einzige Urlaubswoche im Jahr, deren Hauptakzente auf gewaltigen Portionen Pommes frites und der nervösen Anspannung ihrer Mutter lagen. »Sie ist ein so wundervolles Kind«, sagte Evie zu Verena, »wundervoll. Sie hat eine solche Phantasie«, ohne im Geringsten zu ahnen, dass Verena in Gedanken schon den Anruf bei ihrem Bruder übte, den sie im selben Moment machen würde, wenn Evie den Hörer auflegte.

»Tausend Dank«, würde Verena zu Steve sagen. »Tausend Dank auch, dass du Mum Polly in den Rachen gesteckt hast, tausend Dank, dass du dafür gesorgt hast, dass sie an Jake und Stuart nicht einen einzigen Gedanken verschwendet, danke, dass du der perfekte Sohn bist, ständig um sie herumscharwenzelst, dass du mich bloßstellst, mich ausstichst.«

In Wirklichkeit machte sie diese Anrufe nie. Sie rief Steve überhaupt nie an, außer an Weihnachten, und falls er seinerseits an sie denken sollte, so ließ er das wenig erkennen. Er sagte zu Nathalie, dass das in seiner Familie so üblich, schon immer so gewesen sei, dass sie umeinander nicht viel Aufhebens machten, sich einander nicht wirklich brauchten. Nathalie lächelte immer, wenn er das sagte, als wüsste sie Bescheid, als würde er wieder einmal demonstrieren, dass biologische Familien den gewählten Familien im Grunde nicht das Wasser reichen konnten, dass echtes Familienleben auf freiem Willen und Liebe basierte, nicht auf Blut. Und so war Steve selbst überrascht, als er sich hier auf der Hintertreppe des Royal Oak wiederfand, die hinauf zum Wohnzimmer seiner Mutter führte, getrieben von einem Unbehagen, das er nicht genau beschreiben, geschweige denn ertragen konnte.

Evie saß auf ihrem Sofa, die Knie mit einer selbst gehäkelten Wolldecke aus malven- und purpurfarbenen Rechtecken bedeckt. Sie schreckte ein wenig hoch, als Steve hereinkam, und richtete unwillkürlich die Fernbedienung für den Fernseher auf ihn, als wäre sie eine Waffe zur Selbstverteidigung.

»Ooh, ich dachte, es wäre dein Vater …«

»Er ist unten«, sagte Steve.

Evie kämpfte sich unter der Decke hervor.

»Keine Polly? Wo ist Polly?«

Steve beugte sich herunter und küsste seine Mutter auf die Wange. Das hatte Nathalie ihm beigebracht. Vor Nathalie wäre ihm das nie in den Sinn gekommen.

»Sie ist in der Schule, Mum. Nathalie holt sie ab.«

Evie schubste die Decke auf den Boden.

»Wieso hast du nicht gewartet, bis du sie mitbringen konntest? Ich habe etwas für sie.«

Steve zögerte und sagte dann verlegen: »Heute geht es um etwas anderes, Mum.«

Evie blickte jäh auf. Sie ließ von dem Versuch aufzustehen ab und blieb, wo sie war, auf der Sofakante.

»Was ist passiert?«

»Niemand ist verletzt, Mum. Es geht allen gut.«

»Was ist passiert?«

Steve ließ sich in den Sessel sinken, den sein Vater immer benutzte. Er saß vornübergebeugt und starrte auf den Teppich.

»Es ist nichts Schlimmes, Mum …«

»Warum bist du dann hier?«, fragte Evie. »Warum bist du ohne Polly hier?«

»Ich wollte dich etwas fragen.«

Ein Ausdruck unvermittelter Wachsamkeit huschte über Evies Gesicht. Es war ein Ausdruck, der Steve sehr vertraut war, ein Ausdruck, wie er ihn die ganzen Jahre über immer dann bemerkt hatte, wenn Evie sich für den Entschluss wappnete, sich ihrem Mann entgegenzustellen, um etwas für ihre Kinder zu tun.

»Keine Sorge, Mum«, sagte Steve. »Keine Taten. Nur eine Meinung.«

»Ich habe nie Angst gehabt vor Taten, oder?«, gab Evie zurück, wobei sie leicht pikiert klang.

»Nein. Das hast du nie.«

»Und das hätte ich auch jetzt nicht. Vor allem, wenn es um Polly ginge.«

»Es geht nicht um Polly«, sagte Steve, »es geht um Nathalie. Um Nathalie und mich ...«

Evie sah ihn scharf an.

»Du hast nie ...«

»Nein«, sagte Steve. Er machte eine ausladende Geste mit beiden Händen, als wollte er den Gedanken, es könne etwas zwischen Nathalie und ihm nicht stimmen, entschieden von sich weisen.

»Ich habe immer gesagt, ihr solltet heiraten«, sagte Evie. »Es ist nicht fair Polly gegenüber. Das war immer meine Meinung.«

»Ich weiß«, sagte Steve. Er schloss einen Moment die Augen. Er hatte nicht die Energie, sich wieder einmal auf die Verteidigung von Nathalies ausdrücklich geäußertem Wunsch einzulassen, mit ihm zusammenzuleben, aber nicht mit ihm verheiratet zu sein.

Er sagte bestimmt: »Es geht nicht darum.«

Evie beugte sich zur Seite, um die Decke aufzuheben, und fing an, sie zusammenzulegen.

»Was dann?«

Steve sagte vorsichtig: »Du weißt, welche Einstellung Nathalie immer zur Adoption und allem gehabt hat, du weißt, wie sie immer gesagt hat, dass es ihr nichts ausmache, ihre richtige Mutter nicht zu kennen, keine natürliche Familie zu haben?«

Evie tätschelte die zusammengefaltete Decke auf ihren Knien, als wäre sie eine Katze.

Sie sagte ruhig: »In dieser Hinsicht ist sie immer gut gewesen.«

Steve blickte zu ihr hinüber.

»Nun, das hat sich alles geändert.«

Evie stellte das Tätscheln ein.

»Was genau?«

»Alles. Was sie empfindet, was sie will. Alles. Beinahe über Nacht ist sie von der Behauptung, es mache ihr nichts aus, zu der Aussage übergegangen, es mache ihr doch etwas aus, und sie wolle ihre Mutter finden. Ihre – leibliche Mutter.«

Evie schüttelte den Kopf.

»Was hat sie denn darauf gebracht?« Sie sah zu Steve hinüber. »Was hast du getan?«

Er zuckte mit den Schultern. Er spürte den Zorn, den er immer empfunden hatte, wenn seine Mutter ihm gegenüber diesen Ton anschlug, wenn sie ihn bei der Kellertür oder beim Verlassen des Badezimmers oder in seinem Schlafzimmer abgefangen und gesagt hatte: »Was hast du getan, dass dein Vater so aufgebracht ist?«

Er murmelte jetzt, was er immer gemurmelt hatte: »Nichts.«

»Nun, wenn es nichts war«, sagte Evic, »warum regst du dich dann so auf?«

»Ich rege mich nicht auf ...«

»Warum bist du dann hier? Wieso hast du Polly nicht mitgebracht?«

Steve betrachtete wieder den Teppich. Er war beige

grundiert, mit einem Gitter in einem dunkleren Beige und einem Strauß stilisierter rosa Blumen in jeder Raute. Er versuchte, sich zu erinnern, was Nathalie gesagt hatte, wie Nathalie ihm erklärt hatte, warum seine Mutter ihm gegenüber diesen scharfen Ton anschlug: weil sie ihn sich seinem Vater gegenüber nicht getraute.

Er sagte so geduldig, wie er konnte, den Blick noch immer auf den Teppich geheftet: »Mum, ich weiß nicht, wo ich stehe.«

»Nun, das würdest du«, sagte Evie, »wenn du ihr Ehemann wärst.«

Steves Kopf schoss hoch.

Er schrie beinahe: »Ich bin ihr Ehemann! In jedem Punkt, auf den es ankommt!«

Evie zuckte leicht zusammen. Sie legte die gefaltete Decke neben sich und erhob sich vom Sofa. Dann zog sie die Fußbank über den Teppich bis dicht vor Steves Stuhl und setzte sich darauf.

»Entschuldige, mein Lieber.«

»Hier geht es nicht um gesellschaftliche Anpassung«, sagte Steve. »Hier geht es nicht darum, was die Nachbarn denken.«

»Nein, mein Lieber.«

Steve warf seiner Mutter einen unglücklichen Blick zu.

»Es ist ein Schock gewesen, Mum.«

Evie streckte beide Hände aus und ergriff Steves Hand. Ihre Hände fühlten sich vertraut an, breit und warm und überraschend weich nach all den Jahren Küchenarbeit.

Er sagte: »Sie hat erst vor zehn Tagen einer Bekannten erzählt, wie gut sie damit zurechtkommt, adoptiert zu sein. Nach der Untersuchung von Pollys Ohr hat sie gesagt, sie sei ein bisschen verunsichert gewesen, aber nur für einen

Moment. Sie hat mit Dave geredet, und ich dachte, damit wäre die Sache erledigt. War sie aber nicht. Ganz im Gegenteil. Sie ist jetzt fest entschlossen, ihre Mutter zu finden. Sie ist einfach damit rausgeplatzt. Wie aus heiterem Himmel. Ich hatte Polly ins Bett gebracht, wir haben zusammen gegessen, wir haben einfach dagesessen und über nichts Besonderes gesprochen, und zack, peng, kommt sie damit raus. Sagt mir, dass sie fest entschlossen sei, dass dies das Teil sei, das immer gefehlt habe, dass ich sie mit nichts davon abbringen könne und sie deshalb am besten unterstützen würde.« Er blickte zu Evie. »Sie erkundigt sich nach einem Suchdienst.«

Evie drückte Steves Hand. Er konnte ihre Ringe spüren, goldene Reifen mit winzigen Diamanten besetzt, die inzwischen zu bloßen Splittern abgetragen waren und in seine Finger drückten.

Sie sagte: »Was regt dich denn so auf? Was regt dich daran so auf?«

Er senkte den Blick wieder.

Er sagte barsch: »Dass sie es mir einfach mitteilt. Mich nicht fragt, mich nicht – um Rat bittet.« Er machte eine Pause und sagte dann: »Und – und es gibt mir das Gefühl, nicht genug zu sein. Nicht genug für sie.«

»Tja, mein Lieber«, sagte Evie. »Du wirst nie ihre Mutter sein.«

»Sie hat eine Mutter.«

Evie dachte nach. Was sie betraf, hatte es nie irgendwelche Probleme im Umgang mit Lynne gegeben. Sie kamen gut miteinander aus, die beiden Großmütter, wobei Lynnes Überlegenheit als erste Großmutter, da sie Nathalies Mutter war, leicht durch Evies stilles, selbstzufriedenes Bewusstsein ausgeglichen wurde, die Großmutter zu sein, die mit

Polly blutsverwandt war. Diese Überlegenheit, so entdeckte sie, würde sie nur ungern in Frage gestellt sehen. Sie löste ihre Hände sachte von Steve und faltete sie in ihrem Schoß. Die plötzliche Vorstellung von einer konkurrierenden Großmutter, einer Großmutter mit allen Trümpfen in der Hand, war ebenso beunruhigend wie unerfreulich.

Sie sah hinunter auf ihre Hände und rückte die Ringe zurecht.

»Weiß Lynne davon?«

»Noch nicht.«

»Es wird nicht leicht sein. Nicht für sie.«

»Nein, ich weiß. Das habe ich ihr gesagt.«

»Und David?«

»Sie bringt ihn auch dazu.«

Evie warf Steve einen überraschten Blick zu.

»*Bringt* ihn dazu?«

»Er will nicht. Aber sie haben ihn gemeinsam überredet, Nathalie und Marnie.«

Evie blickte auf das gerahmte Farbfoto vom Lake Ullswater bei Sonnenuntergang, das Ray ihr vor einigen Jahren zu Weihnachten geschenkt hatte.

»Angenommen, ihre Mutter möchte nicht gefunden werden …«

»Warum sollte sie nicht?«

»Oh«, sagte Evie mit Nachdruck. »Aus *vielen* Gründen.«

»Nun, ich glaube, dieses Risiko wird Nathalie eingehen.«

»Sie riskiert eine Menge, oder?«

Steve seufzte.

»Sie sagt, sie würde noch mehr riskieren, wenn sie sie nicht suchte.« Er stützte die Ellbogen auf die Knie und schlang die Finger ineinander. »Sie sagt, sie sei noch nie von einer Sache so überzeugt gewesen, außer als sie Polly erwartet hat.«

Evie sagte bedächtig: »Dann musst du sie lassen, mein Lieber.«

»Es ist keine Frage von Lassen.«

»Dann musst du ihr helfen.«

»Ich weiß. Das habe ich schon gesagt, oder?«

»Ich habe meinen Vater nicht gemocht«, sagte Evie plötzlich. »Manchmal habe ich ihn gehasst. Er hat meine Mutter behandelt wie ein Tier. Wahrscheinlich ist das der Grund, weshalb ich ...« Sie brach ab und atmete kurz ein. Dann sagte sie: »Aber zumindest wusste ich, wer der Mensch war, den ich hasste.«

»Dasselbe wie bei Dad und mir«, sagte Steve.

»Sag das nicht ...«

»Es ist aber wahr.« Er sah sie wieder an. »Wirst du Dad davon erzählen?«

»Er wird nichts davon halten«, sagte Evie. »Er hält nichts davon, Bewährtes über den Haufen zu werfen.«

»Ich auch nicht.«

Evie tätschelte seine Hand.

»Vielleicht kommt dann alles in Ordnung.«

»Es war nichts in Unordnung, Mum!«

Evie streckte den Rücken. Sie blickte wieder auf den Lake Ullswater und sagte: »Warum tut sie es dann?«

Titus wartete an dem Gitter, das die St. Margaret's Church an zwei Seiten umgab. Sasha hatte gesagt, sie wolle sich dort mit ihm um halb sieben treffen, also war er mit einstudierter Unbekümmertheit zwölf Minuten nach halb sieben eingetroffen und stellte nun fest, dass sie sich noch mehr verspätete. Tatsächlich war es jetzt zehn vor sieben. Titus hatte schon mehrere Male das Schild gelesen, auf dem der Name des Vikars und die Zeiten der Gottesdienste standen und die stolze Verkündung, dass dies die schönste Kirche im »Arts and Crafts«-Stil sei. Er hatte die Fassade studiert (nicht seine bevorzugte Architekturperiode), die Gitterstäbe gezählt (übertrieben und sicherlich neunzehntes Jahrhundert) und sich mehrfach geschworen, nur noch zwei Minuten zu warten, bevor er abhaute, nur um den Schwur dann eine Sekunde später wieder zu brechen. Mädchen, sagte sich Titus, achteten auf Pünktlichkeit und auf saubere Tassen und Gläser, genauso wie sie immer wussten, wo die Autoschlüssel waren. Mädchen mochten Pläne und Verabredungen: Sie waren diejenigen, die immer genau über wann und wo Bescheid wissen wollten, damit sie entscheiden konnten, was sie anziehen und ob sie Make-up auflegen sollten. Es waren die Mädchen, rief sich Titus in Erinnerung, während er sich insgeheim versprach, nicht wieder hinauf zur Kirchturmuhr zu schauen, die in einer Beziehung immer ängstlich auf den Eindruck bedacht waren, den sie machten, die selten die Oberhand hatten, die dieses wohltuende Bedürfnis empfanden, gefällig und verständnisvoll zu sein. Zumindest – Titus trat gereizt gegen die steinerne Einfassung, in die das Gitter eingelassen war – waren sie so immer für ihn gewesen – ihm erschienen. Er wusste, dass er zu kurz geraten war. Ungefähr mit fünfzehn war ihm klar geworden, dass er die Körpergröße seiner Mutter erben würde, nicht die seines Vaters, und hatte dementsprechend seine Pläne gemacht. Wenigstens war er kräftig, selbst wenn er klein war, und es gab nichts an seinem Gesicht oder seinem Mundwerk oder seinem Haar oder an der Schnelligkeit seines Geistes auszusetzen. Es war bald offensichtlich, dass es auch nichts an seinem Geschick mit Mädchen auszusetzen gab. Schon bevor er zwanzig wurde, hatte er so viele Mädchen gehabt, dass sich seine Brüder genötigt sahen, ihren Neid mit traurigen Hohn- und Spottversuchen zu kaschieren. Titus gab vor, sie nicht zur Kenntnis zu nehmen. Anstatt den Köder zu greifen, schnappte er ihnen die Freundinnen vor der Nase weg und machte immer weiter so. Und immer weiter, bis er Sasha traf.

Er wickelte seinen dicken Schal ab und flocht ihn grimmig durch mehrere Gitterstäbe. Sasha. Was war nur dran an Sasha? Sicher, sie war toll, aber sie war aberwitzig groß, was ihn wie einen Trottel aussehen ließ, und sie konnte erschreckend ernst und New-Age-mäßig sein, und sie kleidete sich auf eine gekünstelte Mannweibart, die er nicht ausstehen konnte. Er hasste ihre Stiefel, hasste sie leidenschaftlich, und sie trug sie unentwegt. Wenn sie sie nicht trug, wenn sie irgendwo neben seinen auf dem Wohnzimmer- oder Schlafzimmerboden lagen, sagte er: »Sieh dir die an! Sie sehen aus, als würden sie einem verdammten Kanalarbeiter gehören«, und sie lächelte dann und sagte ungerührt: »Sie regen dich auf, oder?«, und er musste ihr zeigen, dass er Manns genug war, auf sämtliche Stiefel dieser Welt zu pfeifen. Er hatte einmal versucht, ihr ein Paar sexy Stiefel zu kaufen, eng anliegende Stiefel mit Pfennigabsätzen, und sie hatte ihn nur ausgelacht. Sie hatte einfach gelacht. Und dann hatte sie sich umgedreht und war weggegangen, mit weit ausholenden Schritten in ihren verdammten Kanalarbeiterstiefeln. Titus zerrte mit einem so heftigen Ruck an seinem Schal, dass die Wolle unter der Spannung knisterte. Die Kirchturmuhr schlug sieben.

»Mann, du bist aber pünktlich«, sagte Sasha.

Sie stand hinter ihm in dem langen Marinemantel, den sie in einem Laden für alte Armeebestände gefunden hatte. Er fing an, den Schal zu entflechten.

Er sagte, indem er sich bewusst nicht umdrehte: »Du kommst eine halbe Stunde zu spät.«

»Ich bin auf die Minute pünktlich.«

»Du hast gesagt halb sieben.«

»Ich hab gesagt sieben.«

»So ein Scheiß«, sagte Titus. »Absoluter Mist.«

»Du hast eine sonderbare Ausdrucksweise«, sagte Sasha. »Wo bist du erzogen worden?«

»Das weißt du genau.«

»Wenn du schmollen willst«, sagte Sasha, »muss ich mir jemand anderen zum Spielen suchen.«

Titus fuhr herum.

»Ich schmolle nicht.«

Sasha beugte sich ein wenig herunter und küsste ihn auf den Mund. Er fühlte die kurze, gleitende Feuchtigkeit ihrer Zunge. In einer einzigen flinken Bewegung zog er den Schal aus dem Gitter und ihr um den Hals.

»Hab dich.«

Sasha wartete einen Augenblick und befreite sich dann, indem sie sich duckte.

Titus sagte: »Ich warte hier seit einer halben Stunde.«

Sasha seufzte.

»Wir hatten diese Unterhaltung bereits.«

»Wir haben sie nicht zu Ende geführt.«

»Ich schon«, sagte Sasha. »Willst du jetzt lieber damit aufhören, oder soll ich lieber gehen?«

Titus zögerte einen Moment, dann straffte er die Schultern, warf den Schal über eine Schulter und nahm entschlossen Sashas Hand.

»Entschuldige«, sagte er. Er grinste zu ihr hoch. »Ich hatte einen ziemlich beschissenen Tag.«

»Aha«, sagte Sasha. Sie lief los und zog ihn mit sich.

»Was heißt ›aha‹?«

»Es heißt, ich hatte einen beschissenen Tag, also bereite ich jemand anderem auch einen beschissenen Tag, oder?«

»Nein«, sagte Titus, »das tue ich nicht.«

»Welche Art von beschissen?«

»Steve …«

»Aha …«, sagte Sasha wieder. Sie schwenkte seine Hand leicht hin und her. »Ich mag Steve.«

Titus gab sich größte Mühe, nicht zu sagen: Er ist verheiratet, und sagte stattdessen in einem scheinheiligen Ton, den er sich seinen Brüdern gegenüber nicht im Traum erlaubt hätte: »Ich mag ihn auch.«

»Und?«

»Er hatte schlechte Laune. Sehr schlechte Laune.«

»Wir haben alle mal schlechte Laune.«

»Aber das war so eine empfindliche, gekränkte Laune. Die hat Steve normalerweise nicht. Steve schnappt über, wenn man auf dem Schreibtisch einen Bleistift im falschen Winkel liegen lässt, aber er wird nicht gefühlsduselig. Und das bedeutet, dass er keine Übung hat, und wenn also *er* einmal außer Fassung gerät, dann ist er so außer Fassung wie jemand, der zum ersten Mal in einen Pool geworfen wird und schwimmen soll. Ein einziges Platschen und Wasserschlagen. Und *besessen* von der geraden Bleistiftreihe.«

Zwei junge Burschen fegten quietschend auf Skateboards vorbei und kicherten über den Größenunterschied zwischen Sasha und Titus.

Sasha sah ihnen kurz hinterher und sagte dann beiläufig: »Worüber war er denn so außer Fassung?«

Sie blieben stehen, um die Straße zu überqueren.

»Weiß nicht …«

»Das musst du wissen«, sagte Sasha. »Du kannst nicht

den ganzen Tag mit ihm auf so kleinem Raum verbringen und nicht irgendeine Idee haben.«

Titus warf ihr einen forschenden Blick zu.

»Wieso willst du das wissen? Wieso interessiert dich das so?«

Sasha ging über die Straße und zog Titus hinter sich her.

»Was glaubst du wohl? Wegen Nathalie natürlich. Wegen dem, was ich von Nathalie gesehen habe.«

»Na ja«, sagte Titus mürrisch, »du hast alles total falsch eingeschätzt, oder?«

Sasha blieb stehen. Sie stand regungslos auf dem Bürgersteig auf der anderen Straßenseite und zog ihre Hand aus seiner.

»Nein, Titus«, sagte sie in dem Ton, in dem sie sprach, wenn sie ihm psychologische Theorien erklärte, »nein, ich habe Nathalie nicht falsch eingeschätzt.«

Er lächelte.

Er sagte mit einem Hauch von Triumph: »Und warum erkundigt sie sich dann nach einem Suchdienst, um nach ihrer leiblichen Mutter zu forschen?«

Sasha sagte nichts. Sie stellte sich in das Licht, das aus dem Schaufenster eines Zeitungsladens schien. Titus folgte ihr. Er legte eine Hand auf ihren Ärmel und strich darüber.

»Tut mir Leid.«

Sasha schwieg einen Moment und sagte dann: »Was ist passiert?«

»Er ist einfach damit rausgeplatzt«, sagte Titus. »Als die Mädchen über Mittag draußen waren, hab ich ihn gefragt, wieso er so rumnervt, und er ist damit rausgeplatzt.«

»Was hat er genau gesagt?«

Titus schaute hoch. Sashas Gesichtszüge wurden durch den Schlagschatten aus dem Schaufenster übertrieben akzentuiert, und sie sah wie eine wundervoll gefährliche Walküre aus. Er schluckte.

Er sagte: »Wie es scheint, hat sie dir nicht die Wahrheit gesagt, oder so. Sie hat sich entschlossen, ihre leibliche Mutter zu finden, und sie hat auch ihren Bruder dazu überredet, nach seiner Mutter zu suchen.«

»Ihren Bruder?«

»Ihren adoptierten Bruder. Dave, den Gärtner.« Er sah Sasha eindringlich an. »Bist du nicht erschüttert?«

Sie lächelte zu ihm herunter.

»Nein«, sagte sie. »Wieso sollte ich?«

»Weil« – Titus trat von einem Fuß auf den anderen – »du dich getäuscht hast. Sie hat dir was vorgespielt.«

»Oder sich selbst«, sagte Sasha. »Das ist das Interessante daran.«

»*Interessant*?«

»Es beweist die Theorie«, sagte Sasha. »Die Theorie, dass alle Adoptivkinder wissen wollen, woher sie kommen. Im Grunde ihres Herzens wollen sie es wissen. Interesselosigkeit ist lediglich eine Abwehrmaßnahme.«

»Aber du hast ihr geglaubt!«

»Ich frage mich«, sagte Sasha, »ich *frage* mich, ob ich das wirklich habe.«

»Ach, komm ...«

»Ich habe sie nach ihrer Arbeit gefragt«, sagte Sasha. »Ich habe sie gefragt, was sie mit ihrem ganzen künstlerischen Talent gemacht hat, und sie wich aus. Ich habe nicht den Eindruck gewonnen, dass sie viel draus gemacht hat, Kleinkram für Freunde, Krimskrams, Kleinigkeiten. Und natürlich ist das klassisch.«

»Klassisch?«

»Die Ablehnung, die Adoptivkinder erleiden, hat nicht

nur Auswirkungen auf ihre Beziehungen. Sie erstreckt sich auch auf die Arbeit. Sie werden gelähmt durch die Angst, abgewiesen zu werden, und deshalb versuchen sie es gar nicht erst. Es sieht aus wie Faulheit, ist es aber nicht. Sie wollen oft besser sein als die Besten, können sich aber nicht dazu überwinden.«

Titus nahm wieder ihre Hand.

»*Langweilig*«, sagte er lächelnd.

»Nicht langweilig für Nathalie …«

»Langweilig für mich …«

»Nicht langweilig«, sagte Sasha, sein Lächeln erwidernd, »für Steve.«

»Ich will einen Drink«, sagte Titus laut.

»Ach ja?«

»Ich will einen Drink mit dir, und dann noch einen und dann vielleicht noch einen und dann grünes Thai-Curry und dann …«

Sasha beugte sich herunter und küsste ihn wieder. Ihre Zunge verweilte dieses Mal etwas, und Titus hörte sich mit Entsetzen einen kleinen Keucher ausstoßen. Sasha zog sich zurück.

»Mal sehen«, sagte sie. »In jedem Fall nehmen wir den Drink.«

Kapitel sechs

Daniel lag auf seinem Bett. Genauer gesagt, er lag quer darüber, den Kopf über die Bettkante gehängt und die gestreckten Beine an der Wand abgestützt. An der Wand hingen Poster, ausnahmslos von Sportlern, und Daniel hatte seine beturnschuhten Füße daneben platziert, um nicht eins von Ian Thorps Ohren oder Andrew Flintoffs Nase abzudecken. Daniel war kein großer Schwimmer, aber ein leidenschaftlicher Kricket-Fan und konnte – wenn sich nur einer aus dem Laden hier dafür interessiert hätte – die Namen aller großen Kricket-Mannschaften zu Hause und draußen in der Welt nennen, eingeschlossen Bangladesch und Sri Lanka.

Er bewegte seine Füße ein Stückchen und tippte mit dem großen Zeh an Thorps Kinn.

»Attapattu«, leierte er leise herunter. »Sangakkara. Jayawardene ...«

Er nahm die Füße von der Wand, zog die Knie an die Brust und schlang die Arme fest um seine Schenkel, als könne er damit die Endlosigkeit dieses Nachmittags, die Endlosigkeit dieser ungeliebten Ferientage aus seinem Bewusstsein löschen, in denen seine Mutter ihn drängte, sich seinen Zeitvertreib selbst zu suchen. Sie war absolut versessen darauf, dass Daniel und Ellen lernten, in ihrer Freizeit pro-aktiv zu sein und nicht bloß re-aktiv. Auf ihre vernünftige Art, und um einer Flut von Beschwerden über Ungerechtigkeit vorzubeugen, erklärte sie, dass diese Forderung nicht für Petey gelte, weil er noch zu klein sei, um den Wert konstruktiver Selbstbeschäftigung zu verstehen, und auch zu klein – glücklicher Petey, wie üblich –, um zu wissen, was Langeweile war. Wenn Petey älter sei, meinte Daniels Mutter, müsse auch er lernen, sich selbst zu beschäftigen, genauso wie Daniel und Ellen es jetzt lernen mussten.

Daniel zog die Knie noch weiter hoch und spreizte sie so weit, dass sie sein Gesicht einrahmten. Das waren die Ansichten seiner Mutter auf diesem Gebiet, was bedeutete, dass er der einzige Junge war, den er kannte – und wahrscheinlich der einzige Junge im ganzen Universum –, der keinen eigenen Computer besaß. Der einzige Computer im Haus, abgesehen von dem im Büro seines Vaters, war ein alter Familiencomputer, der unten im selben Raum stand wie der einzige Fernseher und derselben rigorosen Gebrauchsbeschränkung unterlag. Daniel nahm die Knie nach vorne und versuchte, sie in die Augenhöhlen zu drücken. Es schien ihm manchmal, als würden seine Eltern unter einer Art Amnesie leiden, eine, die einem die Erinnerung daran nimmt, wie es gewesen ist, als man noch nicht einfach nur alt und langweilig war.

Natürlich hatte seine Mutter *ihre* Kindheit in Kanada verbracht. Das verschaffte ihr, fand Daniel, einen gewaltig unfairen Vorteil und infolgedessen keine Entschuldigung dafür, dass sie ihren eigenen Kindern so ein unglaubliches Maß an Langeweile aufbürdete. Seine Mutter hatte ihre gesamte Kindheit offensichtlich so verbracht, wie Daniel diese kostbaren Sommerwochen in Kanada verbrachte, mit Angeln im See und Feuermachen und Hüttenbauen und Tennisspielen mit ihren Brüdern, diesen göttlichen Onkeln, die für Daniel die ganze Glorie vollendeten männlichen Heldentums verkörperten, wie es ansonsten Englands Kricket-

Weltmeisterteam vorbehalten war. Daniels kanadische Onkel konnten mit einer Angelschnur oder einem Schlagholz oder einem Gewehr oder einem Pick-up alles tun, was sie wollten, und, um fair zu sein, seine Mutter stand ihnen darin nicht viel nach. Nur wenn man sie aus Kanada fort und zurück nach Westerham schaffte, schienen ihr sämtliche Restriktionen wieder einzufallen, schien sie jedes Proportionsgefühl zu verlieren, welches einem zusätzlichen Kricket-Training unendlich viel mehr Wert beigemessen hätte als der Lektüre eines Buches, dem Bauen eines Modells oder, lieber Gott hilf, dem *Kochen*. Kochen ging über Daniels Horizont, nicht weil es mädchenhaft war, sondern weil es so vollkommen sinnlos war, stundenlang etwas klein zu schneiden und zu mischen und umzurühren, wo viel besser schmeckende Gerichte aus Fertigpackungen und Plastiknäpfen und Aluschalen gezaubert werden konnten. Als er einmal gefragt wurde, was er am allerliebsten auf der Welt essen würde, sagte er, einen Cheeseburger und Pommes frites auf einem wirklich guten Platz im Lord's während eines internationalen Test-Matchs, und dann hatte er kurz überlegt und hinzugefügt, dass der Burger und die Fritten nicht unbedingt so wichtig wären.

Er stemmte die Füße knapp unter den Postern gegen die Wand und schob sich nach hinten, bis seine Schultern vom Bett rutschten und er mit den Armen hinter sich greifen und die Hände auf den Boden legen konnte. Ellen konnte einen Handstandüberschlag. Sie konnte auch ein Stück weit auf den Händen laufen und spielte, für eine Zwölfjährige, hervorragend Tennis. In diesem Moment war Ellen im Westerham Tennis Club und trainierte ihren Aufschlag mit einem Eimer voller Tennisbälle neben den Füßen. Sie war hingeradelt, und wenn es vorbei war, würde sie nach Hause zurückradeln und die Küche mit einem Ausdruck betreten, der so vor Erwartung auf Anerkennung strotzte, dass Daniel ihr am liebsten eine verpassen würde. Seit er sich erinnern konnte, vermittelte Ellen ihm das Gefühl, dass es ein echter Schicksalsschlag war, nur ein Junge zu sein.

Er überlegte, ob er eine Rückwärtsrolle vom Bett machen sollte, und entschied sich dagegen, rutschte stattdessen unelegant runter und knallte mit dem Steißbein auf den Boden. Dann stand er auf und wanderte zum Fenster hinüber. Ein Golf-Vierer verließ gerade das Grün jenseits des Gartens, sie zogen ihre Trolleys hinter sich her, und ein kräftiger Frühlingswind blähte ihre Windjacken zu komischen kleinen Ballons auf. Es war Daniel verboten worden, nach verlorenen Golfbällen zu stöbern und sie an die Spieler zurückzuverkaufen, aber im Grunde seines Herzens hatte er diesen Bann nicht als endgültig akzeptiert. Er hatte beschlossen, es eher als etwas zu verstehen, von dem seine Eltern lieber nichts wissen wollten, als etwas, wofür man ihn bestrafen würde, wenn er es dennoch tat.

Er ging durchs Zimmer und öffnete extrem leise die Tür. Er wusste, dass seine Mutter mit Petey zu seinem Schwimmkurs gegangen war und sein Vater an diesem Nachmittag den Papierkram aufarbeitete, was bedeutete, dass dieser, obwohl er offiziell auf Daniel aufpasste, auf seine Anwesenheit nicht wirklich achtete, geschweige denn auf seine Bedürfnisse. Daniel ging auf Zehenspitzen über den schmalen Treppenabsatz und schaute hinunter in die Diele. Die Tür zum Büro seines Vaters war angelehnt, und Daniel konnte seinen Pulloverrücken und den hellen Schein des Computerbildschirms dahinter sehen. Er musste nur Folgendes tun, entschied Daniel, in einem Zug die Treppe hinunter- und durch die Diele gehen, ganz beiläufig »Geh nur in den

Garten, Dad« rufen und dann nach draußen schlüpfen, womit er Dads Konzentration durch nichts stören und von den Zahlen ablenken würde.

Daniel erreichte das Ende der Treppe mit etwas mehr Tempo und daher auch mehr Lärm, als er vorgehabt hatte.

»Bist du das?«, fragte David. Er drehte sich nicht um.

»Mmm«, brummelte Daniel.

»Was hast du getrieben?«

Daniel seufzte.

»Nichts.«

»Zum Beispiel?«

Daniel seufzte wieder. Er schob sich widerwillig durch die Diele, bis er in das Büro seines Vaters sehen konnte. Auf dem Bildschirm waren keine Zahlen zu sehen, sondern ein Schachbrett. Die schwarzen Figuren standen in der oberen linken Hälfte auf einem Haufen und die weißen über das Brett verstreut. Daniel schob sich näher heran.

»Was machst du?«

»Schach spielen«, sagte David. Er bewegte etwas. »Sehr übel. Sieh dir das an. Der Turm der Königin steht immer noch am selben Platz. Es bringt nichts, mitten in der Partie zu zögern.«

Daniel trat von einem Fuß auf den anderen. Schach bereitete ihm Unbehagen. Sein Vater wollte ihm jetzt seit drei Jahren Schach beibringen, seit er sieben geworden war, aber er mochte es nicht lernen. Es war ihm nicht einfach egal, ob er es lernte oder nicht, er wollte es partout nicht lernen, und sein Vater war gekränkt. Daniel konnte es sehen, er konnte die Enttäuschung in Davids Augen lesen. Es war nicht seine Absicht, ihn zu verletzen, aber er wusste keinen Ausweg. Etwas in ihm schreckte vor Schach zurück, schreckte vor dieser absoluten Inanspruchnahme zurück, in der sein Vater wie gefangen war und die ihn, überlegte Daniel, von seiner Familie fern hielt; ihn schreckten die Regelmäßigkeit der Schachabende, die Verabredungen mit Schachfreunden und – ja, das *Fehlen* genau jenes Teamgeistes, der Daniel so wunderbar erschien. Als er da voller Unbehagen hinter seinem Vater stand und auf die kleinen Figuren auf dem Bildschirm starrte, dachte er nicht daran, seinen Vater zu fragen, warum er Schach spielte, statt seine Büroarbeit zu erledigen, sondern er überlegte bloß, warum sein Vater überhaupt Schach spielte. Er scharrte mit den Füßen.

»Warum machst du das?«

»Warum mache ich was?«

»Warum spielst du Schach?«

Es folgte eine Pause, dann bewegte David die Maus, und der Bildschirm war leer.

Er sagte, noch immer mit Blick auf den leeren Bildschirm: »Weil es mich beruhigt.«

Die nächste Frage, wusste Daniel, hätte lauten müssen: Was ist los?, aber das war eine schwierige Frage. Manchmal möchte man Fragen stellen, und manchmal wünschte man, man hätte es nicht getan, und wenn man nicht anders konnte, als zu fragen, war es möglich, dass noch vieles andere herauskam, wie wenn man nur ein Handtuch aus dem Wäschetrockenschrank ziehen will und einem stattdessen der ganze Inhalt entgegenkommt und auseinander fällt, oder wenn aus einer simplen Dusche ein Sturzbach wird. Daniel scharrte noch mal.

Er murmelte beinahe automatisch: »Tut mir Leid.«

David lachte abrupt auf. Er drehte sich um und sah Daniel an.

»Was sollte dir denn Leid tun?«

Daniel zuckte mit den Schultern.

»Nichts.«

David schwieg einen Moment und sagte dann: »Hättest du Lust, dass ich mit dir rauskomme und ein paar Bälle werfe?«

Daniel nickte heftig. Das Büro seines Vaters schien sich plötzlich von öde einfarbig zu kräftig bunt zu verfärben. David stand auf und streckte sich.

»Warum nicht...«

Daniel ließ den Kopf ein wenig hängen.

»Macht es dir nichts aus?«

»Nein«, sagte David. »Nein, es macht mir nichts aus. Es wird mir gut tun. Es lenkt mich ab.«

Nathalie hatte über eine Woche gebraucht, um den Mut zu finden, den Adoptionssuchdienst anzurufen. Er nannte sich »FamilienSuche«, und die Telefonnummer war ihr widerwillig von einer Frau beim Sozialdienst gegeben worden, die wollte, dass Nathalie sich an eine offizielle Agentur wandte, eine staatlich geführte oder zumindest eine mit überregionalem Rang. Sie hatte Nathalie mit einem Ausdruck angesehen, der nah an Missfallen grenzte, fand Nathalie, als würde sich Nathalie irgendwie undankbar und ungebührend verhalten, wo sie es doch besser wissen müsste. Sie erinnerte Nathalie an ihre erste Volksschullehrerin, die auch kaum ihre Abneigung hatte verbergen können, als Nathalie einen Koller kriegte, weil sie nicht als Maria für das Krippenspiel ausgesucht worden war, und Lynne hatte sie ganz lieb getröstet, und als Reaktion auf all diesen lieben Trost hatte Nathalie sie kräftig in die Hand gebissen, so kräftig, dass es geblutet hatte. Damals hatte es geheißen, Nathalie habe die Hand gebissen, die sie fütterte, und jetzt war es nicht anders. Sie sah die Frau vom Sozialdienst an und sagte, dass dies ein besonderer Fall sei und besondere Behandlung erfordere.

»In welcher Hinsicht?«

»Wir sind zu zweit«, sagte Nathalie.

»Zu *zweit*?«

»Mein Bruder und ich.«

»Mit *derselben* Mutter?«

»O nein.«

»Ja, dann …«

»Es ist eine Exkursion für zwei«, sagte Nathalie. »Wir brauchen unterschiedliche Betreuung, für den Fall, dass wir unterschiedlich reagieren.«

»Das werden Sie ganz bestimmt«, sagte die Frau. Sie zog eine Schublade auf und nahm ein Bündel länglicher blauer Handzettel heraus, die mit einem Gummiband zusammengehalten wurden. Sie sagte, beinahe abweisend: »Sie können es bei diesen Leuten versuchen.«

Nathalie betrachtete den blauen Zettel. Auf der vorderen Seite war eine Zeichnung, eine kleine Reihe menschlicher Silhouetten, zwei Männer und zwei Kinder und in der Mitte eine Frau, die aussah, als wüsste sie nicht, in welche Richtung sie sich wenden sollte. Über der Zeichnung stand »Familien-Suche«, und darunter: »Wir bieten einen vollständigen Suchdienst für alle Adoptierten und ihre leiblichen Verwandten.« Sie drehte den Zettel um. Auf der Rückseite waren eine E-Mail-Adresse und eine Londoner Telefonnummer.

Sie sagte zögernd: »Soll ich einfach anrufen?«

»Natürlich«, sagte die Frau. »*Falls* Sie es wollen.«

Als Nathalie nach Hause kam, legte sie den Zettel in eine Küchenschublade, wo sie ihn nicht direkt versteckte, aber nachlässig zwischen die Papierservietten und Pappteller legte, die von Pollys letzter Geburtstagsparty übrig geblieben waren. Sie überflog ihn noch mal, bevor sie ihn weglegte, und bald darauf stellte sie fest, dass sein Vorhandensein komplizierter war, als sie gedacht hatte, verführerischer, als würde er die unterschiedlichsten Perspektiven eröffnen, die jedoch nicht unbedingt einen positiven Ausgang versprachen. Und dabei konnte sie gar keinen logischen Grund für diese Kehrtwendung nennen, dieses plötzliche Verlangen, genau das zu tun, was sie immer entschieden von sich gewiesen hatte, weil es sie angeblich nicht interessierte. Sie hatte Steve und Lynne erzählt, es habe mit Pollys Ohrproblem begonnen, aber selbst sie wusste, dass dies nur ein winziger zarter Auslöser gewesen war. Schließlich sah es nicht aus, als wäre Pollys Ohr mehr als nur eine kleine, natürliche Missbildung; es war nichts Vererbtes und nichts wirklich Beängstigendes wie ein defektes Trommelfell und der notwendigerweise daraus folgende Einsatz eines Cochleaimplantats. Sie hatte sich sogar ziemlich unbekümmert mit Titus' Freundin getroffen, in der Gewissheit, die ganzen altbekannten Fragen locker beiseite schieben zu können, die ganzen ermüdend herablassenden Spekulationen, die nicht adoptierte Menschen so leicht – beinahe eifrig, dachte Nathalie – über die anstellten, die es waren. Aber als sie nach diesem Treffen nach Hause ging, da überfiel sie auf einmal etwas, nicht direkt Zorn, nicht mal jenes Gefühl der Verlorenheit, das sie versucht hatte, Steve zu beschreiben, sondern eher so eine Anwandlung von Scham. Sie stand auf dem Bürgersteig, zwanzig Meter von dem Café entfernt, wo sie und Sasha sich getroffen hatten, und spürte eine Welle der Scham hochsteigen, der Scham, die mit einer öffentlichen und unzweifelhaft verdienten Demütigung einhergeht. Wie hatte sie das nur tun können, fragte sie sich, wie hatte sie sich all die Jahre – eloquent, regelmäßig, selbstsicher – als eine bestimmte Person darstellen können, wenn sie doch in Wirklichkeit jemand ganz anderer war? Wie hatte sie all diesen Menschen – wie Lynne und Ralph und Steve, die sie liebten und die ihr geglaubt hatten – etwas vormachen können – nein, etwas *vorlügen* war das Wort, das sie hier benutzen sollte, oder? Wie hatte sie beharrlich nicht nur behaupten können, dass es ihr nichts ausmachte, adoptiert zu sein, sondern dass es ihr tatsächlich sogar *lieber* war, wo sie doch die ganze Zeit gewusst hatte, dass sie auf einem einsamen, holprigen, trostlosen Pfad entlangschritt, was Pollys ersehnte Ankunft allenfalls noch unterstrichen hatte?

Oder war das die Wahrheit gewesen? Hatte sie tatsächlich aufrichtig an eine Sache geglaubt, und glaubte sie jetzt, ebenso aufrichtig, an eine andere? Waren ihre Gefühle nur Teil ihrer Unfähigkeit, etwas durchzuhalten, Karriere zu machen, statt mit einer Reihe Jobs herumzutrödeln, was immer wieder Steves Zorn erregte, weil er es für eine Vergeudung ihres Talents hielt? Und wie, dachte Nathalie, während sie die unschuldige Kiefernholzfront der Schublade anstarrte, die den blauen Zettel barg, sollte dieses Unternehmen, die Suche nach ihrer Mutter, dem auch nur im Geringsten abhelfen? Was, wenn ihre Mutter *tot* war?

Aber – und dahin führten alle ihre aufgeregten, sich im Kreis drehenden Gedanken immer wieder zurück – sie musste es tun. Sie wusste, sie würde sonst keine Ruhe mehr finden, sie würde wie jemand sein, der sich auf nichts konzentrieren konnte, weil er immer auf den entscheidenden Anruf wartete, auf das ausschlaggebende Klopfen an der Tür. Sie hatte versucht, es Lynne zu erklären, ihr deutlich zu machen, dass es nicht an einer Unzulänglichkeit Lynnes als Mutter lag, weshalb sie den Wunsch hatte, die Frau zu finden, die sie tatsächlich auf die Welt gebracht hatte. Lynne stand in ihrem Garten, in den sie Nathalie geführt hatte, um ihr die Knospen und Frühlingsblüher zu zeigen, und sagte wieder und wieder: »Aber ich dachte, du hättest alles gehabt, was du wolltest.«

»Das dachte ich auch«, erwiderte Nathalie.

Lynne beugte sich hinunter, um eine umgeknickte Narzisse aufzurichten.

»Du hast immer gesagt …«

»Ich weiß, Mum. Das habe ich immer gesagt.«

»Es fällt schwer, das nicht persönlich zu nehmen«, sagte Lynne und gab der schiefen Blume durch eine geradere Halt.

»Mum …«

»Ich habe mir immer eingebildet«, sagte Lynne, die sich jetzt ins feuchte Gras kniete, »dass ich dich und David irgendwie gerettet hätte. Selbst als ich noch mit meinen ganzen Enttäuschungen gerungen habe, habe ich mir gesagt, dass ich wenigstens etwas Gutes getan habe, dass ich zwei Kindern geholfen und eine Chance gegeben habe, die sie vielleicht sonst nicht bekommen hätten. Ich weiß, man sollte so etwas nicht denken, aber es fällt schwer, es nicht zu tun, wenn die Leute einem immer wieder sagen, man hätte etwas Gutes getan.«

»Du hast etwas Gutes getan«, sagte Nathalie.

»Ich habe mir immer gesagt: ›Ich möchte ein Baby, ich möchte ein Baby.‹ Dad meinte, ich müsse das lassen. Dad meinte, ich solle lieber sagen, dass ich ein Kind großziehen möchte.« Lynne schaute empor zu Nathalie. »Wenn du deine Mutter findest, verstehst du, was dann aus mir wird?«

Nathalie schüttelte den Kopf.

Lynne sagte traurig: »Dann bin ich nicht mehr die Retterin, sondern nur noch die Frau, die einer anderen Frau das Kind weggenommen hat.«

Nathalie hockte sich neben sie.

»Du wirst dich nicht verändern, Mum.«

»Nein, ich werde mich nicht verändern. Nicht als Mensch. Aber ich werde anders angesehen werden. Was ist mit Polly? Was für eine Großmutter wird aus mir, wenn Polly eine neue Großmutter bekommt?«

»Vielleicht kommt es nicht dazu.«

»Kommt es nicht wozu?«

»Vielleicht finde ich sie gar nicht. Vielleicht mag ich sie nicht.«

»Warum gehst du dann ein solches Risiko ein?«

»O Mum«, sagte Nathalie, beugte sich vor und griff fest nach Lynnes Arm. »Weil ich es *wissen* muss. Selbst, wenn es mir nicht gefällt, ich muss es wissen. *Du* weißt es, oder? Du weißt, wer deine Mutter war?«

Lynne machte sich frei und stand auf.

»Wenigstens David ...« Sie hielt inne.

»Wenigstens David, was?«

»Will da nicht mitmachen.«

Nathalie erhob sich.

»Doch, Mum, er will.«

»Nein, er will nicht. Du zwingst ihn dazu.«

»Ich könnte ihn nicht *zwingen*, Mum. Ich könnte es nicht, auch wenn ich wollte. Er hat Angst, wie ich, aber er wird mitmachen.«

Lynne trat einen Schritt zurück und fing an, an einem blühenden Johannisbeerstrauch herumzupusseln.

»Daniel war gestern hier. Er hat Dad in der Werkstatt geholfen. Er ist geschickt mit den Händen.«

»Mum«, sagte Nathalie, »nichts wird sich ändern zwischen dir und deinen Kindern oder deinen Enkeln.«

»Das kannst du nicht wissen«, sagte Lynne.

Nathalie barg das Gesicht in den Händen.

»Bitte vertrau mir!«

Lynne erwiderte nichts.

Nathalie nahm die Hände runter und sagte wütend: »Pass auf, ich hätte es weder dir noch Steve oder sonst jemandem erzählen müssen. Ich hätte einfach heimlich diesen Suchdienst beauftragen und meine Mutter treffen können – falls sie tatsächlich noch leben sollte –, und niemand von euch hätte etwas mitgekriegt. Aber das habe ich nicht. Das habe ich *nicht*, oder? Ich habe euch allen von Anfang an alles erzählt, und wenn das kein Beweis ist für die Liebe und das Vertrauen und alles andere, an denen es mir deiner Meinung nach mangelt, dann weiß ich es auch nicht!«

Lynne streckte eine Hand aus und rückte einen Zweig an einem Pfeifenstrauch zurecht. Sobald sie die Hand wegnahm, sprang er wieder in seine alte Position zurück.

»Ich möchte nicht in die Vergangenheit zurückgehen«, sagte Lynne.

Nathalie erwiderte nichts. Lynne griff wieder nach dem Pfeifenstrauch.

»Es ist nicht so, als würde ich nicht verstehen, was du vorhast. Ich würde nie versuchen, dich davon abzuhalten. Das weißt du. Aber es ist so ein Risiko, es reißt so vieles auf, das ich verheilt geglaubt hatte, all die Dinge, von denen ich dachte, ich hätte sie überwunden.«

Nathalie schloss die Augen. Sie hatte mit Lynne eine lange und belastende Unterhaltung über Unfruchtbarkeit gehabt, als sie entdeckte, dass sie endlich mit Polly schwanger war, und sie hatte in diesem Moment nicht das geringste Bedürfnis, sie noch einmal zu führen.

Sie öffnete die Augen und sagte in so neutralem Ton wie möglich: »Wirst du es Dad sagen?«

Lynne ließ den Pfeifenstrauchzweig zurückspringen.

»O nein.«

»Was soll das heißen – dass du es nicht machst oder dass man es ihm nicht sagen sollte?«

»Natürlich sollte man es ihm sagen«, meinte Lynne. »Du solltest es ihm selbst sagen.«

»Ich dachte, du möchtest …«

Lynne wirbelte herum. Sie war jemand, bei dem man sich darauf verlassen konnte, dass sie nie die Beherrschung verlor, aber jetzt hatte sie sie verloren. Die geballte Wut ließ ihr Gesicht fast schrumpfen.

»Nathalie«, sagte sie, »Nathalie, ich möchte überhaupt *nichts* von alldem.«

Steve stellte fest, dass Titus seinen Computer angelassen hatte. Sein Bildschirmschoner, den er zweifelsohne selbst entworfen hatte, zeigte eine Reihe seelenruhig fliegender Schweine, von denen einige eine Brille trugen. Steve blieb davor stehen und sah für einige Minuten ihrem würdevollen Vorübergleiten auf dem Bildschirm zu, dann lehnte er sich vor und machte den Computer aus. Auf dem Schreibtisch lag um die Tastatur herum eine nachlässig verstreute Ansammlung kleiner Dinge – Büroklammern, Gummibänder, ein Würfel, ein zerknittertes Busticket, ein Lakritzbonbon in einem schwarzweiß gestreiften Papier –, Dinge, die bei Steve sowohl Gereiztheit über ihr Vorhandensein auslösten wie auch Neid auf Titus, der sie weder als störend noch als bedeutsam empfand. Er beugte sich über den Schreibtisch und schob den ganzen Krempel mit der Handkante an den Rand. Titus' Papierkorb, stellte er fest, war beinahe voll, und zwar, wie es schien, mit Abfällen, die absolut nichts mit der Arbeit zu tun hatten. Steve holte Luft. Es gab eine feine

Trennungslinie zwischen Pedanterie und Paranoia, und das Durchstöbern anderer Leute Papierkorbinhalte gehörte definitiv zu den Symptomen für Letzteres.

»Pingeligkeit«, pflegte Nathalie ihm zu sagen, »ist nicht sexy.« Sie hatte es liebevoll gesagt, lachend seinerzeit, als sie ungestraft alles sagen konnte. Das wäre heute nicht mehr so, zwecklos, sich etwas vorzumachen. Zum einen würde sie nicht mehr lachen und zum anderen würde sie nicht mehr ungestraft davonkommen. Steve verpasste Titus' Papierkorb einen ungezielten, kindischen Tritt und ging zurück zu seinem Schreibtisch.

»Ich hoffe nur«, sagte er laut und wütend zu Nathalies lächelndem Gesicht an der Wand, »du weißt, was du tust.«

»Steve«, sagte jemand.

Er wirbelte herum. Sasha stand in der Bürotür und hielt sie einen Spalt geöffnet. Sie war halb verdeckt vom Türblatt, wie die coole, moderne Version einer Fächertänzerin, sodass er nur ein Auge und ein Ohr und einen langen Streifen dunkler Kleidung sehen konnte.

»Was machen Sie hier?«

»Ich habe Titus gesucht …«

»Wie sind Sie reingekommen?«

Sasha trat hinter der Tür hervor. Sie trug eine Art Marinemantel, auffällig geschnitten mit markanten Schultern und Knöpfen.

»Die Tür war nicht abgeschlossen, nur eingeschnappt. Die Haustür.«

»Das war Titus«, sagte Steve. Er sah sie an. Sie hatte wieder die rot geschnürten Stiefel an. Er sagte: »Ich habe keine Ahnung, wo er ist.«

»Das macht nichts.«

Steve sagte nichts.

»Ich freue mich, Sie zu sehen«, sagte Sasha. »Ehrlich.«

Steve hob die Schultern.

Er sagte, beinahe garstig: »Möchte wissen, warum.«

Sasha ging zu seinem Schreibtisch und knöpfte den Mantel auf.

»Wie bitte?«

»Na ja«, sagte Steve, »nachdem Sie so eine hervorragende Diagnose über Nathalies Gemütszustand gestellt haben, könnte ich mir vorstellen, dass Sie gekommen sind, um sich zu rechtfertigen.«

»O nein«, sagte Sasha unbekümmert.

»Sie spüren also nicht die geringsten Gewissensbisse, dass Sie so gewaltig danebengelegen und mich außerdem noch überredet haben, ebenso zu denken?«

»Natürlich nicht«, sagte Sasha. »Ich bin doch keine *Ärztin*, verdammt noch mal.«

Steve stöhnte.

»Ich finde nur alles ziemlich fesselnd«, sagte Sasha.

»Was, sich zu irren?«

Sasha lehnte sich gegen Steves Schreibtischkante. Unter dem Mantel trug sie ein eng anliegendes rotes T-Shirt und eine schwarze Hose, die in die rot geschnürten Stiefel gesteckt war.

»Es ist halt so«, sagte Sasha, »dass Nathalie jetzt, da sie sich selbst gegenüber ehrlich geworden ist, vollkommen in das Muster fällt. Das beinahe universelle Muster. Nach all den Jahren des Leugnens, als hätte sie die ganze Zeit gewusst, was sie wirklich empfindet, aber die Wahrheit nicht zugeben können.«

Steve bewegte sich ein wenig, bis er ganz dicht vor ihr stand, nah genug, um ihre Wimpern zu sehen und die winzigen scharfen Kanten ihres Nasenknopfs.

Er sagte: »Muss ich es wirklich aussprechen?«

»Was?«

»Dass ich wütend auf Sie bin. Dass ich wirklich sehr wütend auf Sie bin.«

Sie lächelte ihn an.

»Nein, sind Sie nicht.«

»Verzeihen Sie …«

»Steve«, sagte Sasha, »natürlich sind Sie wütend. Sie sind wütend und verängstigt und verwirrt. Wer wäre das nicht in Ihrer Situation. Aber Sie sind nicht wütend auf *mich*.«

»Seien Sie sich da nicht so sicher.«

Sie lächelte wieder.

»Tja«, sagte sie, »das akzeptiere ich nicht. Ich akzeptiere Ihre Wut nicht. Sie müssen sich jemand anderen suchen, bei dem Sie sie abladen.«

»Aber Sie haben mich *glauben* lassen …«

»Ich habe überhaupt nichts getan«, sagte Sasha. »Ich habe Ihnen nur erzählt, was Nathalie mir erzählt hat. Was, wie sich herausgestellt hat, das war, was Ihre Frau glauben und Sie hören wollten. Tatsächlich sollten Sie mir dankbar sein.«

»Wie …«

»Sie sollten mir dafür dankbar sein«, sagte Sasha, »dass ich der Katalysator war, die treibende Kraft für Veränderung, für die Wahrheit, endlich.«

Steve drehte sich weg, steckte die Hände in die Taschen, schaute durch den Raum und sagte: »Das ist alles ein bisschen viel für mich.«

Sasha erwiderte nichts. Sie setzte sich auf die Schreibtischkante und baumelte mit dem Bein.

Dann sagte sie mit weicher Stimme: »Ich weiß.«

Steve blinzelte. Zu allem Unglück spürte er Tränen aufsteigen.

Er sagte unsicher: »Es ist …«, und brach ab.

Sasha beobachtete ihn, schwang ihr Bein.

»Es ist ja nicht so«, sagte sie in demselben sanften Ton, »als hätte sie einen anderen Mann gefunden.«

»Es ist schlimmer.«

»Schlimmer?«

»Es ist ein anderes Territorium«, sagte Steve. »Gefühle, die da waren, lange bevor ich sie kannte. Gefühle, an denen ich keinen Anteil habe …«

»Aber keine *Bedrohung.*«

Steve seufzte.

»Da ist David.«

»David?«

»Es ist alles auch mit David verbunden. Es ist alles Teil dieses beschissenen Klubs, zu dem wir keinen Zutritt haben.«

»Aber sie haben verschiedene Mütter …«

»Und dieselbe Situation.«

»Steve«, sagte Sasha, »ich habe ihn nie kennen gelernt, aber sind Sie eifersüchtig auf David?«

Steve stieß ein kleines bellendes Lachen aus.

»O ja.«

»Warum?«

»Er weiß Dinge, die ich nie wissen werde. Er teilt etwas mit ihr, was ich nie mit ihr teilen werde.«

Sasha fragte neugierig: »Wie ist er so?«

Steve stieß wieder ein kleines Lachen aus.

»Kräftig, blond und gut aussehend.«

»Na ja«, sagte Sasha, »Sie sind kräftig und sehen gut aus.«

»Ich verliere mein Haar.«

»Umso besser.«

Steve drehte sich um.

»Was wollen Sie?«

Sie blickte ihn ruhig an. Eine rote Perle an einem Lederband hing genau in der Halsgrube über dem Ausschnitt ihres T-Shirts.

»Dass es Ihnen besser geht.«

»Wozu die Mühe?«

»Weil dies eine sehr ungewöhnliche und sehr emotionale Situation ist und Sie ein netter Kerl sind.«

Steve sagte unbeholfen: »Ich dachte, Sie suchen Titus.«

»Hab ich auch.«

»Tja, dann ...«

»Er ist nicht hier. Er hat gesagt, er sei bis sechs Uhr hier, aber es ist schon viel später.«

»Er mag Sie«, sagte Steve.

»Und ich mag ihn.«

»Nein, ich meine, mehr als das. Ich meine, er ist wirklich ganz vernarrt.«

»Ich bin nur eine Herausforderung«, sagte Sasha. Sie blickte ihn von der Seite an. »Wir alle mögen Herausforderungen.«

»Ich mag meine nicht besonders ...«

»Sie könnten es lernen.«

Er schwieg.

»Ich könnte es Ihnen beibringen«, sagte Sasha nüchtern.

»Erwarten Sie von mir wirklich noch irgendwelches Vertrauen in Ihre Urteilskraft?«

Sie betrachtete ihn. Das Licht eines Deckenstrahlers fiel direkt auf ihr weiches, kurzgeschorenes Haar und ließ es wie etwas Überirdisches, wie einen Heiligenschein leuchten.

»Ja«, sagte sie.

Steve schnaubte verächtlich.

Sasha sagte, indem sie sich leicht vorlehnte: »Sie sind wütend, weil Sie sich getäuscht haben. Wir können es nicht leiden, wenn unsere bewährten Verhaltensmuster durcheinander gebracht werden, wir können es nicht leiden, desillusioniert zu werden.«

»Und wen«, fragte Steve mit unverhohlenem Sarkasmus, »zitieren Sie jetzt?«

»Steinbeck.«

»Steinbeck?«

»Ja.«

Steve rückte vom Schreibtisch ab und fing an, auf und ab zu gehen. Sasha blieb, wo sie war, und beobachtete ihn. Sie beobachtete ihn, bis er um Justines Schreibtisch herumgegangen war und langsam wieder auf sie zukam.

Er sagte: »Wissen Sie was?«

»Sagen Sie's mir«, meinte Sasha.

»Sie hat immer gesagt, adoptiert zu sein, sei keine große Sache, aber wenn ich es jetzt recht bedenke, ist sie andauernd darauf zurückgekommen. Andauernd.«

»Ja.«

»Wenn ich es mir überlege, ich glaube, es ist keine einzige Woche vergangen ...«

»Nein.«

»Ich bin so schwer von Begriff ...«

»Nein.«

Er sah sie an.

»Nein?«

»Sie beschäftigen sich nur nicht so zwanghaft damit.«

»Womit?«

»Mit dem, was man frühkindliche Bezugspersonen nennt. Wie ein abweisendes Elternteil.«

»Ich glaube«, sagte Steve, »ich habe jetzt genug von diesem Gerede ...«

»Schade«, sagte Sasha. »Mir gefällt es.«

»Können Sie auch anders?«

»Probieren Sie's.«

Er lächelte. Er straffte die Schultern und griff nach seinem Jackett, das an einem Stahlstift an der Wand hing.

»Bei einem Drink«, sagte Steve.

Kapitel sieben

Marnie ließ Peteys Bad mit jener Aufmerksamkeit für das Rituelle einlaufen, die trostvoll ist, wenn andere Bereiche des Lebens außer Kontrolle zu geraten scheinen. Sein Handtuch – ein rechteckiges Tuch mit einer Kapuze an einer Ecke, ein Überbleibsel aus seiner Babyzeit – lag auf dem Badezimmerstuhl bereit, und sein Schlafanzug hing über dem beheizten Handtuchständer. Petey selbst war allerdings nicht im Bad, sondern lag stattdessen in seinem Zimmer auf dem Fußboden und hatte einen seiner heftigen und beinahe geräuschlosen Wutanfälle, die ihn seit kurz vor seinem zweiten Geburtstag begleiteten.

Theoretisch wusste Marnie über diese Wutanfälle Bescheid. Sie hatte in den Jahren ihrer gründlichen Ausbildung als Kindergärtnerin haufenweise Arbeiten darüber geschrieben, über das Bedürfnis des Kleinkinds, von seinen allmächtigen Eltern etwas Macht übertragen zu bekommen, und wie sich dieses Bedürfnis oft in Wutkollern manifestiert. Aber irgendwie schienen Peteys Wutanfälle etwas zu sein, das sie nicht mit dem ruhigen Selbstvertrauen in den Griff kriegen konnte, das sie gespürt und gezeigt hatte, wenn Ellen und Daniel in so einem Zustand gewesen waren. Sie erinnerte sich deutlich an die Energie und an die Unbeirrbarkeit, mit der sie es damals vermocht hatte, für Disziplin und Ablenkung zu sorgen, die Selbstsicherheit, die sie empfunden hatte, als sie diese beiden kleinen Wesen von der

Babyzeit bis zu den ersten Stadien der Unabhängigkeit geführt hatte. Beide Kinder hatten in Peteys Alter bereits ein hoch entwickeltes Anerkennungs- und Verantwortungsgefühl für andere Menschen gezeigt. Sie erinnerte sich an Daniels großen Kummer, als ein unbedacht geworfenes Spielzeug sie knapp neben dem Auge getroffen hatte. Der darauf folgende Bluterguss hatte ihn tagelang gequält. Aber Petey war nicht wie Daniel. Er war ein zugängliches und einfaches Baby gewesen, aber es war, als hätte er beim Herannahen seines zweiten Geburtstages entschieden, dass er alles in allem zu lange zu fügsam gewesen war und nun die verlorene Zeit aufholen müsse. Nachdem er an diesem Abend zum Beispiel schon eine Weile gegreint hatte, während sie gewissenhaft sein Abendessen zubereitete, hatte er seine Plastikschüssel gepackt, als sie sie vor ihn hinstellte, beide Hände eingetaucht und dann das Essen in der Gegend verteilt und sie dabei ausdruckslos und unverwandt angestarrt. Als sie ihn dann ausschimpfte, verfiel er sofort in einen seiner beinahe lautlosen, krampfartigen Wutanfälle. Vierzig Minuten später hatte er ihn immer noch und lag zuckend auf dem kleinen Teppich neben dem Ställchen, sein silbrig blasses Haar fächerartig ausgebreitet wie die Tentakel einer Seeanemone, das Gesicht eine wutverzerrte Grimasse.

Marnie kniete neben der Wanne und tauchte die Hand ins Wasser. Sie dachte, wenn Petey in fünf Minuten nicht aufgehört hätte, würde sie Ellen holen, damit sie ihr half. Ellen konnte gut mit Peteys Ausbrüchen umgehen, weil sie sie in keiner Weise ängstigten. Sie machte Petey eindeutig klar, dass seine Koller sie nervten, dass sie meistens nicht mal sehen konnte, ob er einen hatte, weil sie wirklich wahnsinnig langweilig waren. Sie würde in Peteys Zimmer gehen, so tun, als wäre sie in Gedanken woanders, über ihn hinwegtreten, als wäre er nichts weiter als ein Stück Teppich, und würde anfangen, ganz beiläufig mit etwas zu spielen, das er sehr schätzte, oder noch besser, etwas, womit er nur ganz gelegentlich einmal spielen durfte. Es war oft nur eine Frage von Sekunden, bis Petey seine Wut abgeschüttelt hatte, als wäre sie nur ein lästiger Umhang, und bei dem Spiel mitmachen wollte, in das Ellen so vertieft zu sein schien. Marnie wusste, sie hätte Ellen schon holen sollen, als Peteys Backkartoffel, die Erbsen und der gratinierte Käse durch die Küche flogen, aber sie hatte es nicht getan. Und sie hatte es deshalb nicht getan – sie schloss die Augen und fuhr heftiger mit der Hand durchs Wasser –, weil sie nicht wollte, dass Ellen die Leitung übernahm, sie wollte in diesem Moment nicht den allerkleinsten Beweis dafür, dass die häusliche Kontrolle und Kompetenz und Zufriedenheit, die bis jetzt immer so – so *einwandfrei* bei ihr gelegen hatten, auf irgendeine Weise gemindert waren. Aufgrund Davids neuem Engagement – wie sehr sie es auch gefördert hatte, wie sehr sie auch gewusst hatte, dass sie das Richtige tat als liebende Ehefrau, wenn sie ihn unterstützte – und seinem daraus resultierenden Rückzug von der Familie, von ihr, glaubte Marnie nicht, dass sie gerade jetzt noch eine weitere Verbannung ertragen konnte, diesmal nicht nur aus dem Zentrum des Geschehens, sondern aus der unbedingten Mutterrolle, die sie für sich gewählt hatte – ja, *gewählt* –, als Petey geboren wurde.

Ellen erschien im Türrahmen. Sie trug die rosafarbenen Shorts, in denen sie früher am Tag Tennis gespielt hatte, und ein beunruhigend knappes Top, das die zarten kleinen Knospen ihrer Brüste abzeichnete und den Blick auf ihre blasse, junge Taille freigab.

»Petey hat wieder sein Dings.«

»Ich weiß.«

»Soll ich ihn beruhigen?«

Marnie legte die Hände auf den Wannenrand und stemmte sich hoch auf die Füße.

»Ich glaube, wir lassen ihn einfach.«

»Wieso?«

»Er hat sein ganzes Abendessen in der Küche verteilt.«

»Vielleicht hat er Hunger.«

»Dann soll er hungrig bleiben.«

»Und weiterschreien?«

»Ellen«, sagte Marnie. »Das ist das dritte Kind, das ich großziehe.«

Ellen zupfte an ihrem Top.

»Man kann nicht immer in allem Recht haben. Das kann niemand.«

»Manche Dinge weiß ich aber nun mal.«

»Das hasse ich so an dieser Familie«, sagte Ellen, »dass jeder glaubt, er wüsste alles über irgendetwas. Dad weiß alles über Schach. Daniel weiß alles über Kricket. Du weißt alles über Kinder. Wenn ich mal Kinder habe, sehe ich zu, dass ich ein bisschen was über eine Menge Dinge weiß – ich werde nicht Mrs Obermeinung über *irgendwas* sein. Kein Wunder, dass Petey diese Dinger kriegt.«

Marnie bückte sich und faltete Peteys Handtuch wieder zusammen.

»Du wirst feststellen, dass sich dein Wissen aus Erfahrung herleitet. Und durch Erfahrung bestätigt wird.«

»Dann werde ich wohl eine Menge Erfahrung brauchen, oder?«

»Ellen«, sagte Marnie, »ich habe im Moment nicht die Kraft für eine solche Unterhaltung.«

»Warum lässt du mich dann nicht nach Petey sehen?«

Marnie wandte sich ab. Sie bückte sich, um Peteys Schlafanzug wieder glatt zu streichen, und ihr Zopf fiel nach vorn, der schwere, feste flachsfarbene Zopf, der ihr nun schon seit mehr als zwanzig Jahren über ihren Rücken hinunterfiel. Zwanzig Jahre – sie hielt plötzlich die Luft an, gepackt von ihrem eigenen Bild von vor zwanzig Jahren, vor ihrem Fortgang nach England, vor dem Kindergarten, vor David und vor dem zweijährigen Petey, der in seinem Zimmer mit einer Wut auf dem Boden lag, die völlig außerhalb seiner oder ihrer Kontrolle war. Sie richtete sich langsam auf.

»Dann hol ihn«, sagte sie müde zu Ellen.

Sie hörte Ellens Schritte über den Treppenabsatz poltern und dann ihre Stimme, sorglos, gleichgültig in der Tür zu Peteys Zimmer.

»Hallo«, sagte Ellen, »du nervtötendes Kind.«

Marnie betrachtete sich im Badezimmerspiegel. Weißes T-Shirt, dunkles Baumwollhemd, reine Haut, gute Zähne. Vielleicht wäre es an der Zeit, das Haar abzuschneiden. Vielleicht wäre es an der Zeit, das T-Shirt und das Hemd auszurangieren und Ellen die Kleidung für sie aussuchen zu lassen. Vielleicht wäre es an der Zeit, sich inmitten all dieser finsteren Korridore, die sich um sie herum auftaten, neu zu orientieren, ihre Gefühle angesichts dieser Fragen über Identität neu zu beurteilen, zu überlegen, wo sie jetzt stand, das Mädchen aus Winnipeg, das seinen Wagen hoffnungsvoll an einen fremden Stern gekoppelt hatte und nun feststellte, dass dieser – bitte, lieber Gott, nicht für immer – seine Zugkraft verloren hatte.

Sie ging aus dem Bad und über den Flur. Vor Peteys Zimmer blieb sie stehen und sah hinein. In der Mitte des Zimmers tanzte Ellen eine recht gelungene Imitation von Kylie Minogue, wobei sie sich selbst, so gut es ging, in Peteys von blauen Häschen umringtem Babyspiegel betrachtete. Und Petey saß aufrecht neben seinem Ställchen, den Daumen im Mund, die Füße ordentlich über Kreuz, und sah friedlich zu.

Justine blieb über Mittag fast nie im Büro. Nicht nur, weil sie raus- und sich bewegen musste, sondern auch, weil sie Steve demonstrieren wollte, dass sie einerseits unabhängig genug war, um hinauszugehen, und andererseits zuverlässig genug, um nach einer Stunde plus/minus fünf Minuten wieder zurück zu sein. Das Hinausgehen ersparte ihr außerdem, es zur Kenntnis nehmen zu müssen, dass Meera mittags nie ihren Schreibtisch verließ, sondern dort in aller Bescheidenheit eine nett verpackte Mahlzeit aus einer blitzsauberen Plastikdose aß. Wenn es nach Steve ginge, dachte Justine, sollten sie das alle tun, solange sie dabei, wie Meera, keine Überbleibsel hinterließen, keine Krümel, Flecken oder Gerüche. Justine stellte sich manchmal das Essen vor, das Titus mitbringen würde – grässliche Reste voller Knoblauch und Chili, Klumpen stinkenden Käses, Mangos, Orangen –, und dachte an Steves Reaktion, den Ekel, die Missbilligung des Ekels, das Hin- und Hergerissensein zwischen beidem, und Titus mittendrin, der sich selbstvergessen die Finger leckte und Obstschalen in Richtung Papierkorb warf.

Justine hatte freiwillig auf ihre Mittagspause verzichtet, als klar wurde, dass sie unter Zeitdruck waren, um die Arbeit für die Greig Galerie fertig zu stellen, und sie hatte vage gehofft, dass auch Titus auf seine verzichten würde. Sie hatte sich kurz ausgemalt, wie Titus sie fragen würde, was für ein Sandwich sie gerne hätte, und wie er es dann holen ginge und mit etwas völlig anderem zurückkäme, etwas Kleckerigem wie einer Shrimps-in-Marie-Rose-Barbecue-Sauce-Füllung, und wie sie die Sandwiches zusammen in einer Art verkicherter, heimlicher Verschwörung essen würden. Als eine intelligente Person, die eine staatliche Schule und als erst zweites Mitglied ihrer Familie ein College besucht hatte, verachtete Justine jemanden wie Titus von Haus aus. Sein Selbstbewusstsein, sein dickes schwarzes Haar, seine Stimme, seine offensichtlich überlegene Gleichgültigkeit gegenüber den Mängeln seiner Klasse und Größe waren alles für sich triftige Gründe genug, ihn als ein Gräuel und als lediglich ein weiteres Exemplar jener dummen Oberschichtler von vorgestern zu betrachten, die laut ihrem Vater aus der Konservativen Partei eine solche Lachnummer gemacht hatten. Justine war mit einer sehr klaren Vorstellung davon aufgewachsen, welche sozialen Gruppen unter aller Kritik waren, und Titus gehörte eindeutig zu den meisten von ihnen. Als sie sich mit ihrer Schwester über die Arbeit unterhalten hatte, sprach sie von Titus als »Geistokrat«, und ihre Schwester, die gerade mit einem Berufsaktivisten liiert war – Justine war sich nicht sicher, für welche Sache –, sagte, sie wüsste nicht, wie Justine es aushielte, mit einem solchen Wichser zu arbeiten.

Manchmal – oft sogar – wusste Justine das auch nicht. Es stand außer Frage, dass Titus gut auf seinem Gebiet war, besonders beim Layout, und dass, wenn er das Büro verließ, die undefinierbare elektrische Spannung, die im Raum herrschte, mit dem Türklappen schwand, als würde ein Scheinwerfer ausgeschaltet. Aber wenn man das mal beiseite ließ, war so vieles an Titus unerträglich, vor allem seine Gleichgültigkeit gegenüber der Meinung anderer. Nein, dachte Justine, es ist seine Gleichgültigkeit anderen *Menschen* gegenüber, die Art, wie er im Büro herumflitzt, ohne sich darum zu kümmern, ob jemand etwas braucht oder will. Oder eine neue Frisur hat.

Justine war sich nicht sicher wegen ihrer Frisur. Sie hatte immer langes Haar gehabt, bis weit über die Schultern, machmal nachlässig hochgeschlungen und mit einem Bleistift aufgespießt. Und dann hatte sie es abgeschnitten. Sie hatte alles abgeschnitten, wirklich kurz, und konnte sich nun nicht entscheiden, ob es ihr radikal gut oder radikal schlecht stand, denn egal wie, es war in jedem Fall radikal. Sie hatte darauf gewartet, dass es alle bemerkten, und schließlich hatte Meera gesagt: »Sehr hübsch« (ihr eigenes Haar war schwarz mit einem blauen Schimmer und ging ihr bis zur Taille), und Steve hatte gesagt: »Mutig!«, und Titus hatte nichts gesagt. Und man konnte davon ausgehen, dass Titus kurze Haare mochte, wenn man nach seiner derzeitigen Freundin urteilen durfte, man konnte zumindest ein Zwinkern und einen erhobenen Daumen erwarten, oder etwa nicht?

Justine aß ihr Sandwich – Käse und Krautsalat, keine kluge Wahl – und betrachtete wieder ihren Schriftentwurf für die Greig Galerie. Eine moderne Rokokoversion hatten sie verlangt. Was immer das sein mochte. Hinter ihr ließ Meera den Deckel ihrer Plastikdose zuklappen, dann ging sie energischen Schrittes an ihr vorbei und hinunter zum Waschraum, von wo sie nach Zahnpasta und einem Hauch Issey duftend zurückkommen würde. Justine seufzte. Vielleicht war es Zeit, sich nach einem anderen Job umzusehen, sich nach einer Stelle umzusehen, wo sie nicht mit Leuten aus dem unerträglichen Land der feinen Pinkel zusammenarbeiten müsste. Die Haustür knallte. Von unten konnte man Titus hören, der wie eine Parodie eines Operntenors den Titelsong von Titanic schmetterte. Justine beugte sich geschäftig zu ihrem Computerbildschirm vor und betastete die Strähnen in ihrem Nacken.

»Es ist nicht nötig, dass Sie vorbeikommen«, hatte die Frau von der »FamilienSuche« gesagt. »Wir können alles übers Telefon erledigen, wenn Ihnen das lieber ist. Es liegt ganz bei Ihnen.«

Nathalie hatte auf dem Fußboden gesessen und wie ein verstörtes Kind in der Ecke gekauert, auf der anderen Seite des Bettes das Telefon ans Ohr gepresst.

»Ich weiß nicht …«

Die Frau hatte gewartet. Sie heiße Elaine, sagte sie, Elaine Price. Sie hatte geduldig und patent geklungen, so wie man es sich von Krankenschwestern wünscht.

»Es tut mir Leid«, sagte Nathalie, »ich kann mich wohl nicht recht entscheiden, ich kann anscheinend nicht klar denken …«

»Könnten Sie nach London kommen?«, fragte Elaine.

Nathalie überlegte.

»Ja«, sagte sie unschlüssig.

»Und Ihr Bruder?«

»Vielleicht …«

Es entstand wieder eine Pause. Nathalie hatte die Knie fest an die Brust gezogen und die Stirn darauf gelegt.

»Nathalie«, sagte Elaine, »ich glaube, Sie sollten besser vorbeikommen und mit mir reden, oder ich komme zu Ihnen.«

»Nein«, sagte Nathalie.

»Dann kommen Sie …«

»Ja.«

»Und dann machen wir mit Ihrem Bruder weiter.«

Und nun saß sie hier in dem Coffeeshop eines Supermarkts in West London und wartete auf Elaine Price. Sie war zu früh. Sie hatte einen viel früheren Zug genommen als den eigentlich vorgesehenen und hatte bereits einen Cappuccino kalt und trostlos werden lassen. Sich einen zweiten zu bestellen wäre nicht nur sinnlos, sondern auch aufgesetzt gewesen, als wollte sie sich vormachen, dass etwas, irgendetwas Natürliches daran sei, hier an einem Spiegelglasfenster mit Blick auf die West Cromwell Road zu sitzen und auf einen völlig fremden Menschen zu warten. Wozu überhaupt noch irgendwelche Normalität vortäuschen? Und wie David gestern Abend wütend gesagt hatte, wieso sich der Illusion hingeben, es sei etwas auch nur entfernt vorstellbar *Normales* an einer gesunden Frau, die ihr eigenes Baby weggibt? Wieso sich vormachen, dass es für einen Menschen je etwas Normales sein könnte, die Frau *suchen* zu müssen, die einen geboren und anschließend weggegeben hat?

Nathalie schob die Kaffeetasse zur Seite. Der Schaum war zu einer dünnen Matschschicht zusammengesackt. Sie kippte die Papierröhrchen mit dem Zucker aus ihrem Gefäß und fing an, sie nach Kategorien zu ordnen.

»Niemand bereut es, sich auf diese Reise zu begeben«, hatte Elaine gesagt. Sie hatte es kurz vor Ende des Gesprächs gesagt, kurz nachdem sie versichert hatte, dass jedes Kind ein Recht darauf habe, zu erfahren, woher es kommt, ein Recht darauf, herauszufinden und zu verstehen, wer man ist. »Das kann ich Ihnen versprechen.«

»Wirklich?«

»Es wird Ihnen dabei helfen, sich nicht mehr durch Verlust zu definieren. Es wird Ihnen helfen, nach vorne zu schauen.«

Nathalie verschob die Röhrchen. War es das? War es das, was sie all die Jahre verfolgt hatte, weshalb sie immer darauf beharrt hatte, dass sie, wenn sie tatsächlich eine Außenseiterin war, dann eine Außenseiterin durch Auslese? Sie fing an, die blauen Röhrchen so aufzustellen, als würde sie Holz für ein Minilagerfeuer arrangieren.

Eine Frau blieb neben ihr stehen und wartete. Sie war jünger, als Nathalie erwartet hatte, mit langem hellem Haar und einer Jeansjacke.

»Hallo«, sagte die Frau.

Nathalie versuchte umständlich, aufzustehen.

»Ich bin Elaine«, sagte die Frau. Sie stellte ihre große Patchworktasche aus Wildleder auf den Stuhl neben Nathalie. »Bleiben Sie sitzen.« Sie lächelte und schaute auf den kalten Cappuccino. »Ich hole uns zwei frische.«

»Nein, ich ...«

Elaine legte Nathalie kurz die Hand auf die Schulter. Am Ringfinger hatte sie einen großen Türkis.

»Sie bleiben hier.«

Nathalie sah ihr nach, wie sie zur Selbstbedienungstheke ging. Sie trug abgeschnittene lange Hosen und Turnschuhe ohne Socken; ihre nackten Knöchel waren braun. Nathalie war nicht ganz sicher, welche Art Kleidung sie erwartet hatte, aber ein Kostüm vielleicht, jedenfalls einen Rock, und auch eher einen Aktenkoffer als die Art Tasche, die sie selbst an lang zurückliegenden Wochenenden zu den Musikfestivals in Glastonbury mitgenommen hatte. Sie hatte auch keine langen Haare erwartet. Elaine Price, war Nathalie überzeugt gewesen, würde wie die Frauen vom Sozialdienst sein, mit einer pflegeleichten Frisur, die für niemanden ein Problem – oder Signal – war. Sie atmete tief aus. Die Jeansjacke, die nackten Fesseln und die ungezwungene Frisur waren eine Überraschung und eine Wohltat.

»Hier«, sagte Elaine.

Sie stellte zwei große Tassen auf den Tisch und beförderte Nathalies abgestandenen Kaffee auf einen leeren Nachbartisch. Dann packte sie ihre Tasche, setzte sich auf den Stuhl neben Nathalie und stellte ihr Patchworkungetüm auf den Boden.

»Dunkles Haar«, sagte sie zu Nathalie, »weißes Oberteil. Lederjacke. Genau wie Sie gesagt haben.«

Nathalie sah sich im Coffeeshop um.

»Gibt hier drin jede Menge davon …«

»Aber niemanden, der auf mich wartet. Ihnen stand das Warten ins Gesicht geschrieben.«

Nathalie sagte verlegen: »Ich bin schon eine Ewigkeit hier …«

»Wie die meisten. Die andere Tendenz ist, zu spät zu kommen, richtig zu spät. Manchmal erfahre ich dadurch, wer diese Suche machen will und wer sie machen muss.«

Nathalie fuhr mit dem Löffel durch den Schaum auf ihrem Kaffee und zog eine Furche.

»Ist das entscheidend?«

»Na ja«, sagte Elaine, »es zu *wollen*, ist besser, wenn man das kann. Sonst besteht die Möglichkeit, dass man seine Mutter bestrafen möchte.«

Nathalie starrte in ihren Kaffee.

»Das kann ich mir nicht vorstellen«, sagte sie. »Ich kann noch nicht einmal sehen, dass es sie wirklich gibt.«

Elaine griff mit beiden Händen nach ihrer Tasse und hielt sie mit den Fingerspitzen fest.

»Fangen wir von vorn an.«

Nathalie nickte.

»Möchten Sie nicht mehr über mich wissen?«

»Ich habe eigentlich nicht gedacht …«

»Nun, wieso sind Sie hier und nicht bei einer offiziellen Agentur?«

»Weil – gerade weil Sie nicht offiziell sind …«

»Aber ich bin ausgebildet.«

»Ja.«

Elaine setzte die Tasse wieder ab. Sie warf ihr Haar nach hinten.

»Reden Sie nur weiter.«

»Mein Bruder wollte über Ihre Ausbildung Bescheid wissen. Mein Bruder David.«

»Sie war gründlich«, sagte Elaine. »Ich habe sie beim Zentrum für Adoptionsfragen gemacht. Es gab Kurse über Recherche, über Unfruchtbarkeit, über genetisch bedingte sexuelle Anziehung. Ich mache jedes Jahr einen Fortbildungskurs.«

»Ich werde es ihm sagen.«

»Nathalie«, sagte Elaine. »Entspannen Sie sich.«

Nathalie nahm einen Löffel Kaffeeschaum.

»Ich habe so viele Menschen durch diesen Wunsch vor den Kopf gestoßen. Das kann ich Ihnen gar nicht sagen. Alle fühlen sich im Stich gelassen, als würde ich etwas Sinnloses machen, etwas absichtlich Destruktives. Mein Partner, meine Schwägerin, meine Mutter …«

»Ihre Mutter?«

»Ja. Meine Mutter.«

»Ich fürchte«, sagte Elaine, »Ihre Adoptivmutter muss sich da raushalten. Das ist nicht ihre Reise.«

»Wirklich?«

»Wirklich.«

»Sie meinen …«

»Ich meine«, sagte Elaine und sah Nathalie fest an, »dass Sie das Recht haben, dies zu tun. Menschen, die adoptiert sind, haben durch die Adoption eine Wunde davongetragen und suchen nach Heilung.«

»Danke«, flüsterte Nathalie.

»Danken Sie nicht mir. Ich bin keine Wohltäterin, ich bin eine Dienstleisterin. Sie werden mich dafür bezahlen, Ihre Mutter zu finden. Die Mutter Ihres Bruders zu finden.«

»Ja …«

»Es wird nicht lange dauern.«

»Nein …«

»Sie haben gesagt, Sie hätten Ihre Geburtsurkunde. Das ist ein Anfang. Es wird wahrscheinlich weniger als drei Wochen dauern. Es wird zwischen zwei- und dreihundert Pfund pro Person kosten. Ich brauche eine Anzahlung über hundertfünfzig Pfund von jedem von Ihnen.«

»Natürlich.«

»Und ich muss wissen, warum Sie das jetzt tun wollen.«

»Jetzt?«

»Ja, jetzt.«

»Das ist schwer zu beschreiben …«

»Bei vielen Leuten gibt es einen ganz speziellen Auslöser, zum Beispiel wenn ein eigenes Kind kommt.«

»Polly ist fünf.«

»Sieht sie Ihnen ähnlich?«

»Mehr ihrem Vater.«

»Nathalie«, sagte Elaine, »ich habe auch einige Verantwortung, gegenüber Ihrer leiblichen Mutter. Ich muss etwas über Ihre Gedanken erfahren.«

Nathalie schaute auf.

»Ich will *wissen*«, sagte sie, »ich will wissen, wo meine biologischen Wurzeln liegen. Ich will wissen, ob ich ihr ähnlich bin oder nicht. Ich will etwas über meinen Vater erfahren. Ich will nicht mehr – *nichts* wissen. Ich weiß nicht genau, was mich darauf gebracht hat, aber ich hatte es plötzlich satt, mir etwas vorzumachen, und jetzt, da ich angefangen habe, kann ich es kaum ertragen, nicht *mehr* zu wissen.

Sogar …« Sie schwieg, und dann sagte sie: »Selbst wenn es mir nicht gefällt, was ich entdecke.«

»Möglich, dass es Ihnen nicht gefällt. Dass es ihr nicht gefällt. Sie könnte Sie abweisen.«

»Ich will kein *Treffen* –«

»Das wissen Sie nicht. Warten Sie ab. Sie könnten den Wunsch haben, Briefe und Fotos auszutauschen.«

»Fotos –«

»Vergessen Sie nicht, theoretisch haben Sie einen Platz in zwei Familienstammbäumen.«

Nathalie sagte langsam: »Falls Sie meine Mutter finden –«

»Wenn ist wahrscheinlicher.«

»Was machen Sie dann?«

»Es Ihnen mitteilen, sofort.«

»Und dann?«

»Ihr schreiben.«

»Einen Brief schreiben …«

»Von mir wird sie ihn lesen. Wenn er vom Sozialdienst käme, würde sie ihn wegwerfen. Vor allem, wenn sie verheiratet ist. Wenn sie andere Kinder hat.«

Nathalies Kopf fuhr jäh hoch.

»Andere Kinder!«

»O ja.«

»Ich habe nicht gedacht –«

»Vielleicht gibt es keine. Etwa vierzig Prozent der Frauen, die ein Baby zur Adoption freigeben, werden nicht wieder schwanger.«

Nathalie nahm ihren Kaffee und trank einen Schluck. Er schmeckte warm und seidig und synthetisch.

»Mein Vater hat mir einmal ein Wort beigebracht. Ich glaube, es ist spanisch. Es heißt – ich weiß nicht, ob ich es richtig ausspreche –, es heißt *duende*. Es bezeichnet eine Art Erdgeist, etwas, was aus den tiefsten Tiefen der Erde aufsteigt.«

»Klingt nach einem guten Vater.«

Nathalie nickte.

»Das ist er. Er ist der Einzige, der kein Aufsehen macht um die ganze Geschichte.«

»Dann ist er nicht bedroht.«

Nathalie sagte ärgerlich: »*Niemand* ist bedroht.«

»Halten Sie daran fest. Daran und an den Instinkten, denen Sie gehorchen.«

»Ja.«

»Ich glaube«, sagte Elaine, »dass Ihre Instinkte eine große Rolle bei dieser Sache spielen. Ich glaube, dass wir instinktiv wissen, ob wir gewollt waren oder nicht.«

»Weiß ich es?«

»Ich glaube, ja.«

»Und David ...«

»Ja.«

»Vielleicht«, sagte Nathalie, »ist er sich nicht so sicher. Vielleicht ist es das, wovor er Angst hat.« Sie sah Elaine an. »Was werden Sie jetzt tun?«

»Ich werde nach der Geburtsurkunde Ihrer Mutter suchen. Ich werde im Internet schauen.«

Nathalie schluckte.

»Sie hieß Cora. Cora Wilson.«

»Ich weiß. Sie haben es mir am Telefon gesagt.«

»Und – und was tue ich?«

Elaine lächelte. Sie hob ihre Wildledertasche auf und ließ sie auf ihren Schoß plumpsen.

»Sie warten, bis Sie von mir hören.«

In Paddington Station kaufte sich Nathalie einen Becher Tee, eine Tafel Schokolade und einen Apfel. Während sie die Schokolade aß, ertappte sie sich dabei, wie sie sich automatisch vor Polly rechtfertigte, die nicht verstehen mochte, warum sie, wenn Schokolade doch ein Nahrungsmittel war und von daher nahrhaft – im Gegensatz zu Süßigkeiten, die pure Chemie waren und von daher schädlich –, keine essen durfte, wann immer sie wollte, vor allem als Ersatz für Mahlzeiten, aus denen sie sich nichts machte, wie zum Beispiel Frühstück. Der Apfel schmeckte nach der Schokolade metallisch und fade und hatte eine harte, feuchte Konsistenz, wovon ihre Zähne schmerzten. Sie trank den Plastikbecher zur Hälfte leer und beförderte ihn dann in den Abfalleimer. Das waren Momente, dachte sie, in denen man einfach nichts essen oder trinken sollte, Momente, in denen man von etwas, was einem im Kopf oder in der Seele herumging, so aufgewühlt und aufgezehrt war, dass elementare Körperfunktionen wie Verdauung am besten ignoriert wurden. Tat man das nicht, weigerten sie sich ohnehin, ordentlich zu funktionieren, und sorgten nur für weiteren Aufruhr. Sie warf das Schokoladenpapier und den halb gegessenen Apfel dem Tee hinterher und begab sich auf die Suche nach ihrem Zug.

Er wartete an einem der abgelegeneren Bahnsteige, ein kurzer Zug mit kleinen Waggons und unnachgiebig steilen Sitzen. Es saß noch fast niemand drin, außer einem Jungen, der ein belegtes Baguette aus einer Papiertüte aß, und zwei Frauen mit voll gestopften Plastiktüten, die sie schützend hinter ihre Beine geklemmt hatten. Nathalie ging durch den Waggon zum anderen Ende und suchte sich einen Eckplatz am Fenster. Das Fenster war mit schmutzigen, getrockneten Regentropfen gesprenkelt, und in diese Schmutzschicht hatte jemand mit dem Finger das Wort »Scheiße« geschrieben, spiegelverkehrt, sodass es von innen lesbar war. Nathalie setzte sich und holte ihr Handy heraus.

»Hallo«, sagte David an irgendeinem windigen Ort.

»Wo bist du?«

»In Fernley. Gerade dabei, ein paar Wurzeln auszugraben.«

»Kann das nicht jemand anders machen?«

»Ich mache das gerne.«

»Dave«, sagte Nathalie, »ich habe sie getroffen.«

»Ja«, sagte er. Seine Stimme war ausdruckslos.

»Sie ist echt nett. Sie hat mir gefallen. Bei ihr klang das alles ganz einfach.«

»Hm.«

»Sie erledigt alles für uns. Sie wird unsere Mütter finden und ihnen dann schreiben. Sie hat gesagt ...«

»Ja?«

»Sie hat gesagt, dass es niemand bereut.«

»Das hast du mir schon erzählt.«

Nathalie drehte sich halb zur Seite, sodass sie das Wort auf dem Fenster lesen konnte.

»Dave, ich dachte, du wärst mit dabei, du würdest mitmachen.«

»Tue ich ja.«

»Aber ...«

»Es ist nicht leicht. Ich kann nicht wieder zurück, und es ist schwierig weiterzumachen. Ich finde es einfach nicht *leicht*.«

»Ich auch nicht.«

»Aber du bist voller Erwartung.«

»Und Ängste.«

»O ja. Ängste.«

Nathalie fragte: »Möchtest du bleiben, wie du bist?«

David sagte nichts. Sie hörte ein Heulen, das vom Wind oder von einer mechanischen Säge kommen konnte.

»Wenn du an deinen jetzigen Gefühlen festhalten willst«, sagte Nathalie, »na gut. Dann kann dir niemand helfen. Dann bleib so und pfleg deine Wunden.«

Erneut Schweigen. Nathalie nahm das Telefon vom Ohr und hielt es wieder dran.

»Tschüss, David«, sagte sie.

Seine Stimme kam zögernd.

»Nat?«

»Ja?«

»Hilf mir«, sagte David.

Kapitel acht

Connor Latimer ging ins Wohnzimmer, um seiner Frau zu sagen, dass er in den Hurlingham Club zum Tennisspielen gehen wollte, und stellte fest, dass sie eingeschlafen war. Er blieb stehen und sah sie an, wog ab, wie sehr sein Tennisspiel dadurch beeinträchtigt würde, dass er nicht sicher war, ob Carole genau wüsste, wo er steckte. Er war es gewohnt, dass sie über alle seine Schritte informiert war. Sie hatten annähernd dreißig Jahre lang gemeinsam ein Unternehmen geleitet und im Verlauf dieser Jahre immer den genauen Aufenthaltsort des anderen wissen müssen, mit dem Ergebnis, dass Connor von diesem Wissen abhängig geworden war. Es bereitete ihm tatsächlich Unbehagen, jetzt außerhalb von Caroles Radar zu sein, denn wenn sie nicht wusste, wo er war und wie lange er bleiben würde, wie konnte sie dann an ihn denken, ihn sich so vorstellen, wie er, na ja, wie er es sich von ihr wünschte?

Er beugte sich ein wenig vor. Carole schlief sehr adrett, ihr Kopf balancierte auf einem kleinen Brokatkissen, das in eine Ecke des Ohrensessels geklemmt war. Ihre Hände waren im Schoß gefaltet, ihre Füße lagen übereinander, der Mund war geschlossen. Ihr Haar, irgendwie cremig lohfarben, eine elegante Reminiszenz an die Blondine, die sie früher gewesen war, als sie sich kennen lernten, war kaum in Unordnung. Während er sie betrachtete, überlegte Connor, ob er sein Tennisspiel nicht tatsächlich schon erwähnt hatte, beim Frühstück, und ob er sich erinnern konnte, dass Carole erwidert hatte: »Ach, gut. Mit Benny?« Aber vielleicht auch nicht. Vielleicht meinte er das nur. Carole hatte schließlich die *Financial Times* gelesen, die sie aus alter Gewohnheit noch immer las, und das hatte sie vielleicht davon abgehalten, diese Information über das Tennisspiel richtig aufzunehmen. Connor beugte sich ein bisschen weiter hinunter und legte eine Hand auf Caroles Arm.

Sie öffnete die Augen. Sie lächelte.

»Entschuldige, dass ich dich geweckt habe«, sagte Connor, »aber ich mache mich auf zum Hurlingham Club.«

Sie lächelte noch immer.

»Ich weiß, Liebling.«

»Ich bin gegen sechs wieder zurück. Wir trinken vielleicht noch was nach dem Spielen.«

»Sehr schön.«

Er tätschelte ihren Arm.

»Schlaf schön weiter ...«

»Hmm«, sagte sie. Sie machte die Augen zu.

»Gegen sechs«, sagte Connor.

Er richtete sich auf und tastete in der Tasche nach seinem Wagenschlüssel. Er überlegte, ob er, bevor er ging und Carole wieder in ihren Nachmittagsschlaf fiel, sie noch daran erinnern sollte, dass Martin nachher vorbeikommen wollte. Er setzte zum Sprechen an.

»Wiedersehen, Liebling«, sagte Carole mit überraschender Deutlichkeit. »Viel Spaß beim Spielen. Grüß Benny.«

»Ja«, sagte Connor. Er klimperte mit den Schlüsseln. »Ja.«

Er trat einen Schritt zurück. Caroles Gesicht war jetzt friedlich, endgültig verschlossen. Er dachte daran, sie zu fragen, ob sie gerne die Terrassentür geöffnet hätte, da jetzt die Sonne herauskam, und entschied sich dagegen. Er machte noch einen Schritt und seufzte. Dann gab er sich einen kleinen Ruck und verließ den Raum mit so entschlossenem Schritt, wie die Tennisschuhe es erlaubten.

Sein Mercedes war in der Tiefgarage unter der Wohnung geparkt. Die Garage war einer der Punkte gewesen, die ihn als Erstes an der Wohnung gereizt hatten, die anderen waren ihre Lage in diesem Teil von West London gewesen, die zentral genug für ein zivilisiertes Leben war, und der Blick aus den Erkerfenstern des Wohn- und Schlafzimmers auf die herrliche Gemeinschaftsgartenanlage mit altem Baum- und Strauchbestand, die von einem Team freundlicher Gärtner in grünen Overalls in Schuss gehalten wurde.

»Alle Freuden des Landlebens«, pflegte Connor zu Gästen zu sagen, wenn er lautstark die Abgeschiedenheit und die Schönheit der Gartenanlage rühmte, die nur zwei, drei Kilometer vom Marble Arch entfernt war, »und nichts von seinen Plagen und Lasten.«

Carole hatte außerdem auf der Veranda vor dem Wohnzimmer einen reizenden Sitzplatz eingerichtet, umgeben von italienischen Terrakotten, Töpfen und Krügen, und eine Glyzinie an einem Spalier hochgezogen, das in einem matten Blaugrau gestrichen war. Connor hätte diese Farbe niemals ausgesucht, aber als er es sah, musste er zugeben, dass sie haargenau passte. So war das immer mit Carole. Sie traf diese Entscheidungen, diese Auswahl, und er war voller Zweifel und Unschlüssigkeit, aber dann erkannte er am Ende, dass ihr Instinkt, ihr – ihr Flair ihr Recht gaben. Er dachte immer, dass dies wohl der Grund war, weshalb sie geschäftlich so gut zusammengearbeitet hatten, der Kontrast zwischen seiner bedachtsamen und soliden Art – nun, was sonst würde man von einem Mann erwarten, der alle

Examina im Rechnungswesen mit Bestnoten bestanden hatte? – und ihrer Beherztheit und Phantasie. Gemeinsam hatten sie eine Firma aufgebaut und mit so viel Erfolg, dass sie sie zu einem sehr guten Preis hatten verkaufen können, nachdem Connor die sechzig erreicht und verkündet hatte, ihm würden nun ein bisschen Ruhe und Zeit zustehen, um sich seinen Hobbys zu widmen, dem Tennis und Segeln und seiner Sammlung maritimer Drucke. Und auch Carole stand etwas zu. Das war ihm absolut klar, es war ihm völlig bewusst, was er ihr schuldete, seiner Frau, seiner Partnerin in der Firma, der Mutter seiner Kinder. Er war tatsächlich sehr darauf bedacht gewesen, ihr öffentlich Tribut zu zollen, und zu diesem Zweck hatte er in seiner Ansprache bei dem Abendessen, das zur Feier des endgültigen Verkaufs der Firma stattfand, Caroles Beitrag mit emphatischen Worten hervorgehoben.

»Ich möchte hier noch einmal deutlich machen«, hatte er gesagt, nachdem er sich von dem Tisch in einem teuren Restaurant in Chelsea erhoben hatte, umgeben von den ansehnlichen Überresten eines guten Essens, »dass nichts hiervon – und ich meine *nichts* hiervon – ohne Carole möglich gewesen wäre. Ich kann unumwunden sagen, dass ich – wie auch diese Firma – alles ihr verdanke.«

Carole hatte auf dem Nachhauseweg geweint. Sie hatte im Mercedes neben ihm gesessen, auf dem Weg in diese neue und wundervolle Wohnung mit Park, und ausgiebig in sein weißleinenes Brusttaschentuch geweint. Damals war er von Genugtuung überwältigt gewesen, felsenfest davon überzeugt, sie wäre von seiner tief empfundenen Anerkennung all dessen, was sie für ihn getan hatte, als Frau wie auch als Kollegin, so gerührt gewesen, dass sie es nicht anders als in Tränen hätte ausdrücken können. Erst später, als sie unmissverständlich abgelehnt hatte, mit ihm zu schlafen – und er sehnte sich danach, mit ihr zu schlafen –, begann ein kleiner beunruhigender Zweifel auf Zehenspitzen in sein Bewusstsein zu schleichen. Wenn sie nicht aus Dankbarkeit und Gerührtheit geweint hatte, weshalb dann? Gewiss nicht wegen der Firma. Gewiss konnte sie nach diesen Jahrzehnten der Arbeit und Aufopferung und Sorgen unmöglich den Verkauf der Firma betrauern. Nicht wenn eine solche Freiheit lockte. Unmöglich.

Connor steckte jetzt den Schlüssel in die Zündung und fuhr mit dem Mercedes rückwärts sachte die schräge Ausfahrt hoch auf die Straße. Carole fuhr natürlich nicht mit dem Mercedes, sie hatte ihren eigenen kleinen Stadtwagen, der ihr lieber war, wie sie sagte, weil man ihn auf einer Spielkarte parken konnte. Er hatte ihr ihren Willen gelassen, so wie er ihr überhaupt in vielen Dingen ihren Willen gelassen hatte. Verdammt, er ließ ihr *gerne* ihren Willen, gab ihr *gerne*, was sie wollte. Und meistens, dachte er, als er mit dem Wagen in den Ladbroke Grove einbog, hatte sie bekommen, was sie wollte, darauf hatte er geachtet, er hatte dafür gesorgt, dass er sie für all die schlimmen Dinge entschädigte, die ihr in ihrem jungen Leben widerfahren waren, all die Probleme mit Männern, mit der Unsicherheit. Er hatte sie wahrhaftig gerettet, das wusste er. Er hatte sie gerettet und ihr alles gegeben, was eine Frau brauchte, um glücklich zu sein – eine gute Ehe, ein angenehmes Leben, befriedigende Arbeit (Connor bildete sich darauf etwas ein, er bildete sich etwas darauf ein zu glauben, dass eine kluge Frau Arbeit brauchte) und – Kinder.

Kinder. Connor holte seine Sonnenbrille aus dem Seitenfach der Fahrertür, und obwohl die Sonne nur sporadisch rauskam, setzte er sie auf. Er war davon überzeugt, war ganz sicher gewesen, dass Carole Kinder brauchte. Er wollte natürlich selbst welche, schon immer, er war bekannt dafür, wie gut er mit ihnen umgehen konnte, mit seinen Nichten, mit den Kindern von Freunden, aber Carole brauchte sie noch mehr, denn Carole war ein besonderer Fall. Immerhin war Carole, als er sie kennen lernte, eine Frau mit Vergangenheit, eine beinahe tragische junge Frau mit einem bestürzend unbarmherzigen Zuhause, die von ihren Eltern verstoßen worden war, nachdem ein verantwortungsloser Freund – den sie angebetet hatte, so wie Mädchen hartnäckig attraktive Armleuchter anbeten – darauf bestanden hatte, dass sie abtrieb. Caroles Eltern waren Katholiken, strenggläubige Katholiken, mit Ansichten über Sex und Abtreibung, die sogar nach Meinung von Connor, der von seinen Freunden wegen seiner konventionellen Weltsicht aufgezogen wurde, noch aus dem Mittelalter stammten. Carole machte die Abtreibung, um ihren Freund versöhnlich zu stimmen, und dann kehrten ihr natürlich beide, der Freund und die Eltern, den Rücken und wollten nicht mehr das Geringste mit ihr zu tun haben. Und so hatte Connor die Scherben aufgelesen. Er hatte diese hinreißende, verletzt wirkende Blondine bei einer Privatausstellung in einer Galerie in der Cork Street kennen gelernt und beinahe wortwörtlich aus all der Konfusion und Hoffnungslosigkeit herausgerissen und vor der drohenden Armut gerettet.

Er musste einräumen, nachdem der erste Rausch der Liebe und Galanterie vorüber war, war es nicht leicht gewesen. Er hatte geglaubt, die Abtreibung und die verzweifelte Leidenschaft für den Freund würden ihm nichts ausmachen, aber er stellte fest, dass es doch schwerer war, sich damit abzufinden, als er gedacht hatte. Er hatte wirklich mit sich ringen müssen, er hatte sich sehr ernsthaft ermahnen müssen, reifes Verhalten und Mitgefühl zu zeigen, und im Laufe der Zeit kam ihm der Gedanke, dass ein Baby vielleicht, wenn nicht unbedingt die Lösung, doch zumindest ein bedeutender Teil der Lösung für ihre Probleme sein könnte. Ein Baby würde Carole etwas geben, das sie lieben konnte und das ihr Eigen war und das das abgetriebene Baby ersetzen würde – oder? Ein Baby, sein Baby, würde Carole fester an ihn binden und ihm zugleich helfen, die quälende Eifersucht zu vertreiben, die augenblicklich in ihm aufstieg, wenn er an das zeugungskräftige Eindringen eines anderen Mannes in die Frau dachte, die jetzt seine Ehefrau war.

Und so wurde Martin geboren. Der blonde, blauäugige, charmante Martin, für Connors Eltern der erste Enkel und für sie genau der richtige Trost für den Verlust ihres ersten Babys. Nur – na ja, dachte Connor, während er herrisch einen schwarzen Jungen in einem Opel Vectra anhupte, es hatte nicht funktioniert, das war so nicht eingetreten. Neumodisch ausgedrückt, dachte Connor, würde man sagen, es war Carole nicht gelungen, eine Verbindung zu Martin aufzubauen. Sie hatte ihn nicht stillen wollen, hatte ihn kaum halten wollen. Alle hatten Connor von postnataler Depression erzählt, aber dennoch war er nicht vorbereitet gewesen, als Carole am heftigsten geweint hatte, als die Kinderschwester nach einem Monat fortging. Er schüttelte den Kopf, als müsse er ein Klingeln aus den Ohren vertreiben. Er konnte nicht an diese Zeit denken, hatte es nie gekonnt. Er mochte nicht daran denken, denn Tatsache war, die unerfreuliche, unangenehme, beunruhigende Tatsache war, dass die Dinge nicht besser geworden waren. Niemals. Martin war jetzt achtundzwanzig, und man konnte sich nicht eine Sekunde darüber hinwegtäuschen, dass er und Carole nicht in einem einzigen Punkt einer Meinung waren. Und sosehr Connor Carole bewunderte und ihr dankbar war und versuchte, sie zu unterstützen, konnte er sich doch nicht des Gefühls erwehren – des *Wissens* –, dass Carole hart gegen Martin war, hart manchmal bis zur Lieblosigkeit; hart und kritisch und entmutigend. Und Martin konnte es nicht wegstecken, er war kein unbekümmerter, gelassener Typ wie sein jüngerer Bruder Euan. Martin war dünnhäutig und defensiv, und jedes Mal, wenn er irgendetwas vermasselte, was beunruhigend oft vorkam, schlug er wild um sich, beinahe als wollte er jede Kritik verscheuchen, bevor sie auch nur auf hundert Kilometer an ihn herankam.

Das Herzzerbrechende daran war, dass Martin Caroles Anerkennung suchte, sie herbeisehnte, er sehnte sich danach, von ihr zu hören, dass sie stolz auf ihn sei, dass sie zu ihm stehen würde, auch wenn er etwas verpfuschte. Selbst jetzt, als Martin auf das eigentlich erwachsene Alter von dreißig zuging, ertappte Connor ihn dabei, dass er seine Mutter ansah wie ein Spaniel, der nicht wusste, ob ihn ein Tritt oder ein Stück Schokolade erwartete. Und Connor sah, dass Carole etwas unterdrückte, dass ihre Reaktionen etwas Gekünsteltes hatten, ohne sich anscheinend bewusst zu sein, dass alles, was sie tat, durchsichtig war wie Glas. Gegen Euan war sie freundlicher, aber Euan seinerseits war ein umgänglicherer Mensch, weniger liebebedürftig, weniger empfindlich.

Connor seufzte. Er hatte so ein flaues Gefühl. Ihm schwante, warum Martin heute Abend vorbeikommen wollte. Die Art, wie der Junge gefragt hatte, ließ nichts Gutes ahnen: zu impulsiv, zu beiläufig. Er seufzte erneut und steuerte den Mercedes auf den Parkplatz des Klubs. Zehn Meter entfernt bemerkte er sofort die tröstliche, massige

Gestalt von Benny Nolan, der die Tennistasche aus dem Kofferraum seines BMWs holte. Guter alter Benny. Guter alter, vertrauter, heiterer, *normaler* Benny.

Als Carole Latimer aufwachte, lag der Raum im Dämmerlicht. Durch die Terrassentüren konnte sie hinter der schwarzen Silhouette von Dächern, Schornsteinen und Bäumen den abendblassen Schimmer des Frühlingshimmels sehen. Als sie arbeitete, hatte sie von ihrem Bürofenster einen Blick auf Dächer und Schornsteine und Bäume in Richtung Westen gehabt. Sie hatte Tausende von Sonnenuntergängen von diesem Fenster aus beobachtet, Tausende und Abertausende. Sie setzte sich ein wenig auf, nahm das Kissen hinter ihrem Kopf weg und legte es sich auf die Knie. Keine gute Idee, an dieses Fenster oder den Raum oder das Büro zu denken. Keine gute Idee, an die herrliche, gepriesene Arbeit zu denken. Keine gute Idee zu *denken*.

Sie beugte sich vor und stützte die Ellbogen auf das Brokatkissen. Sie musste mehr als zwei Stunden geschlafen haben, fast drei. Schrecklich, wirklich. Das hatte sie früher nie gemacht, hatte nie ganze Nachmittage damit vertan, sie einfach auf diese deprimierende Alte-Leute-Art zu verschlafen. Aber andererseits hatte sie zum Schlaf nie eine solche Einstellung gehabt wie jetzt, sie hatte ihn nie gesucht, sich hineingeflüchtet, wie sie das in den letzten Wochen und Monaten getan hatte. Sie hatte ihn nie als eine Zuflucht betrachtet.

Sie stand gemächlich auf, streckte sich und ließ das Kissen auf den Boden fallen. Es hieß ja, wenn man gestresst oder unglücklich ist, stopft man sich entweder voll oder isst überhaupt nichts mehr. Wahrscheinlich war es mit dem Schlaf dasselbe; dass man ihn entweder im Übermaß genoss oder nicht eine Sekunde davon erhaschte. Sie hatte sich nie als maßlosen Menschen betrachtet, als jemanden, der sich selbst nie ganz von der Leine lassen konnte, aus Angst, in einen Hexenkessel aus entweder Zügellosigkeit oder Selbstkasteiung zu geraten. Abgesehen von den lange zurückliegenden Gefühlen für Rory – und sie hatte in ihrem Leben nie wieder etwas erlebt, das auch nur annähernd an den Wahnsinn und die Intensität und den verführerischen Zauber dieser Gefühle herangekommen wäre –, hatte sie sich im Griff gehabt, hatte sie es geschafft, ihre Wünsche und Bedürfnisse und Ängste so einzurichten und zu entschärfen, dass sie sie nicht verfolgten oder heimsuchten oder in dunklen Ecken darauf lauerten, sie anzuspringen. Nein – ihr Leben und ihre Arbeit mit Connor waren zufrieden stellend und kontrollierbar und nicht bedrohlich gewesen.

Bis es aufgehört hatte. Carole bückte sich, hob das Kissen auf und warf es achtlos Richtung Sofa. Natürlich hatte das Leben mit Connor nicht aufgehört, aber die Arbeit. Sie hatte nicht geahnt, wie viel ihr die Arbeit bedeutete, bis sie plötzlich aufhörte. Sie hatte immer geglaubt und immer gesagt, dass Männer sich durch ihre Arbeit definieren und Frauen durch ihre Beziehungen. Aber was war mit ihr geschehen? Die Arbeit hatte aufgehört, als Connor sechzig war, sie selbst war zwei Jahre jünger, und sie war scheinbar über Nacht von einem Ort großer Geborgenheit und Sicherheit in eine brüllende Wildnis geraten, wo alle möglichen Ereignisse und Menschen, an die nie mehr zu denken sie sich geschworen hatte – in der Tat hatte sie es weitgehend geschafft, kaum an sie zu denken –, plötzlich auf sie herniederstürzten wie Fledermäuse aus einer Höhle. Da hatte das Schlafen angefangen, die Sehnsucht und die Fähigkeit zu vergessen, den Geist zu befreien, zu beruhigen und zu beschwichtigen. An manchen Tagen, wenn sie morgens das Bett so akribisch machte, wie sie es immer getan hatte, musste Carole dagegen ankämpfen, beinahe physisch, nicht süchtig zurückzuklettern, zurück in die Umarmung der Kissen und der dicken amerikanischen Steppdecke und der molligen, süßen Vergesslichkeit.

Sie hoffte, dass sie Connor, abgesehen von der Schlaferei, keinen Hinweis auf ihre Gefühle gegeben hatte. Sie hoffte, dass sie genauso liebenswürdig und sanft gewesen war, wie er es an ihr mochte, wie – wie er es von ihr *verdiente*. Das war das eigentliche Problem, dachte Carole, die Sache mit ihrer Verpflichtung gegenüber Connor, diese unbestimmbare emotionale Schuld ihm gegenüber, in die sie sich vor so langer Zeit begeben hatte, beinahe ohne es zu wissen, und die sie, wie sie erschöpft erkannt hatte, nie ganz würde abtragen können. Manchmal erlebte sie Momente des Grolls darüber, das Aufflackern purer, betäubender, blinder Wut darüber, mit welcher Ungerechtigkeit mitunter die Gefühle den gesellschaftlichen Konventionen und Erwartungen unterworfen waren. Manchmal glaubte sie, sie solle auf ewig bestraft werden, jeden Tag, den sie lebte, für etwas, was doch im Grunde nur ein starker, natürlicher, menschlicher Trieb des Herzens gewesen war.

Sie verließ das Wohnzimmer, ging durch die Diele mit ihrem polierten hellen Boden und den aparten modernen Teppichen hinüber in die Küche. Sie würde Wasser aufsetzen. Sie hatte keine große Lust auf eine Tasse Tee, überlegte sie, aber sie hatte das Gefühl, sie sollte Lust darauf haben, dass es sich schickte, darauf Lust zu haben, genauso wie es sich schickte, eine angemessene Dankbarkeit für ihr Leben und ihre Annehmlichkeiten zu empfinden. Sie nahm den Wasserkocher und hob ihn von seinem Sockel. Schicklich. Ihre Hand zitterte. Wenn sie wüssten, all die Menschen, die Carole Latimer danach maßen und beurteilten, was sie von ihr sahen und hörten. Sie ließ beinahe den Kocher fallen. Wenn sie von dem Brief wüssten, der in ihrer Strumpfschublade lag, unter dem Auslegepapier, unsichtbar, der Brief, der jetzt schon seit zehn Tagen dort lag und von dem sie zu keiner Menschenseele ein Sterbenswort gesagt hatte.

Ein Schlüssel drehte sich im Schloss der Wohnungstür. Carole griff entschlossen den Wasserkocher und ging rasch die paar Schritte zum Spülbecken.

Sie rief munter: »Hallo, Liebling! Gut gespielt?«

»Ich bin's«, sagte Martin.

Carole fuhr herum. Martin kam durch die Diele, er trug Jeans und eine Bomberjacke aus Leder. Seine Haare mussten geschnitten werden.

»Hallo, Schatz …«

»Tut mir Leid, ich bin ein bisschen zu früh.«

»Früh?«

»Ich hab's Dad gesagt«, meinte Martin. »Ich hab Dad gesagt, dass ich gegen sieben Uhr kommen würde.«

Carole hob ihre Wange zum Kuss.

»Das hat er mir nicht ausgerichtet. Er hat mir nicht gesagt, dass du kommst …«

»Macht das was?«

»Nein«, sagte Carole. »Nein, natürlich nicht.«

»Pass auf«, sagte Martin, »ich geh wieder. Ich geh wieder und komme später zurück. Wäre dir das lieber?«

Carole sagte müde: »Sei nicht albern, Schatz.«

Martin nahm ihr den Kocher aus der Hand, hielt ihn unter den Wasserhahn und ließ so fahrig Wasser einlaufen, dass die Hälfte im Spülbecken landete.

»Es sollte nichts ausmachen, zu *welcher* Zeit ich komme, oder? Das ist mein Zuhause, oder?«

»Natürlich ...«

»Oder bekommt der Versager wieder einen Vortrag zu hören über seine Unfähigkeit, endlich auf eigenen Beinen zu stehen und sein Zuhause zu verlassen und unabhängig zu werden?«

»Hör auf«, sagte Carole.

Martin trug den Kocher durch die Küche und knallte ihn auf den Sockel.

»Ich könnte manchmal ein bisschen *Unterstützung* gebrauchen.«

»Schatz«, sagte Carole, »ich bin aus Versehen eingeschlafen und gerade erst aufgewacht, und ich habe dich nicht erwartet. Das ist alles.«

Martin stöhnte.

»Mir ist eigentlich nicht nach Tee«, sagte Carole. »Ich weiß nicht, warum wir Wasser heiß gemacht haben. Sollen wir einen Drink nehmen?«

»Ich trinke nicht.«

»Dein Glück.«

»Was soll das wieder heißen?«

»Es heißt«, sagte Carole angespannt, während sie auf der Suche nach einem Whiskyglas den Schrank öffnete, »dass ich dich für deine Beherrschtheit bewundere.«

»Tut mir Leid«, sagte Martin. Er nahm ihr das Glas aus der Hand. »Ich mach das für dich.«

»Ist schon gut –«

»*Ich* mach das«, sagte Martin. Er durchquerte die Küche Richtung Lacktablett, auf dem die Spirituosen standen. Carole sah ihm dabei zu, wie er Whisky ins Glas schüttete. Und daneben.

»Wasser oder Soda?«

»Wasser, bitte«, sagte Carole. Sie versuchte ein Lächeln. »Das solltest du allmählich wissen.«

Martin griff nach einer Flasche Mineralwasser.

»Ich sollte eine Menge Sachen wissen, oder?«

»Schatz«, sagte Carole, »versuch bitte zu vergessen, dass ich nicht wusste, dass du kommst. Bitte verzeih mir. Du weißt, dass du jederzeit willkommen bist. Wieso hättest du sonst noch einen Schlüssel?«

Martins Schultern fielen ein bisschen herunter. Er reichte ihr das Whiskyglas, ohne sie anzusehen.

»Tut mir Leid.«

»Es ist Saft im Kühlschrank«, sagte Carole. »Nimm ihn mit ins Wohnzimmer.« Sie langte an Martin vorbei, um Küchenpapier von der Rolle an der Wand abzureißen. Martin sah zu, wie sie es um ihr feuchtes Whiskyglas wickelte.

»Wann kommt Dad zurück?«

»Jeden Moment...«

»Dann werde ich warten...«

»Warten womit?«

»Warten damit, das zu sagen, was ich zu sagen habe.«

Carole sah ihn an. Sie nahm einen Schluck Whisky.

»Oh.«

Martin zuckte mit den Schultern. Er ging zum Kühlschrank und riss mit Schwung die Tür auf.

»Ist es wichtig?«, fragte Carole.

Martin starrte in den Schrank.

»Könnte man so sagen.«

»Wenn es wichtig ist, Schatz«, sagte Carole, »dann wird es ein bisschen schwierig sein, über etwas anderes zu sprechen, solange wir auf Dad warten, oder?«

Martin griff nach einem Karton Saft und wollte direkt

daraus trinken, besann sich dann aber und öffnete den Geschirrschrank, um sich ein Glas zu holen.

»Vermutlich.«

»Tja, dann.«

Martin drehte sich langsam um und lehnte sich gegen den Tresen. Er legte die Füße übereinander und starrte sie an. Er trug eigentümliche moderne Turnschuhe, schwarzes Segeltuch mit gewellten Sohlen und elastischen Keilen. Carole merkte, dass sie überlegte, wie viel die wohl gekostet hatten.

»Mum«, sagte Martin, »es hat nicht funktioniert.«

Carole wickelte das Papier neu um das Whiskyglas.

»Was hat nicht funktioniert?«

»Dannys Firma.«

»Dein Freund Danny? In den du investiert hast?«

»Genau.«

»Es hat nicht funktioniert. Du meinst, es ist schief gegangen?«

»Er hat sein Bestes getan. Er hat die Tage durchgearbeitet. Aber es ist der Aktienmarkt gewesen und der 11. September und so. Es lief alles gegen ihn.«

»Und nun hast du deine Einlage verloren?«

Martin nickte und starrte auf den Boden.

»War – war es viel?«

Martin nickte wieder.

»Wie viel?«

Es entstand eine Pause. Martin verschränkte die Füße andersherum.

»Alles.«

»Was meinst du damit, ›alles‹?«

Martin seufzte. Carole stellte ihr Glas ab.

Sie fragte erneut: »Was meinst du mit ›alles‹?«

Er murmelte etwas.

»Was?«

»Meine Wohnung. Alles.«

»Deine *Wohnung*?«

»Ich habe eine Hypothek darauf aufgenommen, um ihm das Geld zu geben.«

»Das ist nicht *wahr*!«, sagte Carole.

Martin riss plötzlich den Kopf hoch und schrie: »Mum, Danny ist ein *Freund*!«

»Entschuldige«, sagte Carole. Sie drehte sich um und griff wieder nach ihrem Glas. »Entschuldige.«

»Ich weiß, das ist ein bisschen ein Schock. Es ist auch für mich ein Schock.«

»Ja.«

»Ich weiß es seit einer Woche. Seit einer ganzen Woche. Ich weiß, ich habe nichts mehr außer meinem Job, und du weißt, wie ich *dazu* stehe.«

»Ja«, sagte Carole. Ihre Hände zitterten wieder.

»Tut mir Leid, Mum.«

Sie schüttelte den Kopf. Sie streckte eine Hand nach ihm aus.

»Ist schon gut, Schatz, ist schon gut. Es ist nur …«

»Ich weiß.«

Carole nahm die Hand zurück. Sie trank einen Schluck Whisky.

»Was für ein Jammer.«

»Was für eine Verschwendung, meinst du in Wirklichkeit«, sagte Martin.

»Das auch.«

»Willst du nicht mit dem ganzen Kram loslegen über meine Ausbildung und eure Hoffnungen, und was ihr in mich reingesteckt habt?«

»Nein«, sagte Carole.

»Na ja, danke jedenfalls dafür.«

Carole schloss die Augen.

»Du sagst, alles ist weg. Oder wird weg sein.«

»Ja.«

»Tja.« Sie holte tief Luft und machte die Augen wieder auf. »Tja, Schatz, gibt es irgendetwas, womit Dad und ich helfen können?«

Martin sagte säuerlich: »Klingt, als würdest du es ausnahmsweise ernst meinen.«

»Ich meine es ernst.«

»Das – gibt es tatsächlich.«

Carole wartete.

»Und?«

»Es wird dir nicht gefallen.«

Sie lächelte. Sie spürte die Lippen hart an den Zähnen.

»Versuch es.«

»Kann ich hier wieder einziehen?«, fragte Martin. Er hob den Kopf und schaute sie direkt an, direkt in ihr Gesicht, auf dem sich ein angespanntes kleines Lächeln zeigte. »Nur, bis ich wieder ein bisschen auf der Reihe bin – kann ich nach Hause zurückkommen?«

Durch einen spitz zulaufenden Spalt in den Vorhängen konnte Connor den rötlichen Londoner Nachthimmel sehen. Immer mal wieder zog ein Licht vorbei, vielleicht ein Stern oder ein Flugzeug. Oder seine Phantasie. Er mochte nicht, was seine Phantasie machte, wenn er nicht schlafen konnte, mochte nicht, wie sie alles übertrieb, wie sie ihm Streiche spielte und versuchte, ihm Angst einzujagen. Normalerweise fand er in solchen Situationen Trost, indem er sich auf Carole konzentrierte, die warm und zuverlässig neben ihm schlief, ein greifbares Zeichen für die Wirklichkeit und Verlässlichkeit der Dinge. Aber diese Nacht heute war anders. Sie war anders, weil Carole auch nicht schlief und ihr Körper deshalb nervöse Anspannung und kummervolles Grübeln statt Ruhe und Seelenfrieden ausstrahlte, und diese stillen Erschütterungen übertrugen sich auf Connor in einer Weise, die er in der Tat nur schwer ertragen konnte.

Es war ein grauenvoller Abend gewesen. Sie hatten weiß Gott in den letzten achtundzwanzig Jahren schon zu viele grauenvolle Abende erlebt, entweder mit Martin oder wegen ihm, aber dieser war ungewöhnlich schrecklich gewesen. Und er war so furchtbar gewesen, weil – Connor konnte sich nichts vormachen – Carole selbst außer Kontrolle geraten war, von Sinnen gewesen war, sodass sie – wie war der Ausdruck? – nicht mehr funktioniert hatte. Connor war voller Zufriedenheit darüber, dass er Benny beinahe nach drei Sätzen geschlagen hätte, von Hurlingham zurückgekommen und hatte Carole und Martin in der Küche vorgefunden, wo sie einander in einer Atmosphäre unbeschreiblicher Disharmonie anstarrten. Er hatte tief eingeatmet und sie beide ins Wohnzimmer bugsiert und Caroles Glas nachgefüllt und sich selbst einen Gin Tonic gemacht und sich von Martin die ganze erbärmliche, unabwendbare Geschichte von Dannys Fehlschlag und Martins Verwicklung darin wiederholen lassen. Und er hatte sich Martins weitere Pläne angehört, seine armseligen, dürftigen Pläne für die Zukunft, die auch den Vorschlag mit einschlossen – selbst Connor wurde hier das Herz schwer –, für sechs Monate wieder zu Hause einzuziehen, und er wollte darauf gerade etwas erwidern, so maßvoll und ruhig, wie er nur konnte, als Carole explodierte, einfach explodierte, als sie aus dem Stand heraus in einer einzigen Sekunde von Selbstbeherrschung auf hundert Stundenkilometer reine Wut beschleunigte.

Sie hatten sie nur angestarrt, ihr Mann und ihr Sohn. Sie hatten mit weit aufgerissenen Augen und Mündern dagesessen und zugesehen, wie sie schrie und gestikulierte und ihren Whisky verschüttete. Connor hatte in seinem Leben noch nie so etwas gesehen, hatte noch nie gesehen, wie jemand dermaßen explodierte, und ganz bestimmt nicht Carole. Und was es noch schlimmer machte, war, dass es extrem schwierig zu erkennen war, warum sie so außer sich geriet, was eigentlich ihr tief sitzendes, sie rasend machendes Unglück war. Natürlich war es ein irritierender Gedanke, dass Martin zurückkam, um die zivilisierte Ordnung ihres Lebens zu stören, und natürlich war es Besorgnis erregend, dass er so viel Geld bei einer Unternehmung verloren hatte, von der ihm jeder, der nicht völlig blind war, von Anfang an hätte sagen können, dass sie zum Untergang verurteilt war, aber weder seine Hoffnungslosigkeit noch sein mangelndes Urteilsvermögen rechtfertigten einen solchen Ausbruch, dessen Zeuge sie gerade wurden. Es war schrecklich, grauenvoll. Etwas daran war, dachte Connor jetzt, als er auf den Spalt rötlichen Lichts blickte, unannehmbar *primitiv*.

Er schaute besorgt zu Carole hinüber. Sie lag steif und ausgestreckt auf dem Rücken, und er konnte in dem trüben Licht sehen, dass sie die Augen offen hatte: er konnte den Schimmer ihrer Augäpfel sehen. Er fragte sich, ob sie wieder geweint hatte. Sie hatte bitterlich an diesem Abend geweint, geweint, bis ihr Gesicht wund war und glänzte und sie kaum mehr sprechen konnte vor Krämpfen, die ihr die Kehle zuschnürten. Nachdem Martin gegangen war – er hatte sich in der Diele kurz mit einer Heftigkeit an Connor geklammert, wie seit seinem siebten Lebensjahr nicht mehr –, hatte sie sich im Badezimmer eingeschlossen, und Connor, der bekümmert draußen auf und ab ging, konnte hören, dass sie noch immer weinte und weinte und weinte, mit einer Intensität, vermutete Connor, die wohl bedeutete, dass sie den tiefen Abgrund ihres Gefühls nicht mehr mit Worten auszudrücken vermochte. Als sie schließlich aus dem Badezimmer kam, versuchte er nicht, mit ihr zu sprechen, er führte sie bloß in ihr Schlafzimmer, als wäre sie krank, und ließ sie dort mit einem Schlummertrunk und Radio 3 allein, während er ins Wohnzimmer ging, um dort und auch in seinem Kopf wieder ein wenig Ordnung zu schaffen.

Aber das Letztere war unmöglich. Hier lag er nun dreieinhalb Stunden später, war genauso wach und aufgewühlt wie beim Nachhausekommen. Das Tennisspiel mit Benny schien in einer anderen Zeit stattgefunden zu haben, in einem anderen Leben. Er holte tief Luft.

»Kann ich dich etwas fragen?«

»Natürlich«, sagte sie mit belegter Stimme.

Er zögerte.

Dann sagte er: »Ich möchte dich nicht noch mehr aufregen, und ich weiß, dass Martin eine große Enttäuschung für dich ist – das ist er ja für mich auch in vielerlei Hinsicht –, aber findest du nicht, dass du heute Abend ein bisschen zu harsch mit ihm warst?«

Carole putzte sich die Nase mit einem Papiertuch.

Dann sagte sie mit überraschender Klarheit: »Ja.«

Connor stützte sich auf einen Ellbogen. Er lächelte sie an.

»*Das* ist mein Mädchen.«

Carole putzte sich wieder die Nase. Sie sah ihn nicht an.

Sie sagte: »Es ist nicht wegen Martin.«

»Was ist nicht wegen Martin.«

»Warum ich heute ausgerastet bin. Ich meine, offen gesagt, lege ich keinen großen Wert darauf, dass er wieder einzieht, und ich glaube, du auch nicht, und es ist auch typisch für ihn, alles für einen völlig unzuverlässigen Menschen zu riskieren, aber das – nun, das kann ich ertragen. Ich meine, das ist ja alles nichts Neues, es ist nur ein weiterer Akt des alten Trauerspiels.«

Connors Lächeln erstarb.

»Wenn es nicht wegen Martin ist, weshalb dann? *Was* in aller Welt konnte dich dazu bringen, dich so aufzuführen?«

Carole legte die Arme an ihren Körper, wie eine Figur auf einem Grabmal.

»Die Vergangenheit«, sagte sie.

»Die Vergangenheit? Was um Himmels willen könnte es in unserer Vergangenheit geben ...«

»Nicht in unserer Vergangenheit. In meiner Vergangenheit.«

Connor richtete sich weiter auf. Er merkte, dass er sich bewusst um eine würdevolle Haltung bemühte, so wie er es bei der Arbeit gemacht hatte, wenn es nötig wurde, einen Verweis zu erteilen.

Er sagte und hoffte, dass seine Stimme entspannter klang, als er es war: »Vielleicht solltest du es mir erzählen. Vielleicht solltest du es besser erklären.«

»Ja«, sagte sie, »das sollte ich besser. Tatsächlich hätte ich es dir schon vor Jahren erzählen sollen.«

»Aber ich dachte, das hättest du«, sagte er, wobei seine Stimme vor etwas, was nahe an Angst herankam, zitterte. »Ich dachte, du hättest mir alles erzählt über Rory, über die Abtreibung ...«

»Es hat keine Abtreibung gegeben«, sagte Carole.

Connor starrte in den dunklen Raum, über Carole hinweg, über das hinweg, was immer als vollkommen sicher erschienen war, auf etwas, was er ganz und gar nicht sehen wollte. Er wollte etwas sagen, wollte so sprechen, dass alles wieder auf vertrautes Terrain geriet, aber er konnte nicht. Er brachte kein Wort heraus, er konnte nur warten, völlig hilflos warten, unerträglich auf Gedeih und Verderb Carole ausgeliefert. Sie bewegte sich ein wenig und stieß einen kleinen Seufzer aus.

»Es hat keine Abtreibung gegeben«, sagte Carole wieder. »Es hat ein Baby gegeben.«

Kapitel neun

Betty und Don führten ihr Bed & Breakfast seit zwanzig Jahren. Sie hatten damit nach Dons Unfall in der Fabrik angefangen, als er für arbeitsunfähig erklärt worden war und Betty gesagt hatte, wenn sie schon ihre Arbeit aufgeben müsse, um ihn zu betreuen, dann könnten sie sich ebenso gut etwas überlegen, was sie zusammen machen könnten, anstatt zu Hause Trübsal zu blasen, Arbeitslosengeld zu kassieren und sich gegenseitig die Kehle durchschneiden zu wollen.

»Ich werde nicht zulassen, dass dein kaputter Rücken zum gehätschelten Familienmittelpunkt wird«, sagte Betty. »Ich werde nicht mit ansehen, wie du den ganzen Tag darüber nachdenkst und davon sprichst. Es ist schlimm genug, dass wir beide damit leben müssen.«

Don, der damals unter starken Schmerzen litt, nachdem er fast von einem Gabelstapler zerquetscht worden wäre – gelenkt von einem Jungen, der so verkatert war, dass er kaum geradeaus sehen konnte –, überlegte, ob er darauf hinweisen sollte, dass der Rücken wohl kaum seine Schuld war, und entschied sich dagegen. Es war schließlich auch schwer für Betty, schwer für sie, ihre Arbeit als Verkäuferin aufzugeben, eine Arbeit, die sie liebte, schwer für sie, zu Hause bleiben und Krankenschwester spielen zu müssen. Er zog das elastische Stützkorsett, das er jetzt sogar im Bett tragen musste, um eine Stufe enger und meinte leicht spöttisch, dass er sein Bestes tun werde, immer daran zu denken, dass er eigentlich so fit sei wie in den Tagen, als er noch beim Northsea Rugby Club gespielt hatte.

Der Vorschlag, ein Bed & Breakfast aufzumachen, war von Cora gekommen; Cora, Bettys jüngere Schwester, die sich damit durchschlug, Töpfer- und Keramikkurse für Erwachsene zu geben. Cora war die künstlerisch Veranlagte in der Familie, mit einem Blick für Farbe, aber keinerlei Sinn für Zahlen oder praktische Dinge. Betty war darüber stets verzweifelt und stieß sich an Coras Art, von der Hand in den Mund zu leben, ohne Rücklagen für die Zukunft, ohne Versicherung, und mit einem Hang, alles Geld, womit sie sich einen Monat lang hätte ernähren können, für irgendwelchen kunstgewerblichen Plunder auszugeben, der allenfalls für einen Nippesstand auf dem Flohmarkt oder Wohltätigkeitsbasar getaugt hätte. Aber Cora konnte gelegentlich mit Ideen aufwarten, Ideen von überraschendem Einfallsreichtum, und als sie sagte, warum macht ihr nicht aus Nummer 9, Woodside (kein Baum weit und breit), ein Bed & Breakfast und nennt es Balmoral, wegen Bettys Leidenschaft für die Krone und Dons Liebe zu Schottland, wussten sie, dass sie auf etwas gestoßen war.

Im Laufe der Jahre war Balmoral zu einer respektablen kleinen Einnahmequelle geworden. Es verschaffte ihnen einen bescheidenen Lebensunterhalt und, was noch wichtiger war, eine Beschäftigung. Eine Vielzahl ihrer Gäste, die meisten von ihnen Geschäftsleute, waren Stammgäste, und Betty hatte festgestellt, dass sie die Geduld, die sie den Kunden in den Läden entgegengebracht hatte, in Zuvorkommenheit umwandeln konnte, um so die Wünsche der Gäste hinsichtlich der Zubereitung ihrer Frühstückseier oder der Beschaffenheit ihrer Kissen zu erfüllen. Der Treppenlift, den sie für Don einbauten, erwies sich eher als Attraktion und sogar als Quelle freundlicher Scherze und Spiele. Das ganze Unternehmen wurde natürlich schwieriger, als Mutter ein Heim und Pflege brauchte, aber das war am Ende mehr eine Frage der Anpassung als grundlegender Veränderung gewesen. Auch war Mutter zu den Gästen unendlich viel rücksichtsvoller, als sie es je gegenüber ihrer Familie gewesen war, sodass sie sich auf ihre Art als rechter Zugewinn entpuppte, eine Art altmodisches lebendes Inventar, dessen Gegenwart dem Haus einen kleinen Anstrich von Stabilität und daher Geborgenheit verlieh. Als Mutter schließlich starb – sie brauchte dazu sechs Jahre und drei falsche Alarme –, fand Betty es schwierig, ihr Zimmer kommerziell zu nutzen, denn es ließ sich nicht abstreiten, dass es das unattraktivste Zimmer im Haus war, klein und beengt, im Erdgeschoss und neben der Küche gelegen. Was man auch machte, der Küchengeruch drang durch die Wand und blieb ein für alle Mal in den Vorhängen und im Teppich hängen. Mutter hatte das natürlich gemocht. Das war typisch für Mutter, nur das eine Element ihrer Lebensumstände zu mögen, das niemand anders sich hätte gefallen lassen. Aber andererseits war Mutter die Wunderlichkeit in Person gewesen.

All dies zusammengenommen, dass Mutter fort war und dass das Zimmer so viele Nachteile und Erinnerungen barg und dass Betty das Gefühl von Familie vermisste, das Mutter unwillkürlich beigesteuert hatte, hatte Betty veranlasst, das Zimmer Cora anzubieten. Sie hatte immer das Gefühl gehabt, Cora beschützen zu müssen, nicht nur als ihre jüngere Schwester, sondern auch, weil Mutter sie so drangsaliert hatte, besonders nach dem Baby, und weil Cora sich gegen Mutter nicht hatte behaupten können, sich überhaupt nie gut gegen irgendjemanden behaupten konnte. Aber so war Cora eben, sanftmütig und nachgiebig und immer geneigt, sich die Schuld an etwas zu geben, auch wenn sie gar nichts dafür konnte. Sie war auch immer sehr einfühlsam gewesen, konnte sich immer in jemand anderen hineinversetzen. Und wenn Betty Cora seinerzeit nicht gehabt hätte, als ihr nach vier Fehlgeburten klar wurde, dass es mit einem Baby nichts mehr werden würde, sie wusste nicht, was sie dann getan hätte. Sie konnte es nicht fassen, wie gut Cora damals zu ihr gewesen war, wie stark, wie verständnisvoll. Und wenn man bedachte, was Cora ihrerseits durchgemacht hatte, so war dieses Verhalten umso bemerkenswerter. Betty hatte das alles nie vergessen. Sie mochte Mutters scharfe Zunge geerbt haben, aber deren Hartherzigkeit würde sie sich nicht zu Eigen machen. Sie würde Cora Mutters Zimmer anbieten, weil Cora trotz ihrer komischen Kleider und ihrer komischen Art, trotz ihrer Unfähigkeit, mit Geld umzugehen und Formulare auszufüllen, ihre Schwester war, Cora war *Familie*.

Sie hatte dabei aber noch etwas anderes im Hinterkopf, etwas Unbehagliches. Betty hatte das Gefühl – nein, mehr als das, die hässliche kleine Erkenntnis –, dass sie Cora damals nicht geholfen hatte, als diese sie bei der Geschichte mit ihrem eigenen Kind wirklich gebraucht hätte. Nicht dass Betty keine Anteilnahme gezeigt, nicht mit ihr gefühlt und nicht versucht hätte, sich in Coras Interesse gegen Mutter zur Wehr zu setzen, aber im Grunde ihres Herzens wusste sie, dass sie nicht *genug* getan hatte. Erst später, als sie die Gewissheit hatte, dass sie selbst nie ein eigenes Baby haben würde, begann sie zu verstehen, was es für Cora bedeutet haben musste, als sie mit ihren siebzehn Jahren von anderen Menschen herumkommandiert, angeschrien, gemaßregelt, beschwatzt, überredet und bedroht wurde, bis sie schließlich einwilligte, das Baby wegzugeben. Und Betty hatte damals nicht zu ihr gehalten, hatte sich nicht wirklich bemüht, zu ihr zu halten. Cora war fort nach Scarborough gegangen, hatte in einem Hotel Arbeit als Zimmermädchen bekommen, und Betty hatte nicht versucht, ihr zu folgen und sie zu besuchen. Drei Jahre lang nicht. Nicht bis Cora ihr schrieb und berichtete, dass sie an der Abendschule Keramikkurse gab und anfing, sich besser zu fühlen.

Das alles hatte die Jahre über auf Betty gelastet. Deshalb hatte sie Cora nie gebeten, auch nur einen Finger zu rühren, um ihr mit Mutter zu helfen, und hatte sich auch nie über ihre Untätigkeit geärgert. Tatsächlich hatte sie ihr Möglichstes getan, um Mutter von Cora fern zu halten, und wenn Mutter mit einer ihrer Tiraden über Cora anfing, die alle von der Annahme ausgingen, dass jemand, der unverheiratet schwanger wird, automatisch anormal veranlagt ist, weigerte sich Betty zuzuhören. Es war unmöglich, Mutter zum Schweigen zu bringen, aber Betty konnte das Zimmer verlassen und tat es auch manchmal, wobei sie die Tür hinter sich zuknallte. Im Laufe der Zeit wurde allerdings deutlich, dass Mutters Kummer in der Enttäuschung darüber gründete, dass ihre Töchter es aus diesem oder jenem Grunde nicht geschafft hatten, sie zur Großmutter zu machen. Als Betty schrie, dass sie genug davon habe, schrie Mutter zurück: »Mädchen sollten anständig sein, Frauen sollten Ehefrauen sein und Ehefrauen sollten *Mütter* sein!«, und Betty hätte sie am liebsten geohrfeigt.

Also kam Cora schüchtern und dankbar nach Balmoral und hing indianische Tagesdecken an die schinkenparfümierten Wände und baute in einer Ecke einen kleinen Schrein aus Räucherstäbchen und einem Teelicht und einem im Schneidersitz hockenden Gott mit geschlossenen Augen.

Sie brachte auch Gegenstände mit, die Betty zum Davonlaufen fand, Bettwäsche in Quietschorange, einen mexikanischen Teppich in grellen Farben, eigenwillige Lampen, die sie aus Treibholz und Autoteilen selbst gemacht hatte, Gemälde von Nackten.

»Beiß dir auf die Zunge«, sagte Don. »Nicht ein Wort.«

Er war in letzter Zeit sehr dünn geworden, vor allem im Gesicht, mitgenommen durch die vielen Jahre, in denen er nie ganz schmerzfrei gewesen war.

»Die Räucherstäbchen –«

»Besser als Sickergruben«, sagte Don. »Besser als Räucherheringe. Und sie ist ruhig. Die meiste Zeit weiß man nicht mal, ob sie überhaupt da ist.«

Sie war ruhig. Sie spielte keine Musik in ihrem bizarr eingerichteten Zimmer, und wenn sie ihren Fernseher anmachte – man hätte den Bildschirm beinahe mit einer Hand abdecken können, so klein war er –, musste sie den Ton so gut wie ausgestellt haben. Wenn Betty eintrat – sie klopfte immer, Familie hin oder her –, dann war Cora am Sticken, mit Garn in den Grundfarben, oder sie arbeitete an einer ihrer Bleistift- und Tuschezeichnungen (nicht nach Bettys Geschmack), oder sie las, zusammengerollt auf ihrem Bett unter einer gestreiften Decke, bei deren Anblick man Kopfschmerzen bekam. Wenn sie das Haus verließ, um ihre Abendkurse oder an den Nachbarschulen zusätzlichen Kunstunterricht für Kinder mit Lernschwierigkeiten zu geben, hörte Betty sie fast nie weggehen. Manchmal hörte sie die Haustür ins Schloss fallen, aber meistens spürte sie nur instinktiv mit einer Art Antenne, wie sie glaubte, dass sie Müttern eigen war, Coras Abwesenheit. Sie aß mit ihnen zu Abend, aber nur weil Betty ihr gesagt hatte, das müsse sie, sie müsse eine anständige Mahlzeit am Tag zu sich nehmen, und einmal im Monat ging Don mit ihr am Küchentisch ihre Finanzen durch. Er trug ihr auf, ein Haushaltsbuch zu kaufen und eine Liste mit Einnahmen und Ausgaben anzulegen, und jeden Monat erklärte er ihr ganz geduldig, dass es bedeutete, Schulden zu machen, wenn man mehr ausgab, als man einnahm. Cora hätte ihm liebend gerne alle ihre Einkünfte überlassen, damit er ihr davon ein Taschengeld gab, aber darauf ließ er sich nicht ein.

»Ich werde nicht immer hier sein«, sagte Don. »Ich werde nicht hier sein, um für dich das Denken zu übernehmen.«

»Sie ist wie ein Kind«, hatte er hinterher zu Betty gesagt. »Was Geld angeht, ist man mit einem aufgeweckten Dreikäsehoch besser dran.«

»Aber sie ist gescheit«, sagte Betty, wobei sie an die Bücher in Coras Zimmer dachte, an ihre Begabung, Sachen zu gestalten und zu erfinden, an ihr Talent zu erklären, wie man eine Kanne töpfert, ein Knopfloch näht.

»Nicht mit Zahlen«, sagte Don. »Und ohne Zahlen geht es nicht.«

In gewisser Weise betrachtete wohl auch sie Cora noch als Kind, vermutete Betty, als jemanden, von dem man nicht erwarten konnte, die volle Bürde des Erwachsenenlebens zu tragen. Und vielleicht war vor langer Zeit in dem traumatischen Jahr, als sie sechzehn war, etwas passiert, das sie gehemmt und ihr von Grund auf die Fähigkeit oder den Willen geraubt hatte, sich noch weiterzuentwickeln, sich weiter in eine Welt der Erwartung und Gefühle hineinzuwagen, die ihr nur noch mehr Schmerz zufügen würde. Sie hatte zum Beispiel nie irgendwelche echten Freundschaften gehabt, keine Freunde, nicht einmal die Sorte anspruchsloser männlicher Kameraden, die einige von Bettys Freundinnen hatten, die mit ihnen in den Pub oder zum Bingo gingen oder einen Ausflug in die Dales machten. Dabei schien Cora nicht grundsätzlich etwas gegen Männer zu haben, es war eher, als würde sie sie einfach nicht wahrnehmen, geschweige denn brauchen. Manchmal ertappte Betty einen ihrer Gäste dabei, wie er Cora neugierig beäugte, verblüfft, aber leicht angeheizt durch Coras Gleichgültigkeit, durch ihren verblassten, aber noch deutlich erkennbaren Liebreiz. Sie wollte dann sagen: Lassen Sie sie in Ruhe. Sie regen sie nur auf. Und das würden sie unweigerlich, wenn sie ihr nachstiegen. Betty wollte nicht, dass Cora sich je wieder aufregte, und solange sie Cora in der Obhut ihres kleinen Zimmers neben der Küche inmitten ihrer Götter und Decken hatte, würde sie dafür sorgen, dass das nie wieder vorkam.

Cora saß im Wartezimmer des Arztes. Es war ein neues Wartezimmer, an die alten Praxisräume angebaut und mit unechter, kindischer Fröhlichkeit dekoriert und mit Plakaten über Ernährung und Geschlechtskrankheiten voll gehängt. Cora warf keinen Blick darauf. Essen interessierte sie nicht, und an Sex, der sie in den tiefsten Abgrund ihres ganzen Lebens gestürzt hatte, dachte sie nicht einmal. Wieso sollte sie? Immerhin taten Nonnen das vermutlich auch nicht, und es brachte sie nicht um, oder?

Sie verlagerte die Hände in ihrem Schoß. Wegen ihrer Hände war sie hier, eigentlich wegen ihrer Hände und Arme, und wenn sie ganz ehrlich war, ihrer Hüften und Knie auch. Dad hatte Arthritis gehabt, sie hatte ihn zum Krüppel, seine armen alten Hände zu pochenden Knotenbündeln gemacht. Cora kannte das Pochen. Es gab Nächte, in denen die Knochen und Gelenke in ihren Händen so schmerzten, dass sie alles dafür geben würde, wenn sie sie nur einfach aus der Haut schieben und auf dem mexikanischen Bettvorleger deponieren könnte, damit sie dort alleine vor sich hin schmerzten, weit weg von ihr. Sie mochte nicht daran denken – konnte nicht daran denken –, was sie tun würde, wenn ihre Hände zu steif würden und zu sehr schmerzten, um sie noch gebrauchen zu können. Sie schaute auf sie hinunter. Sie sahen noch immer völlig normal aus, aber sie gehörten einem Menschen, der bereits Mitte fünfzig war, und Dad war von der Arthritis schon in viel jüngeren Jahren gelähmt worden. Aber Dad war Bergarbeiter gewesen, und die jahrelange Arbeit tief unter Tage musste eine der unnatürlichsten, körperlich anstrengendsten Arten sein, sein Leben zu verbringen. Er hätte dem zugestimmt. Er hatte seine Arthritis immer als Strafe dafür betrachtet, dass er seinem Vater gefolgt und runter in die Mine gegangen war, anstatt auf dem Land zu arbeiten, wie es sein Wunsch gewesen war. Dad hatte sehr puritanische Ansichten gehabt und immer viel von Strafe gehalten. Cora betrachtete ihre Hände. Vielleicht war ihre Arthritis auch eine Strafe.

Sie sah auf die Uhr. Der Arzt war spät dran, ihr Termin war schon vor zwanzig Minuten gewesen, und es saßen noch eine Menge Leute im Wartezimmer, die schon vor ihr gekommen waren. Sie beugte sich vor und nahm sich die nächstgelegene Illustrierte, die zerfledderte Ausgabe einer dieser Frauenzeitschriften, die ihren Leserinnen einreden wollen, dass es, trotz des ganzen beschwörenden Geredes um gezupfte Augenbrauen und Sex, doch nur ihre Herzen seien, auf die es ankäme. Cora blätterte das Heft flüchtig durch. Mädchen schauten sie an, makellose, unwahrscheinlich künstliche Mädchen, Mädchen, wie man sie auf keiner Hauptstraße, in keinem Supermarktgang je gesehen hatte. Cora seufzte. Es gab einen Artikel über aphrodisierende

Nahrungsmittel, einen Artikel über verführerische Beleuchtung, einen Artikel über Wochenendtrips mit Schwerpunkt Romantik. Cora fand, es wäre besser, Löcher in die Luft zu starren, als sich das weiter anzusehen. Sie blätterte noch eine Seite um. »Ungefähr eine von fünfundzwanzig Frauen«, verkündete dort die Überschrift in Fettdruck, »hat ein Kind adoptiert.«

»Man bedenke« – der Bericht war in einer weniger emphatischen Schrift geschrieben –, »man bedenke nur. Wir haben kein Wort für die Mutter, die ihr Kind zur Adoption freigibt, oder? Kommt das daher, dass man von ihr erwartet, einfach zu verschwinden? Das war nicht immer so. Das Mittelalter hat uneheliche Kinder nicht als Stigma betrachtet. Erst der Kapitalismus hat das Kind zu einem abhängigen Wesen, zu einer Belastung gemacht, weil es sich nicht selbst versorgen kann. Das ist alles! Was ist also schief gelaufen?«

Cora klappte die Zeitschrift zu. Ihr Mund war trocken. Jetzt sah sie auf dem Titelblatt in roten Großbuchstaben die Wörter: »UNVERHEIRATETE MUTTER? – AUSSICHTSLOS!« Sie legte die Illustrierte sehr behutsam auf den Stapel, von dem sie sie weggenommen hatte, und stand auf. Sie konnte nicht bleiben, konnte nicht mehr warten. In diesem Moment war es egal, wie sehr ihre Hände schmerzten: es wäre ihr sogar egal, wenn sie einfach abfielen.

Sie fand eine Bank im Park, auf der sich noch kein Trübsinniger breit gemacht hatte. Der Northsea Park, einst von bürgerlich gesinnten Viktorianern angelegt, nahm eine Anhöhe über dem tiefer gelegenen Teil der Stadt ein und bot daher sowohl einen Blick – über die unregelmäßigen Reihen schräger, vom Regen verwaschener Dächer hinweg – auf die graue See als auch eine gesunde Dosis Seeluft. Der Wind vom Meer her hatte die meisten der sorgfältig angepflanzten Bäume zurück gegen den Hang gedrückt, wodurch sie jetzt aussahen, als wollten sie ihn mühsam erklimmen, wodurch allerdings auch jeder Schutz zunichte gemacht war, den sie den mit Bedacht vor ihnen aufgestellten Sitzbänken hätten spenden können.

Cora setzte sich und machte sich ganz klein in ihrem Mantel. Das sah ihr ähnlich, sich ausgerechnet diese Zeitschrift auszusuchen, das sah ihr ähnlich, sich genau eine Seite zu viel von diesem Schund anzusehen. So viel in ihrem Leben war einzig darauf ausgerichtet, sicherzustellen, dass solche Zufälle nicht vorkamen, dass sie nicht in Situationen geriet, die ihre Erinnerungen weckten und sie an einen Ort zurückbrachten, an den sie nicht denken, geschweige denn sich zurückbegeben wollte. Sie hatte mal eine Kollegin, eine Sozialwissenschaftlerin, die Staatsbürgerkunde unterrichtete und die Cora bekniete, sie müsse sich von der alten Last befreien und sich jedes einzelne Wort und jede einzelne Handlung aus jener finsteren Zeit in Erinnerung rufen, damit sie sich nicht länger nur recht und schlecht durch die Jahre schleppte, sondern endlich wieder anfangen könnte zu leben.

»Verdrängung«, sagte sie zu Cora, » ist bloß ein Bewältigungsmechanismus. Nichts weiter, glauben Sie mir.«

Aber Cora verdrängte nichts. Cora hatte sich nur an einen abgeschiedenen Ort zurückgezogen, wo all die Dinge, von denen sie wusste, dass sie geschehen, gefühlt und gesagt worden waren, in Sicherheit verwahrt und nicht für jedermann zum Durchwühlen ausgebreitet wurden wie Altkleider und alter Hausrat auf dem Flohmarkt. Es war qualvoll, an diesen abgeschiedenen – abgeschiedenen, nicht verborgenen – Ort, wo all diese Erinnerungen aufbewahrt wurden, zurückzukehren, weshalb Cora beschlossen hatte, es so selten wie möglich zu tun, aber das bedeutete nicht, dass Cora auch nur entfernt so tat, als wäre das, was geschehen war, nicht geschehen. Sie verdränge nichts, sagte sie schließlich zu der Staatsbürgerkundelehrerin mit einer Lebhaftigkeit, die so weit an Zorn heranreichte, wie es Cora überhaupt möglich war, sondern sie bewache etwas, und sie habe das Recht, es zu bewachen, trotzdem vielen Dank, weil es ihr gehörte und weil es kostbar war, egal, wie viel Kummer es bereitete. Und, fügte sie mit einem Nachgedanken hinzu, ihre persönliche Entwicklung sei ihre Angelegenheit, und wenn sie sich entschied, sich nicht mehr weiterzuentwickeln, sei das auch ihre Angelegenheit und nur ihre.

»Sie haben nicht mein Leben gelebt«, sagte Cora. »Niemand außer mir hat es gelebt.«

Und doch, dachte sie jetzt, während sie eingesunken in den Kragen ihres Mantels über die dunklen grauen Dächer auf die helle graue See und den Himmel und die kreischenden Möwen schaute, man konnte der Frau keinen Vorwurf machen, weil sie sich bemüht hatte. Sie unterrichtete immerhin Staatsbürgerkunde, ihr Verstand war auf das Gemeinschaftliche, auf das Kollektive ausgerichtet, es war kein Verstand, der die Sicherheit eines Lebens begreifen konnte, das man ganz für sich allein ohne Manipulation und Belästigung lebte. Das hatte Cora schon – einzelgängerisch, in sich gekehrt – vor dem Baby und den ganzen Scheußlichkeiten gespürt. Vielleicht lag es an diesem außergewöhnlichen Ichempfinden und Gefühl von Distanz, dass sie Craig Thomas erlaubt hatte, sie mit zu der Party zu nehmen, wo sie ihr etwas in den Apfelwein getan hatten und wo dieser Matrose gewesen war. Vielleicht hatte sie sich irgendwie für unantastbar gehalten, für weit genug weg in ihrem inneren Selbst, als dass der Apfelwein oder der Matrose ihr etwas hätten anhaben können. Als Mutter ihr neben den ganzen anderen Anschuldigungen schreiend vorhielt, was für eine Schlampe sie doch sei, weil sie nicht mal den Namen des Matrosen wüsste, war es Cora so vorgekommen, als sei das nur ein Teil ihrer Veranlagung, ein Teil ihrer Nichtzugehörigkeit – ihres mangelnden Zugehörigkeitsbedürfnisses – zu einer Welt, in der alles einen Namen und ein Etikett haben musste. Wieso, um Himmels willen, kam es darauf an, den Namen von jemandem zu wissen, wenn man sich kaum noch daran erinnern konnte, was der mit einem gemacht hatte? Oder, um fair zu sein, und Cora wollte wegen des Babys fair sein, was aus dem entstanden war, was man miteinander getan hatte? Cora hatte nie den Matrosen verantwortlich gemacht, hatte es nie gewollt, hatte niemals Craig Thomas oder den Apfelwein mit der Droge verantwortlich gemacht. Wenn sie ihnen die Schuld gegeben hätte, hätte das Baby es gemerkt, oder? Das Baby hätte gewusst, dass es nicht gewollt war, davon war sie überzeugt, und das würde Cora nicht zulassen. O nein, eins war für Cora immer ganz klar gewesen – sie hatte das Baby von dem Augenblick an gewollt, als sie erfuhr, dass es kommen würde, und daran hatte sich nie etwas geändert. Nie.

Es gab andere Dinge, die weniger klar waren, Dinge, die nach der Geburt des Babys passiert waren, Dinge, die behauptet wurden, Dinge, die man ihr vorschrieb. Sie erinnerte sich, wie alle auf sie einredeten, Sozialarbeiter, die Leute von der Adoptionsagentur, ihre Eltern, und wie sie meinten, wenn sie egoistisch genug wäre, das Baby zu behalten, würde das zeigen, wie unreif und ungeeignet sie als Mutter war. Als sie sagte, dass sie mit dem Baby zurechtkäme, wenn man sie vielleicht genug unterstützte, dass sie sogar die Schule fertig machen könnte, sagten sie, ihre Gefühle seien jetzt völlig ohne Belang, sie habe ihre Ration Nachsicht auf diesem Gebiet durch ihre Promiskuität und ihre Fruchtbarkeit aufgebraucht. Als sie etwas von Pech sagte, was denn mit den Millionen von Frauen sei, die Sex außerhalb der Ehe hätten und nicht schwanger würden, sagten sie ihr, wenn sie den Ruf ihrer geistigen Gesundheit nicht beflecken wolle, tue sie gut daran zu akzeptieren, dass es eine wunderbare soziale Einrichtung gebe – Adoption –, die ihrem unehelichen Baby jene Chancen eröffnen würde, die sie – zu jung, zu arm und in der falschen Klasse – ihm unmöglich geben könne. Wollte sie denn so unsozial sein? Wollte sie so destruktiv sein? Wenn sie den Schaden wieder reparieren wolle, den sie einem unschuldigen Baby zugefügt habe, dann solle sie es gehen lassen.

»Wenn du das Baby wirklich liebst«, sagte die Sozialarbeiterin, die neben ihrer Mutter saß, beide mit Augen wie jettschwarze Murmeln, »solltest du ihm ermöglichen, dass es ein anständiges Zuhause und Eltern bekommt.«

Cora gab nach. Sie war zermürbt, gebrochen, hatte keinen Mut mehr zu kämpfen, keine Kraft. Im Rückblick wurde ihr klar, dass es nicht einen Menschen gegeben hatte, der mit ihr die Möglichkeiten durchgegangen war, nicht mal Betty, obwohl sie gehört hatte, dass sich Mutter und Betty in der Küche wie die Fischweiber anschrien, und Dad war hustend zum Pub gegangen, wo er sich darauf verlassen konnte, dass das Gespräch nie auf weibliche Belange kam. Allein in ihrem Zimmer, ausgestoßen, schuldig, beschmutzt, mit gebrochenem Herzen, sagte sich Cora, dass ihr nie wieder irgendetwas so wehtun sollte wie das, und um weiterleben zu können – für Samantha (flüstere ihren Namen nur, flüstere ihn nur heimlich), auch wenn sie sie nie wiedersehen würde –, musste sie ihr Leben so einrichten, dass sie nie wieder in einen solchen Abgrund stürzte, nie wieder in so einen brodelnden Hexenkessel geriet, wo andere Leute ihr sagen konnten, was sie zu tun hatte.

Es wurde allmählich kalt. Coras Hände in den Manteltaschen, verkrampft durch die gedankliche Anspannung, fingen an, steif zu werden und zu pochen. Irgendein Arbeitskollege hatte mal gesagt, Finger weg von Käse und Schokolade; jemand anders hatte gesagt, sie solle Grünlipp-Muschelextrakt versuchen. Er kam aus Neuseeland oder so, und man bekam ihn im Reformhaus. Klang widerlich. Cora stand auf, bewegte die schmerzenden Finger. Sie würde einen neuen Arzttermin machen, sie würde auf dem Nachhauseweg in der Praxis vorbeigehen und ihn gleich vereinbaren. Und überhaupt, was war im Vergleich schon Arthritis? Wann konnte ein körperlicher Schmerz, egal wie schlimm, an einen seelischen Schmerz heranreichen? Doch dieser andere Schmerz – nein, Cora hätte jetzt nicht ohne ihn sein wollen, nicht eine Sekunde. Wenn er aufhörte, wenn ihre Seele und ihr Herz befreit und beruhigt wären, dann müsste sie fürchten, dass auch ihre Liebe aufgehört hatte, und das wäre der unvorstellbarste Gedanke von allen.

»Sie bekommt nie Post«, sagte Betty. Sie hatte den Umschlag gegen das Porzellanhäuschen gelehnt, in dem sie Zucker aufbewahrte, genau wie Mutter es immer getan hatte.

Don las die Meinungsseite der Zeitung, deren Ansammlung fanatischer Kommentare ihn in seinen eigenen gemäßigten Ansichten bestärkte.

»Vielleicht ist es ein Stellenangebot …«

»Aus London?«

»Wieso nicht? Wieso sollten sie in London keine Kunstlehrer brauchen?«

»Nicht Cora …«

Don schüttelte die Zeitung.

»Das weißt du nicht.«

»Natürlich weiß ich es nicht. Ich wundere mich nur.« Betty schaute auf die Uhr. »Sie müsste inzwischen zurück sein. Ihr Termin war um halb drei.«

»Die sind nie pünktlich.«

»Ich mache mir Sorgen«, sagte Betty. »Sie hätte nie gesagt, wie schlimm es ist. Nur wenn man sie ansieht, kann man sehen, wie schlimm es ist, aber sie würde es nicht sagen. Das tut sie nie. Sie sagt nie, wie schlimm irgendetwas ist. Niemals.«

»Das unterscheidet sie vom Rest von uns«, bemerkte Don.

Betty nahm den Umschlag wieder in die Hand.

»Nicht getippt«, sagte sie. »Mit der Hand geschrieben.«

»Ein Freund.«

»Sei nicht albern.«

Don blickte von der Zeitung auf.

»Betty«, sagte er, »er ist für Cora, und egal, was drinsteht, es wird die Welt nicht daran hindern, sich weiterzudrehen. Okay?«

Kapitel zehn

Polly hatte beschlossen, sich auf Onkel Davids Knie zu setzen, wenn er am Abend käme. Das hatte sie sich in letzter Zeit angewöhnt, sie eroberte alle Männer, die ins Haus kamen – Titus aus Daddys Büro, Grandpa Ray vom Royal Oak, sogar ihren Vater, wenn er so aussah, als würde er ihrer Mutter irgendwelche Aufmerksamkeit schenken –, indem sie auf ihren Schoß kletterte und ihren Anspruch auf sie anmeldete. Ihr Onkel David sagte immer, er habe sie gern auf seinem Schoß. Er sagte, Ellen sei dafür jetzt zu alt und Petey zu zappelig, und Daniel sei ein Junge, so bliebe nur Polly übrig. Und dort von ihrer Festung aus, geborgen in Davids Unterarm, konnte Polly ihre Mutter mit einem gelassenen und taxierenden Blick beobachten, der Nathalie ohne jeden Zweifel mitteilte, dass sie als Mutter derzeit zu wünschen übrig ließ.

»Du wirst allmählich ganz schön schwer«, sagte David.

Er trug einen grünen Strickpullover, und in dem um Polly gelegten Ärmel steckten kleine Bruchstücke von Zweigen und Grashälmchen, die sich in der Wolle verfangen hatten. Polly fing an, die Holzstückchen fein säuberlich herauszuzupfen. Nathalie, die gegenüber am Tisch saß, hatte jenen Ausdruck im Gesicht, der gewöhnlich darauf hinauslief, dass Polly gebeten wurde zu gehen und eine Weile in ihrem Zimmer zu spielen. Es lag etwas in der Luft in der Küche – David war da, ihre Mutter hatte Wein eingegossen, obwohl es noch lange nicht dunkel war (Erwachsenengetränke sollte es Pollys Ansicht nach erst geben, wenn sie im Bett war) –, dass sie auf jeden Fall dableiben und miterleben wollte, was hier vielleicht passieren würde. Wenn ihre Mutter aussah, wie sie jetzt aussah, als würde sie gleich mit einem Geheimnis herausplatzen, hatte Polly nicht die Absicht, das Herausplatzen zu verpassen. Sie begann jetzt, die winzigen Holzstückchen aus dem Pullover ihres Onkels sorgfältig aufzutürmen.

»Polly«, sagte Nathalie und beugte sich vor, »würdest du gehen und ein Weilchen mit deinen Barbies spielen?«

»Nein«, sagte Polly höflich und versuchte, einen Teil einer Vogelfeder auf dem Haufen zu deponieren.

»Polly …«

»Ich sitze ganz bequem hier«, sagte Polly und beugte sich tief über Davids Ärmel, um minutiös ein Grashälmchen zu untersuchen.

»Polly«, sagte Nathalie mit äußerst ruhiger Stimme, »ich möchte, dass du auf dein Zimmer gehst und dort fünf Minuten spielst, und dann kannst du zurückkommen und eine Tüte von deinen Lieblingschips essen.«

»*Oder*«, sagte Polly, »ich könnte sie auch jetzt gleich kriegen. Hier.«

David bewegte sich ein bisschen und lockerte seinen Griff. Sie spürte, wie er den Mund auf ihr Haar drückte, neben dem Ohr, das nicht so gut hörte.

»Polly …«

Ihr Blick glitt zur Seite.

»Hmm?«

»Tu, worum man dich bittet«, hörte sie David dicht an ihrem Ohr sagen.

Sie zappelte mit den Beinen. Sie schob die Unterlippe vor

und ließ den Kopf hängen. Sie kämpfte mit den Tränen, weil sie verloren hatte, weil sie ihrem Onkel David nicht missfallen wollte. Sie schniefte.

»Braves Mädchen«, sagte David.

Sie fühlte, wie der Druck seines Arms sich weiter lockerte, und dann waren seine Hände in ihren Achselhöhlen, und sie stand auf ihren zwei Füßen. Sie lehnte sich gegen Davids Arm und vergrub ihr Gesicht in seinen Ärmel.

»Fünf Minuten, Poll ...«

Sie drehte sich abrupt um und schoss aus der Küche, knallte die Tür so fest hinter sich zu, dass der Wein in den Gläsern auf dem Tisch schwappte.

»Polly kann man nichts vormachen«, sagte Nathalie. »Sie weiß, dass hier etwas vor sich geht.«

»Sie hat Recht.«

»Ich weiß nur nicht, wie ich das mit der zusätzlichen Großmutter erklären soll. Nicht bevor ich mir selbst etwas Klarheit verschafft habe.«

David schob sein Weinglas ein paar Zentimeter nach links.

»Es ist ohnehin keine zusätzliche Großmutter ...«

»Ist es doch!«

»Ist es nicht, Nat. Noch nicht. Es geht zunächst um Mütter.«

Nathalie sagte flüsternd: »Ich weiß. Wirklich, das weiß ich.«

David schob sein Glas noch ein Stückchen weiter.

Sie sagte zaghaft: »Ich bin irgendwie gespannt. Ich hätte nicht gedacht, dass ich mich so fühlen würde, ich hätte nicht gedacht, dass es – aufregend wäre ...«

»Und beängstigend.«

Er sah sie an.

»Ja.«

Sie sagte: »Ich muss immer an das Sprichwort denken, dass man vorsichtig mit seinen Wünschen sein sollte, denn sie könnten in Erfüllung gehen.«

Er schob eine Hand über den Tisch zu ihr hinüber.

»Dass du mir jetzt nicht kneifst, Nat.«

Sie lächelte.

»Fiele mir im Traum nicht ein.«

»Sie heißt Carole. Ich wusste nicht mal ihren Namen.«

»Aber sie wusste deinen.«

Er lächelte, ein leises, verstohlenes, zufriedenes Lächeln.

»Sie hat ihn mir gegeben.«

Nathalie legte ihre Hand auf seine.

»Ja«, sagte sie, »das hat sie.«

»Und da lebt sie in London in ihrer eleganten Wohnung. Und – ich habe zwei Brüder. Zwei Brüder …«

»Niemals ein Ersatz für eine Schwester …«

Er zog seine Hand heraus und nahm ihre.

»*Niemals.*«

Nathalie sagte: »Cora hat nicht geheiratet. Nie.«

»Freut dich das?«

Sie nickte. Sie wurde ein bisschen rot.

»Ja. Ja, ich freue mich. Und sie hatte ihren eigenen Namen für mich.«

Er drückte ihre Hand.

Er sagte: »Samantha.«

»Mum hat mich Nathalie genannt. Nach ihrer verstorbenen Schwester.«

»Das ist doch schön …«

»Ja. Ja, aber es ist auch schön, genug bedeutet zu haben …«

»Natürlich haben wir etwas *bedeutet.*«

Sie warf ihm einen scharfen Blick zu.

»Du hast nicht immer so gedacht.«

Er lächelte wieder.

»Ich habe nichts von Carole gewusst. Oder?«

Sie entzog ihm sachte ihre Hand.

»Sei nicht zu enthusiastisch.«

»Es gefällt mir ziemlich …«

»Dave, der nächste Teil könnte schwieriger werden.«

»Enttäuschend?«

»Wäre möglich …«

»Ich glaube nicht«, sagte David. »Es ist aufregend.«

»Bis jetzt«, sagte Nathalie, »ist es leicht gewesen. Und wir haben nichts von der Arbeit tun müssen.«

David nahm sein Weinglas in die Hand und hielt es gegen das Licht.

»Ich habe eine neunundfünfzigjährige Mutter, die Firmenchefin war!«

Die Tür schlug auf. Polly stand im Schlafanzug und mit herausfordernder Miene da.

»Himmel, Poll. Willst du schon schlafen gehen?«

Sie blickte finster.

»Worüber habt ihr geredet?«

David lächelte sie an. Er drehte sich etwas zur Seite und klopfte auf sein Knie. »Mütter.«

Polly ging zu ihm, um auf seinen Schoß gehoben zu werden.

Sie sagte unbekümmert: »Ich will keine.«

»Ach nein?«

Polly funkelte Nathalie an.

»*Lach* nicht.«

»Wieso nicht?«

»Es ist unhöflich«, sagte Polly. »Es ist unhöflich zu lachen, wenn es keinen Witz gibt.«

David sagte: »Aber du bist ziemlich komisch.«

Sie dachte darüber nach. Sie sah wieder zu ihrer Mutter.

»Du bist eine unhöfliche Lacherin.«

»Ich bin glücklich«, sagte Nathalie.

Polly verdrehte die Augen zur Decke.

»Darf ich nicht lachen, wenn ich glücklich bin?«, fragte Nathalie. »Können wir nicht beide lachen?«

»Ich lache nicht«, sagte Polly stockernst. Sie zeigte auf ihren Mund. »Guck.«

»Nein, Liebling. Nicht du. David und ich. Wir lachen, weil wir glücklich sind.« Sie sah ihn über den Tisch hinweg an. »Oder?«

»*Ja*«, sagte er.

Steve hatte versucht, seine Schwiegermutter zu überreden, nach dem Mittagessen noch einen Kaffee mit ihm zu trinken.

»Nein«, hatte Lynne gesagt und ihre Taschen und den Schal zusammengesucht. »Nein, mein Lieber. Vielen Dank, aber nein. Ich habe schon zu viel von deiner Zeit in Anspruch genommen.«

»Das hast du nicht«, sagte Steve geduldig. »Hast du nicht. Es hat mir gefallen. Ich habe mich gefreut, dass du angerufen hast.«

Sie wandte den Blick von ihm ab.

»Ich musste meinen ganzen Mut zusammennehmen...«

»Um deinen eigenen Schwiegersohn anzurufen und zu fragen, ob er mit dir zu Mittag isst?«

»Du bist so beschäftigt...«

»Nicht so beschäftigt«, sagte Steve. »Und bestimmt nicht, wenn wir im selben Boot sitzen.«

Sie stellte ihre Taschen wieder ab.

»Tun wir das?«

»Allerdings«, sagte Steve. »Wenn man uns irgendwie das Gefühl vermittelt, wir hätten versagt, wo wir dachten, wir hätten etwas geleistet?«

Sie schaute ihn an. Er erwiderte ihren Blick, sah den leise flehenden Ausdruck in ihren Augen, wie von einem jungen Reh, der auf Ralph einst so anziehend gewirkt haben musste.

»Ich hatte immer das Gefühl, bemitleidet zu werden«, sagte Lynne. »Weil ich keine Kinder bekommen konnte. Und ich habe das gehasst, ich habe es *gehasst*, bemitleidet zu werden. Und ich will das nicht noch einmal erleben, ich *will es nicht.*«

»Niemand kann dir nehmen, was du getan hast, was ich getan habe …«

Lynne senkte den Blick auf den Tisch, auf die Reste des Geflügelsalats.

»Es war nicht einfach nur der Wunsch nach einem Baby, weißt du«, sagte sie. »Es war nicht nur dieser ewige Wunsch. Sondern ich hatte Angst vor der Zukunft – ich hatte Angst, dass mein persönliches Leben ohne Kinder, ohne Enkel immer spärlicher werden würde, bis gar nichts mehr übrig wäre und ich nur noch mit dem Wünschen dastünde.« Sie hielt inne und holte Luft und sagte dann: »Es ist so schrecklich, dieses Wünschen.«

Steve legte für einen Moment seine Hand auf ihre.

»Aber du *hast* Kinder bekommen. Und Enkelkinder. Du hast alles bekommen.«

Lynne machte sich wieder zum Aufbruch bereit.

»Jetzt nicht mehr. Nicht mehr nach diesen – Entdeckungen. Ich komme mir vor …« Sie hielt erneut inne.

»Was?«

»Ich komme mir vor, als hätte ich mich von der Guten in die Böse verwandelt.«

»Lynne …«

»Nathalie hat mir gesagt, das sei nicht meine Reise.«

Steve sagte beinahe bitter: »Falls dir das ein Trost ist, sie hat auch mir klipp und klar gesagt, dass es nicht meine ist.«

»Das meinst du mit ›im selben Boot sitzen‹ …«

»Ja.«

Lynne stand schließlich auf und raffte mühsam ihre Sachen zusammen.

»Ralph sagt, ich könne nichts weiter tun als warten. Er sagt immer solche Sachen. Erzähl Ralph von einem Problem, und er sagt: Also, der einzige Weg auf die andere Seite führt mitten *hindurch*. Macht mich rasend.«

»Er ist ein ganz anderer Mensch als du. Er ist ein anderer Mensch als ich. Vielleicht belasten ihn seine Gefühle nicht so sehr.«

Sie schenkte ihm ein kurzes Lächeln.

»Nein.«

Steve erhob sich ebenfalls.

»Pass auf dich auf.«

Sie streckte sich, um ihm einen hastigen, kleinen Kuss auf die Wange zu geben.

»Ich danke dir, mein Lieber. Danke fürs Zuhören. Es – es ist nicht so, als würde Ralph es nicht verstehen …«

»Nein.«

Sie trat einen Schritt zurück.

»Einen lieben Gruß an Nathalie. Und einen Kuss für Polly.«

»Klar.«

Er sah ihr nach, wie sie das Lokal verließ und mit ihren Taschen gegen Tische und Stühle schlug. Sie war wie jemand mit einem traurigen, furchtbaren Geheimnis, das über viele Jahre hinweg vergessen gewesen war und nun mit seinem ganzen alten Leid wieder auftauchte. Sie hatte in Steves Augen schon immer sehr verletzlich gewirkt, wie jemand, bei dem man sich bemühte, nicht achtlos zu sein, aber als er ihr jetzt hinterhersah, wie sie sich ungeschickt entfernte, wirkte sie besiegt, als wäre ein langer, tapferer Kampf schließlich vergeblich gewesen. Er seufzte. Außer ihr sein Mitgefühl zu zeigen, konnte er nichts weiter tun, konnte er ihr nichts geben, damit Nathalie wieder ihr Kind – und ihres allein – sein würde.

»Du darfst nicht nur an dich denken«, hatte seine eigene Mutter ihn ermahnt. »Fang nicht an, dich wie dein Vater zu verhalten und rücksichtslos zu sein. Wir haben alle unsere Gefühle bei dem, was Nathalie macht, wir sind alle betroffen, aber ich habe meine eigenen Kinder, genau wie du, und Lynne hat das nicht, das darfst du nicht vergessen.«

Steve ging zur Kasse und zahlte. Das Mädchen, das ihm das Wechselgeld zurückgab, hatte eine kleine Drossel auf dem Wangenknochen tätowiert und das feine blonde Haar so kurz geschnitten, dass es ihren Schädel nur wie eine hingestaubte Schicht Puderzucker bedeckte. Steve hatte kurze Haare bei Mädchen nie gemocht, hatte immer die Üppigkeit von, na ja, Nathalies Haar geliebt, aber in letzter Zeit hatte er angefangen, etwas Aufreizendes und Attraktives in kurzen Haaren zu sehen, beinahe etwas Provozierendes. Es war, als würden kurzhaarige Mädchen ihn herausfordern, sie als Jungen zu betrachten. Steve musste lächeln. Er warf drei Pfundmünzen in den Plastikteller neben der Kasse, auf dem mit Textmarker in grober Schrift »Trinkgeld, vielen Dank« geschrieben stand.

»Bis dann«, sagte Steve zu dem Drossel-Mädchen und ging hinaus auf die Straße.

Vom anderen Ende des Büros aus konnte Justine sehen, dass Titus vor sich hin kritzelte. Anstatt konzentriert vor seinem Computer zu kauern, als ob er direkt in ihn hineinspringen wollte, hing er in seinem Stuhl, eine Hand in der Hosentasche, die andere zum Schreibtisch ausgestreckt, und schien zu zeichnen, aber so wie jemand, der es zwar gut kann, sich aber keine Mühe gibt. Es sah auch aus, als würde er ein finsteres Gesicht machen, nicht dass sie sein Gesicht sah, seine ganze Erscheinung wirkte missmutig, seine Haltung drückte Unmut aus.

Sie sah sich im Büro um. Steve war noch nicht vom Mittagessen zurück, und Meera sortierte Rechnungen mit einer hingebungsvollen Konzentration, der etwas Spirituelles anhaftete. Sie stand auf, strich das Haar im Nacken glatt und hoffte, es würde in hübschen kleinen Strähnen ordentlich anliegen und sich nicht wieder zu lauter Babyflusen hochlocken, wie es das anscheinend gerne tat, seit sie es abgeschnitten hatte. Sie schob die Jeans ein Stückchen runter, sodass der Ring in ihrem Nabel sichtbar wurde, und schlenderte hinüber.

»Es ist, als ob man im Dunkeln arbeitet«, sagte sie. »Bei deiner Laune.«

Titus zeichnete gerade einen lustigen Elefanten mit ausgestrecktem Rüssel und Ohren wie Flügel.

»Tut mir Leid.«

Justine schob einen Oberschenkel auf die Ecke seines Schreibtischs.

»Was ist los?«

Titus stieß einen Seufzer aus, der besagte, ich habe die Nase voll.

»Ich habe nur das Gefühl – dass die *Energie* aus allem raus ist.«

Justine ließ das Bein baumeln.

»Passiert jedem mal.«

»Nicht mir«, sagte Titus. »Ich habe die Energie *erfunden.*«

»Wenn ich so überlege«, sagte Justine, »kann ich mir einen *trägen* kleinen Mann überhaupt nicht vorstellen.«

»Ich bin nicht klein.«

»Bist du nicht?«

»Nein. Ich bin kurz, aber ich bin nicht *klein.*«

Sie grinste.

»Stimmt. Bist du nicht.«

»Ich bin kurz«, sagte Titus, »und stämmig. Und hab die Nase voll.«

»Von was?«

»Von absolut verdammt allem.«

»Wie Sasha, meinst du?«

Titus schleuderte seinen Zeichenstift so, dass er in einem hohen Bogen durch die Luft sauste und sauber in Steves Papierkorb landete.

»Wieso denken Frauen *immer*, es ginge um Liebe?«

»Weil«, sagte Justine, »es das meistens tut.«

»Und was ist dann mit der Stimmung in diesem Büro? Was ist mit Steve, der permanent schlechter Laune ist, sodass wir alle auf Zehenspitzen um ihn herumschleichen müssen, damit wir nicht auf den Zünder treten und alle in den Orkus fliegen?«

»Was ist Orkus?«

»Schau es nach«, sagte Titus.

Justine beugte sich vor.

»Du musst es nicht an mir auslassen, weißt du.«

»Nein«, sagte er.

»Dann lass es.«

Titus nahm einen anderen Bleistift und fing an, seinem Elefanten Engelflügel zu geben.

»Wieso muss Sasha von Nathalies Adoptionsgeschichte derart fasziniert sein? Wieso muss sie denken, sie sei der einzige Mensch, mit dem Steve reden könnte?«

»Vielleicht ist es wegen ihrer Arbeit ...«

»Das ist Scheiße«, sagte Titus. »Wir müssen doch nicht alle unsere Arbeit *leben*, oder? Arbeit ist Arbeit, Leben ist Spiel. Kaum gerät Steves perfektes Arbeit-Spiel-Gleichgewicht in eine winzige Schieflage, müssen wir alle darunter leiden. Er ist so ein Scheißkontrollfreak.«

»*Du* musst dich doch nicht kontrollieren lassen ...«

Titus betrachtete sie. Er schaute auf ihren Jeansschenkel auf seinem Schreibtisch, auf den Spalt nackten Fleisches zwischen der Hose und dem Oberteil, wo der Nabelring glitzerte, auf den Reißverschluss ihres Oberteils bis hinauf zu ihrem Kinn, das jetzt irgendwie eine andere Form zu haben schien, seit ihre Haare kurz waren.

»Die Sache ist die«, sagte Titus mit Blick auf Justines Kinn, »dass ich gerne fröhlich bin. Fröhlichkeit ist mein natürliches Lebensgefühl. So bin ich programmiert, und wenn ich nicht fröhlich bin, schafft mich das total.«

Justine ließ eine Sekunde verstreichen, dann sagte sie: »Du bist *so* ein Wichser.«

»So reden Jungs.«

»Du bist ein Junge ...«

»Aber du nicht. Jungs benutzen das Wort.«

»Du bist nicht nur ein Wichser«, sagte Justine, »sondern ein armseliger, abgefuckter Angeberwichser dazu.«

Er grinste sie an.

»Ich mag es, wenn man mich ein bisschen beschimpft. Muntert mich auf. Mach weiter.«

»Ich kann alles Mögliche ab«, sagte Justine, »aber kein Selbstmitleid.«

Titus zielte mit dem Bleistift auf sie, ein Auge geschlossen.

»Mir stinkt es auch ziemlich.«

Von der anderen Seite des Büros rief Meera herüber: »Sollten Sie beide nicht arbeiten?«

Titus drehte sich mit seinem Stuhl herum.

»Klappe, mein kleiner Bombay-Traum.«

»Was für ein Jammer«, sagte Meera, ohne den Blick von der Arbeit zu heben, »eine teure englische Erziehung so völlig verschwendet zu sehen.«

»Das ist doch der *Sinn* der Sache«, sagte Titus, »mein süßes und dummes kleines Pakora.«

Justine stand auf.

»Ich weiß nicht, warum sie sich das von dir gefallen lässt. Ich weiß nicht, warum das überhaupt jemand tut.«

»Dich eingeschlossen?«

»Mich eingeschlossen.«

Titus drehte seinen Stuhl zurück und beugte sich vor, wobei er zu Justine hinaufblickte.

»Deinetwegen fühle ich mich jetzt schon viel besser.«

Sie sagte nichts. Ihre Hand fuhr zum Nacken hoch.

»Geh was trinken mit mir«, sagte Titus. »Oder hättest du lieber einen netten Blumenstrauß?«

Justine sah zu Meera hinüber. Sie hatte wieder ihre Kopfhörer aufgesetzt und tippte. Justine trat einen Schritt von Titus zurück und hob das Kinn. Ihre Stimme war so gelangweilt, wie sie es nur hinkriegte.

»Beides.«

Vom Küchenfenster aus konnte Ellen über den abschüssigen Garten zu der Hecke mit dem grünen Tor in der Mitte sehen, das zum Golfplatz führte. Auf halber Höhe links im Garten stand ein riesiger Apfelbaum – das zufällige Überbleibsel eines alten Obstgartens aus der Zeit, als dieser Teil von Westerham aus Obstplantagen bestand –, in dem David für Ellen, als sie sechs war, ein Baumhaus mit einer Strickleiter gebaut hatte, die man hochziehen konnte, um Daniel daran zu hindern, ihr hinterherzuklettern. Neben der Strickleiter hatte David zum Ausgleich für Daniel zwei alte Autoreifen in unterschiedlicher Höhe aufgehängt, und in dem linken davon saß, zusammengekrümmt in dem engen Loch, Marnie. Ihr Rücken war Ellen zugewandt, und sie schwang ganz sachte hin und her, wobei sie sich mit einem beturnschuhten Fuß rhythmisch vom kahlen Boden darunter abstieß.

Sie saß schon seit einer Ewigkeit da. Ellen sah auf die Küchenuhr. Es war nach drei, und Petey schlief jetzt seit fast einer Stunde, erschöpft von seinem eigenen Wutanfall. Er lag auf dem Küchensofa, zwischen die Kissen geworfen wie eine Stoffpuppe, sein helles Haar stand ihm vom Kopf ab, der Mund leicht offen. Ellen war schlecht gelaunt vom Tennisklub zurückgekommen, nachdem es ihr dort nicht gelungen war, jemandem eine Einladung zum Mittagessen zu entlocken, und hatte Marnie und Petey in der Küche vorgefunden und den Boden voll mit Brokkolimatsch und Spaghetti. Petey schrie, und Marnie weinte, nicht nur so ein stilles Erwachsenenweinen mit viel adrettem Naseputzen, sondern ein richtiges, hemmungsloses Weinen, den Kopf in den Händen verborgen und stoßweise nach Luft schnappend. Ellen hatte ihren Tennisschläger auf den Tisch gelegt, war vorsichtig durch die Schweinerei gestapft, hatte Petey vom Boden aufgehoben und ihn zu seiner Verblüffung ins Spülbecken gesetzt. Dann hatte sie ihrer Mutter ein Glas mit Filterwasser gereicht und Radio One angestellt, sodass Atomic Kitten den Lärm übertönen konnte.

Nun, das musste jetzt anderthalb Stunden her sein, anderthalb Stunden, seit Marnies Tränen – nach einer Pause, um Ellen in eine kurze und wortlose Umarmung zu schließen – versiegt waren und sie durch die Gartentür hinaus zu dem schwingenden Autoreifen gegangen war. Ellen hatte erwartet, dass sie dort eine Weile sitzen und dann hinaus zum Golfplatz gehen würde. Aber das tat sie nicht. Sie blieb einfach dort sitzen, zusammengekauert und sanft hin- und herschaukelnd, wobei ihr der Zopf mutlos über den Rücken fiel. In der Zwischenzeit hatte Ellen Petey, der mittlerweile nur noch leise schluchzte, aus dem Spülbecken gehoben, ihn nach oben getragen, seine Windel gewechselt – er war noch immer auf seine Windeln angewiesen – und ihn dann wieder zurück in die Küche gebracht und ihn, nicht unfreundlich, aber bestimmt, mit seiner Schmusedecke auf das Sofa gelegt. Während dieser ganzen Prozedur hatte sie nicht ein Wort zu ihm gesagt, und während das abflauende Schluchzen nun von Schluckauf begleitet wurde, hatte er sie unverwandt mit seinen blauen Augen fixiert, als wüsste er in seinem traurigen zweijährigen Herzen, was sie gerade dachte. Als er eingeschlafen war, ging Ellen durch die Küche und nahm ihren Platz am Fenster ein.

In drei Tagen fing zum Glück die Schule wieder an. Und die Schule würde zuverlässig den restlichen April und Mai und Juni überdauern, und dann ginge es nach Kanada. Im Juli und August ging es zum Glück immer nach Kanada, *immer*, erst ein paar Wochen nach Winnipeg zu Gran und Lal und dann in die Hütte, wo alles in jeder Hinsicht perfekt war, abgesehen von der Kriebelmücke, die man irgendwie als

Preis akzeptierte, der für alles andere bezahlt werden musste. Vielleicht würde es Marnie in Winnipeg wieder besser gehen, dachte Ellen, vielleicht würde sie dort wieder zu der Person, bei der man sich darauf verlassen konnte, dass sie nicht überschnappte und Petey im Stich ließ, sondern sich ums Abendessen kümmerte und Daniel dazu anhielt, etwas anderes als Kricket-Hefte zu lesen. Das Gute an Winnipeg war auch, dass Dad nicht mitkommen würde. Oder er würde höchstens für zwei Wochen oder so zur Hütte kommen, aber nicht für die ganze Zeit, das machte er nie, wegen der Arbeit. Und vielleicht, denn es hatte offensichtlich etwas mit Dad zu tun, weshalb Marnie sich aufführte, als bräuchte sie dringend Prozac – Ellen wusste über Prozac Bescheid, weil Zadie und Fizz aus ihrer Klasse Mütter hatten, die Prozac schluckten, und zwar, laut Zadie und Fizz, wie M&Ms –, vielleicht würde es Marnie helfen, sich ein wenig von Dad zu erholen. Vielleicht mussten sie sich alle von ihm erholen, von ihren englischen Wurzeln, von einem aus dem Gleichgewicht geratenen Familienleben, in das einige Mitglieder aus Ellens Sicht so viel mehr investieren mussten als andere.

Was Ellen anging, so gab sie dem Schach die Schuld. Sie verstand in gewisser Weise Daniels Begeisterung für Kricket, weil Daniel nun mal in diesem Alter und ein Junge war und alle diese merkwürdigen Energien von Jungs *irgendwo* bleiben mussten, egal, wie langweilig es war. Aber bei Dad war das etwas anderes. Dad war ein erwachsener Mann, ein Vater, und zwei Abende in der Woche mit Schachspielen zu verbringen und dazu diese vielen Stunden, die er an seinem Computer im Büro spielte, das war nicht in Ordnung. Das war nicht normal, das war nichts, was andere Väter machten, das war nicht *fair*. Sie hatte Marnie mal danach gefragt, und Marnie hatte allen möglichen Kram über Schach erzählt, den sie nicht ganz verstanden hatte, dass es ein Spiel sei, das Menschen von ihrem Gefühl der Machtlosigkeit befreie, aber Marnie hatte distanziert geklungen, als sie sprach, als sei sie selbst davon nicht recht überzeugt und als ermüde es sie irgendwie, selbst wenn es stimmte, weil darüber nachdenken so anstrengend war. Ellen hatte dann Zadie, die hervorragende EDV-Kenntnisse besaß, dazu gekriegt, mit ihr ins Internet zu gehen, und sie hatten einen Haufen Zeug über die Psychologie des Schachs gefunden, über Spieler, die zwar nicht unbedingt anarchisch veranlagt waren und den Wunsch hatten, die Welt zu revolutionieren, aber dennoch nicht mit dem Leben zurechtkamen und sich davon zurückzogen, sogar von ihren Familien, in die durchweg lösbare Welt des Schachs. Ellen hatte nicht alles kapiert, aber sie hatte einen Anhaltspunkt, hatte genug erfahren, um einen Verdacht zu schöpfen – einen ziemlich großen Verdacht: dass Schach in den Augen ihres Vaters tatsächlich den gleichen Rang einnahm wie seine Kinder, dass David in gewisser Weise Schach seinen Kindern *vorzog*, weil es einfacher war.

Zadie hielt das alles für Mist, aber Zadies Vater machte auch nichts weiter als ein paar Kartentricks, weshalb Zadie nicht mit einem Rivalen wie Schach fertig werden musste. Das war ärgerlich, denn über die meisten Themen konnte man mit Zadie gut reden, sie hatte viele Ideen und Energie und sie brachte einen dazu, Sachen zu denken, die einem bis dahin nicht im Traum eingefallen wären. Aber diese Schach-Angelegenheit langweilte sie, so wie auch Ellens kanadisches Leben sie langweilte, weil Kanada Zadies Phantasie nicht so ansprach, wie alles Amerikanische das tat.

Ellen stützte die Ellbogen aufs Fensterbrett und richtete den Blick an der sanft schaukelnden Marnie vorbei über den grünen Grasteppich hinüber bis zur Hecke. Als sie jetzt darüber nachdachte, ging ihr auf, dass Daniel wahrscheinlich genauso über ihren Vater und Schach dachte wie sie, warum sonst sollte er, der jeden Sport, alle Wettkämpfe liebte, sich so hartnäckig weigern, ausgerechnet das Spiel zu lernen, das sein Vater ihm so gerne beibringen würde? Natürlich konnte Ellen nicht mit Daniel darüber *reden*. Es war nicht möglich, mit Daniel zu reden, außer auf die anspruchsloseste und sachlichste Weise, aber dass er nicht reden konnte, hieß nicht unbedingt, dass er auch nicht fühlen konnte. Tatsächlich – Ellen, Zadie und Fizz diskutierten oft darüber – bestand eins der Probleme, der vielen Probleme mit Jungs in dieser absoluten Unfähigkeit, irgendetwas herauszulassen, sodass sie, wenn sie bis obenhin mit Zeug voll waren, überschnappten und ein Gewächshaus zertrümmerten. Vielleicht war es dasselbe mit Männern. Vielleicht war das Schachspiel eine Möglichkeit, sich selbst davon abzuhalten, Gewächshäuser zu zertrümmern.

Ellen seufzte. Eine gewaltige Müdigkeit begann in ihr hochzukriechen, wie die Müdigkeit, die einen nach einem heftigen Streit überfällt, oder wenn man von etwas wahnsinnig genervt worden ist. Es machte ihr nichts aus, Petey zu beruhigen, weil es ehrlich gesagt keine große Sache war, Petey zu beruhigen. Aber sie war nicht sicher, ob sie es noch viel länger mit Marnie aushielt und mit Dad, der so tat, als müsste er sich an nichts beteiligen, und Daniel, der wie ein Trottel auf dem Bett lag und die Namen der Spieler der besten neuseeländischen Kricket-Mannschaft vor sich hin sang. Sie fand, so sollte eine Zwölfjährige nicht leben müssen, mit diesem ganzen unterdrückten und unausgesprochenen Kram und dass alle taten, als lebten sie in verschiedenen Häusern und als wären sie nicht fünf Mitglieder einer Familie in einem Haus. Aber es sah nicht so aus, als würde jemandem diese Ungerechtigkeit auffallen, es sah nicht so aus, als würde irgendjemand etwas unternehmen, und wenn Ellen etwas nicht ausstehen konnte, dann war es ein Mensch, der nie etwas gegen die Dinge unternahm, die er nicht mochte, sondern nur dasaß und jammerte.

Hinter ihr rührte sich Petey. Sie drehte sich um und sah nach ihm. Er hatte den Kopf ein wenig hochgehoben und betrachtete sie verschlafen mit einem Ausdruck, der trotz seines vorherigen Betragens eine Freude war. Er machte eine kleine Winkbewegung mit seiner Schmusedecke.

»Keks?«, fragte er hoffnungsvoll.

Ellen ging hinüber zum Sofa und setzte sich neben ihn. Vielleicht sollte sie ihren Vater zur Rede stellen, ihn nach diesem Schachkram fragen, ihm erzählen, was er Marnie antat. Was immer das war. Sie piekste Petey in den Bauch.

»Schweinchen Dick.«

Er kicherte. Sie beugte sich zu ihm hinunter. Er roch nach Schlaf und verschwitztem Babyflaum. Ja, dachte sie, das würde sie tun, sie würde mit ihrem Vater reden.

»Keks!«, sagte Petey und kicherte wieder.

Kapitel elf

David parkte den Wagen, wo er ihn immer vor seinem Elternhaus abstellte, mit zwei Rädern auf dem abfallenden Seitenstreifen, um den Verkehr nicht zu behindern. Lynne hatte das nie gemocht, wegen der Abdrücke, die seine Reifen bei nassem Wetter im Gras hinterließen, aber Ralph störte es nicht. Ralph störte kaum etwas, dachte David dankbar, als er ausstieg und die Türen verriegelte, solange die Gründe dafür einleuchtend waren.

Er blickte über das Autodach zur Fassade des Hauses, auf die metallgerahmten Fenster, von denen Ralph immer sagte, er wolle sie erst austauschen, wenn es wirklich notwendig sei, auf die Backsteinveranda, wo Lynne jeden Tag einen Kasten ausgespülter, leerer Flaschen für den Milchmann deponierte, auf die wuchernde Klematis, und David erinnerte sich, wie Ralph sie gepflanzt und mit einem Schuss Gin aus einem Kristallglas begossen hatte. »Klematis mag Gin«, hatte Ralph gesagt, »sogar noch lieber als ich.«

Er ging um den Wagen herum und über den Grasstreifen, um das Tor zu öffnen. Nathalie war früher auf dem Tor immer hin- und hergeschwungen, kopfüber auf dem Bauch, sodass man ihre Unterhose sehen konnte, bis es ihr total schwindelig wurde. Er selbst hatte sich Schwindel verschafft, indem er sein Fahrrad die steile Sackgasse hundert Meter hoch bis zum Ende schob und im Freilauf wie ein

Wahnsinniger hinuntersauste, wobei er es sich selbst untersagte, die Bremsen auch nur zu berühren. Es war ein Jammer, dass man sich mit zunehmendem Alter kaum noch so reine Empfindungen verschaffen konnte, sondern genötigt war, seinen Geist auf äußere Sinneseindrücke zu richten, mit allen damit einhergehenden Zweifeln und Fragen. Er hielt unwillkürlich die Hand vor den Mund. Wenn er heute im Schuss die Mortimer Close hinunterrasen würde, hätte er Angst, sich die Zähne auszuschlagen.

Es brannte Licht in der Werkstatt, die sich an der einen Hausseite befand. Ralph hatte sie selbst gebaut, ein Jahr, nachdem er und Lynne hier eingezogen waren, im selben Jahr, als sie mit dem langwierigen, zähen, strengen Verfahren für Nathalies Adoption begonnen hatten. Über viele Monate hinweg war Ralph bei fast jedem Wetter in seinem Overall draußen gewesen und hatte die Werkstatt gebaut, während Lynne im Haus Vorhänge genäht und in ihrer Phantasie Kinderzimmer eingerichtet hatte. Sein ganzes Leben lang war Ralphs Werkstatt ein Ort der Zuflucht gewesen, ein Ort, an dem jedes Problem mit Hilfe eines Schraubenziehers oder durch das Glatthobeln rauer Kanten lösbar schien. David überquerte jetzt schnell den Rasen vorm Haus – Lynne könnte nach ihm Ausschau halten – und öffnete die Tür zur Werkstatt.

Ralph saß mit aufgesetzter Brille an seiner Werkbank unter der grellen Neonröhre. Vor ihm lag aufgeschlagen ein Handbuch mit Schaubildern von der Position eines Zahnriemens in einem Automotor.

»Tag, Dad.«

Ralph lächelte in sein Handbuch hinunter.

»Halsabschneiderei.«

»Was denn?«

»Was Werkstätten für den Einbau dieser Dinger berechnen.«

David trat näher, um über Ralphs Schulter zu spähen.

»Sieh dir das an«, sagte Ralph. »Kinderspiel, so etwas einzubauen.«

»Nur wenn man das richtige Werkzeug hat.«

»Genau«, sagte Ralph. Er stand auf und nahm die Brille ab. »Und würde Peugeot mir das richtige Werkzeug dafür verkaufen? Verdammt unwahrscheinlich.« Er legte einen Arm um Davids Schulter. »Wie geht es dir, mein Sohn?«

David sah auf den Boden.

»Ich habe keine Ahnung.«

»Und die Kinder?«

»Hmm …«

»Marnie?«

»Dad«, sagte David, »wir ziehen derzeit nicht gerade am selben Strang. Keiner von uns.«

Ralph löste seinen Arm, klappte die Brille zusammen und steckte sie in die Brusttasche seines Hemdes.

»Komisch, dass wir nicht anders können, als uns bedroht zu fühlen …«

»Es gibt keine Bedrohung.«

»Es geht nicht darum, was es ist, weißt du. Sondern wie es empfunden wird. Und das weißt du erst, wenn es dich erwischt.«

David seufzte.

»So wie ich es sehe, bin ich nur auf der Suche nach Tatsachen.«

Ralph warf ihm einen schnellen Blick zu.

»Oh?«

»Meine Adoption ist der Teil in meinem Leben, wo immer eine Lücke war. Ich muss nur bestimmte Dinge wissen.«

Ralph sah zur Decke, wo seine Sägen, einer zerklüfteten Reihe von Drachenzähnen gleich, hingen.

»Einfach, ha?«

»Ja.«

»Nur, dass es das nicht ist, mein Sohn. Es geht nicht nur um Tatsachen, oder? Es geht um Gefühle.«

David ließ die Schultern hängen. Er wandte sich ab und beugte sich über die Zeichnung des Zahnriemens.

»Dad, du willst doch nicht, dass dir das Ding plötzlich reißt. Das würde den Motor kaputtmachen.«

»Ich bin ja nicht völlig bescheuert«, sagte Ralph milde.

Leicht ungehalten, gab David dem Handbuch einen kleinen Schubs.

»Ich auch nicht. Und was mir wirklich nicht in den Kopf will, ist, dass alle glauben, meine Gefühle für sie würden sich ändern, nur weil ich weiß, wer meine leibliche Mutter ist.«

»Alle?«

»Mum«, sagte David, »Marnie.« Er hielt inne, und dann wiederholte er bekümmert: »*Marnie*.«

»Marnie«, sagte Ralph langsam. Er drehte sich um und blickte David an. »Ich frage mich, was ihr die Petersilie verhagelt hat. Ich dachte, sie hätte dich dazu angestachelt.«

»Das hat sie. Und jetzt gefällt es ihr nicht mehr. Es ist – es ist, als wäre es eine Art Verrat, als würde ich mich für jemand anderen als sie entscheiden.«

»Hmm«, sagte Ralph.

David sah ihn scharf an.

»Du stimmst ihr zu?«

»Nein«, sagte Ralph, »aber ich verstehe sie. Wir alle haben unsere Unsicherheiten, oder nicht? Wir alle haben Bereiche, die uns eine Heidenangst einjagen.«

»Du nicht ...«

»Da sei mal nicht so sicher.«

»Also, Dad, soweit ich sehen kann, bist du der einzige Mensch, der diese ganze Geschichte nicht persönlich nimmt ...«

»Ich fühle mich nicht davon betroffen. Ich meine, ich habe keine Angst, dass du nicht mehr mein Sohn sein wirst.«

»Na bitte, da hast du's.«

»Nein«, sagte Ralph, »nein. Ich komme damit klar, weil das nicht mein Angstbereich ist.«

»Dad?«

Ralph nahm seine Brille aus der Hemdtasche und fing an, sie langsam am Ärmel zu polieren.

»Wenn deine Mutter mich je verlassen würde«, sagte Ralph unsicher, »würde ich Marnie mit meinem Verhalten *weit* hinter mir lassen.«

»Aber, Dad ...«

»Okay«, sagte Ralph, »okay. Sag mir, dass die Wahrscheinlichkeit dafür so groß ist wie dafür, dass eine Kuh über den Mond springt, und ich sage dir *trotzdem*, dass ich damit nicht fertig würde.«

David legte Ralph die Hand auf den Arm.

»Dad ...«

»So ein langweiliger alter Kauz wie ich«, sagte Ralph, »der immer rumbastelt, Zeug repariert, der nie in Überschwang gerät, der sie nie überrascht.«

»Du bist nicht langweilig ...«

»Versuch mal, ich zu sein«, sagte Ralph.

Unbeholfen sagte David: »Nat und ich finden dich wunderbar.«

»Ich frustriere euch nicht«, sagte Ralph, »ich enttäusche euch nicht. Ein langweiliger Dad ist prima, ein langweiliger

Dad ist eine sehr vorteilhafte und entwicklungsfördernde Kraft im Leben eines Jungen.«

David legte einen Arm um Ralphs Schulter.

»Aber Mum kann so verdammt nervend sein.«

»Ja.«

»Ich meine«, sagte David, »ich bin ja hauptsächlich hier, weil ich ihretwegen ein schlechtes Gewissen habe, dass ich nach Carole suche. Ich fühle mich so schuldig.«

»Da bist du nicht allein«, sagte Ralph und löste sich aus Davids Umarmung. »Du bist ein guter Junge. Du bist ein guter Sohn. Du bist nicht hergekommen, damit ich dir wie ein Weib die Ohren voll jammere.«

»Das hast du nicht …«

»Schön, dass du gekommen bist. Schön, dass du an deine Mutter denkst.«

David zögerte.

»Ist Nat schon hier gewesen?«

»Sie hat es versucht.«

»Oh.«

»Mum ist – na ja, sie ist Nathalie gegenüber nicht ganz so fair. Sie ist ein bisschen strenger zu ihr.«

»Dad«, sagte David, »glaubst du, dass wir etwas Falsches tun, Nathalie und ich?«

Ralph setzte die Brille auf.

»Nein.«

»Glaubst du, dass wir das *Richtige* tun?«

»Ja.«

»Und warum habe ich dann wegen Mum so ein schlechtes Gewissen?«

Ralph seufzte.

»Ihr seid der Mittelpunkt ihres Lebens gewesen, du und Nathalie. Alles, was sie wollte, waren Kinder, alles, was sie wollte, war, euch das zurückzugeben, was ihr ihrer Meinung nach verloren hattet.« Er blickte David an und zuckte mit den Schultern. Dann sagte er beinahe flüsternd: »Das ist eine Menge, um einem Kind Anlass zur Dankbarkeit zu geben.«

»Also nicht meine Schuld?«

»Nein«, sagte Ralph. »Du musst damit umgehen, aber es ist nicht deine Schuld.«

David schaute zur Werkstatttür.

»Kommst du mit mir ins Haus?«

Ralph sah auf sein Autohandbuch.

»Fünf Minuten.«

»Nur fünf …«

Ralph ging zur Werkbank und legte die Hände rechts und links neben sein aufgeschlagenes Buch. Er stützte sich auf sie und schaute hinunter.

»Wenn du mit deiner Mutter sprichst, Junge, versuch daran zu denken, was du Marnie bedeutest.«

»*Marnie*?«

»Ja«, sagte Ralph, ohne aufzublicken. »Marnie.«

»Tut mir Leid, dass ich so spät komme«, sagte Steve von der Wohnzimmertür her. Nathalie saß auf dem Boden vor dem gasbeheizten Kamin mit seinen künstlichen Scheiten, den sie ihn nicht ausbauen ließ, und hielt die Knie umschlungen. »Schläft Polly schon?«

Nathalie nickte. Sie saß halb von ihm abgewandt, und er konnte nur einen Teil ihres Wangenknochens und ihrer Stirn hinter dem wirren Haarschopf sehen.

»Du sitzt sonst nie hier«, sagte Steve übertrieben liebenswürdig, »oder? Du nennst das immer den Empfangssalon. Wieso bist du hier?«

»Ich hatte Lust«, sagte Nathalie.

»Stimmt was nicht?«

»Ich hatte Lust. Ich hatte Lust auf das Feuer.«

Steve fuhr sich mit der Zunge über die Zähne. Er roch mit Sicherheit nach Wein, also könnte ein Kuss riskant sein.

»Tut mir Leid, dass ich so spät komme«, wiederholte er.

»Das hast du schon gesagt.«

»Ich wollte Polly noch vorlesen. Es ging um den Gardentime-Vertrag. Ich habe dir davon erzählt.« Er überlegte. Es war nicht direkt eine Lüge, aber es war auch nicht die reine Wahrheit. Der Gardentime-Vertrag war irgendwie und – da war Steve ganz sicher – ohne Vorsatz nahtlos in ein Glas Wein mit Sasha übergegangen. Das Glas Wein und Sasha hatten Steve kurz das Gefühl gegeben, dass er alles in seinem Leben, das Private und das Berufliche, ziemlich gut im Griff hatte, wenn man die Umstände bedachte.

»Ich bin beeindruckt«, hatte Sasha gesagt. »Sehr beeindruckt. Sie müssen mit vielem fertig werden.« Sie hatte schwarze, fingerlose Handschuhe an, die ihre Daumenringe verdeckten und die hervorguckenden Finger seltsam verführerisch wirken ließen, wie bestrumpfte Miniaturbeine. »Und Sie schaffen es. Sie schaffen es wirklich.«

Nathalie ließ ihre Knie los.

»Polly wollte keine Geschichte.«

»Oh?«

»Sie lässt mich im Moment überhaupt nichts für sie tun, wenn sie meint, es sei etwas, das ich gerne tue.«

Steve zögerte. Er griff nach seinem Schal, den er sich für den Nachhauseweg auf dem Rad umgeschlungen hatte. Er hatte sich erst kürzlich das Tragen von Schals angewöhnt und wickelte sie sich hoch bis über die Ohren, genau so – hoffte er – wie es französische Filmstars machten.

»Oh, welche Nachahmung«, hatte Titus gesagt. »*Oh*, welche Schmeichelei.«

»Soll ich mit dem Abendessen anfangen?«, fragte Steve.

Nathalie rappelte sich langsam auf. Sie hatte keine Schuhe an, und Steve konnte sehen, dass sie in der einen Socke ein Loch an den Zehen hatte. Es sah Nathalie nicht ähnlich, ein Kleidungsstück mit einem Loch anzuziehen.

»Ich wollte eigentlich ...«

»Ist schon gut«, sagte Steve und entspannte sich. »Ist egal. Wir machen es zusammen.«

Nathalie stand jetzt wieder auf den Beinen. Sie sah plötzlich ziemlich klein und schutzlos aus mit ihrer löchrigen Socke auf dem Kaminvorleger.

Sie sagte hastig: »Ich habe sie angerufen.«

Steve hörte auf, sich den Schal abzuwickeln.

»Ich meine, ich hatte es gar nicht vor, ich wollte mir Zeit lassen, und du solltest hier sein, und ich wollte darüber nachdenken und es wohl überlegt und durchdacht angehen, aber das habe ich nicht, ich habe sie einfach angerufen.«

Steve zog den Schal runter und ließ ihn auf die Rückenlehne vom Sofa fallen.

»Und?«

Nathalie sagte zaghaft: »Sie hatte einen nördlichen Akzent.«

»Ach ja?«

»So wie – Newcastle. Geordie.«

»Ja. Na gut.«

Nathalie legte die Hände beinahe wie zum Gebet zusammen.

»Sie hat geweint.«

Steve war verblüfft.

»Tatsächlich?«

»Sie hat geweint und geweint. Sie sagte, sie hätte jeden Tag an mich gedacht. Sie sagte, sie hätte mich Samantha genannt.«

»Das wusstest du schon.«

»Es war anders«, sagte Nathalie, »als sie es persönlich gesagt hat.«

»Oh, Nathalie«, sagte Steve.

Nathalie zitterte leicht. Sie presste die Hände zusammen.

»Sie hat immer weiter geweint. Sie hat einfach die ganze Zeit geweint. Sie hat mich gefragt, ob ich ihr böse sei.«

»Was hast du geantwortet?«

»Ich habe nein gesagt.«

»Bist du es nicht? Warst du es nicht?«

»Nein«, sagte Nathalie. »Nicht auf sie.«

»Verstehe.«

»Sie war erst sechzehn, als sie mich bekam. Kannst du dir das vorstellen?«

Steve zuckte leicht mit den Schultern.

»Es muss schlimm gewesen sein ...«

»Ja«, sagte Nathalie. »Ja.«

Sie nahm die Hände auseinander und ging um das Sofa herum und blieb vor ihm stehen. Er schaute zu ihr hinunter.

Er sagte: »Wie hast du dich gefühlt?«

»Ich weiß nicht ...«

»Besser? Irgendwie besser?«

Sie nickte zaghaft. Sie beugte sich vor und legte die Wange an seine Brust, an die raue Wolle seiner dicken Jacke. Er legte die Arme um sie.

»Ich bin froh.«

Sie nickte wieder.

»Der erste Schritt ...«

»Ja.«

»Dieses viele Weinen«, sagte Nathalie. »Ich habe hier gesessen und überlegt, wie das wäre, wenn es um Polly ginge, wenn ich Polly weggeben müsste.«

Steve drückte sie fester.

»Und ich habe auch überlegt«, sagte Nathalie, »dass besonders für uns Frauen die Liebe gewissermaßen alles ist, was wir kennen, aber dennoch vertrauen wir ihr nicht wirklich.«

Steve schluckte.

Er sagte wieder mit seiner zu liebenswürdigen Stimme: »Du könntest es *versuchen.*«

»Hat es damit zu tun«, fragte Nathalie, »mit dem Wunsch, gewollt zu sein?«

Steve zögerte. Er hatte Sasha von dem befangenen und anrührenden Mittagessen mit Lynne erzählt, und Sasha hatte Lynnes Partei ergriffen.

»Der Mythos besagt«, hatte Sasha gesagt, wobei sie den halb behandschuhten Finger in ihren Rotwein stippte, »dass Adoptiveltern bekommen, was sie sich wünschen. Aber sehen Sie sich die Realität an. Die Realität heißt, keine Schwangerschaft, keine Vorbereitung und ein Leben lang Angst und so tun als ob, und Erwartungen. Heißt das bekommen, was man sich wünscht? Hat man sich denn das überhaupt gewünscht? Wieso muss Lynne das jetzt alles durchmachen, wenn sie es doch schon einmal durchgemacht hat?«

»Es klingt«, sagte Steve nun vorsichtig, »als hätte *sie* dich *gewollt.*«

»Ich – ich fange an, das zu glauben.«

»Gut.«

»Und jetzt habe ich Hunger.«

»Auch gut.«

Nathalie löste die Wange von seiner Brust und schaute zu ihm hinauf. Sie lächelte.

»Ich danke dir«, sagte sie.

»Wofür?«

»Dass du es mit mir aushältst.«

Er sagte unangenehm berührt: »Aber ich musste dich nicht wirklich –«

»Ich habe es dir nicht leicht gemacht.«

»Nat«, sagte Steve, »nichts dergleichen.« Er ließ die Arme sinken. »Abendessen. Zeit fürs Abendessen.«

Er trat zurück, um Nathalie vorgehen zu lassen. Sie ging langsam an ihm vorbei, als wäre sie ganz in Gedanken versunken.

»Ich kann es nicht fassen«, sagte sie und blieb im Durchgang stehen, »ehrlich nicht. Sie hat *geweint*.« Ihre Stimme klang ehrfürchtig.

Der Friseur, der gerade sorgfältig Alufolie um Strähnen von Carole Latimers frisch getöntem Haar faltete, meinte, sie habe abgenommen. Sie betrachtete sich im Spiegel, albern mit ihrer Haarkrause aus Alufolie, und dachte, wenn das stimmte, dann a) nur im Gesicht und b) nicht vorteilhaft. Sie fand, dass sie tatsächlich alt und müde und ausgelaugt aussah, was nicht weiter verwunderte, denn genauso fühlte sie sich.

Caspar, der aus Klagenfurt in Österreich stammte und das mittlere Kind von sieben und der Liebling seiner Mutter war, sagte, er versuche, alle drei Stunden immer nur eine Kleinigkeit zu essen, damit sein Körper nicht in Panik geriete, nie mehr gefüttert zu werden, und anfinge, Fett zu speichern.

»Tut er das?«, fragte Carole desinteressiert. Sie hatte keine Angst, dass ihr Körper in Panik geriet, sondern ihr Verstand, der Verstand, von dem sie so sicher und blauäugig angenommen hatte, sie hätte ihn inzwischen in der Gewalt.

»Fast keine Kohlenhydrate«, sagte Caspar, während er geschickt pinselte und faltete. »Viele Proteine.«

Carole kannte ihr Stichwort.

»Die Atkins-Diät.«

»Sie funktioniert bei jedem. Bei *jedem*. Alle haben es ausprobiert.« Er schaute Carole im Spiegel an, sein ältliches Knabengesicht hatte einen harten Zug durch das brutal kurz geschnittene Haar. »Kein Obst allerdings. Zu viele Kohlenhydrate im Obst.«

Carole seufzte.

»Nichts für mich dann.«

»Man lernt seinen Stoffwechsel kennen, oder?«

»Ich nehme an«, sagte Carole. »*Falls* man daran interessiert ist.«

Caspar sah leicht entrüstet aus. Er bettete die letzte Strähne in ein Stück Folie und trat zurück.

»Zeit für die Trockenhaube.«

Carole schloss die Augen.

»Ich danke Ihnen.«

»Zwanzig Minuten, Darling«, sagte Caspar. Er tätschelte ihre Schulter. »Keine Ablenkungen.«

Carole zuckte zusammen. Als sie vor beinahe zwanzig Jahren angefangen hatte, in diesen Salon zu kommen, war die Zeit auf dem Frisierstuhl ein absoluter Luxus gewesen, eine Zeit ohne Telefone oder Fragen, eine Zeit, die ihr als etwas Eigenes zugestanden wurde, auch von Connor, die Art Zeit, die Frauen mit angemessener Selbstachtung selbstverständlich zugeteilt kriegen sollten, bedingungslos. Aber jetzt – jetzt waren die Verrichtungen zwar noch immer beängstigend vertraut, doch sie hatten nun eine völlig andere Bedeutung als in jenen zwei klar unterschiedenen Welten ihrer Vergangenheit, jetzt schienen diese drei Stunden im

Salon, in denen sie von dunkel schmutzig-blond zu hell schmutzig-blond verwandelt wurde – zu welchem Zweck, außer aus Gewohnheit? –, nicht so sehr eine glückliche und erholsame Flucht darzustellen, sondern einen Versuch, an all diesen oberflächlichen kleinen Ritualen festzuhalten, weil sie ihr die Illusion gaben, nicht unterzugehen. Untergehende Frauen lassen sich schließlich nicht ihr Haar sorgfältig tönen und ordnen nicht die Handtücher in ihrem Wäscheschrank nach Größen und haben nicht immer genug Orangen im Haus, um zum Frühstück einen Saft auszupressen – oder?

Sie genoss die Trockenhaubenwärme, die ihren Hinterkopf umschmeichelte.

»Vielen Dank«, sagte sie, ohne die Augen zu öffnen.

Caspars Hand ruhte einen flüchtigen Moment auf ihrer Schulter.

»Genießen Sie's, Darling.«

Sie nickte, und die Folien raschelten.

»Soll ich dich abholen kommen?«, hatte Connor gefragt, als sie die Wohnung verließ. »Warum fährst du nicht mit dem Taxi, und ich hole dich ab?«

»Danke«, hatte sie gesagt, »danke, aber besser nicht. Ich weiß nie genau, wie lange das dauert mit dem Tönen, trotzdem vielen Dank.«

Vielen Dank. Das war anscheinend alles, was sie derzeit zu ihm sagen konnte, vielen Dank und es tut mir Leid. Es tut mir Leid, dass ich jemand anderen geliebt habe, dass ich Sex mit jemand anderem gehabt habe, dass ich das Baby von jemand anderem bekommen habe. Es tut mir Leid, dass ich wegen der Abtreibung des Babys gelogen habe, dass ich das Baby tatsächlich bekommen habe, dass ich dir nie von diesem Baby erzählt habe. Vielen Dank, dass du mich aufgenommen hast, als Rory mich sitzen ließ, danke, dass du mich geheiratet und gesellschaftsfähig gemacht hast, dass du aus mir eine Ehefrau und eine Mutter gemacht hast. Danke, dass du mir die Chance für eine berufliche Karriere gegeben hast, dass du mich ermutigt hast, dass du mich vor anderen Leuten gelobt hast. Tut mir Leid, dass ich dich nicht einen Bruchteil so geliebt habe, wie ich Rory geliebt habe, danke, dass du mich nicht ausgefragt hast und ich dir nicht erzählen musste, wie wütend ich auf dieses Baby gewesen bin, weil es Rory vergrault hat, tut mir Leid, dass ich Martin nicht geliebt habe, danke, dass du Martin lieben konntest, tut mir Leid wegen dieser ganzen Szenen in letzter Zeit, danke, dass du mich nicht rausgeworfen hast, tut mir Leid, danke, tut mir Leid – oh *Gott*, dachte Carole und kniff die Augen so fest zusammen, dass sie beinahe die einzelnen Wimpern spüren konnte, gibt es in meinem Leben nicht eine einzige winzige Ecke, wo ich mich verstecken kann, ohne einen Preis zahlen zu müssen?

Connors Verhalten seit jener schrecklichen Nacht, als sie ihm schließlich die Wahrheit über Rorys Baby erzählt hatte, war irgendwie – na ja, *majestätisch* gewesen, dieses Wort fiel ihr dazu ein. Er war natürlich entsetzt gewesen und niedergeschmettert und empört, als er dort mit seinem Kaschmirmorgenmantel in dem Ohrensessel saß, in der Hand den Brief von dieser Elaine Price, die Carole mitteilte, dass ihr Sohn David, falls sie einverstanden sei, mit ihr Kontakt aufnehmen würde. Er saß da, hielt den Brief mit zwei Fingern an einer Ecke, die Augen voller Tränen, und schüttelte den Kopf. Es war, als würde man jemandem zusehen, wie er langsam die Nachricht eines Todes aufnimmt, nicht die eines Lebens. Sie hatte auf der Sofakante gekauert, ihn beobachtet und überlegt, was er tun würde, und was sie tun würde, wenn er sich entschieden hatte. Es war für sie dasselbe Gefühl wie damals, als Rory ihr mitteilte, dass er nicht mit einem Baby belastet werden wollte, als könnte trotz all ihrer Bemühungen, ihr Leben unter Kontrolle zu kriegen und jede Opferrolle abzuwehren, irgendeine gewaltige, launenhafte Macht jederzeit vom heiteren Himmel herunterschwingen und sie niederwerfen. Aber natürlich war es keine launenhafte Macht. Es war Liebe, die Art von leidenschaftlicher, verletzlicher, sich verzehrender Liebe, die niemand, der bei Verstand war, suchen würde, aber hatte man sie einmal erlebt, musste daneben jede andere zahmere Liebe verblassen. Sie konnte Rory jetzt als eine Art Monster sehen, sie konnte seine destruktive Selbstsucht sehen, seine schreckliche Teilnahmslosigkeit gegenüber anderen Menschen, seine beinahe kriminelle Unbeständigkeit; aber niemals konnte sie im Zusammenhang mit ihm oder der Erinnerung an ihn Gleichgültigkeit empfinden. Wenn sie an ihn dachte, erstickten Gefühlsstürme ungeheurer Intensität – sie gab sich keine Mühe mehr, sie zu definieren – ihre Seele und nahmen ihr den Atem. Sie wäre niemals in der Lage gewesen, das wusste sie, mit ihm noch einmal im selben Raum zu sein. Sie würde es nie wagen. Trotz ihrer traurigen Erkenntnis, was für eine Art Mann er war, auch wenn er vielleicht nichts dafür konnte, würde sie sich selbst nie trauen können.

Und Connor? Nun, Connor war vertrauenswürdig in dem Sinn, dass er sie nicht ständig im Stich ließ, nicht ständig mit ihren Gefühlen spielte, sie nicht ständig ausbeutete. Aber selbst Connor forderte von ihr die Anerkennung dafür, dass er aufgrund dessen, was ihr widerfahren war, aufgrund dessen, was sie *getan* hatte, die moralische Berechtigung hatte, den Ton anzugeben. Nachdem er ewig lang, so schien ihr jedenfalls, entgeistert und einer Figur aus einem viktorianischen Melodram gleich, Elaine Prices Brief angestarrt hatte, hatte er sich aus dem Sessel erhoben und sich dann neben sie aufs Sofa gesetzt. Sie hatte auf ihre Knie unter der blauen Wolle ihres Morgenmantels gestarrt, hatte sie unverwandt angestarrt, als würden sie auch dann noch den Beweis ihrer Existenz darstellen, wenn alles andere so außer Kontrolle geriete, dass ihre Existenz nicht mehr wahrnehmbar wäre.

Connor hatte sie nicht berührt. Er hatte den Brief – respektvoll und ohne erkennbaren Zorn – auf den Couchtisch vor ihnen gelegt, und dann hatte er feierlich gesagt: »Ich werde dir keinen Vorwurf machen.«

Danach war ein kurzes, empörtes Schweigen eingetreten. Während sie jetzt ihre Knie mehr anfunkelte als anstarrte, kämpfte Carole Wellen aus Wut und Lachen nieder. Ihr keinen Vorwurf machen! Ihr keinen Vorwurf machen für etwas, was passiert war, lange bevor sie sich überhaupt kennen gelernt hatten, für etwas, was Teil eines Lebens war, auf das er keinen Anspruch erheben konnte – erheben *durfte*! Wie konnte er es wagen ...

»Hast du mich gehört?«

Sie nickte.

»Ich glaube«, sagte Connor und rückte den Gürtel seines Morgenmantels zurecht, »ich glaube, ich kann verstehen, warum du mir nicht die Wahrheit gesagt hast.«

Sie biss sich auf die Lippen. Was immer die Wahrheit jetzt sein mochte – was immer die Wahrheit überhaupt je sein mochte –, die Wahrheit *damals* war gewesen, dass sie niemandem von dem Baby erzählt hatte, aus dem primitiven und inakzeptablen Grund, dass sie das Baby nicht gewollt hatte. Sie hatte seinen Vater gewollt. Mit Hilfe einer Freundin war sie fort in ein seltsames kleines Nonnenkloster in East Anglia gegangen, um dort das Baby zur Welt zu bringen, war an einen Ort gegangen, wo man kaum einen Namen zu haben brauchte, einen Ort, wo etwas allgemein Menschliches bei Menschen bedingungslos akzeptiert wurde als etwas sehr, sehr Normales. Sie erinnerte sich an den Dünenstrand hinter dem Kloster und die trübe ingwerbierfarbene Nordsee und die Möwen und ihre Angst davor, ihr Baby anzusehen, falls, falls …

Sie kämpfte mit ihren Gefühlen.

»Ich habe dich gehört«, sagte sie zu Connor. »Ja. Ich danke dir.«

Er hatte ihnen beiden dann einen Brandy gebracht, Cognac in altmodischen Schwenkern, und hatte sie gedrängt zu trinken, als wäre es eine Medizin. Mit dem Genuss des Cognacs wurde er zunehmend bestrebter, beinahe begierig, auf eine Weise mit ihr zu sprechen, wie er es bei ihrem ersten Kennenlernen gemacht hatte, mit der tiefen und erregten Stimme des anerkannten Retters eines geschundenen und gefallenen Engels.

»Wirst du den Jungen sehen?«, fragte er, seine Hand auf ihre gelegt.

»Ich weiß nicht.«

»Ich glaube, das solltest du.«

»Ich bin nicht sicher, ob ich es will …«

»Ich finde, du solltest es.«

»Ich kann nicht denken …«, sagte Carole.

»Nein, nein. Natürlich nicht. Natürlich nicht jetzt. Aber wenn du kannst, finde ich, solltest du es tun.«

Und dann folgte natürlich das, was immer folgte, wenn Connor die Bestätigung wiedergewonnener Kontrolle spürte, ein süßes Gefühl seiner wahren Macht, ausgeübt als huldvolle Gnade. Carole hatte Sex immer gemocht, hatte die physische Präsenz ihrer Attraktivität, ihrer Gesundheit und ihres Appetits genossen. Aber als sie in dieser Nacht im Ehebett lag und unter Connors tatkräftiger und triumphierender Schulter hervor zur Decke schaute, fragte sie sich, ob sie je wieder fähig sein würde, irgendeinen Sinn im Sex zu entdecken.

Der Zeitschalter der Trockenhaube gab ein kleines, höfliches Klingeln von sich, und die Wärme in Caroles Nacken begann, sich ungastlich zu verziehen. Sie öffnete die Augen und sah im Spiegel, wie Caspar vier Spiegel weiter angeregt mit einem Mädchen in Nappalederhosen sprach, dessen lange, kupferrot gefärbte Haare er akribisch, beinahe ehrfurchtsvoll glatt strich. Sie seufzte, beugte den Kopf vor und fühlte die auskühlenden Folien in ihrem Nacken. In der Tasche neben ihren Füßen fing ihr Handy an zu klingeln. Sie überlegte, es zu ignorieren, weil es doch nur Connor sein würde mit dem Plan, in dem schnurrenden Mercedes draußen vor dem Salon auf sie zu warten, mit dem Plan, sie mit einem Glas Champagner im Ritz zu überraschen oder mit einem Besuch der St.-James-Galerie, um sich wieder einmal einen dieser maritimen Drucke anzusehen, denen er anscheinend solchen Charme abgewinnen konnte. Dann fiel ihr ein, wenn sie Connor ignorierte, würde das nur anschließende Erklärungen bedeuten, anschließende Rechtfertigungen und Entschuldigungen. Sie kramte in der Tasche und fand das Telefon.

»Hallo?«

Eine Männerstimme sagte: »Spricht dort Carole Latimer?«

Sie richtete sich etwas im Stuhl auf.

»Ja...«

»Ich möchte Sie nicht erschrecken«, sagte der Mann, »aber Elaine hat gesagt, ich könnte Sie anrufen. Sie hat mir erzählt, Sie hätten gesagt, ich könnte anrufen.« Es folgte eine winzige Pause, und dann sagte er: »Ich bin David.«

Carole hielt das Handy umklammert. Sie konnte sich nicht ansehen, sie konnte nicht auf das groteske Bild im Spiegel schauen, das entstellte Gesicht und die Person. Sie setzte zum Sprechen an, um ihn hinzuhalten, um etwas Beruhigendes zu sagen, das ihr einen Moment, vielleicht ein paar Sekunden Zeit schenken würde, und hörte sich in einem Ton sagen, den sie kaum wiedererkannte: »Was wollen Sie?«

Es war still am anderen Ende. Carole schluckte. Sie konnte nicht sofort sagen, dass es ihr Leid tat; sie konnte nicht schon wieder dieses Tut-mir-Leid-Lied anstimmen, noch mal von vorne, nicht jetzt, nicht mit dieser reifen, männlichen Person, diesem erwachsenen – *Sohn* am anderen Ende der Leitung.

»Ich wollte Ihnen keine Angst einjagen«, sagte David. »Elaine meinte, Sie hätten gesagt …«

»Ja«, sagte Carole.

»Glauben Sie wirklich«, hatte Elaine Price am Telefon mit dieser bestimmten Freundlichkeit gesagt, der Carole schon immer schwer hatte widerstehen können, »glauben Sie wirklich, dass dieser Sohn einfach verschwinden wird? Glauben Sie nicht, dass er ein Recht darauf hat zu wissen, woher er kommt?«

»Tut mir Leid«, sagte Carole zu David.

»Ist schon gut«, sagte er.

»Oh …«

»Ich hab eine Ewigkeit gebraucht, um den Mut zu finden. Ich weiß nicht, warum, aber auf einmal konnte ich es tun. Ich habe eine Firma für Garten- und Landschaftsbau, verstehen Sie, und bin gerade dabei, eine Hainbuchenhecke zu pflanzen, und ich habe an Sie gedacht. Also habe ich angerufen.«

»Ja.«

»Ich habe mich immer gefragt«, sagte David zaghaft, »wer Sie wohl sein mögen.«

Das kupferhaarige Mädchen stand jetzt auf und bot Caspar eine Wange zum Kuss. Sie verabschiedeten sich lachend, und Caspar kam durch den Salon auf Carole zu, wobei er mit der flachen Hand über seine kurzen Stoppelhaare strich.

»Ich fürchte, ich kann jetzt nicht reden …«

»Kann ich wieder anrufen?«, fragte David.

»Vielleicht …«

»Hören Sie«, sagte David, »das läuft nach Ihren Regeln. Ich meine, ich weiß, dass ich nicht einfach in das Leben von jemandem hineinspazieren und mir nehmen kann, was ich möchte, und mich wieder davonmachen.«

»Nein.«

»Schließlich kenne ich Ihre Lebensumstände nicht. Ich weiß nicht, wie Ihr Leben aussieht.«

»Bestens«, sagte Caspar und schob die Trockenhaube weg. »Bestens. Gerade richtig durch.«

»Ein anderes Mal«, sagte Carole zu David, »ein anderes Mal …« Sie klappte das Handy zu und lächelte Caspar im Spiegel an.

»Alles in Ordnung, Darling?«, fragte Caspar. »Sie sehen schrecklich blass aus.«

Kapitel zwölf

Meera mochte ihre Position in Steve Ross' Studio. Sie mochte die Arbeit – zugleich unentbehrlich zu sein und Ordnung halten zu können, kam ihr entgegen –, und sie mochte den Standort ihres Schreibtischs in der Ecke, weg vom Straßenlärm unter den nach vorne hinaus gehenden Fenstern, mit dem offenen Blick durch den ganzen Raum. Von ihrem Platz aus, mit einer Wand hinter sich und einer links vom Tisch, hatte sie freie Sicht auf die Tür zum Treppenhaus und auf Justine und Titus. Steves Schreibtisch war zwar teilweise von Titus' Computer verdeckt, aber Meera konnte trotzdem sehen, ob Steve arbeitete oder telefonierte oder nachdachte, wobei er zu diesen alten und krummen Dachbalken hinaufblickte, die für Meeras Geschmack etwas Primitives hatten.

Meera hatte diese Kunst stiller Wachsamkeit zu Hause erlernt. In dem lauten und engen kleinen Haus hinter dem florierenden Eckladen ihrer Eltern hatte sie gelernt, dass man im Leben besser vorwärts kam, wenn man sich heraushielt. Als viertes Kind – und drittes Mädchen – in einer Familie mit fünf Geschwistern hatte sie ihren Bruder und die älteren Schwestern dabei beobachtet, wie sie sich lärmend und unter Einsatz ihrer Ellbogen in vorteilhafte Positionen drängten, um sich einen kleinen Rest der elterlichen Aufmerksamkeit zu erkämpfen, die nach sechzehn Stunden Arbeit in dem Geschäft, das sowohl Verwandte als auch die engste Familie beschäftigte, noch übrig war. Meera, die ihre Großmutter mütterlicherseits mit ihrer gelassenen und schlanken Erscheinung am liebsten mochte, beschloss schon in jungen Jahren, sich von diesem rabaukigen Schlachtfeld zurückzuziehen. Sie war nicht besonders belesen, aber sie konnte gut organisieren und ihre Zunge im Zaum halten.

»Mein Gott«, sagte ihr Vater zu ihr, als sie zwölf war, und machte ihr womöglich das einzige Kompliment, für das er je die Zeit fand, »du bist der einzige Mensch in dieser Familie, der mich nicht verrückt macht.«

Als sie vierzehn war, teilte sie ihren Eltern mit – es war nicht direkt eine Ankündigung, sondern kaum mehr als eine Bemerkung –, dass sie nicht im Laden mitarbeiten würde. Sie wolle in einem Büro arbeiten, sagte sie, und zu diesem Zweck wolle sie sich auf ihre EDV-Kenntnisse konzentrieren. Sie werde sehr gerne bei der Buchhaltung helfen, aber sie werde keine Regale einräumen oder sich mit ihren Schwestern darüber streiten, wer die Abendschichten am Wochenende übernimmt. Sie erwartete einen Krach. Es gab keinen. Sie blickte in die Gesichter ihrer Eltern, von Müdigkeit gezeichnet, und entdeckte darin so etwas wie Erleichterung, etwas, das widerstrebend in Richtung Bewunderung streunte. Ihr Vater beugte sich zu ihr. Er richtete einen ausgestreckten Zeigefinger auf sie.

»Aber keine verrückten Hoffnungen auf den, den du heiratest, ha?«

»Natürlich nicht«, sagte Meera.

Natürlich nicht, dachte sie zehn Jahre später noch immer. Sie war jetzt unabhängig, teilte sich eine Wohnung in Westerham mit einer Freundin, die Anwältin war, und ging jeden Sonnabend nach Hause, damit ihre Mutter ihr die Dramen der Woche berichten und noch einmal durchleben konnte. Sie würde natürlich heiraten, und sie würde so heiraten, wie ihre Eltern es erwarteten, aber keinen Ladenbesitzer. Wenn Meera heiratete, würde sie sich einen Angehörigen der gehobenen Berufe suchen, einen gebildeten Mann ihrer eigenen Rasse und Religion, der ihr helfen könnte, das Leben weiterzuführen, das sie sich ausgesucht hatte. Es wäre natürlich schön, wenn sie ihn lieb haben könnte, aber er musste sie nicht aus den Pantinen kippen oder um den Verstand bringen. Diese Art von Liebe, diese Art von besinnungsloser Liebe war etwas, was Meera nicht nur unverständlich, sondern geradezu abstoßend fand. Wenn man sein ganzes Ich vollkommen dem Gefühl auslieferte, wie konnte das zu etwas anderem als Unglück und Demütigung führen.

Sie hob den Kopf und schaute durchs Studio. Steve war weg – nie gut für die Produktivität des Geschäfts in Meeras Augen –, und Titus und Justine veranstalteten ganz offensichtlich einen E-Mail-Flirt über ihre Schreibtische hinweg, die höchstens drei Meter voneinander entfernt standen. Titus saß mit dem Rücken zu Meera, aber sein Rücken war ausdrucksstark genug, um Meera mitzuteilen, was da ablief. Was Justine anging, so machte sie überhaupt keine Anstalten zu verbergen, was sie tat. Ihr Gesicht leuchtete von innen, sie beugte sich vor zum Bildschirm, ihre Nackenhaare ringelten sich aufwärts, als wollten sie ihre Freude ausdrücken.

Meera schnalzte mit der Zunge. Weniger aus Missbilligung, die sie empfand, als vielmehr aus tiefem Zorn. Selbst wenn man die Tatsache außer Acht ließ, dass dies bezahlte Arbeitszeit war, fuchste es sie zu sehen, dass Justine so begriffsstutzig war, was Titus anging, dass sie unfähig oder unwillig war zu sehen, dass Titus sich lediglich ein bisschen amüsierte. Titus war letzten Endes kein übler Mann, aber er war dieser ausgesprochen eindimensionale Typ Mann, wie Meera ihn aus jahrelanger Beobachtung kannte, der, wenn in einem Bereich seine männlichen Wünsche und Pläne durchkreuzt wurden, den einfachsten Weg einschlug, um sie woanders zu befriedigen. Es war klar, dass dieses prächtige, große Mädchen – große Blondinen sahen für Meera beinahe androgyn aus – auf Schwer-zu-Kriegen machte, und Titus daher aus Frust seinerseits mit jemand Zugänglicherem spielte. Und in Anbetracht ihrer prahlerischen Verachtung für Männer wie Titus war Justine in der Tat sehr zugänglich.

Wenn es nur ein Spiel wäre, überlegte Meera, und die Spieler ebenbürtig wären, wäre es egal, außer dass man bei der Arbeit prinzipiell nicht spielte. Aber so wie sie Justine in den letzten Wochen beobachtet hatte, glaubte Meera nicht, dass dies für Justine ein Spiel war, ebenso wenig wie das, was Steve derzeit beschäftigen mochte, ein Spiel war. Justine wurde in diese Liebelei hineingezogen, in dieses Verliebtspielen, und Titus, wenn auch nicht grausam, konnte doch ziemlich leichtsinnig sein. Vielleicht hatten für Justine mit ihrem recht verbissenen und unterprivilegierten Hintergrund Titus' Unbekümmertheit und Überprivilegiertheit die Anziehungskraft von Gegensätzen. Vielleicht fand Justine einfach an etwas Gefallen, das Meera überaus missfiel, nämlich die Gefahr. Vielleicht – und Meera war vielen, vielen solchen Mädchen begegnet – brauchte Justine nur diese Macht, vor aller Augen umworben zu werden.

Sie stand auf. Keiner von beiden nahm davon Notiz. Sie nahm ihre Handtasche und ging leise durch den Raum, bis sie hinter Titus stand. Justine starrte sie an, aufgeregt und schuldbewusst.

»Nicht sehr klug«, sagte Meera zu Titus.

Er drehte sich nicht um. Sagte kein Wort.

»Und behaupten Sie nicht, ich hätte spioniert«, sagte Meera. »Dies ist ein Großraumbüro.«

»Würde ich nie wagen«, murmelte Titus.

»Und Sie würden auch nicht wagen, sich so zu benehmen, wenn Steve hier wäre.«

Justine zog den Kopf ein. Titus drehte seinen nur um eine Spur.

»Seien Sie mal nicht so selbstgefällig, Passionsblümchen.«

»Lass das«, zischte Justine.

Meera drehte sich um und ging gemessenen Schrittes durchs Studio und durch die Tür zum Treppenhaus. Titus blickte Justine nicht an.

Er sagte, die Kiefer zusammengepresst und vor sich hin stierend: »Wenn Steve hier wäre. Wenn Steve verdammt noch mal jemals hier wäre …«

Justine ließ die Schultern sinken.

»Wo ist er?«

»Das willst du nicht wissen«, sagte Titus wütend. »Und ich auch nicht.«

Lynne saß auf der Kante des cremefarbenen Ledersofas im Wohnzimmer über dem Royal Oak, in der Hand eine Teetasse und ein dreieckiges Mürbeteigplätzchen.

»Leider nur aus der Schachtel«, sagte Evie. »Irgendwie komme ich in letzter Zeit nicht viel zum Backen.«

Lynne biss von dem Keks ab und schaute hastig nach Krümeln auf dem Teppich. Die Blumen und Gitter zu ihren Füßen trugen die frischen Streifenspuren kürzlichen Staubsaugens.

»Ich glaube nicht, dass ich noch mal einen Kuchen gebacken habe, seit die Kinder aus dem Haus sind …«

»Wenn ich einen backe«, sagte Evie, »würde nur Ray ihn essen, und er wiegt schon hundertfünfzehn Kilo. Kümmere dich nicht um die Krümel. Ich hätte dir einen Teller geben sollen.«

Lynne legte ihren Keks auf die Untertasse.

»Es ist schon nett, dass du mich empfängst.«

Evie musterte sie. Sie war sehr überrascht gewesen, als Lynne anrief, und noch überraschter, als Lynne fragte, ob sie vorbeikommen könne. Eigentlich nicht so sehr, weil sie und Lynne nicht miteinander auskommen würden, sondern mehr, weil ihr bewusst war, dass Lynne nie so recht den sozialen Unterschied zwischen dem Leben im Royal Oak und dem Leben in einem allein stehenden Haus in der Ashmore Road vergessen konnte. Außerdem – und Evies Antenne war auf dieses Unterscheidungsmerkmal noch sensibler ausgerichtet als auf das soziale – hatte Lynne Evie stets wissen lassen, dass sie als Mutter der Mutter des Enkelkindes in der subtilen Rangordnung auf diesem Gebiet die *erste* Großmutter war.

Aber der momentane Anblick von Lynne auf der Sofakante, die sich Sorgen wegen der Krümel auf ihrem Teppich machte – wer von Evies seltenen Besuchern hatte je die Liebenswürdigkeit besessen, sich um solche Details Gedanken zu machen –, rief in Evie nichts als Mitleid hervor. Lass die Vergangenheit gut sein, lass das unsensible Gerangel um das Vorrecht auf Polly gut sein und jegliche durch Unsicherheit hervorgerufene Dummheit; die Frau, die auf Evies Sofa saß, sah ebenso verloren wie unglücklich aus, und das drückte ihr aufs Herz. Sie beugte sich vor.

»Mach es dir nur bequem, meine Liebe.«

Lynne schaute zweifelnd das Sofa an.

»Wenn du dich richtig zurücklehnst«, sagte Evie, »sitzt du viel besser.«

Lynne rutschte vorsichtig auf dem Leder nach hinten. Evie beobachtete sie mit derselben Nachsicht wie seinerzeit Polly, als diese zum ersten Mal versucht hatte, die Leiter der Rutschbahn auf dem Kinderspielplatz hinter dem Royal Oak hinaufzusteigen.

»Na bitte.«

»Ich nehme an«, sagte Lynne, während sie sich erlaubte, halbwegs bequem in die unnachgiebigen glänzenden Sofakissen zu sinken, »ich nehme an, du fragst dich, warum ich gekommen bin.«

»Na ja«, sagte Evie, »ich habe so eine Ahnung ...«

»Ich weiß es selber nicht genau«, sagte Lynne. »Ich meine, ich weiß nur, dass ich reden muss, ich weiß, dass ich mit jemandem reden muss, der die Situation kennt. Aber ich weiß nicht genau, was ich mir davon verspreche.«

»Wir sind alle ein bisschen nervös«, sagte Evie. Sie hob den Deckel von der Teekanne auf dem Tablett neben ihr und spähte hinein. »Na ja, wenn ich sage alle, dann muss ich Ray ausnehmen. Ray ist niemals nervös, nicht richtig, außer es hat etwas mit der Arbeit zu tun. Ray hat gute Laune, schlechte Laune, aus. Hängt ganz vom Tagesgeschäft ab.«

Lynne lehnte sich übers Sofa und stellte ihre Tasse auf der Sitzfläche einen halben Meter weiter ab.

Sie sagte plötzlich: »Ralph hat keinen Schimmer.«

»Nein.«

»Er kann es nicht verstehen ...«

»Nein.«

»Das kann er nicht«, sagte Lynne, und sie wurde auf einmal laut, »er kann nicht verstehen, wie ich mich fühle, weil meine beiden Kinder das tun, gemeinsam, auf einmal. Er kann nicht verstehen, wie weh es mir tut, sie so aufgekratzt zu sehen. Evie«, sagte Lynne und richtete den Blick auf sie, »ich kann mich nicht erinnern, wann ich die beiden je so glücklich gesehen habe. *Glücklich*.«

Evie setzte den Deckel wieder auf die Kanne.

»Es ist noch zu früh ...«

»Für was?«

»Um glücklich zu sein«, sagte Evie. »Sie haben diese Mütter noch nicht kennen gelernt.«

»Mütter«, sagte Lynne. »*Mütter*. Wie soll ich denn mit *zwei Müttern* konkurrieren?«

Evie stand auf. Sie ging über den frisch gesaugten Teppich zu dem Ledersofa und stellte Lynnes Tasse weg. Dann setzte sie sich.

»Es ist keine Konkurrenz, meine Liebe«, sagte Evie.

Lynne seufzte.

»Du hast die beiden großgezogen«, sagte Evie. »Du hast sie in deinem Haus aufgenommen und für sie gesorgt und sie auf die Schule geschickt und ihnen beigebracht, sich in der Welt zurechtzufinden. Du bist ihnen eine *Mutter* gewesen. Niemand kann dir das wegnehmen.«

»Aber ich habe sie nicht zur Welt gebracht. Ich habe *niemanden* zur Welt gebracht.«

»Das ist nur der Anfang«, sagte Evie. »Es hat eine gewisse Bedeutung, aber es bedeutet nicht alles. Aber das, was danach passiert, darauf kommt es an, das, was du anschließend für Nathalie und David getan hast.«

Lynne kramte in ihrer Tasche nach einem Taschentuch.

»Es ist nicht dasselbe wie Zugehörigkeit. Sie werden nie so zu mir gehören, wie sie zu *denen* gehören.«

»Unsinn«, sagte Evie.

»Alles schön und gut …«

»Fang mir nicht damit an«, sagte Evie. »Fang *gar* nicht erst an. Nimm meine Verena. Nimm nur Verena. Ich habe sie zur Welt gebracht, na schön, aber wenn du sie jetzt fragen würdest, ob sie findet, dass sie zu mir gehört, würde sie dir ins Gesicht lachen. Wir gehören letzten Endes niemandem. Niemandem außer uns selbst.«

Lynne neigte den Kopf.

»Es wühlt nur alles wieder auf …«

»Ja, natürlich.«

»Und es fällt mir schwer, sie so aufgekratzt zu sehen.«

»Ach«, sagte Evie, »du solltest darüber allenfalls irritiert sein. Betrachte es als kindisch. Lass dich davon nicht verrückt machen.«

»Nein.«

»Sie sind noch nicht mal halbwegs angekommen. Nicht mal zu einem Viertel.«

»Nein.«

»Sie kennen ihre Namen. Sie haben mit ihnen am Telefon gesprochen. Es ist wie bei diesen Kontaktanzeigen, wenn du mich fragst.«

»Eine ist Kunstlehrerin«, sagte Lynne. »Die andere eine Firmenchefin im Ruhestand. In London.«

Evie schnaubte.

»Kann alles Mögliche bedeuten …«

»Es bedeutet in beiden Fällen etwas vollkommen anderes als das, was sie gekannt haben. Ich bin keine Künstlerin. Ich könnte nicht mal eine Firma leiten, selbst wenn mein Leben davon abhinge.«

»Ich hab dir doch gesagt«, meinte Evie, »das ist keine Konkurrenz.« Sie sah Lynne fest an. »Du bist ihre Mutter, du hast sie großgezogen, und das *bleibt*.«

»Aber Polly …«

»Polly lebt hier. Wir leben hier. Wir kennen Polly, seit sie vier Stunden alt war.«

»Ja.«

»Ich sage dir«, meinte Evie, indem sie sich vorbeugte, »wenn es irgendwelche komischen Anstalten wegen Polly gibt, dann werden sie es mit Ray zu tun kriegen, und das wird ihnen nicht gefallen. Das gefällt niemandem.«

Lynne lächelte wieder schwach.

»Himmel …«

»Hör auf, dir Sorgen zu machen.«

»Ich weiß …«

»Es wird alles vorbeigehen«, sagte Evie. Sie tätschelte Lynnes Hand. »Sie werden losziehen und diese ganzen Lücken füllen, von denen sie so besessen sind, und dann wird alles vorbeigehen. Du wirst sehen.«

Lynne blickte auf. Sie ergriff Evies Hand und drückte sie.

»Ich danke dir«, sagte sie. »Ich *danke* dir.«

Evie lächelte sie an. Sie erwiderte Lynnes Druck. Es war gut zu sehen, dass es ihr besser ging, aber es war auch Zeit für einen winzig kleinen Triumph.

»Polly kommt am Sonnabend her«, sagte sie. »Das ist schon der zweite Sonnabend. Der zweite hintereinander.«

Petey saß in der Wanne und füllte langsam eine leere Shampooflasche mit Badewasser und drückte sie dann gefährlich nahe am Wannenrand aus, sodass das Wasser manchmal in aufregend hohem Bogen darüber hinweg auf den Boden schoss. Schließlich war gerade niemand da, um ihn zu beaufsichtigen. Daniel war geschickt worden, auf ihn aufzupassen, und war anfangs recht kooperativ gewesen, indem er sich vor die Wanne auf den Boden kniete und mit der Shampooflasche direkt auf Peteys Bauchnabel zielte und ihn zum Quietschen brachte. Aber dann hatte Petey in der Seifenschale drei von Ellens Haarspangen, glitzernden Plastikschleifen, gefunden und sie sich ins Haar tun wollen, und Daniel hatte ihn, aus einem für ihn weder nachvollziehbaren noch hinnehmbaren Grund, davon abhalten wollen. Petey hatte insistiert, Daniel hatte protestiert. Petey hatte gekreischt, Daniel hatte geschrien und war dann aus dem Badezimmer gestapft. Als er weg war, hatte Petey die Schleifen ungeschickt über der Stirn auf einem Haufen arrangiert und das Wasserspiel mit der Shampooflasche wieder aufgenommen.

»Wo ist Daniel?«, fragte Ellen. Sie stand in der Tür, und sie trug Jeans und ein pinkfarbenes Sweatshirt, das Petey sehr bewunderte, denn es hatte eine Kapuze, und vorne war mit Pailletten »Sugababes« draufgestickt.

Petey fing an zu schielen und steckte sich den Hals der Shampooflasche in den Mund.

»Trink nicht das *Badewasser*«, sagte Ellen und schoss auf ihn zu.

Petey strahlte sie an. Er hob eine gespreizte Hand, um die Spangen zu betasten.

»Du siehst lächerlich aus«, sagte Ellen. Sie drehte sich um und schrie über die Schulter: »*Daniel*!«

David rief vom anderen Ende des Flurs: »Er ist in der Küche.«

»Er sollte doch auf Petey aufpassen.«

»Ist es nicht einfacher, wenn du es gleich selbst machst?«

Ellen seufzte.

»Darum *geht* es hier nicht.«

David kam ins Badezimmer. Er bückte sich, um Petey auf den Kopf zu küssen.

»Du siehst aus wie eine kleine Fee.«

Petey senkte die Augenlider.

»Der Boden ist *pitschnass* ...«

»Ich wische ihn auf«, sagte David. Ellen fing an, einen Waschlappen energisch einzuseifen.

Sie sagte mit einer Stimme, die stark an die ihrer Mutter erinnerte: »Unter dem Waschbecken ist ein Lappen.«

»Ich weiß.«

»Wollte dich nur erinnern ...«

»Ich *weiß*«, sagte David.

Ellen nahm Peteys Hand, die grün und rot von seinen Farbstiften war.

»Immer ich«, sagte Ellen. »Es macht mir nichts aus, ich kann das machen, aber ich habe etwas gegen die selbstverständliche Annahme, dass ich es machen *werde*.«

David kniete neben ihr auf dem Boden, den Lappen in der Hand.

»Du meinst, auf Petey aufpassen?«

»Petey!«, schrie Petey, schüttelte den Kopf, dass die Plastikschleifen klapperten.

Ellen nahm seine andere Hand.

»Ja. Aber auch andere Sachen.«

David fing an, die Wasserpfützen aufzuwischen.

»Was für andere Sachen ...?«

»Du weißt schon«, sagte Ellen, während sie Peteys Hand rubbelte. »Du weißt, was ich meine. Zumindest würdest du es wissen, wenn du mal an *irgendetwas* anderes denken könntest als an Schach. Nur *ein Mal*.«

David stand auf und wrang den Lappen über dem Waschbecken aus.

Er sagte mit dem Rücken zu Ellen: »Du meinst Mum.«

»Ja.«

»Was – was genau?«

Ellen stellte Petey auf die Füße, um seinen Körper einzuseifen.

»Muss ich es für dich buchstabieren?«

»Nein«, sagte David. »Aber du musst auch nicht patzig werden.«

Ellen drehte sich um und sah ihn an, während sie Petey weiter mit einer Hand in der Wanne stützte.

»Ich habe es satt!«, schrie sie. »Ich habe es satt, dass sich niemand um uns kümmert, weil du von deinem Schach so besessen bist, dass du an nichts anderes denken kannst, und Mum deinetwegen so daneben ist, dass sie sich von einer Mutter, die uns keine Luft zum Atmen lässt, in überhaupt keine Mutter mehr verwandelt! Ich habe es satt, immer die Scherben aufsammeln zu müssen!«

Petey ließ die Shampooflasche fallen und fing an zu weinen. Ellen stieß einen erschöpften Seufzer aus und ließ seine Hand los. Er ließ sich ins Wasser plumpsen und schluchzte.

David kam mit einem Handtuch – nicht Peteys – und bückte sich, um seinen Sohn aus der Wanne zu heben.

»Das ist nicht sein Handtuch.«

»Das ist doch egal.«

»Mum ...«

»Es ist verdammt noch mal *egal*«, sagte David. Er richtete sich auf, hielt Petey, umständlich in das Handtuch gewickelt, im Arm.

Ellen sagte, das Kinn auf der Brust: »Ich wollte nicht patzig sein, aber ich meine das *ernst*.«

»Ich weiß.«

Sie sah zu ihrem Vater empor.

Sie sagte, auf einmal weit weniger selbstbewusst: »Was ist los mit Mum?«

David setzte sich mit Petey auf dem Schoß auf den geschlossenen Toilettendeckel. Petey wimmerte jetzt, die Finger im Mund.

»Er braucht seine Schmusedecke«, sagte Ellen.

»Er kann warten ...«

»Kann er nicht«, sagte Ellen. »Du willst doch nicht, dass er schreit. Ich hole sie.«

»Danke«, sagte David. Er fing an, die Plastikschleifen aus Peteys Haar zu klauben. Peteys Augen weiteten sich für eine Sekunde, bereit zu durchdringendem Protest, aber dann fiel ihm ein, auf wessen Schoß er gerade saß, und wimmerte nur weiter durch die Finger.

»Da«, sagte Ellen. Sie hielt ihm die Schmusedecke hin. »Dad?«

»Ja.«

»Was ist mit Mum?«

David wickelte Petey ordentlich in das Handtuch und hielt ihn fest umklammert.

»Ich wollte es dir längst erzählen. Ich hatte vor, es dir zu erzählen ...«

»Was?«, sagte Ellen scharf.

»Es ist nicht das Schach.«

»Ach nein?«

»Nein«, sagte David. »Ich weiß, ich spiele viel zu viel, und ihr seid es alle leid, aber das ist es nicht.«

Ellen lehnte sich gegen die Wand. Sie fasste hinter sich, zog die Kapuze ihres Sweatshirts hoch und riss sie sich über den Kopf, bis sie ihr Haar bedeckte und das Gesicht beschattete.

»Was dann?«

David legte sein Gesicht auf Peteys Kopf.

»Du weißt, dass ich adoptiert bin. Du hast immer gewusst, dass ich adoptiert bin.«

»Und?«

»Und du bist ganz sicher, dass du weißt, was es bedeutet, adoptiert zu sein?«

Ellen seufzte.

»Klar.«

»Dann sag es mir.«

»Es bedeutet«, sagte Ellen betont gelangweilt, »dass deine Mutter dich nicht behalten konnte, sondern dich weggeben musste, und sie hat dich Mr und Mrs King gegeben, die bei einem Busunglück in Frankreich umgekommen sind, und so wurdest du Grandma Lynne und Grandpa Ralph gegeben, die dich großgezogen haben und deine Eltern sind, und Ende der Geschichte.«

David schloss die Augen.

»Nicht ganz.«

Ellen zupfte an den Pailletten.

»Na ja, da war auch noch Nathalie.«

»Ja, aber das ist nicht alles. Da ist noch etwas. Meine Mutter, die Mutter, die mich zur Welt gebracht hat, lebt noch.«

Ellen hörte auf zu zupfen.

»Sie heißt Carole«, sagte David und hielt sich weiter an Petey fest, »und sie lebt in London.«

Es entstand eine Pause.

Dann sagte Ellen: »Woher weißt du das?«

David öffnete die Augen.

»Ich habe mit ihr gesprochen.«

»Du hast mit ihr *gesprochen*?«

»Ja«, sagte David, »am Telefon.«

Ellen drehte sich herum, bis sie mit dem Rücken an der Wand lehnte, und rutschte dann langsam in die Hocke.

»Warum?«

»Warum was?«

»Warum hast du mit ihr gesprochen?«

»Weil ich es wollte«, sagte David.

Ellen legte ihren mit der Kapuze verhüllten Kopf auf die angezogenen Knie, was ihre Stimme dämpfte.

»Aber sie hat dich weggegeben.«

»Ich weiß.«

»Ich würde nicht mit jemandem reden, der mich weggegeben hat.«

»Ich wollte die Gründe erfahren«, sagte David. Er fasste hinunter und fing an, Peteys Zehen mit dem Handtuch abzurubbeln. »Es muss Gründe geben, wenn man etwas so Schwerwiegendes macht. Stell dir nur vor«, sein Ton wurde scherzhaft, »Petey wegzugeben.«

»Nicht komisch«, sagte Ellen.

»Nein. Nicht komisch.«

»Wer hat dir die Nummer gegeben?«

»Eine Frau namens Elaine Price. Sie hat sich darauf spezialisiert, adoptierten Menschen zu helfen, ihre Mütter – ihre Eltern – zu finden, wenn sie das wollen.«

Ellen drehte den Kopf ein wenig zur Seite.

»Wieso wolltest du?«

»Ich wollte es einfach wissen.«

»Was wissen?«

»Wo ich geboren wurde, was passiert war, wer mein Vater war.«

»Wieso?«

David hob Peteys Hand, die die Schmusedecke hielt, um sein Ärmchen ganz abzutrocknen.

»Würdest du das nicht wissen wollen?«

»Ich weiß es«, sagte Ellen.

»Genau. Und wenn nicht, würdest du es wissen wollen?«

Ellen neigte sich langsam zur Seite, bis sie eingerollt auf dem Boden lag.

»Aber du hast doch uns«, ihre Stimme klang wie die eines Babys.

David seufzte.

»El, das war *vor* euch. Bevor es überhaupt einen Gedanken an euch gab. Als ich noch kleiner war, kleiner als Petey jetzt ist. Das ist meine Geschichte als Baby.«

Ellen zerrte an ihrer Kapuze.

»Wie hieß dein Vater?«

»Ich weiß nicht.«

»Weiß deine Mutter es nicht?«

»Ich habe nur zwei Minuten mit ihr am Telefon gesprochen. So weit sind wir nicht gekommen.«

»Wie hat sie sich angehört?«

»Nervös«, sagte David.

»Wieso?«

»Ich nehme an, sie wusste nicht, was ich wollte.«

Ellen rollte sich zu ihm. Sie fasste nach einem von Peteys Füßen. Er sah fingerlutschend zu ihr hinunter.

»Was wolltest du?«

»Das hab ich dir doch gesagt«, meinte David. »Ich will etwas über meine Herkunft erfahren.«

Ellen setzte sich langsam auf. Die Kapuze rutschte nach hinten und zog ihr das Haar aus dem Gesicht.

»Wie geht es jetzt weiter?«

»Ich weiß es nicht.«

Sie sagte unsicher: »Wirst du es uns sagen?«

»Natürlich. Ich hätte es euch wahrscheinlich schon viel früher sagen sollen. Vielleicht hätte ich es euch schon sagen sollen, als Nathalie damit anfing.«

Ellens Kopf schoss hoch. Sie ließ Peteys Fuß los.

»Nathalie …«

»Ja. Die Frau vom Suchdienst hat auch Nathalies Mutter gesucht und gefunden.«

»Oh.«

»Willst du ihren Namen wissen?«

»Nein«, sagte Ellen. Sie stand auf und klang verstört: »Ich wünschte, es wäre das Schach gewesen.«

Er schaute hinunter auf Petey.

»Es tut mir Leid.«

Ellen trat einen Schritt zurück. Sie sah plötzlich sehr jung aus, viel mehr ihren zwölf Jahren entsprechend als den vierzehn oder fünfzehn, die sie der Welt sonst gerne vorspielte.

»Ich sehe mal nach, wo Mum ist«, sagte sie.

Daniel zog sein rechtes Bein unter Ellens hervor und legte es über sein linkes. Er war verblüfft gewesen, als sie in sein Zimmer gekommen war, nachdem im Haus alle Lichter ausgegangen waren und er unter der Bettdecke auf Langwelle einen Bericht über die Test-Matchs in Adelaide hörte, und dann noch verblüffter, als sie schnurstracks zu ihm ins Bett wollte und er im Licht der Taschenlampe, die immer neben dem Bett lag, sehen konnte, dass sie geweint hatte.

Es war zugegebenermaßen ein ziemlich grässlicher Abend gewesen, mit diesem ganzen Zeug über Davids richtige Mutter, und Daniel wäre am liebsten aus dem Zimmer gegangen, bis die Geschichte vorbei gewesen wäre und sie wieder über normale Sachen hätten reden können. Es war nicht so sehr die Tatsache, dass Dad eine Mutter hatte, was ihn verstörte – selbst Daniel konnte einsehen, dass alles, eingeschlossen ein Hamster, eine Mutter haben musste, die es irgendwann zur Welt brachte –, sondern vielmehr der Ausdruck auf Dads Gesicht, als er beim Abendessen davon erzählte. Und der

Ausdruck auf Mums Gesicht, der nicht zu dem von Dad passte, und Ellen, die nichts sagte und mit der Gabel in ihrer Ofenkartoffel herumstocherte, bis die nur noch ein platter, mehliger Matsch war, den man allenfalls noch essen mochte, wenn man schon am Verhungern war und alles essen würde. Irgendetwas war nicht richtig daran – überhaupt nicht richtig –, dass Dad so angestachelt von etwas sprach, an dem sie nicht teilhaben konnten, etwas, was nur ihn anging und nur für ihn wichtig war. Daniel war nicht im Mindesten scharf auf die Vorträge seiner Mutter über Loyalität und gemeinschaftliches Interesse innerhalb einer Familie, aber sie hatte ihm doch klar gemacht, dass Familien Dinge gemeinsam machten, dass eine Familie ein Klub war, zu dem man immer wieder nach Hause kommen konnte. Dad hatte beim Abendessen, offen gesagt, wie ein ziemlich glücklicher Ein-Mann-Klub ausgesehen.

Sie waren alle früh zu Bett gegangen. Daniel glaubte nicht, dass irgendjemand besonders müde gewesen war – er jedenfalls nicht –, aber es schien sonst nicht viel anderes zu geben, was man hätte tun oder sagen können. Und er war erst ungefähr eine Stunde im Bett gewesen und hatte darauf gewartet, dass Jonathan Agnew mit dem Kommentar zu den Kricket-Spielen aus Australien an die Reihe kam, als die Tür aufgegangen, Ellen hereingekommen, ohne ein Wort über ihn hinweg an die Wandseite des Bettes geklettert und neben ihn unter die Bettdecke geschlüpft war.

»Au«, hatte er gesagt, und: »Deine Füße sind eiskalt.«

»Ich bin in Peteys Zimmer gewesen«, sagte Ellen, »hab auf dem Boden gesessen.«

»Wieso hast du deine Bettdecke nicht mitgebracht?«

»Hatte keine Lust.«

»Hast nicht dran *gedacht*.«

»Hatte keine *Lust*.«

Ellen wälzte sich auf die Seite. Er leuchtete ihr mit der Taschenlampe ins Gesicht.

»Du hast geweint.«

Ellen schloss die Augen. Sie atmete tief ein und sagte grimmig: »Ich *will* sie nicht.«

»*Wen?*«

»Diese Dad-Mutter-Großmutter-Person.«

Daniel leuchtete mit der Taschenlampe an die Decke auf den rostbraunen Fleck, wo er mal an einem heißen Tag ein geschmolzenes Stück Schokolade erfolgreich mit einem Plastiklineal hingeflippt hatte.

»Das müssen wir nicht.«

»Was?«

»Sie hat nichts mit uns zu tun«, sagte Daniel. »Sie hat nicht das *Geringste* mit uns zu tun.«

»Hat sie *doch*«, sagte Ellen, »wegen Dad. Das *macht* sie zu etwas Wichtigem.«

Daniel sagte kämpferisch: »Nicht für mich.«

»Auch für dich.«

»Nicht für mich. Ich gehe nach Kanada.«

»Oh«, sagte Ellen sarkastisch, »du wedelst ein bisschen mit dem Harry-Potter-Zauberstab und saust ab nach Kanada.«

»Du könntest auch mitkommen. Und Petey.«

»Und Mum.«

»Klar.«

»Aber«, sagte Ellen, »ich will nicht ohne Dad sein. Und ich will nicht, dass Dad *so* ist.«

Daniel machte die Taschenlampe aus. Er dachte daran, Ellen zu fragen, warum ihr Vater wohl den Wunsch hatte, etwas zu tun, an dem sie nicht teilhaben wollten, nicht teilhaben konnten, und dann ging ihm auf, dass Ellen darauf nicht mehr Antworten hatte als er selbst und dass der Grund dafür, dass sie hier in seinem Bett lag und zu viel Platz einnahm, haargenau der war, dass sie die Antwort nicht wusste. Und dass sie genau wie er die Frage nicht mochte.

Nach einer Weile begann Ellen zu schnauben. Zuerst dachte Daniel, sie würde wieder weinen, aber dann wurde ihm klar, dass sie tatsächlich leise schnarchte, dass sie mit offenem Mund eingeschlafen war und den größten Teil seines Kissens beanspruchte und sein rechtes Bein unter ihrem Körper begraben hatte. Er seufzte. Er nahm an, er konnte das Radio nicht wieder anstellen, weil eine traurige, aber schlafende Ellen immer noch eine angenehmere Gesellschaft war als eine traurige und wache Ellen, und außerdem, wenn er ganz ehrlich war, hatte es auch einen angenehmen Aspekt, dass sie hier war, schnarchend oder nicht und in einem Gemütszustand, in dem Verachtung für ihn und sein bemitleidenswertes Geschlecht nicht im Vordergrund stand.

Er drehte versuchshalber sein Bein. Ellen ächzte und murmelte etwas und bewegte sich gerade so viel, dass David sich von ihrem Gewicht befreien konnte. Er lag jetzt bequemer, aber nicht bequem genug. Er gab Ellen einen Stups mit seiner rechten Schulter.

»Rutsch rüber«, sagte er.

Kapitel dreizehn

Als das Foto kam, arrangierte Cora den Schrein in der Ecke ihres Zimmers neu. Sie verrückte den kleinen Buddha nicht von seiner zentralen Stelle – Götter hatten nun mal etwas an sich, was eine exponierte Position verlangte –, aber sie schob ihn ein wenig zurück, zwischen die Kerzen und das schwarze Lackgefäß für die Räucherstäbchen und die silberne Orchidee im Harzquader, und stellte das Foto davor, wo sie es sehen konnte. Zuerst lehnte sie es gegen den Buddha, aber das schien beiden gegenüber respektlos zu sein, und so tat sie das Foto in einen Rahmen, den sie einmal vor Jahren aus orientalischen, auf Pappe geklebten Brokatfetzen gefertigt hatte, und stellte das Bild freistehend vor die Kerzen und Blumen und das nach hinten geschobene zeitlose Lächeln des Buddhas.

Samantha – Nathalie – hatte ihr das Foto geschickt. Es zeigte eine dunkelhaarige Frau und ein lockiges Kind, die zusammen in einem Sessel saßen und in ein Buch schauten. Es war kein sehr großes Bild, aber es enthielt genug Details für Cora, die sie mit ihren Augen verschlang: Nathalies Ohrringe und Pollys rote Strickjacke mit Knöpfen in Form von Marienkäfern und die Umrisse ihrer Wangen und Nasen.

»Sie ist dein Ebenbild«, hatte Betty gesagt, »dein Ebenbild.«

»Ja«, sagte Cora entzückt und ungläubig. »Ja.«

Betty legte das Foto weg.

»Aber das ist genug.«

»Was meinst du damit: Das ist genug?«

»Das Bild ist genug«, sagte Betty. Sie wandte sich ab und fing an, im Gemüsekorb zu kramen. »Du hast dieses Bild von ihr gesehen, du weißt, dass sie ein kleines Mädchen hat, du weißt, dass es ihr gut geht. Lass es damit genug sein.«

Cora betrachtete das Foto, den eleganten, modernen Sessel, Nathalies Hand, die für Polly das Buch hielt.

»Was meinst du damit?«

Betty warf zwei Hand voll Möhren auf das Abtropfbrett.

Sie sagte mit dem Rücken zu Cora: »Du wirst nur leiden.«

»Leiden?«

»Ja«, sagte Betty und wühlte klappernd in der Schublade nach dem Schäler. »Wenn du die Sache weiterverfolgst, wirst du anschließend nur wieder leiden.«

»Wieso sollte ich?«

»Weil«, sagte Betty und wirbelte herum, »genau das passieren wird. Sie mag ein reizendes Mädchen sein, aber ihr seid verschiedene Wege gegangen, ihr habt verschiedene Leben gelebt, und es wird nichts außer Leiden dabei herauskommen, wenn du versuchst, irgendwohin zurückzugehen.«

»Aber ich will gar nicht –«

»Natürlich willst du«, sagte Betty. »Was versuchst du denn anderes, als das, was falsch gelaufen ist, wieder zurechtzurücken? Ich kann es dir nicht verdenken, Cora, aber das darfst du nicht. Sie ist nicht das Baby Samantha. Du bist nicht das Schulmädchen Cora. Ich wünschte, sie hätte dich nie angerufen.«

Cora sagte ruhig: »Ich bin froh.«

Betty zog einen Stuhl unter dem Tisch hervor und setzte sich ihrer Schwester gegenüber.

»Sie ist nicht böse auf mich«, sagte Cora, wobei sie das Foto betrachtete. »Das hat sie gesagt.«

»Wieso sollte sie böse sein, um Himmels willen?«

»Ich war achtlos«, sagte Cora, »oder nicht? Ich war achtlos genug, um schwanger zu werden, und es war ihr Leben, mit dem ich achtlos umgegangen bin.«

Betty stieß einen erschöpften Seufzer aus.

»Du wurdest unter Drogen gesetzt. Du wurdest vergewaltigt ...«

»Ich wurde nicht vergewaltigt«, sagte Cora. »Sag das niemals. Sage niemals, dass mir dieses Baby aufgezwungen wurde. Sage niemals, dass ich dieses Baby nicht haben wollte.«

Betty lehnte sich über den Tisch.

»Ich will nur nicht, dass man dir wieder wehtut. Du bist eine allein stehende Frau, Cora, und wir wissen alle, dass das, was für eine verheiratete Frau gut sein mag, nicht unbedingt gut ist für eine unverheiratete.«

Cora legte das Foto auf den Tisch und bedeckte es mit einer ihrer schmerzenden Hände.

»Mein ganzes Leben lang«, sagte sie ohne besonderen Groll, »haben mir andere Menschen erklärt, was gut für mich ist.«

»Ja. Und?«

»Ihr alle beschreibt mich. Das habt ihr immer gemacht. Es ist, als würde ein Haufen Etiketten an mir kleben, als müsste ich selbst darunter irgendwie wegerklärt werden.«

»Doch nicht *weg*, Liebes ...«

»Du bist gut zu mir gewesen«, sagte Cora. »Du bist besser als jeder andere zu mir gewesen, aber selbst du hast mich nie meine Gefühle zum Ausdruck bringen lassen.«

Betty richtete sich auf.

»Ich möchte dich beschützen.«

»Ja, aber manchmal brauche ich Unterstützung, nicht Schutz. Ich hätte Unterstützung gebraucht in diesem Heim der Heilsarmee für unverheiratete Mütter, ich hätte Unterstützung gebraucht, als sie mir Samantha weggenommen haben, als sie mir gesagt haben, ich wäre nicht geeignet, sie zu behalten, ich wäre nicht geeignet als Mutter. Aber ich sage dir«, meinte Cora und beugte sich über das Foto, »was sie eigentlich meinten, war, es sei verdorben, schwanger zu sein. Es sei verdorben, arm und aus der Arbeiterklasse und schwanger zu sein.«

Betty schniefte. Sie beugte den Kopf und schaute auf ihre auf der Tischplatte gefalteten Hände hinunter.

»Also, richtig oder falsch«, sagte Cora, »dieses Foto ist mir nicht genug. Wenn Sam – Nathalie mich sehen will, dann werde ich sie sehen. Es mag mich wieder dahin zurückwerfen, wo ich angefangen habe, aber das Risiko gehe ich ein. Die ganzen Jahre über habe ich in der Angst gelebt, sie würde mich hassen. Das war meine ganze Sorge, nur *das* hat mich die ganze Zeit verfolgt. Würde sie böse sein, würde sie mich hassen? Nun, sie hat nicht böse geklungen. Ganz und gar nicht. Tatsächlich hat sie ziemlich überrascht geklungen, als ich sie gefragt habe. Wenn ich sie also treffen möchte, um mich zu vergewissern, dass sie nicht böse ist, wenn ich das tun muss, um endlich den ganzen Schmerz hinter mir zu lassen, den ich all die Jahre ertragen habe, dann werde ich das tun, Risiko hin oder her. Mein Kummer kann nicht größer werden, als er ohnehin schon ist, Betty, das kann er nicht. Aber wenn ich es tue, und das werde ich, wenn sie mich lässt, dann würde ich es lieber mit deiner *Unterstützung* tun als ohne. Keinen Schutz, Betty, das nicht. Unterstützung.«

Einen Moment herrschte Schweigen. Betty hob den Kopf und blickte zu Cora. Ihre Augen waren rot.

»Ich werde dich unterstützen«, sagte sie, »aber sage nicht, ich hätte dich nicht gewarnt.«

Von der Straße vor der Wohnung aus konnte David sehen, dass Nathalie in der Küche war. Er stand auf dem Bürgersteig und beobachtete sie eine Weile, beobachtete, wie sie am Tisch lehnte und, sich der Beobachtung nicht bewusst, etwas in der Lokalzeitung las, die Arme weit ausgebreitet, um die Seiten auseinander zu halten. Sie hatte das Haar mit einem Tuch oder Band hinterm Kopf zusammengebunden, und es spielte Musik. Er konnte die Melodie nicht hören, aber den Schlag des Rhythmus.

Er musterte den Abstand zwischen Bürgersteig und Nathalies Küchenfenster. David war zu klein, um sich drüberzulehnen und an die Scheibe zu klopfen, auf sich aufmerksam zu machen. Er überlegte. Er könnte natürlich das Übliche tun und an der Tür klingeln, aber das schien nicht der Stimmung des Moments zu entsprechen, der Stimmung, die ihn dazu bewegt hatte, einen Umweg durch diesen Teil Westerhams zu machen und Nathalie um elf Uhr morgens zu überraschen. Er nahm einen tiefen Atemzug und sprang aus dem Stand in die Höhe; Nathalie las weiter. David holte erneut Luft und sprang wieder und wieder und rief dabei ihren Namen. Nathalie blickte von der Zeitung auf und sah ihn.

»Du spinnst«, sagte sie durch die Fensterscheibe.

Er nickte strahlend.

»Lass mich rein …«

Sie verschwand vom Fenster und erschien in der Haustür mit der Zeitung in der Hand.

»Was machst du hier?«

»Was machst *du* denn«, sagte David, »Zeitung lesen um diese Zeit, du musst doch arbeiten?«

Sie hob die Arme, wobei die Zeitung raschelte, und legte sie ihm um den Hals. Er hielt sie fest.

»Ich kann mich nicht besonders konzentrieren.«

»Ich auch nicht.«

»Wie geht es Marnie?«

David lockerte die Umarmung etwas.

»Ähm. Ruhiger. Sehr vernünftig. *Sehr* vernünftig. Sie kauft Tickets für Kanada im Sommer. Und Steve?«

»Gut«, sagte Nathalie. Sie löste sich aus der Umarmung. »Prima eigentlich. Lieb.«

»Ach so«, sagte David, »also, gut oder schlecht?«

Nathalie ging voran in die Küche.

»Halt – na ja – *besser*. Netter.«

»Marnie ist immer nett. Nur dass sie es versteht, mir das Gefühl zu vermitteln, ich selbst sei ganz und gar nicht nett.«

Nathalie öffnete den Kühlschrank.

»Definiere nett.«

»Guter Familienvater.«

»Ist es zu früh für einen Drink?«

»Ja.«

Nathalie stellte eine Flasche Wein auf den Tisch.

»Vielleicht sind wir nicht besonders gut mit Familie.«

»Was?«, fragte David. »Du und ich?«

Nathalie nahm zwei Weingläser aus dem Regal.

»Ja. Vielleicht haben wir Probleme mit Nähe.«

»Ach, hör auf damit.«

»Das ist ein Spruch von Sasha.«

»Wer ist Sasha?«

»Titus' Freundin. Sie schreibt eine Arbeit oder so was. Sie hat für alles einen Spruch. Psychokram.«

»Klingt ein bisschen überspannt...«

Nathalie schenkte ein und schob ein Glas hinüber zu David. Er griff danach.

»Ich muss noch fahren...«

Nathalie sagte: »Weißt du, was ich überlegt habe? Über diese Geschichte mit der Nähe?«

»Verrat es mir.«

Sie verschränkte die Arme.

»Vielleicht *sind* wir ein bisschen distanziert. Vielleicht *machen* wir es Leuten schwer, an uns heranzukommen. Vielleicht ist das immer so eine Art Abwehrmechanismus gewesen.«

David nippte an dem Wein.

»Und?«

Nathalie senkte den Blick.

»Du kennst dieses Gefühl...«

»Welches Gefühl?«

»Na ja, dieses Gefühl, das wir immer hatten, egal, wie freundlich die Leute waren, egal, wie sehr sie uns liebten, egal, wie sehr sie sagten, dass wir so seien wie alle anderen...« Sie hielt inne.

David wartete. Er wartete einen Moment und streckte dann die Hand aus und legte sie auf ihre Schulter.

Sie sagte zaghaft: »Da ist immer diese unausgesprochene Sache, oder nicht, wenn du nicht weißt, wer deine Eltern sind, wenn du nicht weißt, woher du kommst. Da ist immer dieses kleine Geflüster, dieses Echo, als würde die Gesellschaft sagen: ›Wir sollten euch einfach verschwinden lassen.‹«

»Blödsinn.«

Sie blickte zu ihm hoch.

»Nicht *wörtlich*. Nicht, wir sollten euch verhungern lassen. Eher so, lasst uns vergessen, wer ihr wirklich seid, lasst uns euren richtigen Namen ausradieren und noch mal neu anfangen, nach *unserem* Muster.«

»Richtiger Name«, sagte David.

Sie nickte.

Er sagte: »Du kennst deinen.«

Sie nickte erneut.

Sie sagte: »Und du kennst deinen.«

»Aber nicht den meines Vaters«, sagte David, »nicht seinen Namen.«

Nathalie hob ihr Glas hoch, schaute es an und stellte es wieder hin.

»Also, wenn wir all das erfahren, wenn wir diese Namen und Hintergründe erfahren, diese Geschichten, dann werden wir es vielleicht schaffen dazuzugehören. Richtig.«

»Hast du das immer gedacht?«

»Ja.«

»Ich wünschte«, sagte David, »ich könnte auch so denken.«

»Du hast mich, um es für dich zu tun.«

Er steckte die Hände in die Hosentaschen.

»Ich wünschte, du könntest mitkommen und Carole mit mir besuchen.«

Ihre Augen weiteten sich.

»Du triffst dich mit ihr!«

»Ja. Ich bin gekommen, um dir das zu erzählen.«

»O Gott.«

»Ich weiß.«

»Hat sie dich darum gebeten?«

»Nein. Ich habe sie gebeten. Ich musste sie mehrere Male fragen.«

»Wollte sie nicht?«

David spielte mit dem Kleingeld in der Hosentasche.

»Sie klang, als hätte sie Angst.«

»Hast du keine?«

»O doch«, sagte David. Er nahm die Hände aus den Taschen und legte die Arme um Nathalie. Er sagte in ihre Haare hinein: »Ich glaube, ich bin noch nie wegen etwas so nervös gewesen.«

Carole hatte sich vorgestellt, David in einer Bar zu treffen, einer Bar vielleicht irgendwo in der Portobello Road. Sie hatte sich etwas Trendiges vorgestellt, wo Davids Alter unbemerkt in einer Menge anderer Gleichaltriger untergehen würde, ein Ort, an dem sie aus dem Rahmen fiele und es daher unwahrscheinlich wäre, dass sie von irgendeinem Bekannten entdeckt würde. Sie hatte sich heimlich auf eine kleine Tour begeben, um ein solches Lokal auszukundschaften, und glaubte, es in der Nähe des alten Kinos gefunden zu haben, oben ein gepflegtes Restaurant und unten etwas Entspannteres und Zwangloseres, eine Art Brasserie mit Bar, mit einer flinken, jungen und ganz in Schwarz gekleideten Kellnerschar. Carole hatte den Eindruck, dass David sich an einem solchen Ort unauffällig einfügen und sie unsichtbar bleiben würde. Wenn er das nächste Mal anriefe – und er rief sie mit ziemlicher Regelmäßigkeit an, was sie jedes Mal in Aufruhr versetzte –, wollte sie ihm dieses Lokal als Treffpunkt nennen und sagen, dass sie ein braunes Wildlederjackett tragen und eine Ausgabe der *Financial Times* dabeihaben würde.

Aber dann schaltete sich Connor ein. Sein großartiges und vorbildliches Verhalten angesichts ihrer Enthüllung hatte fast ununterbrochen angehalten, als hätte er, dachte sie manchmal boshaft, wenn sie sein glatt rasiertes Gesicht und sein makellos gebügeltes Hemd betrachtete, endlich eine Rolle gefunden, in der er sich so sehen konnte, wie er es sich immer gewünscht hatte, gemessen und hoheitsvoll, ausgestattet mit der allergrößten Liebenswürdigkeit und dem absoluten Verständnis.

»Was willst du dem Jungen als Treffpunkt vorschlagen?«, fragte Connor mit Blick auf das Kreuzworträtsel auf seinen Knien.

»Er heißt David«, sagte Carole.

Connor hob den Blick und sah sie fest und eindringlich an.

»Ich glaube, du hast mich verstanden.«

»Ich habe mich noch nicht entschieden«, sagte Carole. Sie fuhr sich mit der Hand durchs Haar. Wenn sie ihm die Wahrheit sagte, würde er versuchen, ihre Meinung zu ändern. »Ich hab noch nicht richtig drüber nachgedacht.«

Connor nahm seine Lesebrille ab und legte sie auf die zusammengefaltete Zeitung.

»Darf ich einen Vorschlag machen?«

Carole wartete. Noch vor zwei Wochen, sogar noch vor einer Woche hätte sie nachgiebig gesagt: »Darüber würde ich mich sehr freuen.« Jetzt aber hatte sie angesichts all ihrer widersprüchlichen Hoffnungen und Ängste eine ungewohnte Widerspenstigkeit entwickelt, und so wartete sie.

»Carole«, sagte Connor, »Liebling, ich glaube, du solltest ihn hier treffen.«

Sie starrte ihn an.

»Hier!«

»Ja«, sagte er. »Wieso nicht?«

»Aber *wir* leben hier.«

»Und deshalb sollte er dich hier sehen.«

Sie presste sich zurück in das Polster ihres Sessels.

»Nein.«

»Wieso nicht?«

»Weil – weil es an einem unpersönlichen Ort sein sollte, irgendwo, wo keiner von uns beiden hingehört ...«

»Warum?«

»Weil«, sagte Carole beinahe schreiend, »ich nicht weiß, wie es sein wird!«

Connor räusperte sich. Er legte die Zeitung und die Brille auf den niedrigen Tisch neben ihm.

Dann sagte er mit weit weniger selbstgefälliger Stimme: »Er ist dein Sohn, Carole, und nichts wird daran etwas ändern. Er sollte dich in deinem Zuhause kennen lernen, dem Ort, der dein Leben und deine Persönlichkeit widerspiegelt. Er wird schon so durcheinander genug sein, wenn er kommt, dich zu sehen. Wieso es noch schlimmer machen, indem du ihm eine Hotellounge aufdrängst?«

Carole sagte benommen: »Ich hatte nicht an ein Hotel gedacht.«

»Du solltest ihn hier treffen«, sagte Connor. »Du solltest ihn hierher einladen und ihm einen Whisky anbieten.« Er zögerte, und dann sagte er: »Möchtest du ihm nicht helfen, die Befangenheit zu überwinden?«

Carole senkte den Blick. Sie betrachtete ihre Hände im Schoß, ihre wohlgeformten Nägel, ihren Ehering.

Sie sagte schwach: »Was ist mit den Jungen?«

»Ich werde mit ihnen reden«, sagte Connor. »Ich werde ihnen erklären, warum David herkommt.«

»Es wird Martin nicht passen ...«

Connor sagte: »Martin passt im Moment überhaupt nicht sehr viel.«

»Aber das ist zurzeit sein Zuhause ...«

»Zurzeit.«

»Connor ...«

Connor sah sie unverwandt an.

Er sagte mit Entschiedenheit: »Du triffst ihn hier. Für ein paar Stunden. Dann komme ich mit den Jungen dazu.«

»Ich kann nicht!«, rief Carole beinahe kreischend.

Connor nahm seine Zeitung wieder auf. Er klang wieder überlegen.

»Du musst, Liebling«, sagte er.

Und nun war sie hier und wartete. War sie hier allein, allein gelassen von Connor und Martin und Euan – Martin hatte vor Zorn geglüht, Euan die für ihn typische muntere Neugier gezeigt. Es war Euan, den sie albernerweise mit einer Geste auf ihre Kleidung gefragt hatte: »Sehe ich anständig aus?«

Er hatte sie grinsend angesehen. Er besaß alle sorgenfreie Zuversicht der Welt, alle glückliche Selbstsicherheit eines wohlgelittenen Menschen, alles, was Martin vollkommen fehlte. Er hatte ihr einen flüchtigen Kuss gegeben.

»Wieso ist das wichtig, Mum?« Und dann hatte er neckend gesagt: »Was hattest du denn das letzte Mal an?«

Er hatte sie zum Lachen gebracht. Er konnte sie leicht zum Lachen bringen. Sie hatte den drei Männern hinterhergeblickt, als sie die Treppe zur Tiefgarage hinuntergingen, als würde sie sie niemals wiedersehen, als würde alles, was ihre Welt zusammengehalten hatte, dem sicheren Tod entgegengehen. Sie wartete in der Haustür, bis der Mercedes die Auffahrt hochgeglitten kam und in den Ladbroke Grove einbog, und es brach ihr beinahe das Herz – das

Herz, das sie immer als ganz unsentimental eingeschätzt hatte –, als keiner von ihnen sich umdrehte und ihr zuwinkte.

Und nun wartete sie. Sie überquerte den Holzboden der Diele zum Teppichboden des Wohnzimmers und lauschte mit alberner Konzentration der Veränderung des Klangs ihrer Schritte. Sie sah aus dem Wohnzimmerfenster, schaute auf den weißen Flieder, ohne ihn zu sehen, dann drehte sie sich um und ging wieder zurück, vorbei an Connors Lieblingssessel, am Sofa, am Fernseher, am Bücherregal mit all den ungelesenen Büchern und zurück in die Diele und zu dem harten Klang ihrer Absätze auf dem hellen Parkett. Als die Türglocke schellte, verschlug es ihr kurz den Atem. Sie stand auf der Orientbrücke in der Mitte der Diele und blickte auf das Türblatt und dachte, ich kann nicht atmen, ich bekomme keine Luft.

Die Glocke schellte erneut.

»Eins«, sagte Carole. »Zwei. Drei.«

Sie spürte, wie sich ihre Beine steif bewegten, als hätten sie keine Gelenke, sie sah ihre Hand auf dem schweren vergoldeten Türknauf, sie sah, wie sie ihn herumdrehte, und die Tür schwang sanft nach innen auf, und dahinter stand ein Mann, ein großer Mann, älter, als sie ihn in Erinnerung hatte, und irgendwie blonder, aber trotzdem Rory. Rory … Sie schluckte. Nein, nicht Rory. Natürlich nicht Rory. Der Mann schien ein wenig zu taumeln, oder vielleicht war sie es auch, und dann beugte er sich durch die Türöffnung und küsste sie ziemlich unbeholfen auf die Wange und sagte: »Hallo, Carole.«

»Ich trinke gewöhnlich keinen Whisky«, sagte David. Er schaute hinunter auf die seidige, teefarbene Flüssigkeit, die in seinem Glas schwappte.

»Nein«, sagte Carole, »aber das ist auch keine gewöhnliche Situation.«

Sie saß ihm ein Stück entfernt gegenüber, nicht sehr weit, aber auch nicht so nah, dass er sie genau betrachten und in Augenschein nehmen konnte. Und er fand es schwierig, irgendwo anders hinzusehen, es zu vermeiden, diese Person anzusehen, diese Frau, diese Carole Latimer in ihrer eleganten Garderobe, in ihrem eleganten und erwachsenen Wohnzimmer mit der sorgfältigen Beleuchtung, den gedeckten Farben und jeglicher Abwesenheit von Kind oder Hund oder Krimskrams. Sie lebten hier erst seit einigen Jahren, hatte sie gesagt, es sei nicht der Ort, an dem ihre – anderen Söhne aufgewachsen waren, nicht wo das Familienleben, das, was man im Allgemeinen darunter versteht, stattgefunden hatte. David blickte auf den Teppich.

»Ich hoffe«, sagte er, »meine Schuhe sind sauber.«

Es war das erste Mal, dass sie ihn ansah. Sie blickte ihn ziemlich direkt an, und er sah, was für bemerkenswerte Augen sie hatte, grünlich, klar, leicht gesprenkelt, und sein Magen zog sich unwillkürlich zusammen.

Mit einer Wärme, die sie bisher nicht gezeigt hatte, sagte sie: »Das ist doch im Moment *vollkommen* egal.« Und dann sagte sie mit leiserer Stimme: »Du stehst hier nicht vor Gericht, weißt du.«

Er schwenkte sein Glas und ließ den Whisky darin kreisen.

Er sagte, den Blick auf den Whisky gerichtet, nicht auf sie: »Hast du dir je Gedanken über mich gemacht?«

Sie drehte den Kopf zur Seite und blickte zum Fenster hinaus.

»Nein.«

»Niemals?«

»Wie ich schon sagte«, meinte Carole.

David neigte das Glas, bis der Whisky darin bis kurz unter den Rand glitt.

»Ich komme nicht darüber hinweg, dass niemand etwas von mir gewusst hat.«

»Ich bin weggegangen«, sagte Carole. »Ich bin mit Absicht weggegangen. Ich habe gesagt, ich bräuchte Zeit, um mich zu erholen, und niemand hat nach der Dauer gefragt.«

»Wer ist niemand?«

»Meine Eltern.«

Whisky tropfte auf Davids Schenkel.

Carole sagte nichts. Sie starrte weiter aus dem Fenster.

»Mein Vater?«, hakte David nach.

Nach einer Pause sagte Carole: »Er wusste nichts davon.«

»Er wusste nichts von meiner Geburt?«

»Nein.«

»Warum nicht?«

Caroles Kopf fuhr herum.

Sie sagte zornig: »Weil er es nicht wissen *wollte*.«

»Nicht wollte?«

»Nein. Er *wollte* nicht. Welches Recht hast du, mir solche Fragen zu stellen?«

David stellte sein Whiskyglas äußerst bedächtig ab.

»Weil«, sagte er, »er mein Vater ist und du meine Mutter bist und ich ohne euch beide nicht existierte.«

Carole senkte den Kopf. Es war schwer zu sagen, ob sie verärgert oder bedrückt war oder ob sie weinte.

»Ich meine, was ich gesagt habe«, sagte David. »Ich meine, was ich am Telefon gesagt habe. Dies geschieht alles nach deinen Regeln. Ich möchte nichts von dem, was du jetzt hast, deine Familie, durcheinander bringen. Ich möchte nur ein paar Antworten bekommen.«

Sie nickte. Sie streckte eine Hand blind nach ihrem Drink aus und nahm einen großen Schluck.

»Zum Beispiel?«

»Sehe ich aus wie mein Vater?«

Sie nickte heftig.

»Genauso?«

Carole hob langsam den Blick.

»Blonder«, sagte sie matt. »Seine Gesichtszüge. Mein Teint. Vielleicht – vielleicht bist du größer.«

David beugte sich leicht vor.

»Hast du ihn geliebt?«

»O Gott!«, rief Carole aus. »Was ist das für eine Frage?«

»Also ja …«

»Ja.«

»Du hast also den Mann geliebt, von dem du mich bekommen hast?«

»Das habe ich dir doch gesagt«, sagte Carole wieder. »Ich habe es dir gesagt, oder nicht?«

»Aber du hast mich nicht gewollt.«

»Ich habe nie behauptet …«

»Er hat mich nicht gewollt.«

»Er wollte kein Baby«, sagte Carole. Sie strich sich mit den Händen durchs Haar. »Wir waren zu jung. Er fing gerade an. Wir waren nicht bereit für ein Baby.«

»Aber wenn es doch kein Baby gegeben hat, ich meine, wenn niemand außer diesen Nonnen in Suffolk und deiner Freundin Wie-immer-sie-Heißt wussten, dass da ein Baby war, wieso bist du nicht bei ihm geblieben, wieso bist du nicht geblieben, bis ihr beide bereit für ein Baby gewesen wärt?«

»Er war gegangen.«

»Gegangen…«

»Er ging, als ich erfuhr, dass ich schwanger war. Er sagte, ich müsse abtreiben, und – ich habe daran gedacht, das habe ich, aber dann ist er trotzdem auf und davon. Ich glaube – inzwischen glaube ich«, sagte Carole laut, »dass er ohnehin gehen wollte. Dass meine Schwangerschaft nur eine Ausrede war, die Ausrede, nach der er eigentlich gesucht hatte.«

David rutschte auf seinem Stuhl hin und her.

»Das klingt nach einem absoluten Scheißkerl.«

»Nein«, sagte Carole.

»Nein?«

Sie blickte auf.

»Ich habe nicht abgetrieben, weil ich *sein* Baby haben wollte. Oder zumindest wollte ich es damals. Ich wollte etwas von ihm haben, ein Stück von ihm. Ich dachte…« Sie hielt inne und fuhr dann fort: »Ich dachte, er würde sich ändern.«

»Aber das hat er nicht.«

»Ich weiß es nicht. Ich konnte ihn nicht finden. Ich habe es versucht, aber ohne Erfolg. Ich habe ihn nie gefunden. Ich will ihn auch nicht finden.«

»Vielleicht ist er ins Ausland gegangen…«

»Gut möglich.«

»Vielleicht ist er gestorben…«

Ein Ausdruck intensiven Schmerzes kam über Caroles Gesicht.

»Nein…«

»Ich sagte nur, vielleicht«, meinte David. »Aber wäre es dann einfacher?«

»Nichts, was mit ihm zu tun hat, ist je einfach gewesen. Das ist nicht der springende Punkt.«

David beugte sich noch weiter vor und stützte die Ellbogen auf seine Knie.

»Wie ist sein Name?«

»Das ist unwichtig.«

»Nein. Es ist wichtig für mich.«

»Ich spreche ihn nie aus«, sagte Carole fast verzweifelt, »ich spreche ihn nie laut aus.«

David sagte ruhig: »Das ist eine der Fragen, derentwegen ich gekommen bin. Das ist eines von den Dingen, die ich wissen muss. Das ist – das ist etwas, was ich nicht *habe*.«

Sie sagte beinahe im Flüsterton: »Rory.«

»Rory. Rory was?«

»Ecclestone.«

David überlegte. Er senkte den Kopf und dachte einen Moment nach. Dann sagte er: »Also bin ich David Ecclestone?«

»Nein«, sagte Carole. »Du wurdest als David Hanley geboren. Hanley war mein Mädchenname.«

»Aber Ecclestone ist der Name meines Vaters.«

»Ja.«

»Und David?«

»Der zweite Vorname deines Vaters.«

»Ach so. Rory David Ecclestone. R. D. Ecclestone.«

»Ja. Aber das ist nicht dein Name. Ecclestone ist nicht dein Name. Du wurdest als David Hanley eingetragen.«

David sagte mit dem ersten leichten Anflug von Zorn an diesem Nachmittag: »Meinst du nicht, es ist meine Sache, das zu entscheiden?«

Sie war verblüfft.

»Was?«

»Liegt die Entscheidung jetzt nicht bei *mir*? Habe ich mir nicht lange genug all diese Namen, die anderen Leuten gehören, verpassen lassen? Habe ich nicht viele Jahre lang klaglos diese Etiketten getragen, die nicht zu mir gehören? Ist es nicht allmählich *Zeit*, dass man mir erlaubt, der zu sein, der ich wirklich bin?«

»Entschuldige«, sagte Carole. »Entschuldige …«

»Und mal angenommen, unabhängig davon, wie er war, wie du *behauptest*, dass er war, ich würde lieber den allgemein üblichen Weg einschlagen und den Namen meines Vaters tragen? Warum sollte ich nicht?«

Carole stand abrupt auf.

»Lass deine Wut nicht an mir aus.«

»Ich bin nicht wütend.«

»Aber du bist es gewesen.«

David erhob sich auch, langsam.

»Ja.«

»Weil ich dich zur Adoption freigegeben habe …«

»Man kommt nicht so leicht darüber hinweg«, sagte David seufzend, »dass man weggegeben worden ist.«

Carole kam ein paar Schritte näher. Sie blickte zu ihm hinauf. Er konnte ihre grünen Augen sehen und Parfüm und Whisky riechen.

»Ich musste es tun.«

Er sagte nichts.

»Ich hatte alles verloren.«

»Du hattest ihn verloren, meinst du …«

»Und seither«, sagte Carole, und er konnte einen schwachen Tränenschimmer sehen, »seither, in all den Jahren hatte ich keinen Menschen, mit dem ich darüber reden konnte. Nicht einen.«

»Du musst Freunde gehabt haben, Freundinnen …«

Sie schüttelte den Kopf.

»Ich hatte etwas getan, was nicht so einfach – zu akzeptieren war. Ich hatte mich in den falschen Mann verliebt, ich war schwanger geworden, hatte meine Erziehung verraten. Ich hatte mich ins gesellschaftliche Abseits manövriert.«

David blickte sich im Zimmer um. Er stieß ein verächtliches Lachen aus.

»Wohl kaum …«

»Es *sieht* gut aus«, sagte Carole. »Es sieht alles sehr gut aus, oder?«

»Was?«, fragte David. »Deine Ehe? Deine Söhne?«

Carole trat einen Schritt vor. Sie stand jetzt sehr dicht vor David. Sie hob die Hände und packte das Revers seines Jacketts.

»Ich kann Feindseligkeit nicht ertragen«, sagte Carole. »Niemals. In keiner Form.«

Er legte seine Hände auf ihre. Die Haut ihrer Hände fühlte sich leicht, weich und dünn an.

»Nein …«

»Du bist ihm so ähnlich! Du siehst ihm so ähnlich!«

David ergriff Caroles Hände und löste sie sanft.

Er sagte: »Ich versuche, darüber nachzudenken. Darüber, was du gesagt hast.«

Sie machte ein, zwei unsichere Schritte rückwärts.

»Und«, sagte sie mit wiedergewonnener Fassung, »hast du ein paar Lücken ausfüllen können?«

Er sagte ungewiss: »Ich glaube schon.«

»Noch einen Whisky …«

»Nein. Vielen Dank.«

»Es gibt allerdings noch einige andere Lücken auszufüllen.«

»Oh?«

»Mein Mann«, sagte Carole, »meine Söhne. Deine – Halbbrüder.«

»Oh. Ja. Na ja, irgendwann mal …«

»Heute«, sagte Carole.

»Jetzt gleich!«

»Bald.«

»Sie kommen her …«

»Sie leben hier«, sagte Carole. »Sie kommen zurück.« Sie schaute ihn an. Sie hatte ihre Distanz, ihre Selbstbeherrschung wiedererlangt. Sie zeigte ein flüchtiges Lächeln. »Sie möchten dich kennen lernen.«

Kapitel vierzehn

Sasha erzählte Steve, sie habe mal in einem besetzten Haus gewohnt. Er vermutete allerdings, dass sie das vielen Leuten erzählte, vor allem Männern; dass es so eine Art Großtat war, die sie oft hervorkramte und öffentlich ausschmückte, um Eindruck zu schinden. Steve war beeindruckt. Er selbst war jemand, für den radikales oder gar anarchistisches Verhalten im besten Fall bemitleidenswert und im schlimmsten Fall schlichtweg destruktiv war. Schon mit sechzehn oder siebzehn wäre ihm die bloße Überlegung, die zweifelhaften Vorteile des düsteren Schlafzimmers über dem Royal Oak gegen etwas spektakulär Schlechteres einzutauschen, absolut idiotisch vorgekommen. Auch die Freiheit hatte ihren angemessenen Preis, nicht irgendeinen beliebigen.

Nach dem besetzten Haus waren Sashas Lebensumstände anscheinend in ständigem Wandel begriffen gewesen. Es hatte einen kurzen Abschnitt zu Hause gegeben, wo sie ihrer Mutter bei der Pflege ihres sterbenden Stiefvaters half; einen Abschnitt zusammen mit einem Türken – Beziehung weitgehend unspezifiziert – in einem heruntergekommenen Holzhaus am Bosporus; einen Abschnitt mit einer – abgebrochenen – Ausbildung als Krankenschwester in der Psychiatrie; einen Abschnitt als Haussitter eines Penthouses im Canal Street District in Manchester; einen Abschnitt in einem Wohnwagen in einem Wald in Northumberland mit zwei Renn-Windhunden im Ruhestand und einem Jungen mit Lernschwierigkeiten. Und jetzt war Sasha an einem aus ihrer Sicht sehr sicheren Ort angespült worden. Jetzt hatte sich Sasha mit Hilfe einer rätselhaften Mischung aus Stipendien und Beihilfen und Teilzeitjobs in Läden und Bars ein eigenes Zimmer mit abschließbarer Tür beschafft, in einem Haus, das von einer geschiedenen Mutter mit ihren drei Kindern bewohnt wurde, die auf Untervermietung angewiesen war. Das Zimmer sei gut, sagte Sasha, ziemlich groß, mit einem breiten Fenster, und Della unten sei so fanatisch, was ihre eigene Unabhängigheit betraf, dass sie auch niemand anderen einengen wolle. Deshalb habe sie sich scheiden lassen, sagte Sasha. Della könne einfach keinen Kompromiss eingehen, nicht den allerkleinsten.

Der Versuch, sich ein genaues Bild von Sashas Leben zu machen, fand Steve, war genauso wie der Versuch, eine Skulptur aus Wasser zu formen. Er glaubte nicht, dass sie ihn anlog oder Dinge erfand, aber ihre Prioritäten unterschieden sich so sehr von seinen und ihre Anschauung vom Wesentlichen war so anders, dass das Bild, das sie ihm bot, noch an den deutlichsten Stellen schwer fassbar war. Sie war locker mit der Westerham University verbunden – bis vor kurzem mit dem Westerham Technical College –, wo sie, anscheinend ebenso locker, an einem wissenschaftlichen Aufsatz schrieb. Wohin das führen sollte, vermochte Sasha nicht zu sagen, und sie schien es auch in keiner Weise wichtig zu finden. Wenn sie nicht in dem neuen und eindrucksvollen Computerraum der Universität saß, arbeitete sie in einem kleinen, nach veganischen Grundsätzen geführten Biokostladen (nicht mal Gelatine war erlaubt) oder in einer Bar namens Rouge Noir oder in einem Secondhand-Buch- und Musikladen, der sich auf frühen Rock spezialisiert hatte, oder sie passte auf Dellas drei Kinder auf. Sie schien immer beschäftigt zu sein und zugleich immer freizuhaben, sobald sie Lust dazu hatte. Die Liste ihrer Verpflichtungen – darunter Yoga und ein Salsa-Kurs – schien zwar eine gewisse Beständigkeit, aber dennoch kein Muster zu besitzen.

»Ich verstehe nicht«, sagte Steve, »wie Sie dabei nicht durchdrehen.«

Sie lächelte ihn an.

»Übung«, sagte sie. »Einstellung. Vor allem eine Frage der Einstellung.«

Es war diese Einstellung, die Steve wieder und wieder anzog. Es waren ihre Unbeschwertheit bei den lockeren Vereinbarungen, ihre Bejahung des Unkonventionellen, ihre Fähigkeit, eine irgendwie bemerkenswerte Distanz zu Verantwortung zu erlangen, die ihm auf eine seltsame und erfrischende Weise das Gefühl gaben, all der zermürbenden Belastungen und Sorgen seines gegenwärtigen Lebens enthoben zu sein. Es hatte nichts mit Liebe zu tun, sagte er sich. Auf keinen Fall konnte sein Wunsch, mit Sasha zusammen zu sein, die unerschütterliche Liebe, die er für Nathalie und Polly empfand, auch nur ansatzweise beeinträchtigen, aber das Zusammensein mit Sasha war nicht nur aufregend und faszinierend, sondern verschaffte ihm auch Erholung von sich selbst, Erholung von Steve Ross, der momentan in einem emotionalen Dickicht gefangen war, aus dem er sich nicht mit eigener Kraft befreien konnte. Wenn ihm der Gedanke kam – und er kam ihm ziemlich oft –, dass er sich nicht weiter mit Sasha treffen sollte, fühlte er leichte Panik in sich aufsteigen, als bestünde eine echte Gefahr, dass eine lebenswichtige Leitung durchgeschnitten würde. Und wenn er sie sah – den langen Mantel, die Stiefel, das Seehundfellhaar –, fühlte er sich erleichtert.

Als sie ihn fragte, ob er gerne ihr Zimmer in Dellas Reihenhaus mit Blick auf die Eisenbahngleise sehen würde, hatte er nein gesagt.

»Wieso nicht?«

Er zuckte mit den Schultern. Er wollte nicht sagen, dass er Angst hatte, Angst vor dem, was in Sashas Zimmer vielleicht geschehen mochte, auch wollte er diese Angst nicht genauer untersuchen und entdecken, dass ihr womöglich ein starker Drang nach genau diesem Geschehen zugrunde lag.

»Haben Sie Angst?«

Er zuckte wieder mit den Schultern.

»Ich habe beinahe noch nie ein Zimmer gehabt«, sagte Sasha, »das ich jemandem hätte zeigen können. Ich habe nie einen Raum gehabt, der mich als Person widergespiegelt hätte. Aber dies ist ein Anfang. Ich würde es Ihnen gerne zeigen.«

Steve steckte die Hände in die Taschen.

»War Titus …«

»Sicher«, sagte Sasha. »Sicher war Titus da. Er findet es schrecklich.« Sie lächelte. »Allerdings gefällt es ihm, nicht zu mögen, was mir gefällt. Das gefällt ihm sehr.«

»Verdreht …«

»Es geht mehr um Kontrolle«, sagte Sasha. »Titus steht sehr auf Kontrolle.«

»Wirklich?«

Sie schaute ihn an.

»Sehr.« Sie beugte sich ein wenig zu ihm vor. »Kommen Sie und sehen Sie sich mein Zimmer an.«

Sie führte ihn durch eine Tür im edwardianischen Stil, dunkelrot gestrichen, mit einer Füllung aus Buntglasfenstern, ins Haus. Das Innere war mit allem bestückt, was Steve verabscheute, eine voll gestopfte Höhle aus Gebilden und

Gegenständen. Er stieß sofort gegen eine Kaskade aus Windspielen.

»Nicht beachten«, sagte Sasha. »Hier rauf.«

Sie ging vor ihm die Treppe hinauf, vorbei an bemalten Spiegeln und einem Vogelkäfig voller Puppen und einer Vase mit Fasanenfedern. Er sah zu, wie sie einen Schlüssel in eine Tür auf dem Treppenabsatz steckte, ihn herumdrehte und ihn ansah.

»Tief einatmen«, sagte sie.

Der Raum war fast leer. Er war rot gestrichen mit schwarzem Boden und weißen Fensterrollläden. Er enthielt so gut wie nichts außer einem Futon.

Steve sagte: »Wo ist Ihr Leben?«

Sie zeigte auf den Futon.

»Dort.«

Er schluckte.

»Das ganze?«

»Wieso nicht? Arbeiten Sie nicht im Bett?«

»Nein.« Er schaute sich um. »Kleider. Bücher …«

Sie zeigte auf einen Stapel Boxen.

»Da.«

»Erkennen Sie mich? Erkennen Sie mich hier?«

Er ging ein paar Schritte weiter in den Raum hinein. Er schaute auf einen einzelnen japanischen Druck – eine Frau im Kimono, die über die Schulter blickte – an der roten Wand, auf den Futon, auf ein paar Laufschuhe auf dem Boden, ordentlich nebeneinander gestellt, und er sagte: »Es passt irgendwie.«

»Setzen Sie sich«, sagte sie.

»Wohin?«

»Was schlagen Sie vor?«

»Sasha …«

»Steh niemals, wenn du sitzen kannst. Sitz niemals, wenn du liegen kannst.«

»Ich kann mich nicht mitten am Nachmittag auf einen Futon legen …«

Sasha ging an ihm vorbei und kniete sich hin, um ihre Stiefel aufzuschnüren. An den Füßen trug sie schwarze Socken mit hellroten Zehen. Dann drehte sie sich um und ließ sich anmutig auf den Futon sinken und streckte sich aus.

»Ich bin nicht dazu bereit«, sagte Steve.

»Zu was?«

»Ich lege mich nicht mit Ihnen aufs Bett.«

»Wir können hier sehr gut reden«, sagte Sasha. »Das ist ein großartiger Ort zum Reden.«

»Ich sollte gar nicht hier sein.«

Sasha seufzte.

»Möglicherweise«, sagte sie, »ist Ihnen nicht bewusst, was sich in Beziehungen gehört. Wie das Gleichgewicht funktioniert.«

»Was soll das heißen?«

»Ich höre Ihnen zu«, sagte Sasha. »Ich höre Ihnen sehr gerne zu, ich bin interessiert. Ich höre Ihnen zu, während Sie mir von Ihren ganzen Problemen erzählen, Ihren Schwierigkeiten, den Dingen, die Sie nicht verstehen können, warum Nathalie unbedingt ihre Mutter finden will. Ich höre Ihnen zu, und ich sage Ihnen, dass Sie das sehr gut bewältigen, dass Nathalie Ihnen eine Menge abverlangt, während sie Ihnen nur sehr wenig erzählt, dass ich Sie für Ihre Toleranz und manchmal für Ihren Stoizismus bewundere.« Sie machte eine Pause und verlagerte ihren Körper ein Stückchen, als würde sie auf dem Futon neben sich Platz machen, als würde sie einen einladenden Platz schaffen. »Aber möglicherweise«, sagte Sasha, »ist Ihnen nicht aufgefallen, dass wir die ganze Zeit eine Einbahnstraße entlangfahren. Ihre Straße.« Sie machte wieder eine Pause und schenkte ihm dann ein Lächeln, ein eindeutiges, klares, offenes Lächeln. »Jetzt bin ich dran.«

Martin saß in seinem Zimmer – von seiner Mutter für Gäste eingerichtet, die so gut wie nie kamen – vor seinem Laptop. Besser gesagt, er hockte schräg dagegen gequetscht, denn die einzige Fläche in dem Zimmer, auf der man einen Laptop aufstellen konnte, war eine kleine Kommode. Carole hatte eine Lampe auf die Kommode und einen zusätzlichen Stuhl ins Zimmer gestellt, sie hatte sämtliche Schubladen und allen Schrankraum geleert, damit Martin einige seiner Sachen unterbringen konnte, aber sie hatte keinerlei Zeichen gesetzt, dass dieses angenehme, helle Zimmer irgendetwas anderes wäre als eine kurze Leihgabe an ihn. Und die Tatsache, dass er es wütend und aggressiv mit Gegenständen gefüllt und das zweite Bett mit seiner Kleidung überhäuft und alle verfügbaren Oberflächen und Fußbodenflächen mit Kisten und vollen Sporttaschen zugepflastert hatte, schien bloß ihre unausgesprochene Annahme, dass er bald wieder fort sein würde, zu unterstreichen. Er hatte aus dem Zimmer ein Trümmerfeld gemacht, und sie nahm es ziemlich gelassen hin, denn auch diese Gelassenheit war nur ein stummer Hinweis darauf, dass diese Situation bloß vorübergehend war. Sehr vorübergehend.

Er starrte auf den Bildschirm seines Laptops. Er hatte heute Morgen in der Firma angerufen und sich mit Migräne entschuldigt – er wurde seit seiner Jugend regelmäßig davon geplagt –, und sein Chef, der gegen jede Art von Kopfschmerz immun zu sein schien, meinte, das sei bedauerlich, dann müsse Martin die Aufstellungen eben zu Hause fertig machen, weil er sie für ein Meeting um fünf Uhr brauche. Es war jetzt zehn nach drei, und Martin hatte seit Mittag vor der Kommode gehockt, das Knie gegen einen Schubladengriff gedrückt, und sein Kopf hatte sich angefühlt, als ob ein Bienenschwarm unter der Schädeldecke summte.

Hinter der geschlossenen Zimmertür hatte er die Bewegungen seiner Eltern gehört. Er hatte gehört, wie sein Vater die Wohnung verließ, und dann, wie seine Mutter in der Küche die Spülmaschine leerte, und das Telefon hatte ein paarmal geläutet, dann war die Wohnungstür erneut ins Schloss gefallen, diesmal so rücksichtsvoll leise, als wäre die ausgehende Person ängstlich darauf bedacht, dass ihr Weggehen unbemerkt blieb. Das war gegen halb zwölf gewesen. Davor war Carole nicht in die Nähe von Martins Zimmertür gekommen. Sie hatte ihn nicht gefragt, ob er Kaffee wollte, sie hatte ihm nicht gesagt, dass sie weggehen würde, sie hatte nicht erwähnt, was er im Kühlschrank vorfinden würde, um sich etwas zu Mittag zu machen. Sie hatte einfach die Küche aufgeräumt, kurz mit zwei Leuten, von denen er nichts weiter mitkriegte, gesprochen und war gegangen. Er tippte drei Wörter mit wütender Ungenauigkeit und fluchte.

Auch sein Handy war den ganzen Morgen stumm geblieben, nicht mal eine Textbotschaft. Sein Bruder Euan hatte seit kurzem angefangen, ihm regelmäßig Botschaften zu schicken, alberne Geschichten und schmutzige Witze. Er war dankbar dafür, aber zugleich ärgerte er sich darüber, ärgerte sich, dass er sie brauchte, ärgerte sich, dass sein Bedürfnis so offensichtlich war, ärgerte sich, dass Euan, der theoretisch in derselben Situation war wie er selbst, sie anscheinend mit allergrößter Gelassenheit hinnahm. Sie hatten darüber natürlich ein Gespräch geführt, ein Gespräch mit Dad, und dann noch eins, und ein Gespräch alle zusammen in einem grässlichen Pub in Chelsea nach dem Treffen mit David, wo Martin sein Bier mit etlichen Wodkas runtergespült hatte und am Ende in Euans Wohnung gelandet war, sehr zum Verdruss von Euans Freundin, Chloe, die anscheinend nicht kapieren konnte, dass Martins desolater Zustand schlimmer war als der ihres Sofas. Er erinnerte sich, dass Euan Sachen gesagt hatte wie: »Wir müssen es akzeptieren, Mart, wir können die Zeit nicht zurückdrehen«, und: »Scheint ein netter Kerl zu sein. Findest du nicht? Ein netter Kerl«, und er seinerseits hatte gewütet, unzusammenhängendes Gebrabbel, hatte gegen alles gewütet, was ihm einfiel, alles Wichtige und Unwichtige, aber vor allem hatte er gegen Carole gewütet.

»Ich bin nicht der Erstgeborene«, sagte er, die Finger fest um sein Schnapsglas gepresst. »Bin ich wohl nicht, oder? Ich bin es nie gewesen. Sie hat mich in dem Glauben gelassen, aber ich war es nicht. Das erklärt alles, das erklärt ihr ganzes Verhalten mir gegenüber ...«

»Quatsch«, sagte Euan. Er gähnte. »Blödsinn. Scheißdreck.« Er sah auf die Uhr. Er hatte Chloe gesagt, sie würden eine Stunde bleiben, und jetzt waren es schon drei. »Nichts ändert sich, außer dass David ein zusätzlicher Faktor ist.«

Euan hatte auch mit Carole geredet. Er hatte Martin aufgefordert, dabei zu sein, aber etwas in Martin wollte es nicht zulassen, wollte ihm nicht die Möglichkeit zugestehen, beschwichtigt oder gar versöhnt zu werden. Sie waren ins Wohnzimmer gegangen, wobei sie die Tür angelehnt gelassen hatten, damit er dazustoßen könnte, doch er stürzte stattdessen zur Wohnungstür hinaus und knallte sie so fest zu, dass sie keinen Zweifel mehr über seine Gefühle, seine

Empörung haben konnten. Er war an diesem Abend nur umhergewandert, Kilometer um Kilometer, verblüfft und beleidigt, dass die Menschen in den Straßen so abgestumpft sein und einfach nach Hause oder in Bars und Kinos gehen konnten wie sonst auch. Als er schließlich zurückkam, war Euan gegangen, und Carole war mit seinem Vater in der Küche und bereitete ein Omelett zu. Sie hatte zu ihm hinaufgeblickt, und er konnte sehen, dass sie wieder geweint hatte. Sie legte den Spatel auf dem Pfannenrand ab und kam zu ihm.

»Es tut mir Leid«, sagte sie. »Oh, Martin, es tut mir Leid, so Leid …«

Sie hatte versucht, ihn zu berühren, ihre Arme um ihn zu legen, ihr verweintes, rotäugiges Gesicht an seins zu drücken, an ihn, die gekränkte, verwundete Seele. Aber er hatte sie nicht gelassen, er konnte es nicht. Er stand da, die Arme herunterhängend, das Kinn erhoben, sodass sie seine Wange nicht erreichen konnte.

»Martin«, hatte sein Vater gesagt. »Jetzt komm, komm …«

Er schüttelte den Kopf. Er war zurückgewichen, hatte sich umgedreht und war durch die Diele zurück in sein Zimmer gegangen, verfolgt von dem Geruch anbrennender Butter. Woher hätte er wissen sollen, dass der süße Schauer der Rache nicht länger als ein oder zwei Minuten anhalten würde?

Sie hatte es nicht wieder versucht. Oder zumindest – Martin bemühte sich, Euans Gegendarstellungen zu verdrängen – hatte sie es auf keine für Martin akzeptable Weise versucht. Sie hatte lauter häusliche Dinge getan, gebügelt, gekocht, die aufmerksame rumänische Haushaltshilfe gebeten, Martins Zimmer und das Gästebad zu putzen, aber sie war ihm nicht wieder nahe gekommen, hatte nicht wieder versucht, ihn zu berühren. Sie hatte sich eigentlich ziemlich merkwürdig ihm gegenüber verhalten, nicht verärgert, nicht strafend, sondern eher so, als hätte sie Angst vor ihm und als brächte ihre Angst sie dazu, sich zurückzuziehen. Es hatte sogar Augenblicke gegeben, da hatte er fast erwartet, dass sie mit irgendeiner Ausrede den Raum verlassen würde, sobald er ihn betrat, wie ein Dienstmädchen aus dem neunzehnten Jahrhundert. Er war sich überhaupt nicht sicher, was er von ihr erwartete – äußerste Selbsterniedrigung schien ihm manchmal eine verlockende Genugtuung zu geben –, aber das war es nicht, er wusste, er war nicht auf diese Art von Kontrolle aus, auf diese Art Macht, die ihn auf so vertrackte und schrecklich altbekannte Weise ins Unrecht zu setzen schien.

Er schaltete seinen Laptop aus und stand auf. Ein scharfer Schmerz fuhr ihm durchs Knie, und seine Schultern taten ihm weh vom krummen Sitzen. Er erblickte sein Bild in dem gerahmten Spiegel, der über der Kommode hing. Er sah müde aus, mitgenommen, alt. Sein Haar fing an zurückzuweichen. Er berührte behutsam, ängstlich seine Stirn. Sein Haar hatte angefangen zurückzuweichen, als er zweiundzwanzig war; er erinnerte sich, wie er es im Umkleideraum nach einer Runde Squash entdeckt hatte, als ihm plötzlich die Haarspitze auf seiner Stirn auffiel und die schütteren Dreiecke seitlich davon, wo sein Haar dünner wurde. Das von David wich nicht zurück. David war größer als er und auch breiter, und sein Haar war von einer dauerhaften Dichte, die mit das Erste war, was Martin aufgefallen war, mit das Erste einer ganzen Reihe von Rivalitäten. Martin wandte sich vom Spiegel ab und stürmte aus seinem Zimmer über den Flur zur Küche.

Sie war so sauber, wie die Küchen in seiner Kindheit immer gewesen waren, so sauber, wie die Küchen von Frauen, deren Hauptbeschäftigung nicht das Kochen war, oft zu sein schienen. Der Tisch war für eine Person gedeckt worden, ein Messer, ein Wasserglas und neben der Obstschale ein Sandwich auf einem Teller unter einer Plastikfolie. Martin nahm das Sandwich in die Hand und spähte von der Seite durch die Plastikfolie. Es schien sich um Käse und Tomate zu handeln, die Sandwichfüllung, die er als Kind immer gewählt hatte, die Sandwichfüllung, die man jetzt wegen ihrer Schlichtheit nur noch in altmodischen Lokalen bekam.

Martin schälte die Folie vom Sandwich und beschnupperte es. Dann ging er durch die Küche, drückte das Pedal des verchromten italienischen Mülleimers runter und warf es hinein.

»Erzähl schon«, sagte Nathalie. »*Erzähl* endlich!«

Sie hielt ihm die Tür auf, hielt sich fast daran fest, und ihre Augen leuchteten. Er beugte sich runter und küsste sie.

»Wie war es? Wie war sie? Was ist passiert?«

»Alles«, sagte David. »Nichts.«

»Wie *meinst* du das?«

»Ich bin so müde«, sagte David. »Ich fühle mich total erschlagen. Ich habe körperlich gar nichts gemacht und bin völlig erledigt.«

Nathalie nahm seinen Arm und drängte ihn in die Küche. Auf dem Tisch stand ein Korb mit einer bunten Mischung Primeln in so leuchtenden Farben wie ein mexikanisches Wandbild. David zeigte darauf.

»Hübsch ...«

»Vergiss sie«, sagte Nathalie und bugsierte ihn zu einem

Stuhl. »Vergiss sie. Erzähl schon. Sag mir, was passiert ist. Wie hat sie ausgesehen?«

David starrte vor sich hin.

»Sie hat großartig ausgesehen.«

»Inwiefern großartig?«

»Ziemlich groß, dunkelblond. Ein irgendwie teures Aussehen.«

»Hat sie geweint? Hat sie dich in den Arm genommen?«

»Nein ...«

»Dave ...«

»Sie ist in einer ziemlich üblen Situation«, sagte David. »Sie hat diesen Eheman. Und Jungs. Zwei Söhne.«

»Hast du sie kennen gelernt?«

»Ja.«

»Und? David, *und*?«

David schloss die Augen.

»Nat, ich habe gekriegt, wonach ich gesucht habe. Das und noch mehr. Ziemlich viel mehr.«

Nathalie beugte sich über ihn. Sie hatte die Hände auf der Brust gefaltet, fast als würde sie beten.

»Was denn?«

Er öffnete die Augen und schaute zu ihr hinauf.

»Ich weiß, wer mein Vater war. Ich weiß, wo ich geboren wurde. Ich weiß, warum sie mich weggegeben hat – oder zumindest weiß ich, was sie behauptet, warum sie mich weggegeben hat. Ich weiß, dass niemand etwas von mir gewusst hat, nicht mal dieser Connor, den sie geheiratet hat. Ich weiß, dass die Begegnung mit mir sie wieder dahin zurückgeworfen hat, wo sie glaubte, nie wieder hinzumüssen.«

Nathalie löste die Hände. Sie legte eine Hand auf Davids Schulter.

»Geht es dir gut?«

»Ich weiß nicht.«

»Hast du – hast du sie gemocht?«

»Wenn du meinst«, sagte David, »ob sie sich wie meine Mutter angefühlt hat, ist die Antwort nein.«

Nathalie tastete nach einem Stuhl, wobei sie weiter David ansah, und setzte sich.

»War sie nett zu dir?«

»Eigentlich nicht.«

»Du meinst, sie war *feindselig*?«

Davids Augen weiteten sich.

»Sie hat dieses Wort benutzt.«

»Feindselig?«

»Ja. Sie hat gesagt, sie könne Feindseligkeit nicht ertragen. Sie könne sie von niemandem ertragen. Das sei das Einzige, hat sie gesagt, was sie nicht ertragen könne.«

»Hast du ihr erzählt, dass du wütend auf sie gewesen bist?«

»Ich hab gesagt, ich sei es gewesen. Aber nicht mehr, als ich bei ihr war. Ich war in dem Moment nicht wütend.«

Nathalie beugte sich vor.

»Was *hast* du denn gefühlt? Ich kann es mir nicht vorstellen, ich kann mir nicht vorstellen, was ich empfinden werde …«

David runzelte die Stirn.

»Ich war irgendwie – fasziniert. Und ängstlich. Ich wollte Antworten bekommen, aber sie zu haben, das bedeutet, damit fertig werden zu müssen. Wenn man sich nur etwas ausdenkt, braucht man sich damit nicht auseinander zu setzen.«

Nathalie schluckte.

»Nein.«

»Mein Vater hieß Rory David Ecclestone. Er hat sich aus

dem Staub gemacht. Bevor ich geboren wurde. Sie hat gesagt, ich sehe genau aus wie er.«

Nathalie versuchte ein kleines Lächeln.

»Die Glückliche ...«

»Das glaube ich nicht.«

»Und ihr Mann? Connor?«

»Ach«, sagte David, »weißt du. Ich arbeite für Hunderte solcher Leute. Gut situierter Typ in den Sechzigern, vollendet liebenswürdig, wohlhabend. Liest wahrscheinlich den *Telegraph*. Sammelt maritime Drucke. Als er mir die Hand schüttelte, hat er mir direkt in die Augen gesehen und gesagt: ›Willkommen, mein Junge.‹«

»Nett von ihm ...«

»Ich weiß nicht. Oder er wollte nur etwas klarstellen, dafür sorgen, dass ich weiß ...« Er hielt inne.

»Dass du was weißt?«

»Wo mein Platz ist«, sagte David. »Wo mein Platz ist im Verhältnis zu seinen Söhnen. Ich hatte das Gefühl, er wollte mich wissen lassen, dass er das Richtige tut.« Er lehnte sich vor und strich über das Blütenblatt einer Primel. »Sie veränderte sich, als er dazukam.«

»Ach ja?«

»Ein Stückchen Offenheit verschwand. Sie war schon vor seinem Kommen nicht sehr mitteilsam gewesen, aber zumindest hatte ich den Eindruck, sie macht mir nichts vor. Aber als er hereinkam, setzte sie sich eine Art Maske auf. Sie war höflicher zu mir, aber nach meinem Empfinden nicht mehr so ehrlich. Ich hatte das Gefühl, sie weiß, dass ihre Familie sie beobachtet.«

»Ich kann mir das nicht vorstellen ...«

»Der Jüngere war in Ordnung. Er wird mal wie sein Vater werden, ohne die Aufgeblasenheit. Er hat sich nur so verhalten, als sei das verflixt peinlich, aber es ist eben peinlich für alle, also machen wir es so erträglich wie möglich. Der Ältere sah aus, als wollte er mich umbringen. Er hat kaum ein Wort gesagt. Er wollte sich nicht setzen, er blieb an der Tür stehen und starrte wütend.«

»Um Himmels willen«, rief Nathalie, »was nimmst du ihm denn bloß weg?«

»Nichts. Und vielleicht hätte ich ihn das auch fragen sollen. Ich will nichts, was ihm gehört, ich will nicht einmal seine *Mutter* …«

»David!«

Er sah sie an.

»Nein.«

»Das darfst du nicht sagen. Das kannst du nicht wissen nach einer einzigen Begegnung …«

»Doch, ich kann.«

Nathalie schwieg. Sie schaute ihn mit großen, sorgenvollen Augen an.

»Weißt du noch, was Elaine gesagt hat?«, fragte David.

»Was …«

»Sie hat es zu dir gesagt. Du hast es mir erzählt. Dass – dass wir alle tief im Inneren wissen, ob wir gewollt sind.«

»Hat Carole deinen Vater nicht geliebt?«

»O ja«, sagte David. »Das ist das Problem. Es war mein *Vater*, den sie geliebt hat.«

Nathalie schauderte leicht.

»Oh.«

»Wenn sie nicht schwanger geworden wäre, hätte sie ihn vielleicht halten können.«

»Aber du siehst aus wie er …«

»Das macht die Sache nur komplizierter. Es verwirrt sie. Vielleicht bin ich für sie so eine Art Zerrbild von ihm.« Er streckte eine Hand aus und legte sie auf die von Nathalie. »Es geht mir gut, Nat. Wirklich. Ich bin erschöpft, aber es geht mir gut.« Er nahm die Hand weg und stand langsam auf. »Ich gehe besser nach Hause.«

»Hast du es Marnie schon erzählt?«

»Noch nicht.«

»Dave ...«

Er beugte sich runter und küsste sie auf die Stirn.

»Wie könnte ich? Zuerst?«

Nathalie hatte die Augen fest geschlossen.

»David, geh nach Hause, *geh*.«

»Das mache ich«, sagte er. »Jetzt, nachdem ich bei dir war, gehe ich.« Er machte einen Schritt zur Tür und blieb dann stehen. »Marnie will sie kennen lernen. Bevor ich nach London fuhr, hat sie mich daran erinnert, dass sie sie kennen lernen möchte. Was soll ich machen?«

Kapitel fünfzehn

Titus' Küche sah, wie er mit einem Anflug von Stolz feststellte, abscheulich aus. Sie sah normalerweise ziemlich grässlich aus; es war letzten Endes nichts Ungewöhnliches, dachte er, während er vorsichtig auf Zehenspitzen durch die Sauerei stakste, am Boden kleben zu bleiben, aber diese Folgeschäden einer Kochorgie zusätzlich zu der ohnehin üblichen, unbekümmerten Verwahrlosung waren preiswürdig. Sogar die Küchenschranktüren waren mit irgendwas Grellfarbigem – Kurkuma? Chili? Blut? – beschmiert, und das Spülbecken war so voll, dass es fast unmöglich war, den Wasserkocher unter den Hahn zu quetschen. Es war in der Tat ein erstklassiger Fall für diese Fernsehsendung, in der ein paar Moderatoren übers Wochenende in fremde Wohnungen reinplatzten und den ganzen Scheißkram wegschleppten und ihn auf Flohmärkten an diese traurigen Anderer-Leute-Scheißkram-Schnäppchenjäger verkauften.

Vorsichtig schob er den Stapel Geschirr und Pfannen zur Seite und hielt den Wasserkocher unter den Kaltwasserhahn. Der Kocher war bemerkenswert voll mit Kalkplättchen, die darin herumtrieben wie Korallenstückchen in einem tropischen Meer. Sasha hatte mal einen Beutel mit Entkalker gekauft, um den Kessel damit zu behandeln, aber da sie es prinzipiell ablehnte, sich die Bürde von Titus' Haushaltsführung aufzuladen, und Titus selbst sich einen Teufel um den Zustand seines Kochers scherte, lag der Beutel noch immer da, wo sie ihn hingelegt hatte, mittlerweile verborgen unter einer Tüte verschimmelter Bagels.

Während er den Wasserkocher einsteckte, dachte Titus an Sashas Kommentar über den extremen Kontrast zwischen der anspruchsvollen Pingeligkeit, mit der Titus seiner Arbeit nachging, und der großspurigen Schlampigkeit, die seine Einstellung zu häuslichen Verrichtungen auszeichnete. Sie hatte das gesagt, wie sie alle solche Dinge sagte, mehr kommentierend als beurteilend und mit einem Mangel an persönlichem Engagement, der deutlich machte, dass sie keinen Finger krumm machen würde, um irgendetwas zu verändern. Sie war wunderbar unfeminin in dieser Hinsicht, herrlich unmütterlich, und für Titus infolgedessen extrem attraktiv. Es war daher ein bisschen komisch, dachte er, als er sich die Schweinerei im Spülbecken besah, dass er nicht nur bemerkt hatte, wie Justine keinerlei Anstalten machte, nach der Trink- und Kochorgie am Vorabend aufzuräumen, sondern dass es ihn auch geärgert hatte. Er hätte sie beinahe gefragt, glaubte er sich zu erinnern, ob sie nicht abwaschen wolle. Oder zumindest hatte er die Anfrage irgendwo in seinem Kopf zwischen den ganzen anderen, möglicherweise durchdringenderen Gedanken über Sex notiert. Er seufzte. Sex. Verblüffend, wie dringend man ihn wollte, wenn man ihn wollte. Und umgekehrt, auch wenn das Gefühl nur ein oder zwei Stunden anhielt – wie sehr man ihn nicht wollte, wenn man nicht wollte, wenn man zum Beispiel mit Kopfschmerzen und der deutlichen Aussicht, zu spät zur Arbeit zu kommen, in einer Ekel erregenden Küche stand.

Titus klaubte zwei Becher aus dem Chaos auf dem Tresen und spülte sie oberflächlich mit kaltem Wasser aus. Seine Mutter hatte Hygiene immer verachtet und behauptet, dass Bakterien einen nur dann befallen, wenn man Angst vor ihnen hat, und dass überhaupt zu viel Getue um Sauberkeit spießig sei. Er kramte in einem Schrank und fand eine Hand voll Teebeutel, die oben in eine offene Reisschachtel gequetscht waren. »Reis mit Limonenblättern und Ingwer« stand auf dem Etikett. Titus betrachtete es einen Moment. Das musste aus Sashas Biokostladen stammen. Er warf die Teebeutel in die Becher und griff nach dem Wasserkocher. Er hatte Sasha seit drei Wochen nicht mehr gesehen, und wenn er ihr Nachrichten hinterließ, schickte sie bloß lakonische Texte zurück wie »Beschäftigt« oder »Bald zurück«. Ein Teil von ihm brannte darauf zu erfahren, was eigentlich los war, und ein anderer Teil schreckte vor dem Wissen zurück. Wenn er es wüsste, müsste er sich damit befassen, und Titus wollte sich nicht damit befassen. Er wollte nur wieder dort sein, wo er zwei Becher mit Tee – ohne Milch, da die Milch in der Plastikflasche zu einem übel riechenden Etwas geworden war – hintrug, in seinem Bett, in dem Sasha auf ihn warten sollte und nicht Justine.

Er nahm die Becher und trat die Küchentür auf. Das Wohnzimmer lag im Halbdunkel, und das Tageslicht von draußen ließ erkennen, dass der größere Teil des Vorhangs herunterbaumelte statt in den Ösen zu hängen. Es lagen Teller und Zeitungen auf dem Fußboden, auf dem Fernseher standen Gläser, und Justines Kleider waren auf eine Weise übers Sofa verstreut, die am Morgen nur noch jämmerlich wirkte. Titus seufzte. Er stieß sich den Fuß an einem herumliegenden Schuh und fluchte.

Er konnte Justine aus dem Schlafzimmer kichern hören. Sie hatte viel gelacht vergangene Nacht, durch den Rotwein hindurch und den Versuch, ein Curry zu kochen, sogar durch weite Teile des Sex. Titus hatte das Lachen da eher als Herausforderung empfunden, als müsse er zu gewaltiger

Form hinsichtlich Phantasie und Sensationen auflaufen, um es auszulöschen, aber jetzt war es nur noch nervend. Justines Kicherei war genauso nervend wie ihre unvermeidliche Klein-Mädchen-Erwartung, dass er jetzt, da sie Sex miteinander gehabt hatten, nicht nur etwas für sie empfinden, sondern es ihr auch sagen müsse. Er trottete ins Schlafzimmer. Justine lag halb sitzend ins Kissen gedrückt, die Bettdecke gerade so weit hochgezogen, dass sie ihre Brustwarzen bedeckte. Selbst in dem Dämmerlicht konnte er erkennen, dass ihre Augen leuchteten. Er stellte die Becher auf der Kommode außerhalb ihrer Reichweite ab.

»Wir kommen zu spät«, sagte er.

Marnie hatte überlegt anzurufen. Während sie die Betten der Kinder neu bezog und Peteys Spielsachen wieder zurück in den Korb räumte, hatte sie überlegt, dass sie einen ruhigen, vernünftigen Anruf bei Nathalie machen würde und sie mit der festen Stimme, die ihr – meistens jedenfalls – inzwischen gelang, wenn sie mit oder über David sprach, fragen würde, ob sie bei ihr vorbeikommen könne. Aber während sie dann verschiedene Plastikbauteile von Bob dem Baumeister wieder zusammenbaute, kam es Marnie in den Sinn, dass Nathalie fragen könnte, was der Grund für den Besuch sei und ob sie die Sache nicht am Telefon miteinander besprechen könnten. Und im Gegensatz zu dem, was sie als ihr normales Verhalten empfand, ihr übliches gelassenes, vernünftiges Verhalten, wollte Marnie dieses spezielle Gespräch nicht am Telefon führen. Es war ein Gespräch, das von Angesicht zu Angesicht geführt werden musste, wenn Marnie daraus irgendeine Genugtuung ziehen wollte, und Genugtuung, dachte Marnie, war etwas, nach dem sie sich momentan nicht nur sehnte, sondern was ihr auch zustand.

Sie legte Bob den Baumeister in den Spielzeugkorb. Die älteren Kinder waren in der Schule und kämen erst am Nachmittag nach Hause. Petey, der zurzeit mit seiner Schmusedecke vor dem Fernseher saß, entgegen allen von Marnie lang hochgehaltenen Grundsätzen über phantasiefördernden Zeitvertreib auch für Kleinkinder, konnte in den Wagen gesetzt und mit zu Nathalie genommen werden, wo er vielleicht mit der ganzen Fügsamkeit, die er zu Hause nicht an den Tag legen mochte, auf dem Küchenfußboden spielen würde. Sie konnte seinen Saft und etwas Reisgebäck mitnehmen, oder sie konnte darauf bauen, dass Nathalie etwas für ihn hätte, irgendetwas, dachte Marnie mit jähem Grimm, was er zu Hause kreischend verschmähen, aber bei Nathalie wahrscheinlich mit Begeisterung essen würde. Marnie hielt sich an dem Korb fest und atmete tief ein. Das war lächerlich. Oder sogar noch schlimmer als lächerlich; es war wirklich gefährlich, immer mehr irrige Gründe für ihren Groll gegen Nathalie zu sammeln, während der wahre Grund – der fundamentale Grund – für ihren Groll gegen sie *David* war.

Sie ging hinunter. Petey saß mit glasigem Blick versunken vor dem Video von Walt Disneys Schneewittchen. Mit achtzehn Monaten hatte er rausgekriegt, wie man das Videogerät bediente, und stieß nun mörderische Schreie aus, wenn man ihn davon abhielt. Er liebte Knöpfe und Stöpsel, Schalter und Tasten, alles, was klickte und summte und Lichter aufblitzen und Geräusche losdröhnen ließ. Daniel, erinnerte sich Marnie, hatte nie etwas anderes gewollt als Schläger und Bälle und Laufen, alles, was auch nur entfernt mit Sport zu tun hatte, sogar als Baby, und Daniel war gegen alle anderen Versuchungen immun gewesen.

Marnie ging zurück in die Diele und wählte Nathalies Nummer.

»Hallo?«

»Nathalie, hier ist Marnie …«

Es entstand eine kleine Pause, als würde Nathalie sich eine Antwort zurechtlegen.

»Oh, hallo …«

»Bist du in der nächsten halben Stunde oder so zu Hause?«

»Also, ja …«

»Kann ich Petey vorbeibringen? Nur für zwanzig Minuten.«

Nathalie räusperte sich.

»Natürlich. Ich habe Petey eine Ewigkeit nicht mehr gesehen …«

Marnie legte auf und ging zurück ins Wohnzimmer.

»Zeit, das auszustellen.«

Petey riss die Finger aus dem Mund.

»Nein!«

»Doch.«

»Nein! Nein! Nein!«

»Petey«, sagte Marnie und bückte sich, um Petey vom Boden aufzuheben, »wir fahren mit dem *Auto*.«

»Ist alles in Ordnung?«, fragte Nathalie.

Marnie blickte auf den Boden hinunter. Petey aß eine Knabberstange, die Nathalie ihm gegeben hatte, und baute Pollys Arche-Noah-Tiere in einer langen, krummen Reihe auf.

»Es ist nur …«, sagte Marnie. »Er hat den ganzen Weg über geschrien.«

»Er wird wieder aufhören«, sagte Nathalie. »Sie hören alle auf. Wie viele Zweijährige schreien schon stundenlang? Möchtest du Kaffee?«

Marnie nickte. Nathalie zeigte auf einen Stuhl.

»Setz dich.«

Marnie setzte sich. Sie spürte ihre Schultern nach vorne sacken. Das Gleichgewicht der Kräfte in Nathalies Küche war nicht so, wie sie es sich vorgestellt, wie sie es beabsichtigt hatte. Sie riss sich zusammen und straffte die Schultern.

»Es geht nicht um Petey.«

»Nein«, sagte Nathalie.

»Ich glaube«, sagte Marnie, »dass du dir denken kannst, weshalb ich hier bin.«

Nathalie schwieg, während sie Kaffee in eine Kanne löffelte.

»David …«

Marnie sah auf die Tischplatte. Auf der Oberfläche war ein Ring, ein Rand, der von einem Glas oder Becher stammte, einem Glas oder Becher, den vielleicht jemand benutzt hatte, der hier zuletzt gesessen und mit Nathalie gesprochen hatte.

Unvermittelt sagte sie: »Wie konntest du das tun?«

Der Kaffeelöffel in Nathalies Hand schlug gegen die Kanne.

»Wie bitte?«

»Wir konntest du das tun?«, sagte Marnie wieder. »Wie konntest du zulassen, dass er es zuerst dir statt mir erzählt?«

Nathalie drehte sich langsam um und lehnte sich gegen den Küchentresen.

»Es war keine Frage von Lassen.«

»Was?«

»Ich habe ihn nicht gelassen«, sagte Nathalie. »Ich habe es ihm nicht erlaubt oder ihn aufgefordert, wie du unterstellst. Er ist einfach gekommen. Er war einfach da.«

»So wie er immer kommt!«, rief Marnie. »Wie er es immer macht, weil du ihn *doch* aufgefordert hast! Du hast ihm immer das Gefühl gegeben, dass niemand ihn so verstehen kann wie du, dass niemand sein Seelenleben so teilen kann wie du!«

Nathalie rückte vom Tresen weg und lehnte sich gegen den Tisch.

»Das kann auch niemand.«

»Was *fällt* dir ein …«

»Mir fällt gar nichts ein«, sagte Nathalie. »Ich nehme nichts weg, was dir gehört. Aber es gibt etwas, was David und ich erlebt haben, eine – eine traurige Erfahrung, die du, das kann ich dir versichern, nicht haben möchtest, die wir mit niemandem teilen können. Das weißt du. Das hast du immer gewusst.«

»Du redest am Wesentlichen vorbei«, sagte Marnie. Sie drückte die Hände flach durch, damit sie sich nicht zu Fäusten ballten. »Du hast immer mit Absicht am Wesentlichen vorbeigeredet. Du machst mich krank.«

Peteys Gesicht erschien über der Tischplatte. Er langte hoch und stellte einen Elefanten und ein Stachelschwein auf den Tisch. Der Elefant kippte um.

»Nein«, sagte Nathalie. Sie streckte eine Hand aus und stellte den Elefanten wieder hin. »Nein. Du bist nur so besitzergreifend, dass du es nicht ertragen kannst, dass er noch jemand anderen liebt, du kannst es nicht ertragen, dass jemand anders ihn besser versteht als du.«

Marnie sagte nichts. Sie schaute über den Tisch. Peteys Augen, so blau und rund wie Murmeln, waren mit unergründlicher Intensität fest auf sie gerichtet.

»Wenn er hierher gekommen ist«, sagte Nathalie, »um mir über das Treffen mit seiner Mutter zu berichten, findest du nicht, dass das genauso viel über dich aussagt wie über ihn oder mich?«

»Zum Beispiel?«

»Zum Beispiel, warum bist du eifersüchtig auf seine Mutter? Zum Beispiel, warum bist du eifersüchtig auf mich?«

Peteys Augen verschwanden.

Marnie sagte, ohne den Blick von der Stelle zu nehmen, wo Petey eben noch gewesen war: »Würde dich das nicht verunsichern?«

»Nein«, sagte Nathalie.

»Wenn Steve erst zu mir käme und mir etwas erzählte, bevor er es dir erzählt, würde dich das nicht verrückt machen?«

»Du kennst deine Eltern«, sagte Nathalie. »Und Steve auch. Ihr beide wisst genau, woher ihr kommt.«

Marnie stieß einen kleinen unterdrückten Schrei aus.

»O mein Gott. Es läuft immer, *immer* wieder darauf hinaus, oder? Es läuft immer wieder auf die Verbundenheit durch die Adoption hinaus, auf diese Entbehrung, auf diese – diese *Sache*, weshalb ihr so besonders seid, weshalb euch besondere Rechte zustehen, weshalb ihr Anspruch auf alles habt, was ihr wollt, auch wenn es rechtmäßig jemand anderem gehört, denn nichts wird jemals, jemals wieder diese schreckliche Verletzung gutmachen, diese Wunde, die euch zugefügt worden ist…« Sie hielt inne, keuchte leicht.

Nathalie sagte mit leiser Stimme: »Es ist eine Wunde.«

»Und deshalb ist es okay, jemand anderen zu bestrafen?«

»Ich bestrafe niemanden.«

»Tust du doch. Es ist vielleicht nicht deine Absicht, aber du *tust* es.«

»Und du?«

»Was ist mit mir?«

»Bestrafst du David nicht dafür«, sagte Nathalie, »dass er dich nicht so wiederliebt, wie du es gerne möchtest?«

»Was fällt dir ein …«

»Du wiederholst dich«, sagte Nathalie.

Peteys Äuglein tauchten erneut über dem Tischrand auf. Sein Blick wanderte langsam zu Nathalie und blieb auf ihr ruhen.

»Mehr Keks«, sagte Petey.

Nathalie schaute hinunter.

»Natürlich, Liebling.« Sie schaute zu Marnie. »Ist das in Ordnung?«

Marnie machte eine kleine wegwerfende Geste. Nathalie drehte sich zum Schrank hinter ihr um und holte die Schachtel mit den Knabberstangen runter.

Marnie sagte bitter: »Zu Hause würde er die nie essen.«

»Natürlich nicht.«

Petey nahm in jede Hand eine Knabberstange. Er sah zu Nathalie hinauf und schenkte ihr ein strahlendes, hinreißendes Lächeln.

»Marnie«, sagte Nathalie, »ich bin nicht seine Frau oder die Mutter seiner Kinder. Aber ich kenne ihn, seit er so klein war, noch kleiner. Ich weiß um diesen dunklen Fleck in unserem Inneren, diesen Schatten, der es uns verwehrt, uns wirklich loszulassen …«

»Bitte hör auf.«

Nathalie richtete sich auf.

»Gut.«

»Du hast ihn dazu gebracht, sich auf diese Geschichte einzulassen. Du hast ihn dazu gebracht, Carole zu suchen. Aber jetzt hör auf. *Hör auf*. Das hat jetzt nichts mehr mit dir zu tun.«

Nathalie legte die Schachtel Knabberstangen weg.

»Ich kann ihn nicht davon abhalten herzukommen …«

»Du kannst ihn davon abhalten, *zuerst* hierher zu kommen. Du kannst ihn davon abhalten, dir zu erzählen, wie er sich fühlt.«

»Ihn abhalten?«

»Ja.«

»Das *willst* du? Du willst, dass David etwas tut, nur weil man es ihm *gesagt* hat?«

Marnie beugte den Kopf über den Tisch. Sie fühlte sich plötzlich unsicher, plötzlich den Tränen nahe. Sie schüttelte den Kopf.

»Nein …«

Nathalie sagte: »Du möchtest Carole kennen lernen?«

Marnie nickte.

Sie sagte: »Kann ich ein Papiertuch haben?«

Nathalie griff nach der Rolle Küchenpapier und schob sie über den Tisch.

»Wieso willst du Carole kennen lernen?«

Marnie putzte sich die Nase.

»Sie ist Davids Mutter …«

»Oder willst du auch gegen *sie* um David kämpfen? Willst du ihr sagen, wo sie auszusteigen hat? Willst du ihr sagen, dass niemand solche Rechte hat wie eine Ehefrau?«

Marnies Kopf schoss hoch.

»Du musstest das nicht durchmachen! Du weißt nicht, wie das ist!«

Nathalie sagte nichts. Sie legte Petey eine Hand auf den Kopf.

»Warte nur«, sagte Marnie. »*Warte* nur ab.«

Wenn ihr Zimmer vollkommen dunkel war, das wusste Polly, würden die Klebesterne an der Decke besser leuchten. Wenn sie allerdings darauf bestand, dass ihr Teddybär-Nachtlicht anblieb und ihre Zimmertür so weit offen stand, dass ihr Pantoffel in den Spalt passte, wäre das nicht nur ein Sieg über Nathalies Willen, sondern auch eine Gelegenheit zu hören, was in der Wohnung noch alles vor sich ging. Die meisten Sachen, die vor sich gingen, waren ziemlich langweilig, aber manchmal, und in letzter Zeit ziemlich oft, lag eine gewisse Nervosität in der Luft. Es war nichts, was Polly direkt hätte beschreiben können, wie ein schreiender Daddy oder eine weinende Mummy, sondern eher ein Gefühl von Spannung oder Energie, die ihr das Gefühl gaben, sie sollte besser wach bleiben, damit ihr nichts entginge. Das Gefühl machte sie außerdem nervös und ein bisschen unsicher, sodass es besonders wichtig war, Nathalie immer wieder auf die Probe zu stellen, indem sie Dinge machte, die zwar nicht direkt ungezogen, aber auch nicht unbedingt gut waren. Polly war nicht besonders glücklich darüber, auf diesem schmalen Grat zu balancieren, aber da die Dinge nun mal so waren, wie sie waren, schien es ihr das einzig Richtige zu sein.

Sie lag da und schaute hinauf zu ihren Klebesternen. Sie wirkten trübe und verschwommen, und sie konnte kaum die Punkte vom Mond erkennen, die Punkte, die ihn wie ein C aussehen ließen, was der Buchstabe für Christbaum und Computer und Cornflakes war. Polly sagte mehrere Male Cornflakes vor sich hin, genießerisch. Sie verdrehte den Kopf und strengte die Augen an, um besser sehen zu können. Wenn sie sich sehr anstrengte, konnte sie ihr Puppenhaus erkennen und alle ihre Barbies in dem Wäschekorb aus Plastik und ihre Arche Noah in der Kiste. Als sie an diesem Tag von der Schule nach Hause gekommen war, waren ihre Arche-Noah-Tiere über den ganzen Fußboden verstreut gewesen, weil Petey mit ihnen gespielt hatte.

»Das hättest du ihm nicht erlauben dürfen«, hatte sie zu Nathalie gesagt.

»Oh? Und warum nicht?«

»Er hätte was kaputtmachen können.«

»Ich war da, Polly. Ich habe aufgepasst.«

»Nicht die ganze Zeit«, sagte Polly. »Du hast nicht *die ganze Zeit* aufgepasst.«

Sie hatte die Tiere mit eingehender Sorgfalt aufgesammelt und ehrfürchtig zurück in die Kiste gelegt.

»Sehr lobenswert«, sagte Nathalie mit einer Stimme, die Polly misstrauisch machte.

Sie begutachtete ihr Abendessen. Es war eins ihrer Lieblingsgerichte, außer dass die Möhren in Scheiben geschnitten waren und nicht in Sticks.

»Keinen Hunger!«

»Gut«, sagte Nathalie.

»Mag keine Pennymöhren.«

»Nein«, sagte Nathalie, »magst du nicht. Ich muss dir etwas sagen.«

»Was?«

»Das kann ich dir erst sagen, wenn du auf deinem Stuhl sitzt.«

Polly seufzte. Langsam hievte sie sich auf ihren Stuhl und nahm sich gedankenverloren mit den Fingern einen Schinkenwürfel.

»Ich fahre für ein paar Tage weg.«

Polly ließ den Schinken fallen.

»Nur zwei Tage«, sagte Nathalie.

»Warum?«

»Iss deinen Schinken.«

Polly beugte sich über den Teller und hob den Schinken mit den Zähnen auf.

»Polly!«

Polly grinste verschmitzt.

»Wie abstoßend.«

»Hunde machen das so«, sagte Polly.

»Bist du ein Hund?«

»Ja.«

»Nun, dann sei ein gutes Hundchen und iss noch eine Portion, dann erzähle ich es dir.«

Polly nahm ihre Gabel und spießte eine Möhrenscheibe auf.

Nathalie sagte: »Ich fahre eine Freundin besuchen.«

»Warum?«

»Weil ich sie viele, viele Jahre nicht gesehen habe.«

»Seit ich geboren wurde?«

»Lange davor.«

Polly kaute.

»Fährst du mit einem Flugzeug?«

»Nein«, sagte Nathalie, »mit dem Zug.«

»Kann ich mitkommen?«

»Nein. Du bleibst hier bei Daddy. Daddy und die Grandmas werden auf dich aufpassen.«

Polly warf die Gabel über den Tisch.

»Nein!«

»Es sind nur zwei Tage. Zwei Tage und eine Nacht.«

Polly schob die Unterlippe vor.

»Als würdest du einmal bei Hattie übernachten«, sagte Nathalie.

»Wieso fährst du mit dem Zug?«

»Weil es ein langer Weg ist.«

Polly verdrehte die Augen.

»So lang wie – nach Australien?«

Nathalie hob Pollys Gabel auf und reichte sie ihr.

»Nicht ganz.«

Polly flippte die Gabel hin und her.

»Wie heißt sie?«

»Wer?«

»Wie heißt deine Freundin?«

Nathalie schaute weg. Polly beobachtete sie. Die Stimmung war umgeschlagen. Polly gab ihrem Teller einen Schubs, und Teile ihres Essens flogen über den Tisch.

»Cora«, sagte Nathalie.

In die Wohnung zurückzugehen, stellte Carole fest, war fast zu einer Bedrohung geworden. Es war nicht der Ort selbst, der Ort, den sie einst mit solcher Freude ausgesucht und eingerichtet hatte, sondern mehr die Frage, was sie dort wohl vorfinden würde. Früher hatte sie gewusst, es würde Connor sein. Connor, den sie kannte und den sie zu händeln wusste, Connor, der von einem Spiel oder einer Auktion zurückgekommen war oder vom Treffen mit jemandes Sohn, der ihn respektvoll um Rat beim Aufbau eines kleinen Geschäftes bat. Jetzt war es natürlich immer noch Connor, aber ein unberechenbarer und wachsamer Connor, ein Connor, der nach dem kleinsten bedeutungsvollen Zeichen an ihr Ausschau hielt, ob sie irgendwo gewesen war oder mit jemandem Kontakt gehabt hatte, von dem er wissen müsste.

Und wenn Connor ausgegangen war, dann war da noch Martin. Die Arbeit beschäftigte Martin bis zum frühen Abend, aber danach schien er nie etwas anderes vorzuhaben, als nach Hause zu kommen. Er sagte, er habe kein Geld und wolle seine Freunde nicht sehen, weil er ihnen nicht gegenübertreten mochte. Carole hatte versucht zu sagen, dass ein wesentliches Element von Freundschaft darin bestünde, da zu sein, wenn man sie wirklich brauchte, in schlechten Zeiten, aber Martin hatte sie angesehen, als wüsste sie nicht, wovon sie redete. Alles in allem war ihr dieser Blick lieber als der andere, die leicht misstrauische Version von Connors neuer Wachsamkeit, die Carole ahnen ließ, dass sie auf jedes Detail geprüft wurde, auf jede Veränderung in ihrem Verhalten und in ihren Äußerungen, seit sie David eingeführt und der Familie vorgestellt hatte.

Es war anstrengend, derart unter Beobachtung zu stehen. Auch wenn sie fand, dass Connors Verhalten bis zu einem gewissen Grad gerechtfertigt war, bei Martin erboste es sie, und manchmal ängstigte es sie auch. Sie hatte den Eindruck, dass er sie bereits verurteilt und seine Schlüsse gezogen hatte und sie nur noch beobachtete, um Beweise für das Urteil zu bekommen, das er längst über sie gefällt hatte. Er war anscheinend zu der Überzeugung gelangt, dass David aufgrund seines Aussehens und seiner Herkunft und der Tatsache, dass sie ihn all die Jahre lang als ihr persönliches Geheimnis gehütet hatte, mühelos in den obersten Rang ihrer Zuneigung aufgestiegen war. Er war ihr ältester Sohn. Er war erfolgreich genug, seine eigene Firma zu führen. Er hatte selbst zwei Söhne gezeugt. Er musste genau das sein, was sich jede Mutter erhoffte und ersehnte, und Martin würde seine Mutter so lange nicht aus den Augen lassen, bis er den Beweis dafür hatte.

»Sprich dich mit ihm aus«, sagte Euan. »Rede offen mit ihm. *Sag* es ihm.«

Carole spielte mit ihrem Ehering.

»Er kriegt alles, was ich sage, in den falschen Hals …«

»Oh«, sagte Euan, »typisch Mart. Nie unsicher. Immer fest davon überzeugt, dass er angegriffen wird. Sag ihm, dass David nur ein Anhängsel ist.«

Carole blickte ihn an.

»Würdest du mitkommen? Würdest du mir helfen?«

Euan zögerte. Er wollte helfen, er wollte, dass seine Mutter und sein Bruder eine Lösung für ihre ewig alten Probleme fanden, aber es war nun mal so, dass er gerade ziemlich eingebunden war. Er hatte in den letzten Wochen wegen dieser Geschichte mit David so viel Zeit mit seiner Familie verbracht, dass Chloe, die sich als ebenso fordernd entpuppte wie die meisten hinreißenden Mädchen, allmählich anfing, Theater zu machen, ihn zur Rede zu stellen und nach Extras und Entschädigungen zu verlangen. Davids Erscheinen war ziemlich aufwühlend gewesen, Herrgott, ja, aber der Gedanke, dass Chloe missmutig genug werden könnte, um neue Wege zu gehen, war noch schlimmer. Er kratzte sich am Kopf.

»Tut mir Leid, Ma. Bisschen schwierig im Moment, ich hab mir schon so viel Zeit genommen …«

»Ja, sicher.«

»Überhaupt«, sagte Euan, »solltest du das alleine machen. Mart fände es nicht gut, wenn ich deine Hand hielte. Wer hat Geschwisterrivalität erfunden?«

Carole lachte.

»Du hast Recht. Natürlich hast du Recht. Es ist nur …«

»Ich weiß, Ma. Das ist es immer.«

Als sie jetzt in der Diele vor Martins Tür stand und mit Verärgerung den wachsenden Haufen von Taschen und Kisten musterte, den er angefangen hatte, davor aufzustapeln, spürte sie eine ungeheure Müdigkeit. Ständig schien sich ein Berg vor ihr aufzutürmen, den sie erklimmen musste, und kaum hatte sie den einen Berg erstiegen, erhob sich dahinter ein neuer. Das war wohl der Grund, vermutete sie, warum Menschen Geheimnisse bewahrten. In dem Moment, wo sie das Schweigen brachen und gestanden, verloren sie sämtliche Kontrolle, und alle anderen übernahmen sie, indem sie protestierten und kritisierten und Anspruch auf ihren Teil vom Kuchen erhoben. Sie machte einen Schritt vor und hob die Hand, um an Martins Tür zu klopfen.

Die Tür ging auf. Martin stand vor ihr in Trainingshose, einem Manchester-United-T-Shirt und mit nackten Füßen.

Carole sagte beinahe schüchtern: »Ich wollte gerade zu dir.«

»Oh.«

»Willst du weg?«

»Nur in die Küche. Einen Saft holen.«

Carole sagte: »Dann kann ich vielleicht mit dir reden, während du ihn trinkst.«

Martin ging an ihr vorbei durch die Diele.

»Worüber?«

Carole folgte ihm.

»David.«

Martin stand beim Kühlschrank mit dem Rücken zu ihr.

»Dachte ich mir.«

»Schatz«, sagte Carole, »nichts hat sich geändert, nichts an meinen Gefühlen für dich oder Euan oder Dad.«

Martin öffnete den Kühlschrank und nahm einen Saftkarton aus der Tür.

»Gut aussehender Typ.«

»Was hat das damit zu tun?«

»Ist es nicht befriedigend«, sagte Martin und kippte den Karton, sodass er daraus trinken konnte, »einen so hübschen Sohn zu haben?«

»Ich habe bereits zwei.«

Martin schnaubte verächtlich.

»Komm mir nicht damit.«

Carole trat näher.

»Ich habe nicht mehr an ihn gedacht. Monatelang nicht…«

»Aber du hast an seinen Vater gedacht.«

Carole zögerte.

»Manchmal.«

»Und er sieht aus wie sein Vater.«

Carole sah Martin offen an.

»Schatz, das ist alles vorbei. *Ihr* seid meine Familie, Dad ist mein Mann, das ist die Gegenwart und die Zukunft; das andere ist lang, lang zurückliegende Vergangenheit.«

Martin knallte den Karton zurück in den Kühlschrank.

»Aber es ist passiert.«

»Ja«, sagte Carole. »Und ich kann es nicht mehr ungeschehen machen. Das kann ich nicht. Ich habe mich entschuldigt, bis ich nicht mehr konnte. Was soll ich denn sonst noch tun, was *kann* ich sonst noch tun?«

Martin warf die Kühlschranktür zu. Er starrte sie einen Moment lang an, dann drehte er sich um.

»Schick ihn zum Teufel«, sagte er.

»Ich soll ihn …«

»Nein«, sagte Martin. »Nein, ich hab's mir anders überlegt, *ich* werde ihn zum Teufel schicken. Ich werde ihm sagen, dass er unerwünscht ist.« Er musterte seine Mutter scharf. »Ist er doch, oder?«

Kapitel sechzehn

Ein Mann, der weiter hinten im Waggon saß, hatte Nathalie den ganzen Weg seit Birmingham New Street Station beobachtet. Er starrte sie nicht direkt an, und er sah auch nicht finster und bedrohlich aus, doch er war offensichtlich aufrichtig interessiert. Er hatte ein schweres, dickes Buch dabei, aber er verbrachte mehr Zeit damit, Nathalie anzusehen als dessen Seiten. Es war, dachte Nathalie, als würde er versuchen, etwas über sie herauszubekommen. Es war, als wäre sie ihm zunächst aufgefallen, weil er sie anziehend fand, und als hätte er dann etwas anderes entdeckt, etwas Unbestimmteres und Verlockenderes als nur das reine Aussehen, von dem er nun gefesselt war. Einmal hatte sie törichterweise versucht, ihm einen kurzen Blick und ein Lächeln zuzuwerfen, aber er hatte darauf weder reagiert noch seinen steten, offenen Blick abgewandt. Ihn beschäftigte offenbar etwas weniger Gewöhnliches als ein Flirt.

Nathalie schaute die ganze Zeit aus dem Fenster. Sie hatte auch ein Buch dabei, aber sie brachte nicht mal so viel Konzentration auf, um einen einzigen Satz zu Ende zu lesen. Wenn sie ehrlich war, überraschte es sie nicht besonders, dass der Mann sie ansah; im Grunde überraschte es sie mehr, dass niemand sonst in dem Waggon sie ansah, dass ein Mensch in ihrem nächsten Umkreis sitzen konnte, ohne den Unterschied zu bemerken, den Unterschied zwischen allen anderen und deren selbstverständlicher Gewissheit, was ihr Leben anging, und ihr, die an der Schwelle zu dieser außergewöhnlichen Veränderung in ihrem Leben stand, dieser Veränderung, die Antwort und Auflösung bringen würde – und *Entdeckung*. Und doch war es in Wirklichkeit keine Veränderung. Die Veränderung hatte in all den Jahren gelegen, die zu diesem Moment geführt hatten, all die Jahre, in denen sie nicht gewusst hatte, wer ihre Mutter war, nicht gewusst hatte, wie besorgt ihre Mutter gewesen war. Sie vergegenwärtigte sich immer wieder im Geist das erste Telefongespräch, wie Cora geweint hatte, wie Cora so – so ängstlich gefragt hatte, ob Nathalie böse sei, ob Nathalie ihr je vergeben könne. Wenn sie diese gemeinsamen Minuten am Telefon noch einmal durchlebte, fühlte Nathalie eine Welle von etwas Reinem und Starkem und Wohligem, das sie ganz einfach für Freude hielt.

Elaine Price hatte angeboten, sie nach Northsea zu begleiten. Sie hatte gesagt, dass sie das oft mache, oft mit zu dem ersten Treffen komme, um einen Anfang zu machen und durch diese ersten paar Augenblicke zu helfen, in denen es so entmutigend schwierig war, den Prozess der Wiedergutmachung und Aussöhnung in Gang zu bringen. Sie sagte, sie würde sich üblicherweise so bald wie möglich zurückziehen, aber da diese Begegnungen zunächst oft eine Enttäuschung seien und keine Seite sich traue, ihre wahren Gefühle zu offenbaren, sei es gewöhnlich eine Hilfe, jemanden dabeizuhaben, der über diese Schwelle hinweghalf.

»Wenn Sie Ihre Gefühle zurückhalten«, sagte Elaine, »halten Sie auch den Fortschritt auf.«

Nathalie war sich ganz sicher gewesen, dass das Zurückhalten von Gefühlen nicht das Problem sein würde. Das Problem, dachte sie, wären zu viele Gefühle, zu wenig Zurückhaltung. Sie war nicht sicher, ob sie Elaine dabeihaben wollte, wenn sie weinte, und wenn Cora weinte, was sie beide ganz sicher tun würden; nicht weil sie Elaine nicht mochte oder ihr nicht vertraute, sondern weil es ein so überaus intimer Moment sein würde, dass es dabei keine Zeugen geben sollte. Es sollte, sagte sich Nathalie, niemand zugegen sein bei dieser Art Wiedergeburt; das war nicht richtig oder natürlich. Zwei Erwachsene, die, jeder auf seine Weise, den gewaltigen Verlust in ihrer beider Leben heilen würden, sollten diesen kostbaren und außergewöhnlichen, feierlichen Moment in angemessener Abgeschiedenheit erleben.

»Vielen Dank«, sagte sie zu Elaine. Aber ich muss das alleine machen. Ich möchte alleine fahren.«

Sie hoffte, dass Elaine sie verstanden hatte. Sie hoffte, dass Elaine ehrlich gewesen war, als sie erklärte, dass sie nicht mehr als eine Hebamme für eine Form der Wiedergeburt sei und sich danach still zurückziehen und anderen Klienten zuwenden würde, diesen Klienten, die sie ohne Unterlass aufsuchten. Nathalie hoffte – obwohl ohne großen Erfolg, wenn sie ehrlich war –, dass sie vor lauter Freude über das, was vor ihr lag, nicht vergessen hatte, Elaine irgendwie in alle ihre Gedanken und Gefühle mit einzubeziehen.

Sie wandte den Blick vom Fenster ab. Der Mann mit dem Buch war jetzt zu ihrer gelinden Enttäuschung in seine Lektüre vertieft. Er schien – so typisch männlich – jetzt mit der gleichen Aufmerksamkeit zu lesen, mit der er nur Minuten zuvor noch ihr Gesicht studiert hatte. Sie schob den Ärmel hoch, um auf die Uhr zu sehen, und sie spürte, wie sich ihr Magen vor Panik zusammenzog. In siebenunddreißig Minuten würde der Zug in Northsea Station einfahren, wo Cora auf dem Bahnsteig warten und, laut ihrer Ankündigung, etwas Rotes oder Orangefarbenes tragen und Blumen dabeihaben würde.

»Kornblumen, wenn ich welche kriegen kann«, hatte sie gesagt. »Ich liebe Kornblumen. Ich habe sie noch nie wild in einem Kornfeld wachsen sehen, aber das würde ich gerne mal. Kornblumen und Klatschmohn in einem Kornfeld.«

Nathalie schloss die Augen. Während der letzten Wochen war immer wieder ein Bild in ihrem Kopf aufgetaucht, scharf und deutlich wie ein alter Schnappschuss. Sie war vielleicht sechs oder sieben und trug die Art Kleid, wie Lynne es gerne an ihr mochte, Puffärmel, weit geschnittener Rock, gesmoktes Oberteil und Schärpe. Es war rosa oder blau, irgendetwas Blasses, und ihre Haare waren oben auf dem Kopf mit einem Band zusammengebunden, dessen lange Enden ihr auf die Schultern fielen. Sie hatte weiße Söckchen an und Riemchenschuhe, und sie stand im Garten in der Ashmore Road neben einem Fliederbusch, die Hände sittsam vor dem Körper übereinander gelegt, so wie sie sie zu Beginn ihrer Tanzstunden immer halten mussten. Sie konnte sich nicht erinnern, wohin dieses adrette und fein gemachte Mädchen gegangen war, aber sie wusste, wo es jetzt hingehen würde. Es war eine Szene, die sie sich im Geiste wieder und wieder vorgespielt hatte, wie das Kind mit der Haarschleife und den Riemchenschuhen aus einem Zug stieg und die Arme zu einer Frau in einem roten Kleid und mit einem Strauß Kornblumen emporstreckte. In bestimmten Stimmungen brauchte sie sich nur dieses Bild vorzustellen, und ihr war die Kehle wie zugeschnürt.

Sie öffnete die Augen. Lieber jetzt nicht daran denken, lieber nicht zu viel hoffen und planen, lieber aus dem Fenster schauen und sehen, dass die graublaue Nordsee, die unter einem wolkenverhangenen Himmel schimmerte, erstaunlicherweise nur hundert Meter von der Eisenbahnlinie entfernt war. Sie mussten nahe sein, sehr nahe. Tatsächlich fingen die Leute in ihrem Abteil schon an, auf ihren Sitzen herumzurutschen, sich in Jacken zu kämpfen, Zeitungen in Taschen zu stopfen und jenen verschlossen wachsamen Ausdruck anzunehmen, mit dem sie sich nach Beendigung der kurzen und seligen Entbundenheit durch die Reise wieder für die Zwänge des Alltags rüsteten.

»Northsea«, verkündete die Stimme des Schaffners über die Lautsprecheranlage. »Nächster Halt, Northsea.«

Nathalie stand unsicher auf. Ach, der Schrecken großer Momente, der Schrecken, sich ihnen zu stellen, gepaart mit dem Schrecken, sie irgendwie wieder genommen zu kriegen. Sie langte hoch zu ihrer Tasche auf der Gepäckablage, der Tasche mit ihren Sachen für die Nacht und einem Bild, das Polly gemalt hatte – beharrlich, überlegt –, von einem großen Hund neben einem kleinen Haus und drei winzigen Personen, und darüber stand »Für Cora«, beide R spiegelverkehrt.

Der Zug glitt jetzt an Häusern vorbei, Häusern mit grauen Mauern und grauen, schrägen Dächern, und dann an einem Lagerhaus und einer Werkstatt und einem Fußballstadion mit kranartigen Lichtmasten, die hoch über den Zuschauertribünen aufragten. Dann kamen wieder Häuser in Sicht und ein Park und Eisenbahnschienen, die in so fließender Folge zusammen- und auseinander liefen, dass einem vom Hinsehen schwindelig wurde. Und dann wurde der Zug langsamer, nichts hielt ihn auf, rollte unter den schmutzigen Glasbaldachin von Northsea Station, rollte an den Bahnsteigen vorbei, an den Stapeln von Postsäcken, den Gepäckwagen, den verstreuten Passagieren, dem angeleinten Hund, den Zeitungsständen, den »Taxi«- und »Toiletten«-Schildern. Und dann blieb er stehen.

Nathalie nahm ihre Tasche. Sie trat in den Gang. Der Mann mit dem Buch stand dort und sah sie an.

»Viel Glück«, sagte er.

Sie nickte. Er machte Platz, um ihr den Vortritt zu lassen, und sie ging umständlich an ihm vorbei und den Waggon entlang zur Tür, wobei sie ihre Tasche vor sich hertrug, trat auf das Türbrett und hinunter und stand auf dem Bahnsteig.

Es war jemand da, es wartete jemand, jemand in einem orange-roten Gewand, einem formlosen, mantelartigen Ding. Sie hatte Blumen in der Hand, aber es waren keine Kornblumen, es war irgendwas Gewöhnliches, so was wie Nelken, weißlich grün. Und diese Person hatte nicht die Statur einer Mutter, diese Person war klein. Winzig. Man konnte, dachte Nathalie verstört, die Arme nicht nach oben werfen, um sie zu umarmen. Man musste sich zu ihr hinunterbücken.

»Hallo, Liebes«, sagte Cora.

Es hatte entschiedenen Mut verlangt, Carole anzurufen. Marnie hatte vorher alle möglichen Beruhigungsrituale ausgeführt – Wäsche zusammenlegen, ihren Zopf neu flechten, nachsehen, ob Petey seine Decke während des Mittagsschlafs weggetreten hatte –, und dann hatte sie sich gezwungen, entschlossenen Schrittes in die Diele zu gehen und die Nummer zu wählen, die David ihr gegeben hatte. Er hatte sie ihr natürlich nicht geben wollen und eingewandt, es sehe ohnehin nicht so aus, als habe diese Sache eine große Zukunft, und es sei deshalb sinnlos, dass Marnie den Tanz auch noch mitmache. Aber Marnie hatte darauf bestanden und die Hand ausgestreckt, als wäre er ein ertapptes Kind, das etwas Gestohlenes zurückgeben sollte.

»Wenn es dich betrifft, betrifft es auch mich. Darüber waren wir uns einig, von nun an. Erinnerst du dich?«

Carole hatte nicht entgegenkommend geklungen. David

hatte ihr erzählt, dass Marnie sie anrufen wollte, aber dennoch brachte sie es fertig, so zu klingen, als sei sie überrumpelt worden und nicht erfreut darüber. Marnie versuchte, sich an alles zu erinnern, was David ihr erzählt hatte über Caroles Unfähigkeit, mit Konfrontation umzugehen, und dass man als Gesprächspartner in einem solchen Fall sehr viel Geduld brauchte.

»Ich will nichts von Ihnen«, sagte Marnie. »Ich bin nicht hinter irgendetwas her. Aber ich bin seine Frau, und deshalb betrifft es auch mich.« Sie hielt abrupt inne. Sie hatte gerade sagen wollen: Ich kann hier nicht einfach ausgeschlossen werden, aber das war genau das, was sie sich eingetrichtert hatte, *nicht* zu sagen. Also sagte sie stattdessen: »Das berührt uns alle.«

Es entstand eine Pause, und dann sagte Carole widerwillig: »Vermutlich.«

Sie hatte gewollt, dass Marnie nach London kam. Sie hatte vorgeschlagen, sich irgendwo zum Mittagessen zu treffen, vielleicht im Restaurant einer Galerie, einem Ort, so ließ sie durchblicken, der als Treffpunkt für Frauen in einer so hochgradig heiklen Situation gut geeignet und auch anonym genug war. Aber Marnie war bereit für sie. Marnie würde sich auf keine emotionalen Ausbrüche einlassen, nicht nachdem sie Nathalies Ellbogen gespürt hatte.

»Sie sollten sein Zuhause sehen«, sagte Marnie. »Sie sollten sein Leben sehen, da wo seine Familie ist.«

»Ist gut«, sagte Carole überraschenderweise. Sie klang leicht amüsiert und überhaupt nicht verblüfft. »Ist gut. Ich komme nach Westerham.«

Und nun saß sie hier in Marnies Wohnzimmer auf einem von Marnies blauen Polstersesseln, nahm eine Tasse von Marnies Kaffee und lehnte eins von Marnies extra gebackenen Nussplätzchen ab. Sie sah sich in einer Weise um, die Marnie nicht ergründen konnte, weder fieberhaft neugierig noch desinteressiert, registrierte die ungeschmückten Wände und den polierten Boden und die Bücher und die Bilder und das vorbildliche Kind auf dem Kaminvorleger mit den Fingern im Mund und einem ökologisch einwandfreien Holzzug, der im Zickzack um es herumlief. Marnie beobachtete sie, beobachtete, wie ihr Blick über die Blumen in der Steinvase wanderte, über die Fotos, das Sofa mit seinen unübersehbaren Anzeichen, dass darauf mehr gehopst als gesessen wurde, und sie überlegte, ob sie etwas und was sie womöglich vergessen hatte.

Carole nahm einen Schluck Kaffee.

»Sehr schön.«

»Ich komme aus einer alten Familie von Kaffeekochern …«

»Ich meinte den Raum. Den Kaffee natürlich auch …«

Marnie wartete darauf, dass Carole etwas über Petey sagte. Immerhin saß Petey absolut brav und aufrecht auf dem Hintern, die blauen Augen unverwandt auf die Besucherin gerichtet, die kleinen gestiefelten Füßchen so niedlich zwischen dem dekorativen Zickzack seines Zuges ausgestreckt. Aber abgesehen von einer kurzen Begrüßung schien sie Petey nicht wahrzunehmen. So augenscheinlich, dass Marnie sich allmählich fragte, ob sie es bewusst vermied, ihn anzusehen, weil sie es nicht ertragen konnte, weil der Anblick des kleinen blonden Jungen zu schmerzhaft war und eine zu deutliche Erinnerung heraufbeschwor.

Petey nahm die Finger aus dem Mund und hob den Holzzug hoch und hielt ihn Carole hin.

»Thomas«, sagte Petey.

Carole warf ihm einen flüchtigen Blick zu.

»Er meint Thomas, die Lokomotive …«

»Sehr schön«, sagte Carole. »Hübscher Zug.«

Petey ließ den Zug fallen, behielt aber den Arm oben.

»*Nicht* Thomas«, sagte er.

»Nein.«

»Thomas *blau*«, sagte Petey verächtlich. Er steckte die Finger wieder zurück in den Mund.

»Er ist zwei Jahre alt«, sagte Marnie.

Carole sah in ihren Kaffee.

»Ich bin ziemlich aus der Übung, was das Raten von Alter angeht.« Sie nahm noch einen Schluck. »Ich habe seit über fünfundzwanzig Jahren kein zweijähriges Kind mehr um mich gehabt.«

Marnie stellte ihre Tasse neben sich auf dem Boden ab. Sie trank nicht gerne Kaffee aus Tassen. Tassen waren für Tee, englischer Stil. Kaffee sollte in Bechern serviert werden, viertelliterweise. Aber als sie Caroles Frisur und die Wildlederschuhe gesehen hatte, war ihre Überzeugung von der kanadischen Kaffeekultur ins Wanken geraten und verworfen worden. Genauso wie ihr Entschluss verworfen worden war, die Jeans nicht gegen etwas anderes zu tauschen und den Küchenfußboden nicht zu schrubben. Sie war entschlossen gewesen, weder das eine noch das andere zu tun, und dann hatte die Erinnerung an Davids Beschreibung von Caroles Garderobe und Caroles Wohnung sie schwach werden lassen.

»Ich nehme an, David hat Ihnen erzählt«, sagte Marnie, »dass Petey das jüngste von unseren Kindern ist. Ellen ist zwölf und Daniel zehn.« Sie zeigte auf ein Foto auf einem Bücherbrett vier Schritte von Carole entfernt. »Das sind sie letzten Sommer in Kanada.«

Carole drehte den Kopf so, dass sie das Foto sehen

konnte, machte aber keinerlei Anstalten, sich vorzubeugen oder es in die Hand zu nehmen.

»Sehr schön.«

»Wir verbringen jeden Sommer in Kanada«, sagte Marnie, »und wohnen dort bei meiner Familie. Es ist ein herrliches Leben für Kinder.«

»Bestimmt«, sagte Carole. Sie drehte dem Foto wieder den Rücken zu. »Ich bin nie dort gewesen.«

Petey stand langsam und vorsichtig auf. Dann trottete er hinüber zu Carole, baute sich neben ihrem Knie auf und betrachtete sie eingehend.

»Hallo«, sagte Carole.

Petey sagte nichts. Marnie schaute auf seinen kräftigen kleinen Rücken in dem gestreiften T-Shirt, auf seinen weichen hellen Kopf, auf seine liebenswert stabil beschuhten Füße und wunderte sich, dass irgendjemand widerstehen konnte, ihn anzufassen.

»Als mein Martin zwei war«, sagte Carole zu Petey, »mochte er Traktoren. Magst du Traktoren?«

Petey wich einen Schritt zurück.

»Thomas«, sagte er laut.

»Natürlich …«

»Thomas!«, rief Petey.

»Nicht so laut, mein Schatz«, sagte Marnie.

Petey drehte sich um und ging wieder zu dem Kaminvorleger zurück. Er bückte sich, hob seinen Zug auf und zuckelte zielbewusst damit aus dem Zimmer.

»Er kann nicht weit gehen«, sagte Marnie, als würde Carole das kümmern. »Da ist ein Treppengitter.«

Carole streckte den Arm aus, um die Tasse abzustellen. Dann lehnte sie sich zurück und legte die Arme auf die Lehnen des blauen Sessels.

»Warum wollten Sie, dass ich herkomme?«

Marnie fuhr erstaunt auf.

»Aber das ist doch offensichtlich …«

»Ist es das?«

»Natürlich. Sie sind Davids Mutter, und ich bin seine Frau und die Mutter seiner Kinder …«

»Oh«, sagte Carole und hob eine Hand, »das kann ich alles sehen. Ich sehe das ganze geregelte Leben, das Haus, den Besitz. Aber das konnte ich ohnehin sehen, das konnte ich bei der Begegnung mit David sehen. David macht nicht den Eindruck eines Mannes, für den niemand sorgt.«

»Das will ich doch hoffen …«

Carole sah sie an.

»Und Sie sorgen mit Liebe für ihn. Nicht wahr?«

Marnie schaute weg. Der Teller mit den Nussplätzchen, die jetzt im Sonnenlicht, das zum Fenster hereinfiel, schmolzen, wirkte plötzlich verloren und trostlos, eine wahrlich stümperhafte Geste.

»Darum geht es nicht.«

»Nein?«

»Nein.«

»Worum dann? Worum geht es? Wieso wollten Sie, dass ich hierher komme?«

»Es ist mir wichtig, dass Sie etwas wissen. Es ist mir wichtig, dass Sie über etwas Bescheid wissen.«

Carole legte die Hände unterm Kinn zusammen, wobei sie die Ellbogen auf die Armlehnen stützte.

»Und das wäre?«

Marnie holte Luft.

»Sie sollen wissen«, sagte sie, »dass Sie als Davids Mutter jederzeit willkommen sind, sich unserer Familie anzuschließen. Aber glauben Sie bitte nicht, dass es hier eine Lücke gegeben hat, die nur darauf gewartet hat, dass Sie sie ausfüllen. Denn die gab es nicht.«

Petey erschien in der Tür. Er hielt Daniels zu klein gewordenen Baby-Kricketschläger mit den Armen umklammert wie einen Teddybären. Carole blickte nicht in seine Richtung. Sie sah Marnie an.

»Wie kommen Sie darauf«, sagte sie, »dass ich je eine solche Idee gehabt hätte?«

Marnie beugte sich vor.

»Ich möchte nur, dass Sie das wissen«, sagte sie. »Ich möchte nur, dass es darüber keinen Zweifel gibt. Sie sind herzlich willkommen, aber zu unseren Bedingungen.«

»Schläger«, sagte Petey laut.

»Sie armes Mädchen«, sagte Carole zu Marnie. »Sie armes Mädchen. Sie lieben ihn wirklich, nicht wahr?«

Es war so seltsam, dachte Lynne, die Dinge zu betrachten, die einem in den vergangenen Jahren Freude bereitet hatten, und zu sehen, wie etwas, auf das man sich einst als Seelentrost vollkommen hatte verlassen können, sich später als völlig nutzlos erwies. Es hatte eine lange Zeit gegeben – eine verlässlich lange Zeit, wie es damals schien –, als der Anblick eines zum Wochenende gebackenen Kuchens oder Davids erfolgreich gewaschene Rugby-Kleidung mit dem Gefühl außerordentlicher Erfüllung und innerer Ruhe einhergingen. Aber natürlich war diese Zeit vergangen. Sie war nicht nur vergangen, weil sie sich selbst überlebt hatte, davon war Lynne überzeugt, sondern auch, weil Nathalie es vorangetrieben hatte, weil sie ein Ende der Abhängigkeit wollte, ein Ende dieses Kinderlebens aus Routine und kleinen, netten Behaglichkeiten. Lynne hatte manchmal Visionen gehabt, wie Nathalie absichtlich dieses sorgfältige Gefüge, das Lynne aufgebaut hatte, umkrempelte, teils, um seine Haltbarkeit, teils, um ihre eigene Fähigkeit zu prüfen, ohne es auszukommen. Im Grunde ihres Herzens konnte Lynne Nathalie nicht vorwerfen, dass sie erwachsen werden wollte, aber sie hatte ihr immer vorgeworfen – unbilligerweise, das wusste sie –, dass sie nichts hinterlassen hatte, das ihren Platz einnahm.

Und damals, dessen war sich Lynne mit einer gewissen Scham bewusst, war das Fernsehen ins Spiel gekommen. Sie war sicher, dass es Tausende und Abertausende andere Menschen gab wie sie, Menschen, für die das Fernsehen zu einem geselligen Kumpan geworden war, zu einer Quelle der Freundschaft und Phantasie. Nicht, dass Lynne ganze Nachmittage damit verbrachte, sich alte Hollywood-Filme anzusehen, mit einer Flasche Kochsherry, wie ihre Mutter es abfällig bezeichnet hatte, aber es hatte sich eine schleichende Sucht nach Sendungen über Haus- und Gartenverschönerungen entwickelt. Sie wollte keine Liebe und unglaublichen Romanzen: Sie suchte eine Flucht aus der Gegenwart, einen fliegenden Teppich, der sie zu dem Ort zurückbringen würde, wo sie wieder die treibende Kraft im Land war, die Ehefrau und Mutter, die Seele des Haushalts. Wenn sie diesen kitschigen und theatralischen Umwandlungen von Innenräumen und Erdschollen zuschaute und wenn sie in den Gesichtern der Teilnehmer die rührende Hoffnung auf eine entsprechende Umwandlung ihres Lebens sah, wurde Lynne in eine Zeit zurückversetzt, in der sie glücklicher als zu jeder anderen Zeit gewesen war, eine Zeit, als zwei saubere, gut genährte, schlafende Kinder sie für eine Weile in den Glauben versetzten, dass ihr Leben nicht nur einen Zweck hatte, sondern dass sie auch die wunderbare Fähigkeit besaß, diesem Zweck zu dienen. Es hatte Augenblicke gegeben – oder vielleicht mehr als Augenblicke –, in denen sie sich beinahe damit abgefunden hatte, unfruchtbar zu sein und nie eine Schwangerschaft zu durchleben, und wenn sie jetzt zusah, wie die Bühnendekoration aufgebaut wurde, Bücherregale vor einer hastig angemalten Wand, konnte sie sonderbarerweise eine nachklingende Ahnung jenes Seelenfriedens wieder spüren, konnte sie einen Wachtraum sehen, der wie ein Ballon an einer Schnur heruntersank, bis man ihn in der Hand halten konnte. Es war Mitleid erregend, das war ihr klar, aber warum sollte Mitleid die tatsächliche Hilfe schmälern, die selbst billiger Unsinn zu leisten vermochte?

Sie zog es vor, ihre Sendungen zu schauen, wenn Ralph außer Haus war – wirklich weg, nicht nur herumbastelnd in seiner Werkstatt. Er war wieder einem Schachklub beigetreten – nicht dem vornehmen, wo David spielte, sondern einer eher beliebig zusammengewürfelten Gruppe, der auch mehrere Asylsuchende aus der ehemaligen Sowjetunion angehörten, die sich in einem Pub in der Nähe von Westerham Station trafen und dort geduldet wurden, solange jeder pro Stunde ein Getränk kaufte. Ralph hatte nicht gesagt, warum er wieder mit dem Schachspiel anfangen wollte, und Lynne hatte ihn nicht gefragt. Es war, im Gegenteil, irgendwie erleichternd, ihn an zwei Abenden in der Woche mit diesem Anschein eines sinnvollen Vorhabens weggehen zu sehen, der ihr wiederum die Freiheit gab – fernzusehen. Wenn sie sich vor dem Gerät einrichtete, hatte sie jedes Mal das Gefühl, eine Bürde abzulegen, sich eine Atempause von einer mühsamen und anstrengenden Aufgabe zu gönnen.

»Du kannst dir unmöglich *so etwas* ansehen.« – Es war Davids Stimme.

Lynne stieß einen kleinen Schrei aus.

»David!«

Er zeigte auf den Bildschirm. Zwei munter quasselnde Männer und ein dickes Mädchen im Overall arrangierten Flusssteine und Kakteen auf einem hellen Geröllteppich.

»Mum, das ist Mist!«

»Ich weiß …«

»Dieser Garten überlebt gerade zehn Minuten, und wo haben sie diese Pflanzen her? Das sind *Wüsten*pflanzen. Sie sollten in Arizona stehen.«

»Du hast mir einen Schreck eingejagt«, sagte Lynne. Sie richtete die Fernbedienung auf den Fernseher, und der Bildschirm versank in Dunkelheit.

»Wenn ich vorher angerufen hätte«, sagte David, »hättest du erst das gemästete Kalb geschlachtet und das Badezimmer geputzt.«

»Ich mache das *gerne* …«

»Aber ich wollte es nicht«, sagte David. Er beugte sich über ihren Stuhl und küsste sie. »Ich wollte dich sprechen und dabei nicht von lauter Kocherei und anderem Kram gestört werden.«

Lynne schaute weg.

»Oh.«

David setzte sich auf das Sofa neben ihrem Sessel.

»Dads Schachabend. Du siehst fern. Perfekt.«

»Weißt du«, sagte Lynne unsicher, »ich glaube, mir ist nicht nach weiteren Offenbarungen.«

»Mir auch nicht.«

Lynne sah auf.

»Ich hole dir einen Kaffee.«

»Nein.«

»David …«

»Nein«, sagte David, »ich will nichts. Ich bin nicht deswegen gekommen.«

»Ich mache es gern.«

»Ich weiß.« Er blickte zu dem dunklen Bildschirm. »Mum, ich weiß.«

Lynne sagte mit dünner Stimme: »Ich habe solche Angst gehabt.«

»Auch das weiß ich.«

»Ich dachte …«

»Ja.«

»Ich weiß nicht, was passiert ist. Als – als du zu ihr gefahren bist, da dachte ich, dass vielleicht du oder Nathalie …«

»Deshalb bin ich hier«, sagte David.

Lynne nickte.

»Du brauchst dir keine Sorgen zu machen«, sagte David.

Sie schloss fest die Augen und hielt die Hände zusammengefaltet im Schoß.

Er sagte: »Ich habe sie eigentlich gemocht. Sie ist auf gewisse Weise beeindruckend, ziemlich vornehm, *formvollendet* ist vielleicht der richtige Ausdruck. Sie hat mir viele Antworten bezüglich meines Vaters und so gegeben. Aber …« Er unterbrach sich.

Lynne ließ die Augen geschlossen.

»Es gibt keine Verbindung«, sagte David. »Oder zumindest nicht die, nach der ich vielleicht gesucht habe. Es existiert etwas, aber nur ganz schwach, ganz vage. Mum«, sagte David, indem er sich vorlehnte, sodass er ihre ineinander verschränkten Hände berühren konnte, »es ist mindestens zwanzig Jahre zu spät.«

Lynne fing an zu weinen. David sah die Tränen langsam unter den Lidern hervorquellen und ihre Wangen hinunterkullern.

»Ich hatte solche Angst …«

David lehnte sich noch weiter vor.

»Aber jetzt nicht mehr. Jetzt gibt es nichts mehr, wovor du Angst haben bräuchtest.«

Lynne sagte mit brüchiger Stimme: »Gib mir ein Papiertuch, Lieber. Auf der Vitrine.«

David stand auf. Die Schachtel mit Papiertüchern stand auf dem Schränkchen, das – wie schon immer – Ralphs *Encyclopaedia Britannica* beherbergte. Er legte sie in Lynnes Schoß.

Er sagte: »Die Begegnung mit ihr hat ein paar Gespenster der Vergangenheit vertrieben.«

Lynne putzte sich die Nase. Sie schaute mit feuchten Augen zu David hinauf.

»Zum Beispiel?«

»Zum Beispiel, wer mein Vater war. Wie sein Name lautet.«

»Dein Name ist Dexter.«

»Das ist Ralphs Name«, sagte David, »Dads Name. Es ist weder deiner noch meiner oder Nathalies.«

»Wieso ist ein Name wichtig?«

David setzte sich wieder hin.

»Er ist wichtig.«

»Also«, sagte Lynne und versuchte ein kleines Lächeln, »deine Mutter bedeutet nichts, aber dein Name?«

»Sei nicht albern. Du bist meine Mutter. Ich bin gekommen, um dir das zu sagen. Deshalb bin ich hier.«

Lynne zupfte ein weiteres Papiertuch heraus.

»Lass mich nicht wieder anfangen.«

»Es macht mir nichts aus …«

»Du bist ein guter Sohn«, sagte Lynne vehement. »Ein *guter* Sohn.«

David breitete die Hände aus.

»Das hoffe ich …«

»Und dein Vater?«

»Dad?«

»Nein, dein Vater. Dein leiblicher Vater …«

»Ich kenne seinen Namen«, sagte David. »Darüber hinaus weiß ich nichts.«

»Würdest du das gerne?«

»Ich weiß nicht.«

Lynne sagte weich: »Ich wüsste gerne, was Dad empfindet.«

»Ja.«

»Dieser Schachklub …«

»Ja.«

Lynne stellte die Schachtel auf dem kleinen Tisch neben ihrem Sessel ab.

»Es gibt für nichts eine Generalprobe, oder? Es gibt keine Chance, irgendwas vorher zu proben.«

David beugte sich hinüber, um ihr einen kleinen Stups zu geben.

»Sehr philosophisch, Mum.«

Sie lächelte ihn an.

»Vielen Dank, dass du gekommen bist.«

Er umschloss ihr Handgelenk.

»Es könnte in Zukunft Veränderungen geben, Mum, noch mehr Veränderungen. Aber eine Sache wird sich nie ändern. Das weißt du doch, oder? Das weißt du jetzt ganz sicher.«

Lynne hob den Blick zu ihm.

»Nathalie …«

»Vergiss Nathalie«, sagte David. »Ich bin es, über den wir hier reden. Ja oder nein?«

»Ich werde es versuchen«, sagte Lynne.

»Das reicht nicht.«

Sie sah hinunter auf seine Hand um ihr Handgelenk.

»Ja«, sagte sie.

Betty blieb vor Coras Tür stehen. Durch den Spalt unten drang Licht, aber kein Geräusch. Betty war zu ihrer üblichen Zeit zu Bett gegangen und hatte dagelegen und über eine Stunde lang dem nervtötenden Schnarchen von Don gelauscht und kein Auge zubekommen, bis sie es nicht mehr aushalten konnte. Also hatte sie das Bett verlassen, einen Morgenmantel und schicke Hausschuhe angezogen – das Führen eines Bed & Breakfasts lehrte einen, niemals das Zimmer nur im Nachthemd zu verlassen – und war nach unten zu Coras Tür getrottet.

Sie legte das Ohr an das Holz. Kein Ton. Nichts. Sie reckte ihren Arm über ihren Kopf und klopfte mit den Fingerknöcheln sachte an. Von drinnen war ein schwaches Rascheln zu hören und dann Stille.

»Cora«, flüsterte Betty.

Weiter Stille.

»Cora«, sagte Betty ein wenig lauter. »Geht es dir gut?«

Wieder ein Rascheln, dann ging die Tür auf. Cora stand dahinter, noch immer in ihrem orangefarbenen Kleid und barfuß.

»Oh, Cora«, sagte Betty. »Es ist schon nach Mitternacht.«

»Ach ja?«

»Ich werde dir etwas heiße Milch bringen.«

»Nein, danke«, sagte Cora, »ich bin nicht krank. Ich bin nur einfach nicht müde.«

Betty ging an ihrer Schwester vorbei ins Zimmer. Es war so aufgeräumt, als wäre Cora gar nicht hier gewesen, als hätte sie nur auf dem Teppich gestanden, ohne sich zu bewegen.

»Hat sie dich durcheinander gebracht?«

»Nein«, sagte Cora.

Betty sah sie forschend an.

»Bist du sicher? Du siehst ganz mitgenommen aus.«

»Es geht mir gut«, sagte Cora.

»Mach mir nichts vor«, sagte Betty. »Erzähl mir nicht, sie hätte dich nicht durcheinander gebracht.«

Cora stieß einen kleinen Seufzer aus.

»Das hat sie nicht. Ich habe mich selbst durcheinander gebracht.«

»Was?«

»Ich war nicht das, was sie erwartet hatte. Ich bin ihre Mutter, aber sie hatte mich nicht erwartet. Und ich hatte sie nicht erwartet.«

»Ach, komm«, sagte Betty. Sie ließ sich schwer in Coras kleinen, unbequemen Sessel fallen. »Du hast ihr *Bild* gesehen.«

»Es war nicht das, was ich im Kopf hatte«, sagte Cora. »Sie war reizend, versteh mich nicht falsch, reizend anzusehen, reizendes Benehmen, lieb. Aber sie ist jetzt ganz anders.«

»Anders?«

»Sie ist nicht meine Samantha ...«

»Ich hab's dir ja gesagt«, sagte Betty triumphierend. »Ich habe es dir *gesagt*, oder? Ich habe dir gesagt, du wirst nur leiden, wenn du sie siehst.«

»Ich leide nicht«, sagte Cora.

»Und du stehst um Mitternacht einfach so da, vollständig angekleidet, und starrst Löcher in die Luft ...«

»Ich denke über alles nach. Aber ich leide nicht. Ich bin durcheinander, aber ich leide nicht.«

»Und ich nehme an, Madame ist wieder auf und davon in den Süden ...«

»Nein, ist sie nicht«, sagte Cora. »Sie ist in der Pension, wo ich sie untergebracht habe. Ich habe sie dort kurz nach zehn abgesetzt. Sie war erschöpft.«

»Und sie hat dich erschöpft.«

»Natürlich hat sie das«, sagte Cora. »Was hast du denn erwartet? Intensive Gefühle erschöpfen nun mal.« Sie sah ihre Schwester an. »Ich glaube, du gehst jetzt besser wieder ins Bett.«

»Ich möchte nur sicher sein, dass es dir gut geht.«

»Es geht mir gut.«

»Aber du bist durcheinander. Das hast du selbst gesagt.«

»Ich muss mich neu einstellen«, sagte Cora. »Ich muss mich auf – Nathalie neu einstellen. Ich muss mich auf alles neu einstellen. Ich habe so lange geglaubt, ich wäre – na ja, ich wäre drüber hinweg.«

Betty stand auf.

»Manchmal«, sagte sie, »kann man dir nur sehr schwer folgen.«

»Mag sein.«

»Ich tue mein Bestes«, sagte Betty. »Ich gebe mir die größte Mühe, dich davor zu bewahren, noch mehr Schläge einzustecken, und du fällst mir in den Rücken und jagst den Schlägen geradezu hinterher.«

Cora zupfte an ihrem Kleid.

»Das ist eigentlich kein Schlag. Es ist eher so was wie eine andere Version der Geschichte, mit der ich mein ganzes Leben lang gelebt habe.«

»Keine Rätsel mehr«, sagte Betty und ging auf die Tür zu, »dafür ist es zu spät. War sie nett zu dir?«

Cora blickte erstaunt.

»O ja …«

»Nicht nur höflich. *Nett.*«

»Ja«, sagte Cora. »Sie war sehr nett zu mir.«

Betty legte Cora eine Hand auf die Schulter.

»Ich hab's gewusst«, sagte sie, »ich habe es gewusst. *Nett.* Was ist das für eine Tochter.«

Kapitel siebzehn

Das Studio war in frühes Abendlicht getaucht. Steve war sich darüber nicht klar gewesen, als er das Cottage kaufte, aber die gezackte Firstlinie vor dem Westfenster erlaubte der Abendsonne, im Frühjahr und Herbst lange Strahlen hereinzusenden, direkt, wie es schien, vom Horizont der Welt. Das weckte in ihm dasselbe erregende Gefühl wie das Betrachten der Dachbalken, dasselbe überwältigende, wunderbare Gefühl, ganz zufällig Teil von etwas Zeitlosem und Endlosem und herrlicherweise völlig unempfindlich gegen kleine menschliche Probleme zu sein.

Er saß, ein Stück mit dem Stuhl zur Seite gerollt, gerade knapp außerhalb einer der weichgoldenen, staubflirrenden Lichtbahnen. Sein Computer lief noch. Das Licht auf dem Bildschirm wirkte seltsam tot im Vergleich zu dem lebendigen von draußen, das an ihm vorbeifloss. Er hatte sich geschworen, die Rechnungen für diesen Monat noch fertig zu machen, damit Meera sie in ihre akribisch genau geführten Bücher eintragen konnte.

»Es sieht Ihnen nicht ähnlich, sich zu verspäten«, hatte sie gesagt. Sie stand kerzengerade neben seinem Schreibtisch, ihre Haare hingen wie ein schwarzblaues Tuch an ihrem Rücken herunter. »Sieht Ihnen ganz und gar nicht ähnlich.«

»Tut mir Leid«, sagte er.

»Stimmt etwas nicht?«

Er lächelte reuig auf seine Tastatur hinunter.

»Ihnen entgeht aber auch nichts …«

»Nein«, sagte sie, »vor allem nichts, was mir nicht gefällt.«

Er seufzte. Das wäre der richtige Augenblick, um etwas zu sagen, ein Augenblick, um das ganze verhedderte Knäuel der Ereignisse unter einem objektiven und praktischen Auge auszubreiten und um Rat zu bitten, wie es sich wieder entwirren ließe. Aber er ließ ihn verstreichen. Er seufzte erneut und sah zu ihr hinauf. Sie zeigte einen ihn überraschenden Ausdruck von Mitgefühl.

»Ich lege Ihnen diese Rechnungen morgen vor. Versprochen.«

Er hatte mehr als die Hälfte erledigt. Es ging nur darum, sie zu überprüfen, eine Aufgabe, die sein Geist nicht nur gut, sondern sogar recht gerne bewältigte, aber heute verweigerte er die Konzentration darauf und glitt wie ein rohes Ei auf einem Teller hin und her: zu Nathalie und dann zu Sasha und Nathalies Besuch in Northsea und dann wieder zu Sasha und zu Polly und Pollys bevorstehendem Krankenhausaufenthalt und wieder zu Sasha. Die Rechnungen hätten tatsächlich Erholung und Erleichterung bringen können, aber es gelang ihm nicht, dranzubleiben und das Schliddern abzustellen und die gewaltigen, erdrückenden Lasten der Angst und Liebe und Reue abzuladen, die mitschlidderten.

Sasha hatte ihn an diesem Nachmittag sehen wollen. Sie hatte ziemlich beharrlich und fordernd darauf bestanden, in einer Weise, die er ein paar Wochen früher noch als schmeichelhaft empfunden hätte, vor allem von jemandem, der so großes Gewicht darauf legte, den Menschen ihre Freiheit zu lassen, vor allem sich selbst. Aber sie hatte ihn viermal auf seinem Handy angerufen – ihr Name tauchte beinahe wie eine

Drohung auf dem winzigen Display auf –, und es dann weiter im Büro versucht, bis er mit einer Entschiedenheit nein sagen musste, wie er es noch nie getan hatte.

»Was soll das heißen, ›nein‹?«

»Es heißt, dass ich arbeiten muss. Ich meine, ich muss bis heute um sechs Uhr ein paar Arbeiten erledigt haben.«

»Dann sehe ich dich um sechs Uhr.«

»Um sechs Uhr gehe ich nach Hause.«

»Um dein Kind ins Bett zu bringen«, sagte Sasha.

»Ja.«

»Dann komm jetzt auf einen Kaffee mit. Für eine halbe Stunde. Dann bleiben dir noch drei Stunden für den Kram, den du noch erledigen musst.«

»Nein.«

»Ist es wieder diese Nathalie-Geschichte, ja?«

Steve schloss die Augen und umklammerte den Hörer.

Er sagte: »Es war eine sehr große Sache für sie …«

»Noch ein behavioristisches Intermezzo.«

»Das reicht …«

»Noch ein Guckt-her-ich-bin-adoptiert-Moment?«

»Ich sagte, es reicht.«

»Du bist ein Narr«, sagte Sasha.

»Mag sein.«

»Die Chancen, die du wegwirfst …«

»Das mag auch sein …«

»Ich muss dich unbedingt sehen!«

Steve hielt die Augen geschlossen.

»Heute nicht.«

Daraufhin war eine Pause entstanden, eine hoch aufgeladene kurze Pause, und dann hatte Sasha recht beiläufig »Tschüss« gesagt und aufgelegt.

Und seither hatte er dagesessen und am Computer herumgespielt, während er wahrnahm, wie Titus und Justine Anrufe beantworteten und das Büro für verschiedene Erledigungen verließen, wie Meera hinten in der Ecke eisern ihrer Arbeit nachging, wie er sich aus keinem für ihn erkennbaren Grund danach sehnte, Nathalie anzurufen. Nichts war im Moment im rechten Gleis, dachte er, während er den Cursor teilnahmslos umherschob, niemand schien heiter oder unbeschwert zu sein. Sogar Titus, der sonst so zuverlässig und unerschütterlich schwungvoll war, schien seiner neuen Affäre mit Justine nichts abgewinnen zu können, einer Affäre, die Steve – da brauchte er sich nichts vorzumachen – die vordergründige Erlaubnis und Entschuldigung geliefert hatte, die er brauchte, um sich mit Sasha zu treffen. Titus sah verdrossen aus, Justine sah unglücklich aus, Meera sah missbilligend aus, Nathalie sah, war – ach, zum Teufel, dachte Steve und stieß seinen Stuhl nach hinten, wie, um Himmels willen, hatte nur alles so aus den Fugen geraten können? Und wie hatte er sämtliche Verhaltensregeln, denen er sein ganzes Leben lang gefolgt war, derart brechen können, dass er sich jetzt inmitten eines verheerenden Irrgartens befand, ohne die geringste Ahnung, wie er da je wieder rausfinden sollte?

Er sah auf die Uhr. Meera war um halb sechs gegangen, Justine war ihr zehn Minuten später gefolgt, und Titus war schon vor zwei Stunden ohne Erklärung verschwunden und würde vermutlich nicht vor dem nächsten Morgen wieder auftauchen. Er hätte Steve sagen müssen, wohin er ging, und Steve hätte ihm dafür die Erlaubnis geben und sich vergewissern müssen, wie lange er wegbliebe, und ein paar verlässliche Steve-typische Bemerkungen über den Zustand seines Schreibtischs machen müssen. Aber beide hatten weder das eine noch das andere getan. Titus hatte einfach nach einem

Anruf aufgelegt und gerufen: »Muss was erledigen«, und war gegangen, verfolgt von Meeras festem und beredtem dunklem Blick. Justine hatte nicht aufgeschaut. Sie hatte einfach weitergearbeitet, den Kopf gesenkt, Schultern gekrümmt, sich mit jeder Faser ihres niedergedrückten Körpers seines Fortgangs sichtlich bewusst.

Er sah auf den Bildschirm. Er hatte drei von vier Wochen erledigt. Vielleicht sollte er jetzt nach Hause gehen und Polly Gute Nacht sagen und Nathalie sagen lassen, was immer sie gerade sagen wollte, und dann morgen in der Frühe ins Büro gehen, um den Rest zu machen, sodass die Diskette noch vor Meeras Eintreffen auf ihrem Schreibtisch liegen würde. So wollte er gerne sein, gerüstet für die Rückkehr zur lebhaften Normalität der Dinge, zu den Witzen und der Geschäftigkeit und den Anpfiffen.

Die Tür zum Treppenhaus ging auf. Titus erschien und blieb, den Knauf in der Hand, stehen, als bräuchte er eine Stütze. Er schaute durch die Länge des Raums zu Steve und hob das Kinn.

»Sie Dreckskerl«, sagte er laut.

Aus irgendeinem Grund stand Steve auf. Er steckte die Hände in die Taschen.

»Wo sind Sie gewesen?«

»Was denken Sie wohl, Scheiße noch mal?«

»Das ist Arbeitszeit, Titus. Ich bezahle Sie für die täglichen Arbeitsstunden. Was Sie außerhalb davon machen, ist Ihre Angelegenheit, aber zwischen neun und halb sechs …«

»Halten Sie die Klappe«, sagte Titus.

Er ließ den Knauf los und ging durchs Studio auf Steve zu.

»Sie sind eine Ratte«, sagte Titus. »Ein scheinheiliger, hinterhältiger *Rattenarsch*.«

Steve fuhr sich über die Lippen.

»Sie haben sich mit Sasha getroffen.«

»Sie hat mich angerufen.«

»Ah. Natürlich.«

»Reden Sie nicht in diesem verschissenen Ton!«, schrie Titus.

»Mir war nicht klar …«

»Sie betrügen Ihre Frau, Sie klauen mir die Freundin …«

»Ich wollte nicht …«

»Ich wusste es«, sagte Titus, indem er sich dicht vor Steve aufbaute und ihm das Gesicht entgegenreckte, »ich wusste, dass ihr euch trefft. Ich wusste, dass da in Weinlokalen dieser Küsschen-Scheiß ablief, getarnt als Aussprache über Nathalie. Ich wusste das alles. Das konnte ich alles wegstecken. Aber ich wusste bis vor zwei Stunden nicht, dass Sie sie gefickt haben.«

Steve fühlte, wie sich seine Hände in den Taschen zu Fäusten ballten.

»Einmal.«

»Oh!«, rief Titus. »Einmal nur, ja? Nur ein kleiner, versehentlicher, unschuldiger Ach-wie-unartiger-Fehltritt? Ein Fick ist ein verdammter Fick, Steve, und das wissen Sie verdammt genau.«

Steve wandte den Blick ab. Scham schnürte ihm die Kehle zu.

»Ja.«

»Ich würde Sie am liebsten aus dem verdammten Fenster schmeißen. Ich würde am liebsten dieses protzige Schild da draußen klein hacken und Ihnen die Stücke in sämtliche verdammte Körperöffnungen rammen.«

»Titus …«

»Kommen Sie mir nicht mit Erklärungen. Kommen Sie mir nicht mit Rechtfertigungen. Verschonen Sie mich mit

Ihrem ganzen Kontrollfreak-*Scheiß*. Sie haben *gewusst*, was Sasha mir bedeutet. Sie haben es *gewusst*.«

Steve nickte.

»Und jetzt«, sagte Titus, »habe ich die arme alte Justine abgeschleppt.«

»Ja.«

»Ja«, sagte Titus, indem er ihn sarkastisch nachäffte. »Ja, ja, Entschuldigung, hab's nicht so gemeint, Entschuldigung, Titus, Entschuldigung, Sasha, Entschuldigung, Justine, Entschuldigung, Nathalie ...« Er hielt inne und sagte dann: »Was ist mit Nathalie?«

Steve sagte mit flacher Stimme: »Sie weiß es nicht.«

»Dass Sie sich mit Sasha getroffen haben? Dass Sie sie gefickt haben?«

»Nein ...«

»Werden Sie es ihr sagen?«

Steve blickte hinauf zur Decke.

»Ich weiß es nicht.«

»Sie werden«, sagte Titus.

»Titus ...«

Titus stellte sich auf die Zehenspitzen, bis sein Gesicht fast auf der Höhe von Steves war.

Er sagte: »Sie werden es ihr sagen, Sie Scheißfeigling, sonst tu ich es.«

Als Ellen aufwachte, wusste sie, dass es noch nicht Morgen war. Nicht nur, weil die Vögel noch ruhig waren und weil der Himmel der kurzen Frühlingsnacht noch dunkel war, sondern auch wegen diesem Gefühl, der Atmosphäre, die immer im Haus herrschte, wenn das Leben darin für ein paar Stunden ausgeschaltet war. Sie rollte herum und sah auf ihren Radiowecker. Die eckigen grünen Ziffern zeigten 0:40

an. Sie hatte eineinhalb Stunden geschlafen. Was in aller Welt ließ sie nach eineinhalb Stunden aufwachen? Was hatte sie aufgeweckt und ihr das Gefühl gegeben, es sei bereits Morgen?

Sie setzte sich im Bett auf und blickte zur geschlossenen Tür. Es schien kein Licht darunter hindurch, was also hieß, dass alle im Bett waren, das Flurlicht aus war und die einzigen Lichter im Haus die kleinen roten Stand-by-Lämpchen vom Fernseher und vom Computer waren. Sogar Petey schlief in absoluter Dunkelheit. Als sie und Daniel klein waren, hatten sie eine Lampe in Form eines matt leuchtenden, grünen Pilzes mit Plastikhasen um den Sockel herum gehabt, in die sie sich bei einer Zwischenlandung auf dem Flughafen von Montreal verliebt hatte, aber Petey hatte den Pilz abgelehnt und schlief wie ein Erwachsener – so ziemlich das einzig Erwachsene an ihm, dachte Ellen manchmal – im Dunkeln.

Sie drehte sich herum und schlüpfte aus dem Bett. Sie hatte die Idee, etwas zu tun, was sie noch nie zuvor getan hatte, etwas, das die Leute in Büchern machten, wenn sie ein Problem hatten oder in ein Abenteuer verstrickt waren, und hinunter in die Küche zu gehen. Sie könnte etwas Müsli essen oder sich eine heiße Schokolade machen, und dann könnte sie ins Wohnzimmer gehen und den Computer anmachen und ein bisschen über ihre neueste Leidenschaft recherchieren, Tennis-Camps in Kanada. Sie hatte Zadie und Fizz unwahrheitsgemäß erzählt, sie sei bereits in einem dieser Camps angemeldet – sie hatte ein ganz besonders verlockend klingendes in British Columbia ausfindig gemacht –, und spielte jetzt mit dem Gedanken, und würde ihn bald in die Tat umsetzen, den Vorschlag ihren Eltern zu unterbreiten, solange sie wegen dieser Carole-Frau noch etwas wehrlos waren.

Ellen durchquerte auf Zehenspitzen das Zimmer und legte die Hand auf den Türknauf. Sie hatte Carole nicht persönlich gesehen, aber sie wusste, dass sie hier im Haus gewesen war und eine Kaffeetasse mit Lippenstift und Verstörung zurückgelassen hatte. Marnie hatte von sich aus nicht viel über Caroles Besuch erzählt, und Ellen, die bereits mehr wusste, als sie wollte, hatte nicht gefragt. Es schien tatsächlich eine Art Pakt zwischen ihnen allen zu herrschen, eine stille Übereinkunft darüber, nicht von der Stelle zu weichen, nicht Platz zu machen in der Familie für irgendeinen neuen Menschen, für irgendeine Veränderung der inneren Dynamik. Ellen war darüber froh, sehr froh. Sie hatte mitgekriegt, wie Marnie das Kissen von dem Sessel, auf dem Carole gesessen hatte, umdrehte, und eine Welle der Erleichterung hatte sie angesichts dieser Geste ergriffen.

Draußen auf dem Flur spähte sie durch die Dunkelheit, ob alle Zimmertüren geschlossen waren. Daniels war zu, auch die ihrer Eltern, nur Peteys wurde von einem kleinen sandgefüllten Nilpferd, dessen rosa Filzzunge schlaff heraushing, einen Spalt breit offen gehalten. Sie ging einige Schritte über den Teppich und bemerkte ein Licht, das von unten schien, eine Lampe, die jemand angelassen hatte, wahrscheinlich die Lampe gleich hinter der Küchentür. Sie lugte über das Geländer. Die Tür zu Davids Büro stand offen, und Ellen konnte sehen, dass der Computer ihres Vaters an war und dass ihr Vater seitlich gewandt davor saß und auf dem Tisch zwischen ihm und dem Monitor sein Schachbrett stand, sein altes, das Grandpa Ralph ihm geschenkt hatte, als er acht war; und dieses Arrangement bewirkte, dass das Licht, das vom Monitor abstrahlte, die Schatten der Schachfiguren auf die Wand neben dem Schreibtisch warf, wodurch sie viel breiter, höher und kurioser aussahen und irgendwie unmenschlich, wie diese Statuen auf den Osterinseln mit Monsteraugen und -mündern. Ellen schluckte. Sie beobachtete, wie die riesige Schattenhand ihres Vaters sich eine gekrönte Figur schnappte und wie einen Gefangenen in die Höhe hielt, angeleuchtet von dem kalt-grünen Licht des Bildschirms. Die Szene wirkte irgendwie erschreckend und ziemlich beunruhigend, als würde er eine nicht ganz natürliche Macht ausüben und als schiene er gar nicht ihr Vater zu sein. Sie lehnte sich ein bisschen weiter vor, hielt sich am Geländer fest und wollte gerade nach ihm rufen, um ihn wieder zu sich zurückzuholen, als sie sah, wie er mit dem linken Arm ausholte und mit einer jähen Bewegung sämtliche Schachfiguren über das Brett und vom Tisch auf den Boden fegte. Und dann, ihr Mund stand noch immer offen und die Worte steckten ihr trocken im Hals, drückte er den Knopf vom Monitor, und das Licht verlöschte und hüllte sie alle in plötzliche Dunkelheit.

»Wo ist Daddy?«, fragte Polly.

Sie hatte nachmittags bei ihrer Freundin Zoe gegessen und zeigte infolgedessen keinerlei Interesse an ihrem Abendessen. Es lag vor ihr auf ihrem Lieblingsteller, einladend, appetitlich und unberührt.

»Im Büro«, sagte Nathalie.

Polly nahm ihre Gabel und schob sie sich durch den Halsausschnitt vorne in ihr T-Shirt.

»Wieso?«

»Weil er sehr viel zu tun hat, nehme ich an.«

Polly tatschte an ihr ausgebeultes T-Shirt.

»Schau mal.«

»Mir wäre lieber, du würdest essen.«

Polly seufzte.

»Wir haben zum Tee bei Zoe was gegessen.«

»Eines Tages«, sagte Nathalie, »wirst du erleben, wie es ist, liebevoll ein Abendessen für jemanden zu machen, der sich zum Dank kein bisschen dafür interessiert.«

»Meine Gabel sitzt fest …«

Nathalie strich sich kurz übers Gesicht.

»Dann komm vom Stuhl runter und schüttle sie raus.«

»Und *bleib* unten?«

»Polly«, sagte Nathalie, »wenn du jetzt nicht isst, wird es bis morgen früh nichts mehr zu essen geben. Hast du gehört? Keinen Bissen mehr.«

Pollys Ausdruck verriet, dass diese Drohung sie völlig ungerührt ließ. Sie neigte sich zur Seite und zog die Gabel aus einem der Hosenbeine ihrer Shorts.

»Spielst du mit mir?«

»Nein«, sagte Nathalie.

»Warum nicht?«

»Weil ich nachdenken muss.«

»Warum?«

»Weil mir der Kopf schwirrt vor lauter Dingen, über die ich mir Klarheit verschaffen muss.«

Polly sah sie scharf an.

»Du bist ziemlich langweilig.«

»Vermutlich.«

Polly schnippte die Gabel in die Luft, sodass sie über den Tisch hüpfte.

»Ich bin in meinem Zimmer«, sagte sie hochtrabend. »Ich warte auf Daddy.«

Nathalie ging um den Tisch, um Pollys Abendbrotteller abzuräumen. Sie musste an die lange zurückliegenden Tage denken, die Vor-Polly-Zeit, als Ellen und Daniel die einzigen Kinder waren, die sie kannte, und wie sie sie immer für repräsentative Kinder gehalten hatte, weil sie schließlich keine anderen kannte, genauso wie sie Liebe und Mutterschaft und Elternschaft nach den konstanten Größen des ihr Vertrauten bemessen hatte. Ellen und Daniel dabei zu beobachten, wie sie ihre gesunden Mahlzeiten zu sich nahmen, war ein ebenso sinnbildlicher Aspekt des Familienlebens gewesen, wie es ein Sinnbild für eine gewisse Art ehelicher Gewohnheit war, Lynne und Ralph beim gemeinsamen Einsteigen in ihr Auto zu beobachten. Es verblüffte sie im Rückblick, wie viel sie einfach akzeptiert hatte, wie wenig sie jemals daran gedacht hatte, etwas zu überprüfen oder zu hinterfragen oder zu durchschauen. Es erschreckte sie, daran zu denken, wie feige sie gewesen war.

Nun, jetzt gab es keine Gelegenheit für Feigheit. Sie war nach Northsea gefahren, sie hatte sechs oder sieben Stunden in der Gesellschaft ihrer Mutter verbracht, sie hatte in der Nacht in einer Pension geschlafen – nein, nicht geschlafen, sie hatte die Nacht *vorbeigehen* lassen – und war mit einer neuen und zerbrechlichen Fracht aus Reaktionen und Gefühlen zurückgekehrt, die auszupacken mehr Mut erforderte, als sie sich jemals vorgestellt hatte.

»Ich weiß nicht, was ich denken soll«, hatte sie zu David am Telefon gesagt. »Ich meine, ich habe mich vorher verloren gefühlt, aber das jetzt ist anders. Ich weiß nicht, wo mir der Kopf steht.«

»Ja«, sagte er. »Ja.« Er klang distanziert, dachte sie, fast als würde er nicht zuhören.

»Ich möchte keine Enttäuschung erleben«, sagte Nathalie. »Ich möchte nicht feststellen, dass das Telefongespräch schon der Höhepunkt gewesen ist.«

»Welches Telefongespräch?«

»Das erste«, sagte Nathalie, »das erste, als sie geweint hat.«

»Nein«, sagte er, »natürlich nicht.«

Nathalie kratzte Pollys Abendessen in den Mülleimer. Sie hatte David seither nicht mehr angerufen. Sie hatte keine Lust dazu gehabt. Es war erstaunlich, bestürzend, sie hatte tatsächlich nicht das Gefühl gehabt, sie könne ihn anrufen, dass er zuhören würde, wenn sie es täte. Und selbst wenn er zuhörte, so wie er es sonst getan hatte, sie war sich nicht ganz sicher, ob sie ihm beschreiben könnte, was gerade in ihr vorging, ob sie ihm die Konfusion, diese Verlegenheit und Zuneigung und Schuld und Scham und Enttäuschung, beschreiben könnte, die in ihrem Kopf und Herzen herrschte, seit sie aus dem Zug gestiegen war und sich mit einem Aufschrei stummen Entsetzens gesagt hatte: Das ist meine *Mutter*.

Sie stellte Pollys Teller weg und beugte sich über ihre geballten Fäuste auf dem Küchentresen. Cora war lieb gewesen, sehr lieb. Nathalie war absolut sicher, dass sie Coras natürlich liebenswerte Art bis ans Ende ihrer Tage verteidigen würde. Cora war lieb und herzlich und bescheiden und reizend. Aber – und warum musste dieses Aber sein, mit dem Nathalie nie gerechnet hatte? – sie war nicht das, was man sich als Mutter vorstellte. Sie war zu unsicher für eine Mutter, zu kindhaft, zu unterwürfig und eigensinnig zugleich, zu unbedarft, zu – zu *sonderbar*. Als sie Nathalie von der Party erzählte, von dem Matrosen, von dem Heilsarmee-Heim für unverheiratete Mütter, von der Beamtin von der Jugendfürsorge, die ihr das Kind weggenommen hatte, konnte Nathalie das alles nachvollziehen. Sie konnte das Schulmädchen sehen, den Terror und die Unterdrückung, sie konnte die herrische Mutter sehen, die verzweifelte Erkenntnis, dass sie, Cora, in dieser Angelegenheit nichts zu sagen und zu bestimmen hatte. Aber was sie nicht sehen konnte, war Cora als Mutter. Sie konnte nur sich selbst sehen, wie sie auf dem Bahnsteig stand, wie sie an dem Tisch des Cafés saß, wie sie in diesem ungastlichen Bett lag und dachte: Das ist sie nicht. Das kann sie nicht sein.

Und was noch schlimmer war und sie seither verfolgte, war, dass Cora ebenfalls sehen konnte, was sie dachte.

»Es tut mir Leid«, flüsterte Nathalie jetzt zu ihren Fäusten. »*Es tut mir Leid.*«

Sie presste die Fäuste in die Augenhöhlen. Wenn sie fest genug drückte, konnte sie die Bilder durch leuchtende Farben auslöschen. Wie schon oft seit ihrer Rückkehr, überkam sie der Wunsch, Steve zu erzählen, was in ihr vorging, das Bedürfnis, ihre ganzen komplizierten, widersprüchlichen und nicht besonders stolz machenden Gefühle diesem Jungen aus dem Royal Oak mitzuteilen, diesem Jungen, der sich mit seiner Herkunft auch nicht verbunden fühlte, und sich von ihm bestätigen zu lassen, dass er sie verstand, dass es nicht notwendigerweise ein Verrat an der Vergangenheit sein musste, wenn man sich anders entwickelte, dass Liebe Akzeptanz bedeutete, aber nicht zwanghaftes Nacheifern. Sie nahm die Fäuste von den Augen. Sie wollte, dass Steve ihr die Erlaubnis erteilte, dieselbe Erlaubnis, die er sich selbst mühsam, einsam und ohne ihre Hilfe erteilt hatte, nämlich die Person zu sein, als die sie sich wahrhaftig fühlte, Mutter hin oder her.

»Wie spät ist es?«, fragte Polly von der Tür her.

»Sag du es mir.«

Polly lehnte im Türrahmen und starrte auf die Uhr.

»Halb neun.«

»Sieben Uhr. Zeit fürs Bad.«

Polly richtete den Blick auf ihre Mutter.

»Wo ist Daddy?«

Es mussten dreißig junge Eichen gepflanzt werden, dreißig große, schlanke, teure, junge, aus Holland importierte Eichen, deren Wurzelballen sorgfältig in spezielle Luftkissenfolie eingepackt waren. David hatte dem Besitzer dieses Areals, das nach und nach in einen Park umgestaltet wurde, erklärt, dass man Eichen am besten pflanzte, wenn sie noch ruhten, aber der Besitzer, der nicht bereit war, einen Rat anzunehmen, der mit seinen Wünschen kollidierte, in diesem Fall, dass die Allee vor dem Hochsommer gepflanzt wurde, hatte Anweisung gegeben, die Anpflanzung jetzt vorzunehmen. Also grub David mit zwei Mitarbeitern und einem Bagger eine lange Doppelreihe riesiger Löcher und fragte sich, nicht zum ersten Mal, ob ihm diese Arbeit noch so viel Spaß machte wie früher oder wie er es mal erwartet hatte. Man konnte sich natürlich weiterhin für Bäume interessieren, aber vielleicht lag genau darin das Problem, vielleicht schlug man sich mit der Zeit so sehr auf die Seite der Bäume, dass man die Menschen als Feinde betrachtete, die sie in zu künstlich angelegten Teichen führenden Alleen angepflanzt haben wollten.

Er stieg vom Bagger und ging zu der Stelle, wo er seine Jacke ins Gras geworfen hatte, um sich eine Flasche Wasser zu holen. Vom Haus jenseits des struppigen Grases her näherte sich jemand, zweifellos der Besitzer, der, wie David grimmig dachte, der Typ Mann war, der wartete, bis man dreißig Löcher, groß genug, um einen Kleinwagen zu fassen, ausgehoben hatte, bevor er einem mitteilte, dass er sie gerne einen halben Meter weiter auseinander haben würde. David fand seine Wasserflasche, und indem er vorgab, die herannahende Gestalt nicht bemerkt zu haben, drehte er ihr beim Trinken den Rücken zu, als würde er nachdenklich die Landschaft hinunter zum Teich begutachten.

»David«, sagte jemand.

Er drehte sich um. Es war Martin Latimer, in Jeans und T-Shirt und mit verspiegelter schwarzer Sonnenbrille.

»Was machst du hier?«

»Man hat mir gesagt, ich würde dich hier finden …«

»Wer hat das gesagt?«

»In deinem Büro. Ich war in deinem Büro. Ich hab gesagt, ich sei ein neuer Kunde.«

David verschloss die Wasserflasche und warf sie auf den Boden.

»Das ist kein günstiger Zeitpunkt, Martin.«

»Es wird nicht lange dauern.«

»Wieso hast du nicht angerufen?«

Martin steckte die Hände in seine Jeanstaschen. Er trug eine Art Reißverschlussbeutel um die Taille geschnallt, wie eine Ski-Gürteltasche.

»Das ist – nichts Alltägliches, nichts, was man vorbereitet …«

David sah hinüber zum Bagger. Andy und Mick standen wartend daneben.

»Macht weiter«, rief David. »Ich bin in zehn Minuten wieder da.«

»Fünf«, sagte Martin.

»Fünf«, sagte David schleppend, »fünf. Sicher, dass sich dein Besuch lohnt?«

Martin nahm die Hände aus den Taschen und schob die Sonnenbrille auf den Kopf.

»Ja.«

David begann, das Grundstück hinunterzugehen.

»Hat sie dich geschickt?«

»Wer?«

»Carole?«

»Oh«, sagte Martin und setzte mit Nachdruck hinzu: »*Mum*. Nein, hat sie nicht.«

»Sie hat meine Frau besucht.«

»Ich weiß. Und das ist das letzte Mal.«

David blieb stehen.

»Was?«

Martin schob die Sonnenbrille wieder hinunter.

»Wir wollen dich nicht.«

David erwiderte nichts.

»Wir wollen nichts mehr mit dir zu tun haben«, sagte Martin. »Wir wollen keinen Kontakt mehr. Weder meine Mutter noch mein Vater noch mein Bruder.«

David sah ihn scharf an.

»Wer hat dich geschickt?«

»Niemand.«

»Wer weiß, dass du hergekommen bist?«

»Das geht dich nichts an.«

»Wieso«, fragte David, »fühlst du dich so bedroht?«

»Das tue ich nicht. Ich will dich nur nicht um mich haben. Wir brauchen dich nicht. Wir wollen dich nicht.« Er machte einen kleinen Schritt auf David zu. »Und was willst du überhaupt? Du hast sie gesehen, du hast deine rührende Geschichte. Was willst du noch mehr?«

»Wenn ich wegbleibe«, meinte David, »wirst du dich nicht besser fühlen.«

Martin reckte das Kinn vor.

»Und ob. Ich fühle mich schon jetzt besser.«

»Schon?«

»Ja«, sagte Martin.

»Na, gut –«

»Meine Mutter hatte drei Kinder«, unterbrach Martin. »Drei Söhne.«

»Ja.«

»Zwei wollte sie behalten. *Wollte* sie behalten. Du gehörst nicht dazu.«

David holte kurz Luft. Der Impuls – dem seine kanadischen Schwager ganz sicher gefolgt wären –, Martin niederzuschlagen, war überwältigend.

»Du erbärmlicher Trottel …«

»Sie wollte dich nicht«, sagte Martin. »Sie wollte dich damals nicht, und sie will dich heute nicht.«

David begann zu laufen, etwas steif, lief über das Gras, ließ Martin stehen. Andy und Mick standen gegen den Bagger gelehnt und Mick rollte sich bedächtig eine Zigarette, als er bei ihnen ankam.

»Bewegt euch«, bellte David.

Sie schauten zu ihm auf, langsam, erstaunt und normal.

»Bewegt euch!«, bellte David erneut. »Bewegt euch! Geht wieder an die verdammte *Arbeit*!«

Kapitel achtzehn

»Hören Sie«, sagte Meera, »es lohnt sich nicht, deswegen zu weinen.«

Justine hob das Kinn und schniefte.

»Ich weine nicht.«

»Kein Mann ist es wert, sich seinetwegen selbst zu demütigen.«

»Aber das habe ich schon«, sagte Justine. »Ich habe es schon getan. Oder nicht? Ich *habe* mich selbst gedemütigt.«

Meera fing an, Sachen auf ihrem Tisch zu ordnen, Büroklammern aufzusammeln, die Computermaus akkurat auf ihrer Unterlage zu platzieren.

»Sie brauchen es aber nicht zu *zeigen*«, sagte Meera.

»Sie meinen, Sie würden das nicht tun …«

»Wir verhalten uns nicht alle gleich«, sagte Meera. Sie strich sich die Haare nach hinten. »Vielleicht werde ich nie so viele Gefühle entwickeln wie Sie. Vielleicht bin ich einfach nicht dafür geschaffen.«

Justine beugte sich über Meeras Schreibtisch, um ein Papiertuch aus ihrer Schachtel zu zupfen.

»Ich wollte es nicht. Ich konnte mich selbst nicht leiden. Ich konnte nicht mal ihn leiden …«

»Nein.«

»Sie finden mich armselig …«

»Nur wenn Sie sich davon unterkriegen lassen. Nur

wenn Sie Ihre Entscheidungen, was für Sie richtig ist, davon beeinflussen lassen.«

Justine putzte sich die Nase.

»Was soll ich jetzt machen?«

»Sie nehmen meinen Rat ohnehin nicht an«, sagte Meera. »Das haben Sie noch nie getan. Wieso soll ich noch weiter meine Zeit mit Ihnen vergeuden?«

»Tut mir Leid ...«

»Ich glaube, alle in diesem Büro sind in der letzten Zeit übergeschnappt. Übergeschnappt. Ehrlich gesagt, frage ich mich, ob ich noch bleiben soll.«

Justine riss die Augen auf.

»Nicht bleiben?«

Die Tür zum Treppenhaus ging auf und brachte Titus zum Vorschein.

Meera sah ihn unfreundlich an und sagte mit etwas erhobener Stimme: »Ich denke darüber nach.«

»Über was?«, fragte Titus beim Näherkommen.

»Nichts für Sie«, sagte Meera, »ich habe mit Justine gesprochen.« Sie nahm ihre Handtasche an sich.

Titus schaute zu Justine.

Er sagte: »Ich nehme an, mit mir wird sie nicht reden.«

Justine sagte nichts.

»Sie sehen schrecklich aus«, sagte Meera. »Sie beide sehen schrecklich aus.«

»Dann also keine Veränderung an dieser Front«, sagte Titus und fixierte Justine.

Meera streckte die Hand aus und berührte sachte Justines Arm.

»Werden Sie zurechtkommen?«

Justine nickte.

»Sicher?«

»Ich bin viel zu kaputt«, sagte Titus, »um jemandem Ärger zu machen.«

»Wollen Sie mitkommen?«, fragte Meera Justine.

Justine blickte auf. Sie schaute zu Titus.

Dann sagte sie: »Eine Minute noch.«

»Na gut«, meinte Meera. »Wenn Sie sicher sind. Dann auf Wiedersehen.«

Sie sahen ihr nach, wie sie ging und die Bürotür resolut hinter sich zuzog.

»Ich denke die ganze Zeit«, sagte Titus, »dass ich mich unmöglich noch beschissener fühlen kann, und dann tue ich es doch.«

»Ja.«

Titus wandte sich um und sank in Meeras Bürostuhl.

Er sagte: »Sie ist weg.«

»Wer ist weg?«

»Sasha«, sagte Titus. »Sie ist einfach weg.«

»Was meinst du damit, weg ...«

»Ich bin bei Della vorbeigegangen«, sagte Titus, »und Della hat gesagt, sie sei am Dienstag ausgezogen. Dienstagabend. Nachdem ich bei ihr war.«

Justine lehnte sich an Meeras Schreibtisch.

»Quatsch. So was machen die Leute nur in Seifenopern, sie verschwinden nicht einfach, das können sie nicht, sie müssen lauter Vorkehrungen treffen ...«

»Sie ist weg«, sagte Titus. »Ihr Zimmer ist leer, abgesehen von dem Bild mit dem japanischen Mädchen. Sie hat Della bezahlt und ist verschwunden.«

»Dann such sie ...«

Titus bog den Kopf zurück und schloss die Augen.

»Sie will mich nicht.«

»Vielleicht doch, wenn sie sich etwas beruhigt hat ...«

»Nein.«

Justine richtete sich auf.

Sie sagte etwas zu schnell: »Jetzt weißt du, wie sich das anfühlt.«

Nach einem kurzen Schweigen hob Titus den Kopf und öffnete langsam die Augen.

»Es tut mir Leid.«

Sie zuckte mit den Schultern. Er setzte sich etwas aufrechter hin.

Er sagte: »Ich nehme an ...«, und unterbrach sich.

»Lass das«, sagte Justine.

»Vielleicht mit der Zeit, wenn es keine Sasha mehr gibt ...«

»Nein.«

»Babe ...«

»Ich werde auch gehen«, sagte Justine.

»Was?«

»Ich habe mich entschieden«, sagte Justine. Sie hob die Hand zu den Strähnen in ihrem Nacken und zwirbelte sie. »Ich gehe weg.«

»Weiß Steve es?«

»Noch nicht.«

Titus stand auf.

»Wo willst du hin?«

»Das weiß ich noch nicht ...«

»Babe, geh nicht, bevor du nicht einen anderen Job hast, geh nicht nur meinetwegen ...«

Sie schaute weg.

»Es hat nichts mit dir zu tun.«

»Das«, sagte Titus, »deprimiert mich *wirklich*.«

»Bring mich nicht zum Lachen«, sagte Justine verzweifelt. »Bring mich nicht dazu, wie du zu sein.«

Er streckte die Hand aus und umfasste ihren Arm.

»Bleib …«

Sie entriss ihm den Arm.

»Lass das.«

»Entschuldige. Ich fühle mich nur so hundsmiserabel.«

Sie blickte ihn an, Tränen der Wut standen in ihren Augen.

»Ja«, sagte sie scharf. »*Das bist du auch*.«

Wenn ihre Eltern damals, als Marnie noch klein war, mal nicht miteinander auskamen, pflegte ihr Vater immer den Keller aufzuräumen. Anschließend sah es darin nie sehr viel anders aus, abgesehen davon, dass das ganze Gerümpel nun in einer anderen Ecke aufgetürmt und der Pooltisch der Jungs von Kartons freigeräumt war und das kleine Fenster mit dem Sicherheitsglas, durch das man die Kontrollleuchte des Heizkessels sehen konnte, sauber gewischt war. Nachdem er da unten ein paar Stunden lang herumgepoltert hatte, kam er hoch, um zu duschen, und dann packte er ein Gewehr auf die Ladefläche seines Pick-ups und brauste davon zur Hütte, und Marnies Mutter blickte kurz von der Arbeit auf, die sie gerade erledigte – sie erledigte damals immer irgendeine Arbeit –, und bat jemanden, ihr einen Kaffee zu bringen. Es war erst viele Jahre später, lange nachdem Marnies Eltern sich hatten scheiden lassen und ihre Mutter Lal geheiratet hatte, der Philosophieprofessor und mehr als nur ihr intellektuelles Pendant war, und Marnie einen Streit mit ihrer Mutter wegen ihrer Berufswahl und ihrer Entscheidung, nach England zu gehen, gehabt hatte, dass sie sich beinahe unabsichtlich unten im Keller wiederfand, wo sie kaputte Lampenschirme und zerrissene Kartons mit uralten akademischen Zeitschriften auf einen großen Haufen warf, damit alles nach draußen auf den Müll geschafft würde.

Da war sie auf den Gedanken gekommen, ihren Vater anzurufen. Er war in die Nähe von Halifax gezogen, wo er mit einer Frau namens Sandy, einer Anhängerin persönlicher Autarkie, das bodenständige Leben im Freien führte, das ihm so gefiel. Seit er in Halifax war, schien es ihm nicht mehr in den Sinn zu kommen, den Westen wieder zu besuchen, nicht einmal, um seine Kinder zu sehen, aber wenn man ihn anrief, klang er sowohl erfreut als auch interessiert, und Marnie stellte ihn sich vor, wie er mit kariertem Hemd und Overall in seiner rustikalen Küche stand und mit echter Zuneigung ins Telefon lächelte. Sie stellte sich so lebhaft vor, wie er sagte: »Du tust, was du tun musst, Schätzchen«, dass sie ihn tatsächlich anrief, und er meldete sich an einem der ersten Mobiltelefone – er hatte sich immer für Technologie interessiert – aus seinem Pick-up und sagte: »Also, Schätzchen, wenn dein Herz wirklich an dieser Arbeit hängt und England der richtige Ort dafür ist, dann solltest du nach England gehen.«

Als sie jetzt, zwanzig Jahre später, auf dem Küchenboden saß und als Kelleraufräumersatz den gesamten Inhalt des Backformen- und Pfannenschranks um sich herum verstreut hatte, fiel ihr wieder ihr Vater ein. Er hatte eine Hüftoperation gehabt, war jetzt aber wieder zu Hause und wurde von Sandy gepflegt, und daher wäre es eine ausgezeichnete Möglichkeit, ihn anzurufen und zu fragen, wie es ihm ginge, und ihm dann davon zu erzählen, wie sie die Orientierung verloren hatte und wie die ganze Klarheit, die beinahe vierzig Jahre lang ihre Ziele und Absichten begleitet hatte, in den letzten paar Monaten ganz undeutlich geworden war, und dass sie sich noch nie so fremd gefühlt hatte in diesem Land, das ein halbes Leben lang ihre Heimat gewesen war.

Sie vermochte sich nicht recht vorzustellen, was ihr Vater

sagen würde. Alles, was allzu philosophisch oder metaphysisch war, bereitete ihm Unbehagen und machte ihn nervös und unruhig, wie es das Leben mit ihrer Mutter getan hatte. Aber sie wusste, ihm lag nicht nur ihr Wohlbefinden ehrlich am Herzen, er neigte auch nicht von vornherein dazu, ein Urteil zu fällen. Wenn sie ihre Mutter anrief – mittlerweile ganz nachsichtig und ausgeglichen durch das Zusammensein mit Lal, der keinen Wert in einem Leben sah, das ausschließlich vom Intellekt bestimmt wurde –, so mochte ihre Mutter wohl mitfühlend sein, mochte einen Rat für sie haben, aber hinter allem, was sie sagte, steckte immer der unausgesprochene Fingerzeig, dass Marnie sich bewusst dieses Bett aus englischem Leben und der Ehe mit einem Engländer gemacht hatte und nun auch darin liegen müsse.

Marnie seufzte. Sie hob eine Muffinform auf und ließ die vertrockneten Leichen zweier Weberknechte auf den Boden fallen. Aus dem Wohnzimmer erklang der Erkennungssong von Thomas die Lokomotive, was bedeutete, dass Petey auf seinen Mittagsschlaf verzichtet und sein Zimmer verlassen hatte – dabei war sie so sicher gewesen, dass er nach dem Schwimmunterricht schlafen würde – und heruntergekommen war, um Video zu schauen. Marnie fand es unglaublich, dass er keine Angst hatte, erwischt und ausgeschimpft zu werden. Seine Zielstrebigkeit war so klar, so konzentriert und eisern, dass sie offensichtlich alles nichtig machte, alles auslöschte, was er über die Konsequenzen verbotenen Handelns wusste – *wusste*. Man konnte so viel Kinderpsychologie bemühen, wie man wollte, konnte sich mit der Erfahrung trösten, dass sich von diesem Verhalten eines Zweijährigen nur sehr unwahrscheinlich auf das Verhalten eines Zwanzigjährigen schließen ließ, aber das war alles keine Hilfe bei der aufreibenden und manchmal beängstigenden

Aufgabe, sich *jetzt* tagaus, tagein mit Petey auseinander zu setzen.

Erschöpft legte Marnie die Muffinform weg und stand auf. Im selben Moment hörte sie, wie die Haustür geöffnet wurde und dann wieder zuschlug, gefolgt vom Klang von Peteys Schritten, der in die Diele lief.

»Hallo«, sagte David zu ihm. »Wie geht es dir?«

Er erschien in der Küchentür mit Petey auf dem Arm.

»Willst du einen Kuchen backen?«

Marnie besah sich das Durcheinander zu ihren Füßen.

»Ich hatte gerade überlegt, meinen Vater anzurufen.«

David stellte Petey auf die Beinchen.

»Ich sehe den Zusammenhang nicht …«

»Nein«, sagte Marnie, »das kannst du auch nicht. Es hat nur für mich einen Zusammenhang.« Sie blickte auf. »Du kommst früh nach Hause.«

»Ja.«

»Stimmt was nicht?«

David zauste Peteys Haar.

»Ich hatte einfach genug.«

»Ja«, sagte Marnie. »Das ist ein anstrengendes Gefühl.«

Petey lehnte sich gegen das Bein seines Vaters.

»Keks?«

»Nein, er bekommt keinen«, sagte Marnie. »Er ist nicht im Bett geblieben.«

»Bin geklettert«, sagte Petey wahrheitsgemäß.

»Und jetzt«, sagte Marnie, indem sie einen Schritt zur Tür machte, »werde ich den Fernsehstecker rausziehen.«

David neigte sich vor und versuchte, ihren Arm zu fassen.

»Kann er nicht ein bisschen schauen?«

»Nein.«

»Zehn Minuten?«, sagte David. »Ich möchte etwas sagen.«

»Oh, bitte ...«

»Nein«, sagte David, »keine neue Schreckensnachricht.«

Marnie schluckte. Sie blickte zu Petey hinunter. Er erwiderte den Blick ruhig und sorglos.

»Bis zum Ende des Videos.«

Sie sah ihm nach, wie er aus der Küche zurück zum Fernseher ging.

»Die anderen sind nie so gewesen – so vorsätzlich ungehorsam. Sie wollten es mir recht machen. Sie wollten artig sein.«

»Vielleicht«, sagte David, »warst du ja anders.«

»Lass uns nicht wieder mir die Schuld geben, ja?«

»Das wollte ich nicht ...«

Marnie trat nach einer Kuchenform.

»Was machen wir dann mit der theoretischen Möglichkeit, dass ich mit Job eine fähigere Mutter war als ohne.«

David bahnte sich durch die Pfannen einen Weg zu ihr und legte seine Arme um ihre Taille. Sie machte sich steif.

Er sagte: »Ich bin nach Hause gekommen, um mit dir zu reden.«

Sie schloss die Augen. Es war beinahe unerträglich, dass er glaubte, er könne ihre Aufmerksamkeit gewinnen und von allem ablenken, was sie sonst beschäftigte, bloß indem er die Arme um sie legte. Es wurde noch unerträglicher dadurch, dass es stimmte.

Er zog sie noch fester an sich.

»Ich möchte ein paar Dinge sagen«, meinte er, seine Schläfe an ihre gedrückt, »die ich niemand anderem sagen kann.«

Sie hielt den Atem an. Wenn sie es nicht tat, würde sie unweigerlich »Nathalie?« sagen, und zwar in einem Ton, für dessen Neutralität sie nicht garantieren konnte.

»Nicht einmal Nathalie«, fuhr David fort. »Noch nicht.«

Marnie atmete aus.

Sie sagte: »Soll ich Kaffee machen? Möchtest du dich irgendwo hinsetzen, wo es etwas gemütlicher ist?«

»Nein.«

Sie entspannte sich ein wenig. Er ließ seine Arme zu ihren Schultern hinaufgleiten.

Er sagte: »Marnie, ich bin es so leid, dieses ganze Zurückgehen.«

Sie rührte sich nicht. Sie öffnete die Augen und blickte auf die aufgeraute Baumwolle des hochgekrempelten Ärmels seines Arbeitshemdes. Dann senkte sie den Blick auf seinen Arm mit den feinen Narben, wie Adern auf einem Blatt, über die sie immer Bescheid gewusst, die sie aber aus irgendeinem Grund nie erwähnt hatte. Sie legte einen Finger auf eine der feinen Linien.

»Nicht dahin zurück«, sagte sie.

Er sog leicht die Luft ein.

»Nie mehr dahin.«

Sie nahm den Finger weg.

Er sagte: »Du hast es gewusst.«

»Ja.«

Sie spürte ihn seufzen.

Sie fügte hinzu: »Es ist nicht wichtig, dass ich es wusste.«

Er sagte: »Es ist eine Erleichterung. Wie – so wie es eine Erleichterung ist, nicht immer wieder in die Vergangenheit zurückkehren zu müssen. Es ist – es ist die Befreiung von etwas, weil – weil ich es nicht nur in den vergangenen Monaten getan habe, verstehst du. Es mag für dich so aussehen, aber ich weiß jetzt, ich habe es andauernd gemacht, ich bin mir immer der Lücken und Fragen bewusst gewesen. Ich habe immer diesen Woher-komme-ich-Kram im Hinterkopf gehabt. Jetzt, da ich einige Antworten kenne, wird mir klar, wie dringend ich sie gebraucht habe. Einige davon mögen mir nicht gefallen, aber ich kenne sie.«

»Okay«, flüsterte Marnie.

Er löste die Wange von ihrem Haar.

Er sagte: »Es ist mir nicht klar gewesen, dass es mich nicht von meiner Vergangenheit wegbringen würde, wenn ich einfach nur weiterlebte wie bisher. Ich dachte, das würde, das müsste es, ich dachte, die Zeit würde sie nach einer Weile irgendwie zudecken. Aber das hat sie nicht getan. Sie hat mich nicht einfach woanders hingeführt, sie hat mich nur immer wieder zurück zu meiner Kindheit gebracht, zurück zu all den Dingen, die ich nicht wusste. Und dieser Ort, dieser Ort der Kindheit, war genau der Ort, an dem ich nicht sein wollte.«

Er beugte leicht den Kopf und sagte mit weicher Stimme: »Verstehst du mich?«

Sie nickte. Er griff mit einer Hand hinter ihren Rücken nach ihrem Zopf.

Er sagte: »Ich bereue es nicht, Carole gesucht zu haben. Sie tut mir irgendwie Leid. Es scheint mir nicht mal etwas auszumachen, dass sie mich nicht wirklich lieben konnte, weil ich nicht derjenige war, den sie haben wollte. Vielleicht sollte es mir etwas ausmachen, aber das tut es nicht.«

Marnie hob den Kopf ein wenig.

Sie sagte deutlich: »Lynne hat dich geliebt.«

»Ja«, sagte David, und dann nach einer Pause, ohne jede Unsicherheit oder Frage in der Stimme: »Und du auch.«

Sie nickte wieder, wobei sie ihm ihren Zopf entzog.

Er sagte: »Wenn die eigene Mutter einen nicht lieben

kann, ist man sich vielleicht seiner eigenen Liebesfähigkeit nicht ganz sicher. Vielleicht weiß man nicht richtig, wie man lieben soll, auch wenn man es möchte.«

Marnie wich einen Schritt zurück und machte sich los. Dann hob sie die Hände und legte sie auf Davids Schultern.

»Ich glaube, deine Mutter würde dich jetzt gerne lieben«, sagte sie. »Aber es ist zu spät. Sie sitzt in der Falle.«

»Und Martin auch.«

»Martin?«

»Er hat mich auf der Arbeitsstelle besucht. Er wollte mir sagen, dass keiner von ihnen noch etwas mit mir zu tun haben will.«

»Oh, David ...«

»Er hat gesagt, sie habe drei Söhne bekommen, sich aber nur für zwei entschieden ...«

»Wie kann er es wagen ...«

»Weil er unglücklich ist. Er ist sich ihrer nicht sicher. Er wollte mir weismachen, er sei als Abgeordneter der Familie gekommen, aber ich glaube, er ist nur gekommen, weil er es anders nicht mehr ausgehalten hat.«

»Armer trauriger Bursche.«

»Ja.«

Marnie blickte zu ihm hinauf, berührte seinen Hals mit dem Zeigefinger.

»David ...«

»Ja?«

»Nathalie ...«

»Sie hat eine schlimme Zeit durchgemacht«, sagte David. »Ich habe das Gefühl, dass sie noch schwierigere Antworten bekommen hat als ich, weniger eindeutige.«

»Das habe ich nicht gemeint.«

»Nein.«

»Ich meinte …« Sie hielt inne und nahm die Hände von Davids Schultern. Dann legte sie sie flach auf seine Brust und betrachtete sie ernst, als wäre etwas Wichtiges auf ihrem Rücken geschrieben. Sie sagte: »Wieso hast du das alles mir und nicht ihr erzählt?«

»Weil du dafür die richtige Person bist.«

»Auch wenn ich das bisher fast nie gewesen bin?«

»Das war ein Teil des Problems«, sagte David, »das Gefangensein in diesem Vergangenheitsproblem. Sie war mit mir zusammen darin gefangen.«

Marnie sagte zögernd: »Passiert – passiert da gerade etwas Außergewöhnliches?«

»Ich weiß nicht. Ich weiß nicht, ob es außergewöhnlich ist, meine ich. Ich hoffe es. Ich weiß nur, dass etwas passiert.«

Die Tür zum Garten schwang auf. Daniel, direkt aus der Schule, stand da mit seiner Schultasche in der Hand und seinem Fahrradhelm auf dem Kopf. Er sah seine Eltern an.

»Was ist los?«

Sie sagten nichts. Er ließ die Tasche auf die Treppe fallen und kam in die Küche. Er musterte die Kuchenformen auf dem Boden und fragte: »Hat jemand Geburtstag?«

Fünf Meter vor ihnen trat Polly wild in die Pedale ihres Barbie-Fahrrads. Sie hatte Steve nicht erlaubt, die Stützräder abzumontieren, genauso wie sich geweigert hatte, ohne Schwimmflügel zu schwimmen. Steve konnte sehen, wie sie mit fliegenden Locken und großer Entschlossenheit mitten auf dem asphaltierten Hauptweg durch den Westerham Park radelte. Jungs auf Skateboards und Rollerblades und Tretrollern fegten respektvoll auf eine Weise um sie herum, die, so dachte Steve, nur in Tränen oder Triumph enden konnte, wenn sie einmal älter und verletzlicher war.

Er fand es leichter, sich auf Polly als auf Nathalie zu konzentrieren. Nathalie, die nie sehr offen ihre Gefühle gezeigt hatte, hielt seinen Arm, hatte sich sogar fest bei ihm eingehakt und an ihn gelehnt und drehte ihm gelegentlich den Kopf zu, sodass ihre Haare seine Schulter streiften. Sie hatte seinen Arm genommen, sobald sie den Park betreten hatten, und sie redete mit ihm, so wie sie die ganzen letzten Tage mit ihm geredet hatte, ernst und vertrauensvoll, als wäre der Mann, mit dem sie zwar zufällig zusammenlebte, dem es aber bisher am erforderlichen Grad emotionaler Intelligenz gemangelt hatte, plötzlich in einen Seelenbruder verwandelt worden, in den Menschen, der als Einziger die Komplexität begriff und den emotionalen Konflikt, den sie im Moment durchlebte, verstehen konnte.

Es war ein Angstausbruch, dachte Steve, als er den Druck ihres Arms durch den Stoff seines Hemdärmels spürte. Er fühlte sich schrecklich, grässlich, gemein. Er hörte sie über Cora reden, über Mutterschaft, über die lange, schmerzliche Reise zu der Versöhnung mit dem eigenen Ich, wie enttäuschend auch immer, und er spürte an der Art, wie sie sprach, dass sie nicht nur hoffte, von ihm verstanden und getröstet zu werden, sondern fest damit rechnete, weil er es konnte, weil er unter einer ähnlichen Desillusionierung, einem ähnlichen Gefühl, nicht zu seiner eigentlichen Herkunft zu passen, gelitten hatte. Sie sprach tatsächlich auf eine Weise, für die er noch vor einer Woche seine Seele hergegeben hätte, die er immer herbeigesehnt und von der er eifersüchtig befürchtet hatte, dass sie ausschließlich David vorbehalten war. Und nun strömte es aus ihr heraus, innig und vertrauensvoll, doch er hatte sich in eine Lage manövriert, in der er dieses Vertrauens nicht mehr würdig war. Er schaute nach vorne zu Polly auf ihrem rosafarbenen Fahrrad und sehnte sich mit kindlicher Bangigkeit danach, mit ihr zu tauschen.

»Weißt du was«, sagte Nathalie. »Weißt du, was mich völlig unerwartet getroffen hat? Wie – wie demütigend das alles gewesen ist, weil ich mich wie eine Tragödienheldin gefühlt habe, obwohl mir diese Rolle gar nicht zustand. Ich meine, ich habe mich irgendwie – es ist schrecklich, das eingestehen zu müssen – im Mittelpunkt der Welt gesehen, ich habe so etwas *Glamouröses* in meiner Situation gesehen, etwas Melodramatisches. Und jetzt, wo ich Coras Geschichte kenne, habe ich deswegen ein furchtbar schlechtes Gewissen, denn ich habe das Gefühl, was sie an Einsamkeit durchgemacht hat, wie sie einfach, na ja, *vergessen* worden ist, ist zehnmal schlimmer als alles, was mir passiert ist. Und noch mehr Gewissensbisse habe ich, weil ich sie nicht als meine Mutter sehen kann. Ich kann sie als liebenswerte Person sehen, die da in etwas hineingeraten ist, was sie so nie und nimmer gewollt hat und wofür sie seither bezahlt hat, und sie tut mir so entsetzlich Leid. Aber ich kann diese Blutsverwandtschaft nicht so empfinden, wie ich es erwartet hatte, so wie ich sie für Polly empfinde …«

»Sieh dir Polly an …«, sagte Steve unvermittelt.

Nathalie sah Polly an, dann Steve.

»Hörst du überhaupt zu?«

»Ja …«

»Interessiert es dich nicht? Ich dachte, ich habe wirklich gedacht, es würde dich interessieren …«

»Das tut es. Das tut es auch.«

»Vermutlich wiederhole ich mich. Ich meine, das kommt wohl vor, wenn man über einem Problem grübelt, oder …?«

»Nathalie …«

»Was?«

Steve blieb stehen. Er schaute in den Himmel.

Er sagte: »Das ist es nicht.«

»Was dann?«

»Ich bin zutiefst an dem interessiert, was du sagst. Es ist mir sehr wichtig, ich freue mich, dass du so mit mir redest, ich habe mich lange danach gesehnt, dass du das tust ...« Er hielt inne.

Nathalie ließ ihren Arm aus seinem gleiten und nahm seine Hand.

»Was ist los?«

Steve spürte Tränen aufsteigen.

Mit großer Anstrengung sagte er: »Ich kann es nicht zulassen. Ich darf dich nicht so sprechen lassen. Ich darf nicht zulassen, dass du so – so – vertrauensvoll bist ...«

»Wieso nicht? Was ist denn los?«

Steve entzog ihr seine Hand und drehte ihr den Rücken zu. Senkte den Kopf.

Er sagte so unhörbar wie möglich: »Ich hatte eine Affäre.«

»Was?«

Er hob den Kopf ein wenig.

Er sagte noch einmal, ohne sich umzudrehen: »Ich hatte eine Affäre.«

Es folgte Schweigen, ein scheinbar endloses und kompliziertes Schweigen. Und dann ging Nathalie um ihn herum, bis sie sein Gesicht sehen konnte.

»Eine Affäre?«

»Ja.«

Er vermochte nicht, sie anzuschauen. Er konnte ihr Gesicht sehen, ganz dicht an seinem, und starrte daran vorbei, vorbei an ihrem Ohr und einer dunklen Haarwolke.

»Wieso?«, fragte Nathalie mit einer Art geflüstertem Aufschrei.

Er schüttelte den Kopf.

»Ich war einsam.«

»Einsam?«

»Ich habe gedacht, ich wäre nicht wichtig für dich. Ich habe gedacht, ich wäre dir nicht genug…«

»Eine Affäre«, sagte Nathalie mit Entsetzen.

»Es tut mir so Leid, *so Leid…*«

»Wer war sie?«

»Du weißt schon.«

»Nein, weiß ich nicht. Wer – O Gott«, sagte Nathalie. »Nicht sie, nicht Titus' Freundin, nicht diese Pseudo…«

»Doch«, sagte Steve.

Nathalie trat einen Schritt zurück und schlug die Hände vors Gesicht.

»Warum *jetzt*?«

»Es war gerade *wegen* jetzt. Und es ist vorbei.«

Nathalie sagte nichts.

»Es ist vorbei«, sagte Steve. »Ich habe einmal mit ihr geschlafen, und es ist vorbei. Ich habe Schluss gemacht, und sie ist gegangen.«

Nathalie nahm ihre Hände vom Gesicht. Sie sah ihn unmittelbar an.

»Es ist vorbei?«

»Ja. Ich verspreche es. Und es hatte auch nie mit Liebe zu tun, es hatte nie das Geringste mit Liebe zu tun…«

»Vorbei…«

»Ja.«

»Für dich«, sagte Nathalie mit großen Augen. »Für dich vielleicht. Aber kannst du nicht sehen, dass es für mich jetzt erst anfängt?« Sie machte auf dem Absatz kehrt und rannte den Weg hinunter auf Polly und ihr Fahrrad zu.

Kapitel neunzehn

»Brauchst du einen Scotch oder so was?«, fragte David.

Steve schüttelte den Kopf.

»Dadurch wird es auch nicht besser. Aber vielen Dank.«

»Dann ein Bier.«

»Ja ...«

»Ich hole eins«, sagte David. »Du bleibst hier. Ich hole es.«

Steve sah ihm nach, wie er durch den Pub ging und dann, große Männer schafften das anscheinend oft ohne Anstrengung, durch die Menge hindurch an die Bar zu einem Platz direkt vor dem Barkeeper. Er dachte beschämt, selbst wenn er die Geistesgegenwart besessen hätte, zuerst das Besorgen von Getränken anzubieten, hätte er es womöglich nicht bis zur Bar geschafft, hätte er es womöglich nicht fertig gebracht, durch diesen Raum zu gehen, während David ihn beobachtete, während David wusste, was er getan hatte. Und obwohl David es wusste, hatte er dann etwas gemacht, was er in all den Jahren, die sie sich kannten, noch nie gemacht hatte – ihn angerufen und vorgeschlagen, etwas trinken zu gehen.

»Etwas trinken ...«, hatte Steve gesagt, als hätte David eine Fahrt zum Mond vorgeschlagen. »Mit – mit dir?«

»Wieso nicht?«

Steve hatte das Handy ans Ohr gepresst. Nathalie war am Abend zuvor bei David und Marnie gewesen, war stundenlang weggeblieben. Und als sie dann zurückkehrte, hatte sie ihm eindeutig zu verstehen gegeben, dass es ihr lieber wäre, wenn Steve auch in dieser dritten Nacht auf dem Sofa im Wohnzimmer schliefe.

»Weil ...«

»Was?«

»Nathalie war gestern Abend bei euch ...«

»Es geht nicht um Nathalie. Oder nur am Rande um Nathalie. Es geht um etwas, was ich ehrlich gesagt lieber dir erzählen würde als Nathalie. Mir wäre lieber, *du* würdest es Nathalie sagen.«

»Ist gut«, sagte Steve unsicher.

»Gut«, hatte David gesagt. »Gut. Im Seven Tuns zur Mittagszeit.«

Und nun saß er hier auf einer Polsterbank, die mit genau dem gleichen rauen Samtstoff bezogen war, wie ihn sein Vater für das Royal Oak bevorzugte, und David brachte ihm ein Bier.

»Hier«, sagte David und stellte es ihm hin.

»Danke ...«

David setzte sich auf den Stuhl gegenüber und rückte ihn näher heran.

»Also«, sagte David, »bringen wir's hinter uns. Gestern Abend, als Nathalie bei uns war. Es tut uns sehr Leid, aber wir mischen uns da nicht ein. Das müsst ihr untereinander klären ...«

»Ich dachte«, sagte Steve, »du würdest mich mit sämtlichen Schimpfwörtern belegen, so wie ich es selbst bereits getan habe.«

»Nein.«

»Und hat sie ...«

»Sie hat dich auch nicht beschimpft. Sie ist schockiert, aber sie beschimpft dich nicht.«

Steve gab seinem Glas einen leichten Schubs.

Er sagte: »Ich *selbst* bin schockiert.«

»Möchte ich wetten.«

»Und ich schäme mich.«

David sagte nichts. Er lehnte sich vor und stützte die Ellbogen auf seine Knie.

»Und jetzt«, sagte Steve, »sieht es seit heute Morgen so aus, als würden mir sämtliche Mitarbeiter davonlaufen.«

David warf ihm einen scharfen Blick zu.

»Was ist los mit ihnen? Titus kann man verstehen ...«

»Justine wegen Titus, und Meera, weil sie sagt, ich konzentriere mich nicht aufs Geschäft, und bei ihr trifft es mich am meisten, weil sie Recht hat.«

»Sie macht auf mich den Eindruck eines Mädchens, das normalerweise Recht hat.«

»Sie ist hervorragend. Sie wird unmöglich zu ersetzen sein. Aber will ich sie überhaupt ersetzen? Will ich irgendeinen von ihnen ersetzen? Will ich ...«

»Hör zu«, sagte David, »ich möchte nicht gleichgültig erscheinen, aber genau darüber wollte ich mit dir sprechen.«

»Über meine Firma?«

»Nein, meine«, sagte David.

Steve setzte zu einem Schluck an, stellte das Glas aber wieder hin.

»Du steckst doch bestimmt nicht in Schwierigkeiten ...«

»Das Geschäft läuft gut«, sagte David. »Die Firma wächst nicht so wie früher, aber das ist in Ordnung. Der Job gefällt mir, aber ich liebe ihn nicht, nicht mehr. Ich werde die Firma verkaufen.«

Steve sah ihn erschrocken an.

»Verkaufen!«

»Ja«, sagte David, »denn wir werden nach Kanada gehen.«

»Ihr geht jedes Jahr nach Kanada.«

»Ich meine, wir gehen für immer nach Kanada.«

Steve lehnte sich zurück und stieß die Luft aus.

»O Mann.«

»Dieser ganze Familienkram«, sagte David, »so wie sich alles entwickelt hat, dass ich meine Mutter gefunden habe, und dann einen Bruder, der mich am liebsten umbringen würde, und dass ich nun weiß, dass mein Name nicht mein Name ist, und was ich Marnie alles zugemutet habe, na ja, ich habe jetzt das Gefühl, ich müsste irgendwo noch mal neu anfangen. Ich kenne jetzt die Antworten, ich habe Erkenntnisse gewonnen, damit kann ich noch mal anfangen, kann ich dort leben, wo mich die Menschen nur damit kennen.«

Steve fragte: »Wirst du deinen Namen ändern?«

»Mag sein.«

»In den deines Vaters?«

David zuckte mit den Schultern. »Vielleicht. Oder es könnte auch zu spät sein ...«

»Wirst du versuchen, deinen Vater zu finden?«

»Mag sein auch das.«

»Ich glaube – ich verstehe, was du vorhast.«

»Keine Mutmaßungen mehr«, sagte David, »keine Überlegungen. Keine Phantasien mehr, wenn ich eine Straße entlanggehe, ob diese geheimnisvolle Mutter sie vielleicht vorher entlanggegangen ist. Sie ist es nicht. Es ist Carole Latimer, und sie ist nie in Westerham gewesen.«

»Aber warum nach Kanada?«

»Überleg doch mal«, sagte David. »Überleg mal, wie es ist, in Winnipeg zu leben und einfach so als die Person akzeptiert zu werden, die ich *tatsächlich* bin, ohne diesen ganzen Adoptionsballast mit mir herumschleppen zu müssen. Meine Eltern haben Namen. Ich habe einen Namen. Ich habe wundervolle Adoptiveltern, aber sie leben in England, sodass dieses Verbindungsstück zum Glück in England zurückbleibt. Es wird endlich einfach, es wird endlich unkompliziert, es wird endlich *ehrlich*.«

»Ja.«

»Und Marnie kehrt nach Hause zurück.«

»Ja.«

»Und vielleicht werde ich ja feststellen, dass auch ich irgendwie nach Hause gekommen bin.«

Steve sah ihn an.

»Und wenn es nicht funktioniert?«

»Wie meinst du das, nicht funktioniert?«

»Wenn es dir nicht gefällt«, sagte Steve. »Wenn du nicht glücklich bist?«

David erwiderte den Blick.

Er sagte: »Hast du nicht zugehört?«

»Ich denke schon ...«

»Was habe ich gerade darüber gesagt, wie mein Leben bisher gewesen ist? Wie kann Kanada irgendetwas anderes sein als besser?«

Steve senkte den Blick.

»Ich wette, die Kinder sind begeistert.«

»Sie wissen es noch nicht.«

»Und – und du möchtest, dass ich es Nathalie sage.«

»Ja.«

»Wieso sagst du es ihr nicht selber?«

»Was denkst du wohl?«

»Weil du nicht derjenige sein willst, der ihr noch schlimmer zusetzt ...«

»Nein«, sagte David. Er griff wieder nach seinem Bierglas. »Weil ich nicht mehr für sie da sein kann. Aber du kannst es.«

Steve sagte nichts. Dann ließ er seinen Blick durch den Raum zu der unbekümmerten Menge an der Bar wandern.

»Angenommen, das kann ich nicht«, sagte er. »Angenommen, ich hab's vermasselt.«

David nahm einen Schluck, behielt das Glas in der Hand und schaute hinein.

»Dann musst du dir etwas einfallen lassen. So wie ich.«

In ungefähr zehn Minuten würde Betty an Coras Tür klopfen und sagen, dass der Tee fertig ist. In der Vergangenheit war Cora, wenn sie keinen Unterricht geben musste, oft in die Küche gegangen und hatte versucht, beim Zwiebelschneiden oder Karottenschälen zu helfen, auch wenn sie es nie ganz so machte, wie Betty es gerne gehabt hätte. Sie bekam eine Schürze und ein Brett und ein Messer, gerade so, dachte sie, als wäre sie ein braves Kind, und dann wurde sie an den Tisch vor eine Aufgabe gesetzt, von Betty beobachtet in der Erwartung von Coras unvermeidbar enttäuschender Leistung. Aber in letzter Zeit, seit Nathalies Besuch, hatte Cora nicht besonders viel Lust gehabt, Zeit in der Küche zu verbringen, allein mit Betty, die dieselbe angeborene Unfähigkeit besaß wie ihre Mutter, auch nur den kleinsten Gedanken, der ihr durch den Kopf ging, für sich zu behalten. Und da keine der Meinungen, die Betty gegenwärtig – und energisch – vertrat, sich mit denen von Cora deckte, war es wirklich besser, sich aus dem Weg zu gehen, außer wenn Don mit im Raum war und schlichtend eingriff, indem er sagte: »Lass sie, Betty, lass sie einfach in Ruhe.«

Nun hatte sie ihre Ruhe und war allein. Aber im Gegensatz zu Bettys beharrlicher Behauptung, sie sei verzweifelt in ihrer Einsamkeit, war sie ihrer eigenen Ansicht nach nicht einsamer, als sie es vorher schon gewesen war. Sie nahm an, dass einige Menschen eben so waren, ihr ganzes Leben lang allein, mit diesem komischen unbestimmten Gefühl, nicht richtig dazuzugehören, nicht dazuzupassen. Es war nicht besonders quälend, sobald man sich einmal daran gewöhnt hatte; es war nur ein Daseinszustand, den Menschen, die intensive Kommunikation mit anderen Menschen brauchten, niemals verstehen würden. Tatsächlich überlegte Cora manchmal, ob sie wohl Spaß daran gefunden hätte, wenn sie je die Gelegenheit zu intensiver Kommunikation mit jemandem gehabt oder je eines der Angebote von Bettys Pensionsgästen angenommen hätte. Allein mit sich wusste sie jedenfalls, wer sie war, befand sie sich an einem Ort von Vertrautheit und Kontrolle. Was wäre das für ein Gefühl, sich auf unbekanntes menschliches Terrain zu begeben, Risiken einzugehen und miteinander Vereinbarungen zu treffen und Kompromisse zu schließen? Was wäre das für ein Gefühl, die äußerste persönliche Freiheit aufzugeben – dazu genötigt zu werden?

Wie auch immer, wenn sie ehrlich war, hatte sie keine Veränderung ihres Alleinseins erwartet, als sie sich mit Nathalie traf. Sie mochte ihren kleinen Schrein gemacht und fasziniert über diesen Bildern gehockt haben, aber sie hatte sich nie der Illusion hingegeben, dass für sie nun ein märchenhafter Lebensabschnitt glücklichen Familienlebens beginnen würde. Bei der Begegnung mit Nathalie war es um etwas ganz anderes gegangen, um die unaussprechliche Erleichterung und den Trost, die sich aus der Erkenntnis ableiteten, dass ihr vergeben worden war, dass Nathalie es geschafft hatte, etwas aus einem Leben zu machen, das so elendiglich begonnen hatte. Es war so schwierig, ihr zu verstehen zu geben, dass sie nie den Gedanken gehabt hatte, Mutter und Tochter spielen zu wollen, den Versuch machen zu wollen, etwas wiederzuerlangen, was für immer verloren und vergangen war.

Das Problem war – und Betty hatte sich mit ihren Luchsaugen darauf gestürzt –, dass die Begegnung nicht einfach gewesen war. Sie war nicht direkt schwierig gewesen, aber sie war unleugbar durch Unbehagen gekennzeichnet gewesen. Wenn sie darüber nachdachte, war es unvermeidbar, dass es eine gewisse Spannung zwischen ihrer Blutsverwandtschaft einerseits und ihren unterschiedlichen Lebensweisen andererseits geben musste, aber erst als sie Nathalie sah und ihre Stimme hörte und sie beobachtete, wie sie saß und ihren Kaffee trank, wurde ihr klar, dass Höflichkeit als Ersatz für Aufrichtigkeit herhalten musste. Nathalie hatte nichts Falsches gesagt, aber sie hatte sich auch nicht entspannt. Als sich die Tür der Pension, in der Cora ihr ein Zimmer bestellt hatte, an dem Abend hinter ihr schloss, wusste Cora, dass Nathalie erleichtert war, allein zu sein, und sie war es auch. Sie war vielleicht verletzt, wie man es nun mal ist, wenn man den Eindruck hat, sich zum Narren gemacht zu haben, aber sie war auch frei, zurück in ihr Zimmer zu gehen, wo sie nicht nur mit ihren eigenen Gedanken lebte, sondern auch mit dem Baby Samantha. Und genau dort, wusste sie, lag der Schmerz, der Schmerz, dem sie sich stellen und den sie bewältigen musste. Er lag nicht wirklich bei Nathalie, oder nur indirekt; er lag in der Erkenntnis, dass es das Baby Samantha, idealisiert, verloren und kostbar, in der kalten Realität nicht mehr gab. So musste man sich fühlen, wenn man seinen Glauben verlor. Falls man je einen gehabt hatte.

Bettys Faust donnerte gegen die Zimmertür.

»Tee ist fertig!«

Cora blieb auf dem Bett sitzen.

Betty drehte den Türknauf und schaute herein.

»Ich mag es nicht, wenn du so grübelst.«

»Ich grübele nicht«, sagte Cora. »Ich denke nach.«

Betty trat ins Zimmer.

»Ist dasselbe ...«

»Ich bin nicht *verärgert*«, sagte Cora, »ich wünsche mir nicht, dass das Geschehene *nicht* geschehen wäre. Ich denke nur darüber nach.«

Betty blieb vor ihr stehen.

»Was willst du jetzt tun?«

Cora zuckte leicht mit den Schultern.

»Nichts.«

»Hat sie dich angerufen?«

»Einmal«, sagte Cora, »um mir zu sagen, dass sie gut zurückgekommen ist und dass Pollys Ohr am siebenundzwanzigsten operiert wird.«

Betty schnaubte verächtlich.

»Das ist alles?«

Cora funkelte sie zornig an.

»Was erwartest du, worüber sie mit mir reden soll? Das Wetter? Das Fernsehen?«

»Du weißt genau, was ich meine.«

»Ich erwarte nichts«, sagte Cora. »Ich habe gekriegt, was ich wollte, und ich warte nicht auf mehr.«

»Gut.«

»Wieso gut ...«

»Weil«, sagte Betty, wobei sie eine Hand hochhielt zum Zeichen für Cora aufzustehen, »du jetzt anfangen kannst zu akzeptieren, dass es vorbei ist.«

Cora blickte mit Abscheu auf Bettys Hand.

»Vorbei ...«

»Ja«, sagte Betty. Es lag etwas Endgültiges in ihrer Stimme. »Ja. Kapitel abgeschlossen. *Endlich*.«

Lynne stand vor ihrem Küchenspülbecken und wartete darauf, dass das Wasser richtig kalt wurde. Als sie durch das Fenster über dem Becken schaute, konnte sie Nathalie sehen, die noch immer vor sich hin starrend auf der Bank neben dem Fliederbusch saß, wo sie sie verlassen hatte, als sie sagte, sie wolle ihnen etwas zu trinken holen.

»Ich muss nichts trinken«, hatte Nathalie gesagt.

Lynne legte ihr die Hand auf den Arm.

»O doch, Liebes. Du hast geweint.«

Nathalie hatte ihr ein mattes Lächeln geschenkt.

»Das sagst du immer. Das hast du schon immer gesagt, wenn wir geweint haben. Glaubst du, dass wir mit Trinken unsere Tränendrüsen wieder auffüllen?«

Lynne hatte Holunderblütenlikör und Eiswürfel in zwei Whiskygläser gefüllt. Es war eine alberne Geste, das wusste sie, einen Drink zu machen, aber ihr Instinkt trieb sie immer zu dem tröstlich Praktischen, und auf jeden Fall hatte sie einen Moment in der Küche gebraucht, um sich zu sammeln, um ihren Geist zu beruhigen angesichts von Nathalies erst zwei Minuten zurückliegendem heftigem und tränenreichem Vorwurf, dass die beiden wichtigsten Männer in ihrem Leben sie betrogen hätten, Steve, indem er mit dieser Sasha geschlafen hatte, und David, indem er endgültig nach Kanada ging.

»Wie konnte er nur?«, hatte Nathalie gejammert. »Wie konnte er das tun? Und wie kann David mich verlassen?«

Lynne hatte überlegt, darauf hinzuweisen, dass sie von Davids Wegzug ebenso betroffen sei wie Nathalie, aber mit einer enormen Willensanstrengung hatte sie sich zurückgehalten.

»Ich kann es nicht fassen«, sagte Nathalie. »Ich kann es nicht fassen, dass sie mir das antun konnten. Und dann diese

Verschwörung. David erzählt es Steve, damit er es mir erzählt ...«

Lynne nahm die Gläser und hielt eins nach dem anderen unter den Wasserhahn. Es schien im Moment so viele Gefühle zu geben, so viele widersprüchliche Dinge, dass es schwer war zu sagen, welches davon an erster Stelle kam. Ihr eigener Schock und ihre Bestürzung über Davids Neuigkeit und Steves Untreue waren der köstlichen Erleichterung über den Ausgang von Davids und Nathalies Begegnung mit ihren Müttern direkt auf den Fersen gefolgt. Es war – wie so oft, dachte sie – nur ein neuer Beweis dafür, dass das Leben einem etwas, nach dem man sich gesehnt hatte, nur zugestand, wenn es einem zum Ausgleich dafür etwas ebenso Kostbares wegnahm. Sie stellte die Gläser auf ein Tablett, und ihr Blick fiel auf ein Päckchen Salzmandeln. Wenn sie die mit aufs Tablett legte, würde Nathalie ihr sagen, dass Essen kein Mittel gegen seelischen Schmerz sei. Ihre Hand schwebte einen Moment darüber, und dann ließ sie die Mandeln, wo sie waren.

Sie trug das Tablett hinaus in den Garten und stellte es auf den Tisch, den Ralph vor Jahren mal gemacht hatte, als sich essen im Freien von etwas, was man improvisiert am Strand tat, zu etwas Höherem entwickelt hatte, das man stilvoll zu Hause an jedem schönen Tag im Jahr tun konnte.

»Er hat sie kaum gekannt«, sagte Nathalie und drehte den Kopf, um ihren Blick durch den Garten wandern zu lassen. »Ich meine, was sagt das aus? Was für ein Mann geht mit jemandem ins Bett, den er kaum kennt?«

Lynne holte Luft. Sie schob ein Glas zu Nathalie hinüber.

Sie sagte mit einer Stimme, deren Festigkeit sie ziemlich überraschte: »In Steves Fall ein verwirrter und unglücklicher Mann.«

Nathalies Kopf fuhr herum.

»Was soll das heißen?«

»Er konnte nicht zu dir durchdringen. Keiner von uns konnte das. Du hattest diese Mission angetreten, und ungeachtet der Auswirkungen auf die Menschen um dich herum wolltest du nicht davon ablassen.«

Nathalie starrte ihre Mutter an.

»Willst du damit sagen, dass Steves Herumvögeln *meine* Schuld war?«

Lynne griff nach ihrem Getränk.

»Es ist nicht nötig, mit mir in dieser abscheulichen Sprache zu reden.«

»Ach, um Gottes willen …«

»Aber wenn du meine Ansicht hören willst, Liebes, du hast ihn nicht direkt dahin getrieben, natürlich nicht, aber du hast ihm sehr stark den Eindruck vermittelt, dass du ihn nicht wolltest, dass du ihn nicht brauchtest. Du hattest David, und du hattest diese Mission, und du brauchtest niemand anderen.«

»Und das entschuldigt es deiner Meinung nach, herumzuvögeln?«

Lynne stellte ihr Glas wieder hin. Sie blickte Nathalie direkt in die Augen.

»Da er mit diesem Mädchen anscheinend nur einmal geschlafen hat und sich deshalb ganz erbärmlich fühlt, würde ich sagen ja.«

»Und was weißt du schon von solchen Sachen?«

»Genug«, sagte Lynne verstimmt, »um zu versuchen, dich von deinem hohen Ross herunterzuholen.«

Nathalie schnappte nach Luft.

»Hör auf …«

»Ich habe keine Angst vor dir, Liebes«, sagte Lynne. »Die

hatte ich früher mal, aber jetzt nicht mehr. Du hast schreckliche Dinge erlebt, aber du hast auch wundervolle Dinge erlebt. Ich war in der Vergangenheit auch keine große Hilfe, ich weiß, weil ich wegen vieler Dinge so unsicher war, aber jetzt, nach allem, was in den letzten paar Monaten passiert ist, fühle ich mich viel besser, was das Leben ganz allgemein angeht. Ich weiß, ich kann dich jetzt nicht verlieren, egal, wie böse du auf mich bist, und wenn ich dich nicht verlieren kann, selbst wenn du nicht mit mir reden magst, dann kann ich dich weiterhin lieben, ohne Angst zu haben.«

Nathalie sah sie erstaunt an.

»Natürlich«, sagte Lynne, »würde ich Steve gerne für das bestrafen, was er getan hat. Und natürlich wäre es mir lieb, David hätte keine Kanadierin geheiratet, damit er diese Option nicht hätte. Aber noch lieber wäre mir, ihr würdet euch darüber klar werden, was ihr habt, und dann etwas daraus machen.«

Nathalie starrte sie noch immer an.

Fast ohne die Lippen zu bewegen, sagte sie: »Zum Beispiel?«

Lynne rutschte hin und her. Sie strich die Knopfleiste ihrer Bluse glatt, brachte die Knöpfe in Reih und Glied.

»Nun«, sagte sie, »du könntest anfangen, indem du erkennst, dass das, was Steve getan hat, zwar falsch war, aber einiges von dem, was du getan hast, auch. Man betrügt Menschen nicht nur, wenn man mit jemand anderem schläft, man kann sie auch betrügen, indem man an ihrer Stelle jemand anderen ins engste Vertrauen zieht.«

Nathalie senkte den Blick.

»Ich glaube«, sagte sie, »mir reicht es jetzt.«

»Das kann ich mir denken.«

Nathalie rutschte auf der Bank hin und her.

»Ich glaube, ich gehe jetzt…«

»Ist gut, Liebes.«

»Ich glaube, ich gehe, bevor du mir sagst, dass das alles nicht passiert wäre, wenn ich Steve geheiratet hätte.«

Lynne sah sie an.

»Das ist mir nicht in den Sinn gekommen.«

»Nein«, sagte Nathalie, »da halten sich schon zu viele andere kleine Moralpredigten drin auf.« Sie stand auf. »Nichts ist so einfach, wie du es darstellst.«

»Nein?«

»Nein!«

»Es muss nur ein Drama sein«, sagte Lynne, »wenn du das willst.«

Nathalie warf den Kopf zurück.

»Das musst ausgerechnet *du* sagen!«

»Mag sein«, sagte Lynne, »aber wir können alle lernen.«

»Plattitüden«, sagte Nathalie, »Klischees. Immer dasselbe bei dir…«

»Warum bist du dann überhaupt hergekommen? Wenn es in jeder Hinsicht so unbefriedigend ist, mit mir zu reden, warum bist du dann hergekommen?«

Es folgte eine Pause. Nathalie ballte die Fäuste und öffnete sie wieder und flüsterte grimmig: »Weil du meine *Mutter* bist.«

Lynne stand langsam auf. Sie legte die Hände ineinander und drückte sie fest, um sich davon abzuhalten, die Arme um Nathalie zu legen.

»Was ist dann mit deiner richtigen Mutter? Was ist mit Cora?«

Nathalie wandte den Blick ab.

»Ich weiß es nicht…«

»Willst du sie jetzt einfach fallen lassen? Willst du diese

ganze Mühe und den Schmerz und die Entdeckung ungenutzt lassen? Willst du ihr sagen, dass du jetzt, wo du bekommen hast, was du wolltest, keinen Gebrauch mehr für sie hast?«

»Mum …«

»Na ja«, sagte Lynne, »ich kann nichts weiter wegen dir und Steve machen. Ich habe alles gesagt, was ich dazu sagen kann, und nun liegt es an euch beiden. Aber ich werde diese arme Frau nicht dort oben in Northsea schmachten und denken lassen, dass sich niemand mehr für sie interessiert.«

»Mum …«

»Überleg mal, was sie durchgemacht hat. All diese Jahre. *Überlege* mal.«

»Das tue ich«, sagte Nathalie, »das tue ich. Aber ich weiß nicht, was ich machen soll.«

»Nun, dann werde ich es machen«, sagte Lynne. Sie löste die Hände voneinander und verschränkte stattdessen die Arme. »Ich werde sie anrufen.«

Auf dem Kaffeetisch neben dem Ohrensessel im Wohnzimmer hatte Connor die Broschüre »Elegant Resorts« liegen gelassen. Er hatte sie dort extra hingelegt und Carole mehrere Male darauf hingewiesen und ihr versichert, dass sie völlig frei entscheiden könne, dass es ihm ganz egal sei, ob dieser besondere Urlaub, den er plane – er hatte die Worte »zweite Flitterwochen« zwar nicht direkt ausgesprochen, aber er hatte sie so deutlich im Sinn, als wären sie ihm auf die Stirn geschrieben –, auf Mauritius oder in Thailand oder auf den Malediven stattfinden würde. Das Entscheidende sei, sagte er, wobei er Caroles Blick mit einem betont viel sagenden Ausdruck in seinen Augen festhielt, dass die Reise sie an einen Ort ganz nach ihren Wünschen bringen sollte, an einen Ort, der durch sein Zusammenspiel von weißem Sand und blauem Meer sanft, vollständig und endgültig die zutiefst verstörenden letzten Monate auslöschen und sie wieder zurück an das friedliche Gestade ihrer früheren familiären Geborgenheit führen konnte.

Carole hatte die Broschüre ein paarmal aufgeschlagen. Sie hatte die Bilder der breiten weißen Strände und breiten weißen Betten und der träge hingestreckten Leute betrachtet, die im Schatten von Jasminbäumen regenerierende Massagen genossen. Sie hatte sich an frühere Urlaube dieser Art mit Connor erinnert, Urlaube von außerordentlicher, vorhersehbarer Routine in einem Kokon unwahrscheinlichen Komforts, beinahe erdrückend mit ihrem geregelten Ablauf und dem untadeligen, unerträglichen Service. Sie erinnerte sich, wie sie einmal aus dem Meer gekommen war, dem warmen, klaren, aquamarinblauen, tropischen Meer, und wie sie dort prompt ein respektvoller, makelloser Boy in fescher Hotel-Livree erwartet und ihr sowohl ein Handtuch als auch ein Glas Eiswasser auf einem Tablett gereicht hatte, dekoriert mit einer Orchidee, und sie gedacht hatte: Das ist vollkommen, total *idiotisch*.

Und das war ihrer Ansicht nach auch die Absicht hinter der Broschüre. Es war idiotisch anzunehmen, dass irgendetwas verändert oder wieder gutgemacht werden könnte, indem man woandershin fuhr, indem man zwei Wochen in einer Schlaraffenland-Luftblase lebte. Es war idiotisch anzunehmen, dass sie noch derselbe Mensch war, dass ihre Ehe noch dieselbe war, dass Connor allein dadurch, dass er Tausende von Pfund hinblätterte, sich zurück in die Position hieven könnte, die er seiner Ansicht nach all die Jahre innegehabt hatte, die Position, die seiner Ansicht nach für sie gleichermaßen akzeptabel wie auch unanfechtbar war.

Und am alleridiotischsten wäre es, wenn sie dabei einfach mitspielte, sich einfach in ein Flugzeug verfrachten und irgendwo absetzen ließe wie ein hilfloses Paket, um von einem Haufen gleichgültiger Leute unter Connors Regie ausgepackt zu werden.

Sie nahm die Broschüre zur Hand und betrachtete sie. Dann ging sie damit durch die Diele zu Martins verschlossener Zimmertür. Sie wusste, dass er dahinter hockte, denn es war Samstagnachmittag. Er hatte es abgelehnt, mit seinem Vater Tennis zu spielen, und in dem gekränkten Ton, den er jetzt ständig an sich hatte, laut verkündet, er könne es sich nunmal nicht leisten, am Wochenende sowohl tagsüber als auch abends auszugehen, und zöge es deshalb vor, sich am Tag einzuschränken und zu Hause zu bleiben.

Carole klopfte.

Es herrschte zunächst Stille, und dann sagte Martin: »Herein.«

Er lag auf seinem ungemachten Bett, die Turnschuhe auf der Bettdecke, und las eine Ausgabe von *GQ*. Carole wedelte mit der Broschüre.

»Hast du das gesehen?«

Martin schnaubte. Seine Augen wichen nicht von seinem eigenen Magazin.

»Wer's mag.«

Carole setzte sich auf die Kante des zweiten Bettes, schob einen Haufen von Martins darauf gestapelter Kleidung zur Seite, um sich Platz zu schaffen.

»Ich möchte nicht fahren.«

Martins Körper spannte sich an.

Er sagte mit bemühter Gleichgültigkeit: »Oh?«

»Nein.«

»Es hat dir immer gefallen …«

»Nein, hat es nicht. Ich bin mitgefahren, aber es hat mir nicht gefallen.«

»So ein Glück für den guten alten Dad.«

»Er mochte es. Er wollte dahin. Er hat diese Reisen immer gebucht. Er will auch diese buchen.«

Martin sah sie von der Seite an.

»Warum erzählst du mir das?«

Carole warf die Broschüre auf einen Stapel Pullover.

»Ich möchte, dass du mir hilfst, es Dad zu sagen.«

»*Was?*«

»Ich möchte, dass du mir hilfst, Dad zu sagen, dass ich diese Reise nicht machen will. Ich möchte, dass du mir hilfst, ihm zu sagen, dass sie nichts ändern würde, dass wir nicht so tun können, als wäre das, was geschehen ist, nicht geschehen, und als könnten wir einfach wieder dahin zurückgehen, wo wir vorher waren. Oder wo wir *dachten*, dass wir waren.«

Martin legte das Heft weg und manövrierte sich vorsichtig in Sitzposition.

Er sagte säuerlich: »Ich brauche das nicht, dass du mir in den Hintern kriechst.«

»Wenn du meinst, du müsstest das so sehen …«

»Allerdings. Du hättest David weiterhin getroffen, wenn ich dem nicht ein Ende bereitet hätte. Ich *weiß* es, und versuch nicht, mir etwas anderes zu erzählen. Und versuch jetzt nicht, mich rumzukriegen.«

Carole schaute zu Boden.

»Ich weiß, dass ich ihn nicht weiter sehen kann.«

»Was?«

»Ich weiß, ich kann David nicht noch mal sehen. Ich weiß nicht, ob ich ihn um seinetwillen sehen wollte oder weil er seinem Vater so ähnlich sieht. Falls es ein Trost ist, er hat sich nicht wie mein Sohn angefühlt, er hat sich nicht wie mein Kind angefühlt. Er hat sich nur wie jemand angefühlt, den ich vermisst habe, wie jemand, den ich nicht haben kann, und daher sollte ich mir auch nichts anderes vormachen. Ich bin dir dankbar, dass du der Sache ein Ende gemacht hast, ich bin dir dankbar dafür.«

Martin schwieg einen Moment und sagte dann widerwillig: »Du bist fix und fertig, Mum.«

»Wahrscheinlich.«

Er machte eine Geste zum Boden.

»Diese Reise …«

»Ich kann nicht.«

»Was willst du Dad sagen?«

»Dass es eine schreckliche Geldverschwendung wäre, dass es nichts ändern würde, dass es die Uhr nicht zurückdrehen kann.«

Martin sagte unerwartet: »Er wird dich nicht verstehen.«

Carole schaute auf.

»Nein. Und da ist noch etwas.«

Martin zog die Knie an, schlang die Arme um sie.

»Du willst doch, verdammt noch mal, nicht abhauen …«

»Nein.«

»Aber du hast daran gedacht …«

»Eigentlich nicht.«

»Wieso nicht?«

Sie wandte den Blick ab.

»Deinetwegen.«

»Komm mir nicht damit!«

»Ehrlich«, sagte sie. »Ich bin vielleicht eine miserable Mutter, aber ich bin durchaus fähig, eine Wiedergutmachung zu versuchen.«

Martin löste seine Arme.

»Erwarte von *mir* keine verdammte Dankbarkeit…«

»Das tue ich nicht. Ich mache das ebenso für mich wie für dich.«

»Es ist also nur ein Spruch für Dad…«

Carole stand auf und ging zum Fenster.

»Ich werde diesen Aspekt Dad gegenüber nicht einmal erwähnen.«

»Tja dann«, sagte Martin, »warum sollte er dir deine Gründe abkaufen, weshalb du keine Lust zu der Reise hast?«

Carole schwang die Schnur vom Rollo.

»Weil ich das Geld will.«

»Du hast wirklich Nerven.«

»Ich will das Geld, das er für diese Reise ausgeben würde«, sagte Carole. »Ich will etwas von meinem eigenen dazutun und damit eine neue Firma aufbauen.«

Martin schnaubte.

»Da macht er nie mit. Eine Firma ohne ihn? Nur in deinen Träumen.«

Carole nahm die Holzkugel am Ende der Rolloschnur in die Hand und musterte sie.

»Es wäre ohne ihn, allerdings. Aber ich glaube, er würde zustimmen, wenn ich ihm sagte, dass es mit dir wäre.«

»Das reicht«, sagte Martin.

Carole drehte sich um.

»Das ist mein Ernst.«

»Du denkst doch, ich bin für nichts zu gebrauchen«, sagte Martin. »Du denkst, ich könnte nicht mal eine Saufparty in einer Brauerei organisieren.«

»Aber ich könnte.«

Martin rief: »Spar dir deine Gönnertour!«

»Deine EDV-Kenntnisse sind besser als meine. Du kannst die Buchführung machen, auch wenn du keinen Businessplan entwickeln könntest. Unternehmenspläne kann ich machen.«

Martin ließ sich zur Seite kippen.

»Geh weg.«

Carole hörte auf, mit der Kugel zu spielen.

»Ich kann nichts wieder gutmachen, so umfassend, wie du es von mir erwartest, wenn du es mich nicht mal versuchen lässt.«

Martin erwiderte nichts.

»Wir werden uns streiten«, sagte Carole, »wir werden uns auf die Nerven gehen. Wir verlieren vielleicht jeden Penny.«

»Wir streiten uns sowieso …«

»Nur«, sagte Carole, »weil du darauf bestehst.«

»Du hast mich *angelogen*!«

»Ich habe alle angelogen.«

Martin richtete sich wieder auf.

»Und woher soll ich wissen, dass du es nicht wieder tust?«

Carole zuckte mit den Schultern.

»Es gibt nichts Persönliches mehr, weshalb ich lügen müsste. Du weißt alles. Und was nicht persönlich ist, kann dich nicht verletzen. Und was Geschäftliches angeht, habe ich sowieso noch nie gelogen.«

»So ein Scheiß.«

»Dann eben *persönlich* geschäftlich.«

Martin erhob sich gemächlich vom Bett. Er bückte sich, um die Reisebroschüre vom Boden aufzuheben.

Er blätterte sie durch und fragte dann, halb abgewandt: »Wann kommt Dad wieder zurück?«

Kapitel zwanzig

Polly wäre wohl lieber im Krankenhaus geblieben, dachte Steve. Die raffinierte Operation hatte keine äußeren Spuren hinterlassen und verblüffend wenig Beschwerden.

»Aua«, sagte Polly laut, wenn jemand bis auf wenige Zentimeter an ihren Kopf herankam. »Aua, aua, aua.«

»Zeig auf die Stelle, wo es dir wehtut«, sagte der Arzt, der auf Pollys Bett saß.

»Hier«, sagte Polly und zeigte auf eine Stelle. »Und hier und hier und hier.«

Der Arzt legte ihr eine Hand aufs Knie.

»Und hier?«

Sie funkelte ihn böse an.

»Manchmal.«

Er lächelte.

»Du wirst wahrscheinlich Ohrenschützer tragen müssen, weil dir alles so laut vorkommen wird.«

»Wird es nicht«, sagte Polly, »es wird genauso sein wie vorher.«

Er tätschelte ihr Knie und stand auf.

»Du machst das schon, Polly.« Er sah hinüber zu Steve und Nathalie. »Es heilt sehr gut.«

»Aua«, sagte Polly.

Evie war mit einem neuen Schlafanzug gekommen, und Lynne hatte Blumen geschickt und Marnie hatte Schokoladenbrownies in Würfelgröße gebacken. Alle hatten Polly besucht, waren in jener halb furchtsamen, halb respektvollen Stimmung, wie sie Krankenhäuser hervorrufen, hereinmarschiert und hatten Weintrauben und Geleebonbons und Puzzles mitgebracht. Im Bett neben Polly lag ein pummeliger Junge, der nie seine Baseballkappe abnahm und ihre Besucher und deren Gaben mit offenem Widerwillen betrachtete.

»Wie heißt er?«, fragte Nathalie Polly.

Polly sah zu ihm hinüber.

»Ist nur irgendein Junge.«

»Er muss einen Namen haben …«

»Nein«, sagte Polly, »manche von denen haben keinen.«

Nathalie ging hinüber zum Bett des Jungen.

»Möchtest du einen Keks haben?«

Er starrte sie einen Moment an, und dann zog er langsam den Schirm seiner Kappe herunter, bis sein Gesicht darunter verschwand.

»Ein andermal«, sagte Nathalie.

Sie trat wieder neben Pollys Bett und den Krankenhausstuhl aus blauem Kunststoff. Sie sah nicht hinüber zu Steve, aber sie hatte ihn ohnehin nicht viel angesehen. Eigentlich, dachte er, hatte sie überhaupt niemanden angesehen, weder ihre noch seine Eltern noch David oder Marnie oder die Kinder, wenn sie mitkamen. Er hätte sich vor allem gewünscht, sie würde David und Marnie ansehen, damit er ihrem Blick entnehmen könnte, ob sie auch fand, dass die beiden irgendwie verändert waren, dass die Glanzschicht aus Selbstvertrauen von ihnen abgeblättert war, wie sie dort neben Pollys Bett standen, Marnies Arm unter Davids gehakt, und dass sie zum ersten Mal, an das Steve sich erinnern konnte, verletzlich und fast zweifelnd ausgesehen hatten.

Marnie hatte auch etwas mit ihrem Haar gemacht. Es

schien irgendwie weniger geworden zu sein, und statt zu einem Zopf geflochten, fiel es offen über ihren Rücken, wie ein seltsamer gewellter Vorhang, und ließ sie jünger, aber auch unsicherer aussehen, als wäre ihr irgendeine Kontrolle entglitten, für die sie noch keinen Ersatz gefunden hatte. Und die Art, wie sie Davids Arm hielt, war auch ganz uncharakteristisch. Diese Haltung drückte mehr Abhängigkeit aus als alles, was Steve bisher bei ihr gesehen hatte, und David hielt ihren Arm fest an sich gepresst, und als sie hinunter zu Polly schauten, taten sie es mit großer Intensität, als würden sie versuchen, sich jedes Detail von ihr einzuprägen.

»Wir gehen nach Kanada«, sagte Daniel zu Polly, während er sich am Fußende ihres Bettes aufbaute. Sie blickte nicht auf.

Sie sagte: »Das macht ihr doch immer.«

»Nein, um da zu leben, Dummkopf. Zur Schule zu gehen und alles. Und zum Skilaufen.«

Polly erwiderte nichts. Ellen reichte ihr eine Sonnenbrille mit rosa Glitzergänseblümchen auf dem Gestell, die sie ihr in einem rosa Plastiketui mitgebracht hatte.

»Ich hoffe, du kommst mal. Um bei uns zu wohnen.«

»Ja«, sagte Nathalie.

Polly nahm die Sonnenbrille.

»Ich komme«, sagte sie, »wenn ich nicht zu beschäftigt bin.«

»Polly!«

»In den Ferien«, sagte Ellen. »Im Sommer.«

»Es ist schon bald Sommer ...«

»Jedenfalls«, meinte Ellen, »wenn du mal Zeit hast.«

Polly setzte die Sonnenbrille auf.

Nathalie sagte zu hastig: »Polly muss hier erst noch jemanden kennen lernen, einen wichtigen Menschen. Sie kommt von weit her, um Polly kennen zu lernen.«

Steve legte seine Hand auf Nathalies Arm. Sie schüttelte ihn ab.

»Sie heißt Cora«, sagte Nathalie.

Daniel blickte hoch.

»Wer ist das?«

»Sie ist – noch eine Großmutter. Noch eine Großmutter für Polly.«

Polly seufzte. Sie nahm die Sonnenbrille ab.

Sie sagte laut: »Ich hab davon schon genug.«

David fing an zu lachen. Er löste seinen Arm aus Marnies und legte die Hände aufs Gesicht und lachte und lachte.

»O Polly ...«

Sie sah ihn aufmerksam an. Steve beugte sich runter und küsste Polly auf den Kopf.

»Danke, Poll.«

»Aua«, sagte Polly.

Er schaute zu Nathalie. Ihr Gesicht war ausdruckslos.

»Ach, komm schon, Nat ...«

David nahm die Hände vom Gesicht.

Er sagte in einem Ton, in dem er normalerweise seine Kinder tadelte: »Krieg dich wieder ein, Nathalie.«

Marnie stieß einen winzigen, erstaunten Laut aus.

»Schon gut«, sagte Nathalie verkniffen. »Ist schon gut.« Sie warf David einen schnellen Blick zu. »Es kommt nur im Moment sehr viel zusammen, auf das man sich neu einstellen muss, findest du nicht?«

Marnie nickte.

»Man fragt sich eben, was gut gehen wird und was nicht ...«

Ellens Kopf fuhr mit einem Ruck hoch.

»Was soll das heißen?«

»Ich meine«, sagte Marnie und schluckte, »dass Kanada ein großes Abenteuer ist, es ist etwas völlig anderes. Es wird auch für mich ganz anders sein.«

»Schsch ...«, sagte David.

»Ich werde dich vermissen«, sagte Marnie und sank plötzlich neben Pollys Bett auf die Knie. »Ich werde dich *vermissen*, Polly.«

Polly sah verlegen aus. Marnie blickte hinauf zu Steve und Nathalie.

Sie sagte: »Euch werde ich auch vermissen. Ich werde euch alle vermissen, ja wirklich, es war mir nicht klar ...«, sie drückte ihr Gesicht in Pollys blaue Baumwollbettdecke und sagte in sie hinein: »Ich dachte, ich hätte mir das alles gewünscht, ich dachte, ich hätte es mir gewünscht ...«

David bückte sich und griff unter ihre Arme, um sie aufzurichten.

»Komm, Marnie, komm schon ...«

Marnie weinte jetzt.

»Das ist mein Ernst, das ist mein Ernst, ich wollte euch nicht alle auseinander bringen, ich wollte nicht –«

Nathalie lehnte sich über Pollys Bett und legte ihre Hand auf Marnies Arm.

»Es ist alles vorbei. Versprochen. Das alles, es ist vorbei –«

»Aber es hat alles *verändert*!«

»Das musste es zwangsläufig«, sagte David. »Es musste sich etwas verändern.« Er zog Marnie ungeschickt auf die Füße.

»Wir haben alle dazu beigetragen«, sagte Nathalie. »Wir alle.«

»Was?«, fragte Ellen.

Die Antwort war Schweigen.

Ellen fuhr fort: »Diese Adoptionsgeschichte?«

»Was auch immer«, meinte Daniel und griff sich noch eine von Pollys Weintrauben, *»ich gehe* nach Kanada.«

David stützte Marnie.

»Wir kommen mit dir, Kamerad.«

Marnie streckte ihre Hand nach Polly aus.

»Versprich, dass du bald kommst. Versprich es.«

Polly sagte hochtrabend: »Wenn mein Ohr wieder ganz heil ist.«

»Natürlich.«

»Was vielleicht Jahre dauert.«

Marnie bückte sich und küsste Polly zart auf den Kopf.

»Bring sie alle mit ...«

Polly nickte. Steve blickte zu Nathalie. Nathalie sah zu David, und David hatte den Blick über alle hinweg auf die cremefarben gestrichene Wand gerichtet.

»Bring was gegen die Kriebelmücken mit«, sagte Ellen zu Polly. »Die sind *bösartig*.«

Jetzt, eine Woche später, war Polly wieder zu Hause, und sie benahm sich daneben. Nathalie hatte Steve erlaubt, wieder im Ehebett zu schlafen, trug aber einen Schlafanzug. Er kam sich vor wie ein Untersuchungshäftling mit elektronischem Armband zur Überwachung seines Aufenthaltsortes, dazu aufgefordert, Reue und Fähigkeit zur Besserung zu zeigen, aber gleichzeitig in der Lage zu sein, eine begehrenswerte, kraftvolle Männlichkeit zu demonstrieren, ohne die Nathalie in ihrem derzeitigen Zustand nicht auskam. Wegen dieser letzteren Qualität, dieser Notwendigkeit, stark und beschützend zu sein, hatte Steve Nathalie noch nichts über die Situation in der Firma gesagt. Er hatte ihr erzählt, dass Titus wegging – tatsächlich hatte sie bei einem ihrer ersten Ausbrüche nach der Enthüllung seiner Affäre mit

Sasha gefragt, wie Titus mit ihm auch nur eine Minute weiterarbeiten könne –, aber er hatte ihr nicht gestanden, dass auch Justine und Meera gekündigt hatten, dass Justine in Wahrheit schon längst weg war und ihren Schreibtisch in einem Zustand hinterlassen hatte, der wie ein kindlicher Racheakt ausgesehen hätte, wenn Steve sich weniger unselig verantwortlich für ihren Gemütszustand gefühlt hätte. Er hatte kein Wort über Meera gesagt, weil das in gewisser Weise der Fortgang war, der ihm am stärksten zu schaffen machte, weil er am deutlichsten seine Schwäche offenbarte, seine Unfähigkeit, das Berufliche über das Private zu stellen, seine Torheit und destruktive Risikobereitschaft. Sein Versagen in Meeras Augen war etwas, dem er sich gedanklich nicht mal auf Zehenspitzen nähern konnte, ohne innerlich zusammenzuzucken. Und als sie anbot, noch zu bleiben, bis er eine Nachfolgerin gefunden hatte, solange das einen Monat nicht überschritt, und er das mit armseliger Bereitwilligkeit annahm, wusste er, dass er in ihrer Achtung so weit gesunken war, wie er nur sinken konnte.

»Einen Monat also«, sagte sie. »Von diesem Freitag an. Keine Verlängerung.«

Er schaute auf die Uhr an der Wand über ihrem Schreibtisch. Sie zeigte zehn vor sechs. Sie war Punkt halb sechs gegangen, ohne ein Anzeichen dafür zu hinterlassen, dass sich ihr heutiger Feierabend von irgendeinem vorangegangenen unterschied. Ihr Schreibtisch war makellos, ihr Papierkorb leer, ein schwacher Hauch Issey hing in der Luft wie der Geist eines Tadels. Steve setzte sich auf ihren Stuhl und blickte hoch zu den Dachbalken. Sie schienen ihm heute keine Quelle des Trostes zu sein, sondern bloß alte, interessante Teile eines ehemaligen Baums, die schon jede Art von menschlicher Dummheit gesehen hatten und seine mit völligem Gleichmut betrachteten. Während er nach oben starrte, dachte er, dass wohl bald jemand anders unter ihnen werde arbeiten müssen, dass er vielleicht alles verkaufen müsste, wofür er gearbeitet hatte, weil er so vieles hatte schleifen lassen, weil er alles vermasselt hatte, weil es genau so gekommen war, wie es sein zorniger, enttäuschter Vater ihm prophezeit hatte, falls er sich gegen das Royal Oak und für die Kunstakademie entschiede.

Jemand klopfte an die Bürotür. Überrascht richtete Steve sich auf.

»Herein.«

Die Tür ging langsam auf.

»Ich hab gesehen, dass noch Licht ist«, sagte Titus. »Ich dachte, Sie arbeiten vielleicht ...«

»Haben Sie schon jemals in Ihrem Leben angeklopft?«

»Nicht mehr seit der Schule ...«

»Nein.«

»Ich war nicht sicher«, meinte Titus, »was Sie gerade machen. Wenn Sie verstehen, was ich meine.«

Steve verschränkte die Hände hinterm Kopf.

»Ich stelle Betrachtungen über die Zukunft an.«

»Oh.«

»Was ich sehe, gefällt mir nicht.«

Titus kam ganz herein und blieb kurz vor Meeras Schreibtisch stehen.

»Nichts davon?«

Steve musterte ihn.

»Wieso fragen Sie?«

Titus schaute weg. Er räusperte sich.

Er sagte unbeholfen: »Es – es tut mir Leid wegen Nathalie.«

»Was?«

»Es tut mir Leid«, sagte Titus, »dass ich darauf bestanden habe, dass Sie es Nathalie erzählen.«

»Sie waren wütend ...«

»Das stimmt. Stinkwütend. Ich wollte Sie umbringen, verdammt noch mal. Aber ich wollte nicht Nathalie umbringen. Ich wollte ihr überhaupt nicht wehtun.«

»Titus«, sagte Steve, »warum sind Sie hier?«

Titus machte eine unbestimmte Geste. Er trug eine Jeansjacke, deren Kragen leicht nach innen eingeschlagen war.

»Ich – ähm – ich wollte wissen, ob es ihr gut geht. Wegen Polly im Krankenhaus und so.«

»Nathalie?«

»Ja.«

»Sie meinen, ob sie mir verziehen hat?«

»Ja.«

»Ich weiß nicht«, sagte Steve.

Titus steckte die Hände in die Taschen.

»Reden Sie ...?«

»Irgendwie.«

»Und ihr Bruder geht nach Kanada, oder?«

»Ja.«

»Dann fühlt sie sich wohl ein bisschen, na ja, verlassen ...«

»Ja«, sagte Steve. Er nahm die Hände runter und beugte sich vor. Er sagte: »Es war nicht Ihretwegen. Ich musste es ihr ohnehin sagen.«

»Ich weiß nicht«, sagte Titus. »Ich verstehe nichts von diesem ganzen Herzausschütten. Ich bin nicht mit so was aufgewachsen. Ich glaube nicht, dass meine Eltern in ihrem Leben jemals über Liebe geredet haben.«

»Und sie sind sich immer treu gewesen?«

Titus zuckte mit den Schultern.

»Keine Ahnung. Will auch nicht drüber nachdenken.«

»Nun, Nathalie gehört zu den Menschen, die das tun. Und ich auch.«

Titus warf ihm einen schnellen Blick zu.

»Dann liegt also noch ein langer Weg vor Ihnen.«

»Ja.«

Titus nahm die Hände aus den Taschen und machte eine Geste in den Raum hinein.

»Was ist damit?«

Steve stand langsam auf.

Er sagte: »Vielleicht muss das auch gehen.« Er holte Luft, dachte an Meera und sagte dann: »Ich habe es vernachlässigt.«

Titus stand jetzt mit dem Rücken zu Steve und sagte: »Ich könnte bleiben.«

»Wie bitte?«

»Ich könnte bleiben. Wenn Sie wollen.«

»Also ...«

»Es ist ein Albtraum, mit Ihnen zu arbeiten«, sagte Titus, »aber mir gefällt, was Sie machen.«

»Danke.«

»Und um ehrlich zu sein, ich habe keine Lust, auf die Suche zu gehen, ich habe keine Lust, nach London zu gehen und irgendwas zu riskieren.«

»Titus«, sagte Steve, »es würde vielleicht nicht gut gehen. Es ist vielleicht zu spät für eine Rettung.«

»Wir könnten neu anfangen. Wir könnten verdammte Partner werden.«

»Ich weiß nicht. Ich kann Ihnen nichts versprechen. Ich kann nicht mal irgendwas planen, bevor ich nicht einen nüchternen Kassensturz gemacht habe ...«

Titus drehte sich um.

»Sie lehnen mein Angebot ab?«

»Ich glaube.«

»Was für ein blöder Todeswunsch ist denn das?«

»Vielleicht«, sagte Steve langsam, »muss ich jetzt etwas mit Nathalie machen. Wenn sie einverstanden ist, können wir vielleicht alles neu überdenken, einschließlich, womit wir unser Geld verdienen wollen.«

»Finden Sie nicht«, sagte Titus wütend, »dass Sie mir etwas *schulden*?«

»Eine Entschuldigung, ja. Aber keinen Job.«

»*Herrgott*«, sagte Titus.

Steve ging zu ihm und legte Titus eine Hand auf den Arm.

»Ich könnte jetzt nicht mit Ihnen umgehen. Ich würde es gerne, aber ich kann nicht.«

Titus sah ihn an.

»Das ist zumindest ehrlich.«

Steve erwiderte nichts. Titus entzog ihm den Arm und ging zur Tür.

»Dann sitze ich also auf der Straße.«

»Ja.«

»Werden Sie mir eine Referenz mit Glöckchen dran schreiben?«

»Natürlich.«

Titus blieb in der Tür stehen. Er warf einen kurzen Blick auf die Fotos, die an der Wand neben Steves Schreibtisch hingen.

»Sie sind ein verdammter Glückspilz. Schon immer gewesen«, sagte er, dann drehte er sich um und knallte die Tür hinter sich zu.

Steve ging durchs Studio und schaute hinunter auf die Straße. Er sah, wie Titus auf dem Bürgersteig stehen blieb und sich einen Moment sammelte, die Schultern straffte und das Kinn hochreckte. Und dann sah er ihn entschlossen die

Straße überqueren, wobei er sich nicht umsah, ein Auto nötigte, ihn mit einem Schlenker zu umfahren. Und dann überquerte er den gegenüberliegenden Bürgersteig und verschwand in einer Gasse, die zum Stadtzentrum führte.

Steve wandte sich um und ging zurück zu seinem Schreibtisch. Er war übersät mit Papieren, Papieren, die er noch nicht gesichtet hatte, mit Anfragen, Beschwerden, Kostenvoranschlägen, Rechnungen, Unterlagen, die in diesem Moment einen Aspekt des Lebens darstellten, der nicht den geringsten Reiz besaß. Er beschloss, sie einfach liegen zu lassen. Er würde sie einfach liegen lassen, so wie Titus sie liegen lassen würde, und er würde stattdessen, genau wie Titus es tun würde, zum Telefon greifen und Kontakt aufnehmen mit dem, was wirklich zählte.

Er betrachtete den Hörer in seiner Hand. Dann wählte er die Nummer der Wohnung.

»Hallo«, meldete sich Pollys Stimme sofort und gebieterisch.

»Hallo, Schätzchen …«

»Oh«, sagte Polly, »du bist's.«

»Ja.«

»Es ist Daddy«, sagte Polly über die Schulter, und dann im selben Ton wie eben und schnell, bevor Nathalie ihr den Hörer wegnehmen konnte: »Bist du mit der Arbeit fertig?«

Steve schaute sich um, durch den ganzen Raum und hinauf zu diesen mysteriösen und fernen, alten Balken über seinem Kopf.

»Ja«, sagte er, »ja, ich glaube, das bin ich.«

Es folgte eine kurze Pause, und dann sagte Polly energisch: »Dann kommst du jetzt besser nach Hause«, und legte auf.

Joanna Trollope

»Joanna Trollope ist eine exzellente Kennerin moderner Herzensdramen.« Der Spiegel

Joanna Trollope
Eine ganz normale Affäre

Als Guy Stockdale, ehrwürdiger und erfahrener Richter, sich mit zweiundsechzig Jahren scheidenlassen will, um seine junge Geliebte zu heiraten, gibt es einen Riesenskandal in der Familie. Wie soll seine Frau Laura plötzlich allein zurechtkommen? Sein Sohn Simon ist außer sich vor Wut. Nur Carrie, Simons Frau, beginnt auf einmal, sich für die geheimnisvolle junge Anwältin Marrion zu interessieren …

Joanna Trollope

»Ein heiterer, wohltuend menschlicher Familienroman.«
Brigitte

Joanna Trollope
Die Zwillingsschwestern

Lizzie und Frances sind Zwillingsschwestern, die verschiedener kaum sein könnten. Dennoch sind sie die besten Freundinnen. Doch als Frances den aufregenden Spanier Luis kennenlernt und ihm nach Sevilla folgt, wird ihr inniges Verhältnis auf eine harte Probe gestellt.

»Voll glänzender Dialoge und unvergesslicher Bilder. Man möchte alles stehen und liegen lassen, um weiterzulesen.«
Publishers Weekly

Weitere Informationen: www.bloomsbury-verlag.de

bloomsbury
taschenbuch

Joanne Trollope

»Glasklar und warmherzig: ein wunderbarer Roman.«
Woman

Joanne Trollope
Zweiter Frühling

Der 22-jährige Ben verlässt als Letzter das elterliche Nest. Nach ihrem Fulltimejob als Mutter kann Edie endlich wieder Ehefrau sein und sich voll und ganz um ihren Mann Russell kümmern. Jedenfalls hat der sich das so vorgestellt …
Ein lebendiger und authentischer Familien- und Beziehungsroman über Männer und Frauen und die Wendepunkte im Leben.

Elin Hilderbrand

»Der New York Times-*Bestseller ist großes Gefühlskino!«*
Bild am Sonntag

Elin Hilderbrand
Barfuß

Die Schwestern Vicki und Brenda und ihre Freundin Melanie wollen nur eins: weg! Ferien machen, denn Vicki ist krank, Brenda hat nach einer Affäre mit einem Studenten ihren Job verloren und Melanie erwartet ein Kind von ihrem Mann, der längst eine andere hat. Und plötzlich gibt es wieder allen Grund zu neuer Hoffnung. Ein großer Roman über drei starke Frauen – und die Unvorhersehbarkeiten der Liebe.

»Ein wunderbar leichter Sommerroman: Ein witziges und einfühlsames Buch!« *Für Sie*

Weitere Informationen: www.bloomsbury-verlag.de

bloomsbury
taschenbuch